本书的出版得到"吉林大学哲学社会学院一流学科建设"项目资助

吉林大学哲学社会学院一流学科建设丛书

太极之余音
——哲人之路

龙晶 著

中国社会科学出版社

图书在版编目（CIP）数据

太极之余音：哲人之路／龙晶著 . —北京：中国社会科学出版社，2022.9

（吉林大学哲学社会学院一流学科建设丛书）

ISBN 978-7-5227-0797-6

Ⅰ．①太… Ⅱ．①龙… Ⅲ．①散文集—中国—当代②诗集—中国—当代 Ⅳ．①I217.2

中国版本图书馆 CIP 数据核字（2022）第 153112 号

出 版 人	赵剑英
责任编辑	朱华彬
责任校对	谢　静
责任印制	张雪娇

出　　版	中国社会科学出版社
社　　址	北京鼓楼西大街甲 158 号
邮　　编	100720
网　　址	http://www.csspw.cn
发 行 部	010-84083685
门 市 部	010-84029450
经　　销	新华书店及其他书店
印　　刷	北京明恒达印务有限公司
装　　订	廊坊市广阳区广增装订厂
版　　次	2022 年 9 月第 1 版
印　　次	2022 年 9 月第 1 次印刷
开　　本	710×1000　1/16
印　　张	21.5
插　　页	2
字　　数	316 千字
定　　价	88.00 元

凡购买中国社会科学出版社图书，如有质量问题请与本社营销中心联系调换
电话：010-84083683
版权所有　侵权必究

目　录

序言 ………………………………………………………… 1

上　篇　哲学与生活

我的父亲母亲 …………………………………………… 3
雨中的故乡 ……………………………………………… 8
我的加拿大老师 ………………………………………… 17
我所认识的张祥龙老师 ………………………………… 27
道德经会讲记 …………………………………………… 35
孔子的梦 ………………………………………………… 61
太极之运作 ……………………………………………… 62
太极之用心 ……………………………………………… 75
贝多芬的理想主义 ……………………………………… 126
告别后现代 ……………………………………………… 184
南湖沉思录 ……………………………………………… 200
鹿回头的传说 …………………………………………… 211
读林觉民《与妻书》 …………………………………… 213
忽然 ……………………………………………………… 217

下 篇 诗意的人生

古诗新韵 ·· 223

中华颂 ·· 223
大唐吟 ·· 223
历史遗产 ·· 224
题净月女神像 ······································· 224
国庆余兴 ·· 225
锡林寄怀 ·· 225
四季组诗 ·· 225
咏薇 ··· 226
咏荷 ··· 227
咏木兰 ·· 227
美人二首 ·· 227
爱的命运 ·· 227
北国夏燕 ·· 228
遥寄梦中人 ·· 228
人世间 ·· 228
木兰行 ·· 228
静夜思 ·· 228
南湖秋夜 ·· 229
山花 ··· 229
山中缘 ·· 229
花缘 ··· 229
山泉 ··· 229
梦游黄山 ·· 230
春湖花月夜 ·· 230
北国之春南国梦 ··································· 230
山中隐士 ·· 231

怀海南旧居	231
春游海南梦留别	231
雨中吟	231
音乐世界	232
赋生日宴	232
南方有佳人	232
何日君再来	232
高山清茶赋	233
北国之春	233
春游南湖	233
北国之秋	233
海韵	234
故乡行	234

旧词新唱 235

虞美人·海外归来	235
浪淘沙·中国梦	235
清平乐·归乡	235
满江红·游学	236
永遇乐·鸿雁	236
如梦令·听雨斋	236
如梦令·仙境	236
忆江南·木兰归	237
江城子·爱之梦	237

荒野玫瑰 238

夜歌	238
山中夜	245
山中雨	246
至深的夜	248

致梦中人	248
爱的神秘	249
湖边	249
春日私语	250
爱在深秋	252
冬火	253
如是我愿	253
雪夜	254
清晨的记忆	254
只要我们愿意	255
小贝壳项链	256
美丽的桑科我的家	258
新牧歌	262
漫游者之歌	264
森林小诗	266
月夜归乡	268
乡愁	269
饮酒歌	270
小鸟歌	271
梦	271
我是谁？	272
冲浪者	273
致屈原	274
小夜曲	275
五音协奏曲	275
赶路的人	278
岁月	278
云南三部曲	281
月光下的中国	288
月光下的思索	289
节日随想	290

尼采的《七印记》(试译) …………………… 292
一颗星 …………………………………………… 295
一切是缘 一切随缘 …………………………… 296
从远古而来 ……………………………………… 297
梦的变形 ………………………………………… 298
游子吟 …………………………………………… 298
万物生之前 ……………………………………… 299
致维纳斯 ………………………………………… 300
致爱神 …………………………………………… 301
酒神和女神 ……………………………………… 301
醉语 ……………………………………………… 301
春到人间满堂红 ………………………………… 302
丽湖之歌 ………………………………………… 303

思想回音 ……………………………………… 305

天德与地德 ……………………………………… 305
吾道一以贯之 …………………………………… 305
做人难 …………………………………………… 306
苦与甜 …………………………………………… 306
言与行 …………………………………………… 307
听与行 …………………………………………… 307
怎样做自己 ……………………………………… 307
大事和小事 ……………………………………… 308
好事和坏事 ……………………………………… 308
立体的世界 ……………………………………… 308
真理与时间 ……………………………………… 309
真理与世界 ……………………………………… 309
致当代艺术家 …………………………………… 310
人为什么会低头 ………………………………… 310
简与繁 …………………………………………… 311
上善若水 ………………………………………… 311

最短的对话	311
山中对话	311
四不心法	312
苦行者	312
创造者	313
行动者	313
流浪者	313
知足	314
爱的幸福	314
爱的协奏曲	314
原来	315
爱的觉醒	315
少年的梦	316
婚姻的秘诀	316
男人的心里话	316
寄语中国男人	316
世界之最	319
至深之水	319
高山丽湖	319
寻找自己	320
至高者	320
历史的心情	321
历史的瞬间	321
镜像与谜团	321
时间与永恒	322
黑夜之光	322
千古之谜	322
归宿	323
致青春	323
减字诗	323
永恒轮回	323

爱的变形…………………………………………… 324
爱的自救…………………………………………… 325
爱的自成…………………………………………… 326
太极颂……………………………………………… 326

序　言

本书汇集了和《太极之音——中国文化复兴之路》（以下简称《太极之音》）相关的散文、文章和诗歌，以更密切结合人生、社会和历史，同时也更有韵味的方式展示《太极之音》的时代精神，构成其袅袅之余音。为了学习西方哲学，我在海外漂泊了十八年，回国后将西方哲学吸收到中国哲学的宏大格局中，从太极出发形成了崭新的、融合中西的哲学体系，写成了《太极之音》，揭示了太极阴阳化合，产生宇宙，从动物进化出人类，最终通过人类历史把自己实现在世界中的过程，为人类走向天下大同提供了思想基础，同时也构成了一条中国文化复兴之路。[①] 然而，《太极之音》的时代精神不仅可以形成系统的哲学思考，也可以密切结合人生实践，形成更接近中国哲学知行合一传统的体会和感悟，以更加灵活，更加随意，更有灵性的方式展示出来。《太极之余音》就是这种体会和感悟的荟萃。

本书上篇"哲学与生活"收集了我的散文和文章。首先是四篇散文《我的父亲母亲》《雨中的故乡》《我的加拿大老师》和《我所认识的张祥龙老师》，描绘了和我的思想背景及思想交流相关的一些人和事，是直接从生活土壤开出的花朵。《道德经会讲记》记录了我和刘连朋老师共同举办的道德经讲座。我在没有讲稿的情况下对《道德经》的某些重要章节做了新的阐释，可以说是大道即兴而发留下的痕迹。《孔子的梦》是我想象的小故事，其隐幽的意义值得深思。《太极之运作》和《太极之用心》两篇文章是对《太极之音》的重要补充，前者从运作的角度浓缩了《太极

[①] 龙晶，《太极之音——中国文化复兴之路》，中国社会科学出版社 2019 年版。

之音》的主要思想，后者则从用心的角度进一步解释《太极之音》论述的十种历史活动（劳动、科学、技术、气功、政治经济、品德、哲学、艺术、巫术、爱情）。《贝多芬的理想主义》系统地考察了贝多芬音乐的哲学内涵和实现方式，揭示了贝多芬如何将黑格尔代表的时代精神展示在其音乐中，如何通过音乐展示了爱的悲剧与克服，从而超前地指向了人类的未来，并涉及贝多芬与歌德、席勒、荷尔德林和尼采在精神上的内在关联，为世界哲学史决定时代精神的复杂方式提供了一个具体的范例。《告别后现代》密切结合我们所处的时代，从哲学角度考察了后现代文化的困境和出路。《南湖沉思录》通过在长春南湖漫步时的观察和思考，展示了如何在生活中体会天父地母和礼乐文化的意义。《鹿回头的传说》和《读林觉民〈与妻书〉》从传说和现实两方面展现了爱的永恒理想。最后一篇散文《忽然》则通过瞬间的感悟来开启通往永恒之路。

　　本书下篇"诗意的人生"汇集了我的诗歌作品。《太极之音》指出诗歌通过词语运动来展开和深化生命的意义，是生命回旋运动的升华，因此人生本质上就是诗意的。[①] 下篇的诗歌直接从我的人生经历、体会和感悟而来，和《太极之音》富于诗意的思考相互呼应，反映的是同样的时代精神。中国古代哲学并不像西方哲学那样追求严格的理论，而是以富于诗意和生活体验的方式直接通达所思之物，因此古代哲学和文学艺术常常是浑然一体的。今天我们在吸收西方理性精神，发展理论思考的同时，不能丧失中国哲学的精神气质。伴随我在《太极之音》中的哲学思考，我写下了很多诗歌，以诗意的方式展现相似的内涵，可以说是这种精神气质在哲人生活中的反映。我把它们分为四类：古诗新韵，旧词新唱，荒野玫瑰，思想回音。要实现中国文化复兴，我们不能光是读古诗，而应该尝试用古诗的形式反映当代人的生活。但我主张当代人写古体诗应该按照当代汉语的发音决定平仄和押韵，其格律也不必像古人那么繁杂，只要遵守几条基本规则即可。[②] 以这种方式写成的不是严

[①] 参见《太极之音》第二讲《生命与诗歌》。
[②] 参见《太极之音》，第53页。

格意义上的古体诗，故名"古诗新韵"。另一方面，我认为按词牌规定的格律写词会有比较好的音乐感，因此我的词都是按词牌写的，但其精神是当代的，故名"旧词新唱"。诗歌最重要的是意境。有些意境用现代诗的形式可以表达得更充分。因此，我也写了不少现代诗，因为格律比较自由，故总名为"荒野玫瑰"。"思想回音"则是哲理性较强的体会和感悟，以诗意的方式表达，但不遵守任何格律，因此大部分不能算真正的诗歌，而更像是格言诗。总的来说，下篇的诗歌是哲人之路上盛开的精神花朵，其思想境界与《太极之音》密不可分。

除了《太极之音》和《太极之余音》，我还完成了专著《世界地理的哲学意义》，根据世界哲学史的内在逻辑分析世界各国地理（及中国各省地理）的哲学意义，即将由吉林大学出版社出版。这三本书共同构成了"太极三书"。太极三书从不同角度反映了走向大同的时代精神，可以相互参照阅读。

我的精神成长受惠于许多人。我的父母为我的精神成长奠定了基础（参见《我的父亲母亲》），大哥龙昌始终支持我的哲学之路，在精神上相互激励。海南画家符小宁从大学时代开始就是我的同校好友，其对艺术和人生的深刻感受激发了我的心灵，帮助我的视野从科学向艺术和人生不断拓展，乃至最终在哲学中找到了归宿。另一同校好友吴望川对音乐有极为细腻的感受，和我对音乐精神内涵的注重相互激发，相互吸收，在西方古典音乐的花园中共同漫步，共同成长。在海外留学期间，美国夏威夷大学的成中英教授曾对我的易学研究给予精神鼓励，加拿大布鲁克大学的陈荣灼教授则与我有很多思想与生活的交流，其飘逸的道家风采不知不觉地渗入了我的精神。从海外留学归来到吉林大学任教后，我认识了研究中国哲学的刘连朋老师，和研究后现代哲学（特别是法国哲学）的赵雄峰老师，不但在思考和精神上相互激发，还经常在一起共享人生的美好时光，实在是我的幸运。刘连朋老师的研究生刘奕兵不仅热心地研究了我的思想，还为我的学术活动提供了许多热情的帮助。郝鸿军老师、李海峰老师、盛传捷老师和丁宁老师的欣赏激励我在哲学创新之路上继续前进。连遥老师和崔爱红老师对我的一些诗文提供了心有灵犀的感想和体会，激励了我继续写作的兴趣。我的不少学生（包括研究生和本科生）和我教学相长，毕业后继续保持了精神交流，成为我的忘年交。东北师大的刘金山老师还热心地帮助我和师大的同道们建立了精神上的关联。最后值得一提的是，许多当代中国音乐人的作品深刻地反映了时代精神，给了我很多激励和启示（限于篇幅，我无法在本书中讨论其作品，将另外撰写专著进行哲学解读）。所有这些都是命运的恩赐，领受之余，唯有感激。

龙　晶
二零二二年九月初九重阳节
于长春观澜湖畔

上 篇

哲学与生活

我的父亲母亲

  为了哲学的理想，我长期在海外和东北漂泊，很少有机会照顾在海南的老父亲，有什么事都是由大哥和大嫂担待；我只能寄点钱，打电话问候，心中一直有愧。所以这次回海南过年我花了不少时间和父亲在一起。刚好碰上东北疫情反弹，反正海南人也闹不清吉林有哪些城市，虽然来自低风险城市，别人听说是吉林来的还是会心存芥蒂，因此这次回海南我干脆不通知任何同学，不参加任何聚会，除了年三十回了趟文昌老家，看看堂哥嫂和刚刚修缮的祖屋，其他时间就留在海口陪伴父亲。看到父亲的身体逐渐康复，心中甚感宽慰。父亲身体底子很好，扶他过马路时走得比我还快。但他毕竟是90岁的人了，最近还摔了一跤，所以我还是放心不下。父亲是非常好强的人，有拐杖也不想用，这次只好逼他用了。他觉得拐杖长了一些，我就在家里翻腾起来。父亲知道我想做什么，默默地笑了，像变戏法那样从柜子底下取出一个工具箱，其中有钢锯。我用钢锯把拐杖截去了一段，父亲扶着正好。我也不觉佩服父亲，这么大的年纪，家里所有东西放在哪里还是记得一清二楚。父亲喜欢美术，因此也喜欢木工等工艺活动，自然对各种工具都很熟悉，退休后则喜欢摆弄花草，在狭窄的城市居住空间中努力保留一点自然的气息。阳台上摆满了一行花草，还不断地向上攀爬，成了一道风景线。我感觉父亲的生命力就像他用心浇灌的花草那样顽强。

  根据家谱，我们家的文化传统可以一直追溯到北宋末年定居海南的龙海清。海清公祖居福建莆田，哲宗癸酉科中进士后，徽宗崇宁三年钦命为琼崖宣慰使，率几千士兵渡琼平定叛乱，继任琼崖总镇，任期满后便立籍文昌，成为海南龙姓始祖，传到我父亲已经是二十五世了。我的祖父是文昌乡下的私塾教师,擅长美术和中医,治好了不少乡邻的疑难杂症,也是周围一带比较早吸收西方文化的人。父亲继承了从祖父而来的文化传统,不但擅长美术,还考上了海南医专,不过学的是西医,毕业后自告奋勇去最艰苦的五指山区支援少数民族地区的开发。现在的五指山市(当时的通什镇)就是父亲这一代人亲手建设起来的。后来,父亲成了海南黎族苗族自治州卫生学校的副校长(负责全面工作。校长由卫生局领导兼任),在任上充分发挥其审美特长,在校园里栽了很多花草树木,真的是绿柳成荫,繁花似锦,把粗糙的自然环境变成了美丽家园。母亲则从州医院的护士(到湛江医学院进修后)变成了卫校的教师。父母生了我们三兄弟。两个哥哥都继承了父亲的美术专长,毛笔字也写得不错,而我则既不会画画,毛笔字也写得不像样,也许真如母亲所说,喜欢吃鸡爪的人字是写不好的(其实我喜欢吃的是鸡腿)。不过,我还是继承了从祖父到父亲对文化的重视。父亲是领导,在家里收藏了很多和马克思主义哲学相关的书籍和人物传记。虽然小时候还不太读得懂这些书籍和传记,但还是从中受到了理想主义的熏陶。父亲还在墙上挂了很大的世界地图和中国地图。世界地图两边贴着一副对联:"四海翻腾云水怒,五洲震荡风雷激。"小时候我们三兄弟和邻居小伙伴喜欢玩的一个游戏,就是有人说出一个国家的名字,其他人在地图中寻找,找到后就换另一个人来说,直到有人说出的国家谁也找不到,这个人就是赢家了。我在刚刚完成的著作《世界地理的哲学意义》中分析了目前世界公认的197个国家的地理意义,为人类走向天下大同提供了地理依据,这种思想的种子或许在当年玩游戏的时候就已经种下了。大学时我读的是数学,毕业后感到数学难以满足我的精神追求,于是决定献身哲学,后来还决定自费出国留学,实现哲学的理想。当时我已经是大学讲师,自费出国留学等于放弃了国内的一切,将要面临的是完全没有确定性的未来。然而父亲很理解我的理想追求,对我的大胆决定给予了热烈的支持。虽然我从出国留学到回国任教走了十几年的弯路,父亲的精神支持始终没有改变。今年我终于可以将二十多年哲学探索的结晶《太极之音》送到父亲的手中。他要用放大镜来看，只能大概地浏览纲目，但仍然看出这本书的宏大构思，连声赞叹："太精彩了！"

虽然我没有继承父亲的美术专长，却继承了母亲对音乐的爱好。母亲出生于新加坡，13岁时跟随亲人回到琼海老家，从此就定居国内。琼海和文昌是邻县。父母的老家就在两县的边界附近，生活和文化都密切关联。母亲年轻时是当地出了名的美女。父亲和母亲的结合在当时成为轰动一时的"才子佳人配"。母亲很喜欢唱歌，是当地文艺宣传队的活跃人物。至今我还记得童年时母亲一边踩着缝纫机一边哼歌曲的样子，也许那个时候对音乐的爱好就已经悄悄渗入我的心灵了。母亲性格开朗，很有人缘，逢人就说笑，非常亲切，不像父亲那样沉默寡言，比较严肃，然而两人感情非常好，我甚至记不得他们吵过架。在那个艰苦朴素的年代里，父母用尽了心力让生活变得丰富。父亲利用五指山区丰富的木材，亲手做衣柜等家具，整天又锯又刨的，最后还要上漆，弄得家里常常充满了天拿水的味道。母亲则为我们三个孩子做衣服，理发，还在菜园里种芭蕉蔬菜，在茅草屋里养鸡养鸭，到鱼塘割水浮莲，在周围收集蜗牛捣碎来当饲料。可惜那时我还太小，不懂得母亲的辛苦。有一次，一起玩的小伙伴们突发奇想，觉得天气太热，最好搭个棚子来乘凉。于是我们找来树枝插在沙土上，围成了方形，但不知道拿什么盖在顶上。我自告奋勇地说菜园里有芭蕉树，叶子很宽很长，做屋顶最好了。于是我们用小刀割下了很多芭蕉叶，终于搭成了棚子，躲在里面又说又笑的好不自在，直到母亲气急败坏地出现，才知道大事不好。母亲辛辛苦苦种的芭蕉树被弄得光秃秃的，自然很生气，但也只是责备而没有动手。母亲是舍不得打孩子的。我小时候身体素质不好，经常感冒，每次感冒都常常要打针才能好。五指山区的地形凹凸不平，从卫校到州医院要爬挺长的一段坡。到现在我永远忘不了的，就是每次感冒发烧时，母亲都会背着我爬那段长长的斜坡，到坡顶的医院开药，亲自给我打针，再把我背回来。在母亲背上的感觉是那样温暖，那样舒服，使我简直都不想下来。小时候的我真的是太不懂事了，不知道母亲长年劳作，腰腿是酸痛的。换作今天的心情，即使发烧到软弱无力，我也只会让母亲牵着我的手一起走，绝不让母亲背着我上下坡。

父亲在"文革"期间曾经被造反派打倒，不但被关起来，而且还受到自己的学生和下属的批斗打骂，受尽了人间的苦难。那段时间母亲一个人照顾三个年幼的孩子，还要承受心灵的巨大折磨，其艰辛可想而知。记得有一天母亲正在默默地做饭，忽然间哭了起来，跑到旁边拿毛巾擦眼泪，哭了一会，擦完眼泪又回来继续做饭。我那时还太小，这个场景的意义长大后才慢慢想明白了。父亲被批斗时经常要跪在地上，膝盖疼痛难忍。母亲就用厚布和棉花缝制了两个护膝，让我大哥在夜里悄悄从窗户扔给父亲。父亲偷偷把护膝穿在裤子里面，膝盖就好受多了（小燕子发明"跪得容易"是有道理的，只是没有想到会在现代社会重演）。"文革"过后父亲被平反，母亲也评了讲师，我的两个哥哥都有了工作，我也考上了大学，毕业后留校在广州工作。好日子终于到来了。然而有一天，我忽然接到家里打来的电话，说母亲突发急病昏迷不醒（可能是脑溢血）。我急急忙忙从广州飞回海南，落地后雇了私家车快速赶往卫校。车子从州医院经过长长的斜坡下降到卫校的操场，走出车门，我看到一大群老师、学生和邻居聚集在临时搭起来的灵堂周围……。母亲离开人世的时候只有55岁。在广州留校工作后，我曾经暗暗怀下心愿，让操劳了一辈子的母亲过上幸福的晚年，但当时母亲还不算年老，我又刚开始工作，所以没有认真考虑如何实现，现在悔之已晚。每年从广州回海南过春节，我都会带些礼物回去给家人，但给母亲的礼物不知怎么买，因为没有仔细用心，加上男人的粗心，常常会买些她并不需要的东西。现在回想起来，只有一件礼物是母亲特别喜欢的，那是一件褐色的布纽扣的对襟中式上衣，是我偶然看到有位中年妇女穿着很好看，所以决定买的。我刚从袋子里拿出来，母亲眼睛就忽然一亮。她太喜欢那种颜色和款式了，暗沉但有韵味，锦绣而不花哨，符合母亲的年龄和教师身份，而且既不老气也不俗气，每次穿去上课都会被那些卫校女生赞不绝口。然而，这只是我偶然做成的一件让母亲特别开心的事。后来我出国留学，回国任教，实现哲学的理想，所有这些母亲都一无所知，最后留给母亲的只是我孤身一人在广州工作造成的牵挂。

母亲走后，父亲没有续弦。每年回文昌老家过春节，父亲总要回琼海探望娘家亲戚，或者请他们出来镇上喝茶叙旧，每年还会寄一些钱给身体不好、没有成家的舅舅。娘家人常夸父亲"念旧"。衣服是新的好，人是旧的好。相濡以沫的感情，只要懂得珍惜，就会一日深过一日。人是从哪里来的？对这个问题，科学、哲学和宗教给出了许多不同答案，互相争论不休。但没有人能够否认，人是父母生出来的。所谓人就是男女之爱产生的后代。没有父母，哪里来的我们？父母的爱情，不但是我们来到这个世界的姻缘，也是我们应该永远延续下去的理想。

雨中的故乡

　　清晨从梦中醒来，听到窗外滴滴答答的雨声，朦胧中感觉好像雨滴打在瓦屋顶的声音（虽然我住的是高楼）。长春不像海南那样多雨，但下雨的声音竟然和海南非常相似，真让我喜出望外。我没有立刻起床，闭着眼睛静静地聆听着窗外的雨声，思绪回到了文昌的故乡，回到了小时候曾经在乡下生活过的那一年。

　　小学四年级的时候，因为常常生病，父母决定让我休学一年，到老家文昌的乡下去住一段时间，换换空气和环境，相信对身体会有好处。那时我们全家都住在五指山区的通什镇，虽然不是大城市，但也是自治州的首府。所以，从通什回到文昌乡下，感觉还是很不同的。尽管每年春节我们全家都会回老家过年，但只是待上几天而已，每次都舍不得离开。这次要在老家住上一年，当然使我特别地兴奋。

　　老家的祖屋是民国时传下来的，是一个有围墙、庭院、厅堂、东西两侧厢房的上下两个院落，和我在城市里见惯的平顶楼房很不同。每次回老家我都会对这种老式风格的祖屋感到好奇和兴奋。在我小孩子的目光中，老家的祖屋显得好大好大。我甚至曾经自豪地向小学的同学说我们的院子有篮球场那么大，当然是夸张了一些。从外表上看，祖屋的屋顶是两个斜面拱成的瓦屋顶。屋顶的东西两端和四个檐角都有类似飞龙的翘角。厅堂的正门是对开的两扇特别高的木门，正面涂成暗红色，门上还有两个铜环，颇有古味。正门两侧的墙壁上靠近屋顶的地方画着壁画，都是山水楼阁之类。左右两个木格窗户的上方也画着花卉类的壁画。进入厅堂，首先会感到里面特别宽敞明亮，因为屋顶很高。从屋里看，屋顶的两个斜面从正中间的屋梁前后展开，给人一种从天上敞开下来的感觉，让人心胸宽广舒畅；托着屋梁两端的墙壁则刻有飞龙孔雀之类的浮雕，凝聚了厅堂的文化氛围。厅堂的东西两侧各放了一排黑色的实木座椅，靠背上镂空雕着狮子图案，显得高档又古朴。厅堂正中的小阁楼上供着一个祖先牌位。春节的时候堂哥们会用梯子爬上去打扫一番，再恭恭敬敬地烧上一炷香。

我回到老家后就和祖母住在一起。祖父早已过世了。民国时期祖父是乡里的私塾老师，从曾祖父那里学了医术，所以经常业余行医，特别擅长用中草药治疗一些疑难杂症。被治愈的人很感激，常常把我们家当成亲戚一样来往。有一个人住在挺远的海边，身上长了奇怪的大疮，所有医生都不知道怎么治，结果祖父用草药把他治好了。后来他们家就和我们家来往了很久。我这次回老家休学，还碰上他的孙儿孙女走了大半天的路，挑着两篮子海鲜到我们家"走亲戚"。祖父还很擅长美术，曾留下一张他的自画像。画像上的他穿着白色西装，配着黑色斜条纹领带，很有文人的风度。但也许正是这种风度害了他。事情出在抗日战争的时候。有一天，家里的一头牛不见了，他帮着到野外寻找，结果碰见了一队日本兵。这些日本兵看祖父的样子不像乡下人，怀疑他是共产党，就把他抓去审问，拷打。后来祖母被日本人叫去监狱里领人，领回的只是祖父的尸身。

祖父走了之后，祖母一个人抚养四个儿子，非常不容易。我父亲是她最小的儿子。大伯父和三伯父长大后就漂洋过海到新加坡谋生去了。父亲后来考上了海南医专，毕业后自愿到五指山山区支援少数民族地区。所以老家就剩下二伯父一家和祖母住在一起。祖母在家中很有威望，很受晚辈的敬重。她是一个慈祥和蔼的人，但骨子里充满了坚韧，不会轻易为原则妥协。我当时年纪还小，不大理解她做事的方式，有时觉得她太死板。祖母老眼昏花，所以写信之类的事一般是由二伯父的大儿子，也就是我的大堂哥代劳。这次看我从城里回来，她就给我一个表现的机会，让我代她给在新加坡的两个儿子写信。新加坡的两个伯父当时都已经成家，但仍然合伙开了一间咖啡厅。她通常会把给他们的信放在同一个信封里寄给他们。我根据她口述的内容，把给两个伯父的信写成了一封信，抬头用两个人的名字。祖母说这样不行，给两人的信必须分开写。我当时觉得很奇怪，既然是放在同一个信封里，就写成一封信好了，相同的内容只说一次，不同的内容就说清楚是对谁说的，不会搞乱的，为什么非要写成两封？但她仍坚持必须分开写。我觉得很麻烦，不合理。最后她还是找回大堂哥帮她写了信。长大后我才慢慢体会到，有些事情不是怎样方便就怎样做的。她给两人的信放在同一个信封里寄出，当然是为了方便，也有让兄弟两人互相通气的意思，但却不写成同一封信，宁愿重复某些话，是为了显示对两人都已经是一家之主的尊重（如果两人都还没成家，都还只是她的"儿子"，她也许就只写一封信了）。当然，这样的事情在我当时小小的年纪是无法理解的。

祖母对我的生活照顾得很细致。几十年前，人们生活还比较贫困，比较少机会吃瘦肉，常常吃的是肥肉（肥肉比较便宜）。祖母不让我和伯父一家同吃，而是和她同吃；她自己亲自做饭做菜，还常常给钱让堂哥堂姐们从集市买回瘦肉，这样我的营养就比较有保证了。祖母年纪虽然已经很大，但还是非常勤劳，不但自己做饭做菜，还经常到周围的树林中砍小树回来，晒干了当柴火。我来了之后就帮她打柴火，跟她学会了分辨不同的树，哪些适合当柴火，哪些要留下来，还有用山藤捆柴火等技巧。祖母还在院子后面种了一些苦瓜。我帮着她给苦瓜浇水施肥，还学会了给苦瓜包上纸筒以防止虫咬。苦瓜成熟的时候，我自告奋勇地说要亲自炒苦瓜给祖母吃，还说我在通什时看过父母怎样做菜。祖母很高兴让我一展身手。我努力回忆父母是怎样炒菜的，总算把菜做成了。祖母吃了以后笑了笑，说"虽然你很有心，但菜炒得不怎么样"。她就是这样直率的人。其实她炒菜的方法也很简单，但不知为什么就是觉得好吃，至今还弄不明白。

祖母不但关心我的饮食，也很关心我的日常玩耍。小时候孩子们自己发明的游戏多种多样，而我最喜欢的就是和小堂哥一起玩"打冲"。所谓"打冲"就是把一种树籽塞到小竹筒的两端，然后用细棍从一端用力一捅，被压缩的空气立刻膨胀起来，把另一端的树籽喷射出去，好像发射子弹一样。我用自己做的"竹筒枪"和小堂哥互相对射,在院子里追上逐下,玩得不亦乐乎。祖母对我们的"游击战"从不干涉,甚至子弹误射到她身上也只是一笑了之。

但有一次我玩到忘了吃饭,她就沉下脸来,说玩耍可以,但不要"玩散了心"。跟她打柴火时,她就趁机给我上课,大意是人没有安静的心终究会一事无成,诸如此类。还有一次,小堂哥邀我和他一起到水田去"秤虾"。祖母说"秤虾"很好玩,就同意我第二天和他一块去。所谓"秤虾"就是用篮子抓虾。首先用一块蚊帐布裁成桌子大小的方形,然后把两根弯成弓形的长竹片交叉绑在四个角上,做成一个大吊篮的样子,在中间放上炒香的米糠,沉到水里,过一会再把篮子拿起来,就会看到篮子中间聚集了一堆虾(虾是水族的呆子,只顾吃东西,不知道避人)。我从没玩过这个,听小堂哥描述之后非常兴奋,整个晚上都没睡好。第二天天还没亮,小堂哥就已经在厨房里炒好了米糠(要现炒才香),然后到我屋里悄悄把我叫醒。我们拿着手电筒和几个吊篮来到野外的一个水田。水田的边上比较浅,所以我们一直向中间走到水差不多没到膝盖的地方。我把热烘烘、香喷喷的米糠放到吊篮里,再沉到水田中,过一会儿拿起来一看,果然有几十只黑色的虾!以前在通什和我的两个哥哥去河边钓鱼时,偶尔也会钓到几只虾,但现在我一次就抓到了几十只!我心中非常激动。我们就这样在水田里不断地换地方"秤虾",到天亮时已经弄了小半桶。小堂哥看我玩得开心,就一直陪我玩下去。我们就这样忘了时间,也忘了肚子饿。不知道过了多久(后来才知道已经是下午了),小堂哥看到桶里的虾满了,说他先拿回去,再弄个空桶回来。但他走了好一会儿都没见回来,却看见我的小堂姐慌慌张张地跑来,说祖母让我马上回家。

我回到家,刚进入院子就看到厅堂门口围了一堆小伙伴,见我回来都用紧张的眼色看着我。祖母坐在厅堂中间的黑木椅上,脸上满是乌云。看到我回来,她把我好一顿训斥。我说"秤虾"是你同意我们去的。她说:"没错!但我没让你从凌晨到下午一直站在水田里,水也不喝,饭也不吃。生起病来怎么办?!"这是我从没想过的问题。看到她声色俱厉,围观的小伙伴们一个个吓得不敢出声,但眼睛里都流露出同情的神色。我有点不服气,听着祖母的教训，时不时就反驳上两句，但立刻就被她"驳回上诉"。后来她又搬出我的父母，说什么"你叫我怎么向你父母交代？"之类的话。我从没见她发过这么大的火，心里挺憋屈。以当时的年纪，我还不太明白人是可以出于爱护的心理而骂人的。不管怎样，后来我再也不敢和小堂哥去水田玩"秤虾"了。直到回通什之后，我和哥哥们如法炮制地到河边玩起"秤虾"，夜夜满载而归，才算过足了瘾。

我的大堂哥比我年龄大比较多，所以不怎么和我玩。但他也有他的玩法，就是晚上用土猎枪去打猎。我们这个村庄坐落在一个小山坡脚下，占据了山坡向阳的一面，所以起名叫"东坡村"。院子后面的山坡有椰子、菠萝蜜、荔枝、龙眼、苦楝、石榴、杨桃等各种树木，再远一点的小山中更是树木繁茂，晚上时不时会有野生动物出没。有时我早上起来，祖母就给我一碗肉吃，说这是大堂哥昨晚打的。晚上打猎要在树林里蹲好久，而且比较危险，所以祖母不让我去。但我还是从大堂哥学会了怎样钩竹笋。我们那里的乡下，野生的竹丛不少。这种竹丛很密，人是进不去的，但从外面往往能看到里面长出来的竹笋。大堂哥告诉我，要等下雨过后才好去钩竹笋。有一次下大雨之后，我和他一块去，看到竹笋一夜之间长高了好几厘米，真的不可思议！他用一根末尾带钩的长竹竿伸进去，钩住竹笋之后再慢慢拉出来。我很快学会了这个方法。后来每当下过了大雨，我就常常自己拿上工具去钩竹笋，再背着一小捆竹笋回来。

小堂姐和我年龄差不多，性格活泼开朗，放学时总是一路唱着歌回来。我自然地跟她学了不少儿童歌曲。小堂姐喂猪的时候，我也凑过去看。她告诉我哪些野菜可以做猪菜，如何煮猪菜。我看到有只小猪的肚子好肥，都拖到地上了，就忍不住赞扬起来。小堂姐却跟我说肚子太肥的小猪不容易养到很大。我不得不佩服她的知识，这些都是课本上学不到的。小堂姐还告诉我一些有趣的乡村风俗。比如，你要是走路时听到椰子林中"嘭"的一声巨响，就说明有个椰子老熟到从树上自己掉了下来。碰上这种情形，你可以拿走那个椰子，谁先发现就是谁的，椰子树的主人不会有什么异议

（后来我真的这样捡了几个椰子）。还有一个风俗和牛粪有关。新鲜的牛粪是非常好的肥料。村民们看到路上有新鲜牛粪通常都会铲回去做肥料。但是没有人会随身带着铲。所以，第一个看到牛粪的人会折下一根小树枝插在上面，表示它已经"有主"了，过后再回家拿铲来铲它。其他人看到牛粪上有小树枝就不会动它。家乡的风俗就是这样充满了人情味和默契。一切顺着人情和环境自然地发生，不需要什么权威来裁定是非。

　　几十年前的乡下，民风确实是很淳朴的。那时走亲戚没有汽车或摩托车，骑单车有时也不太方便（因为小山坡很多）。所以，走亲戚常常是真的要"走"的。虽然常常要走上半天的路，但带的礼物却不少，一般都是挑着两个竹筐登门，里面有自己家做的包子、年糕、河粉、饭团，还有自家种的水果蔬菜等。带的东西这么多，还有另一个原因，就是这些礼物不仅是给亲戚的，同时也是给其邻居的。所以，有时候邻居家来了亲戚，我们家也会分到一些礼物，反之亦然。每当有亲戚到来时，整个院子都充满了浓浓的人情味，嘘寒问暖，说说笑笑的，接着便是摆起家宴，欢乐的气氛只有过年可以相比了。除了传统的节日和做寿、结婚等大事之外，乡下的走亲戚常常没有固定的时间。有时候在一片寂静之中，忽然听到院子的前门"呀"的一声开了，然后家狗乱叫起来，走到门口才知道到底是哪个亲戚来了。这种时间上的不确定让人倍感亲切，仿佛远方的亲人随时都在身边，时不时就会忽然出现，给乡下的生活带来了许多无法预料的惊喜。

　　乡下的狗是特别忠诚的家庭卫士，平时看上去无所事事，甚至有点无精打采的，但听到任何异常的风吹草动就会立刻狂吠一番来通知主人，到了晚上就更是精神抖擞地聆听周围动静，仿佛守夜人似的。狗通人性，对家人的情况非常清楚。家人在外干了一天的活回到家里时，狗都会迎上前去，用摇尾巴来表示亲热和慰问，如果是一家之主就会摇得更加起劲。伯父每次干活回来时，家里的大狗都会猛扑到伯父身上，拼命摇尾巴不说，还用脸贴到伯父腿上不停地摩擦，亲热得不得了，弄得伯父连走都走不动，每次都要大声呵斥一番，甚至把它踢上几脚才能走进家门（如果狗会说话，不知道说出的话会有多肉麻）。狗对陌生人却非常不客气，常常会大声吠叫，佯作攻击，把人吓坏，直到主人把它喝住为止。然而，只要陌生人来过一次，待的时间又足够长，狗就会记住，下次再来就当成是熟客了。不过，间隔不能太长，否则狗也会忘记的。记得有一次伯父弄了一只小黑狗回来。我和它混熟之后就到母亲娘家住了一段时间。回来的时候小黑狗竟然认不得我了，对着我乱吠起来。我低下头大声对它说："怎么?! 不认得我了?!"小黑狗一时愣住了，呆呆地仰头望着我，努力地回忆着，最后突然放松了绷紧的脸，拼命地摇起了尾巴，还把脸贴到我的腿上摩擦，仿佛在向我道歉似的。后来我开始训练家里的大狗，把它的一只爪拉起来放到我的手心，然后给它东西吃。这样反复多次后，它就知道只要把爪伸到我的手中就会有东西吃，因此饿了的时候就会跑到我跟前把一只爪抬起来。有一次伯母正坐在庭院中用竹篾编竹筐，家里的大狗默默地走到她身边蹲下，把一只大爪抬起来放到伯母的膝盖上，妨碍了伯母的工作。伯母笑着喝斥它，把它的爪推开，但大狗固执地又把爪放回伯母的膝盖上，就这样又放又推的反复了好几次。最后伯母拿它没办法，只好去厨房找了一点东西给它吃。其实狗不是好吃懒做的。它们吃东西时也为主人着想。当一家人吃饭的时候，狗通常会在桌子底下候着，把家人不小心掉到地板上的食物吃掉，或者把扔下的骨头抓过来慢慢地啃。看来狗喜欢啃骨头的习惯就是千百年来陪主人吃饭养成的，甚至狗喜欢吃屎恐怕也是帮助家里人处理婴儿粪便的结果。

乡下常见的动物除了狗之外还有牛。村里的小伙伴们常常会骑在牛背上放牛，就是给牛找吃草的地方。有一次我刚好碰上一个放牛的小伙伴，就说我也想试一下骑牛。他让牛低下头来，把我拉到了牛背上。牛背非常大，像个肉做的小山包，刚坐上去时觉得很好玩，但牛一走起路来就不行了，因为我发现屁股底下的牛皮竟然会随着牛的步伐左右滑动，一会儿把我滑到牛背的左边，一会儿又把我滑到牛背的右边，把我痒得忍不住笑起来。我不明白为什么小伙伴能安安稳稳坐在上面。看来马背上加个马鞍是有道理的。但是没有人给牛加鞍的。我觉得在牛背上滑过来滑过去的感觉太怪了，后来就没再尝试骑牛了。

　　乡下各种各样的鸟很多。有些鸟的样子很怪，例如一种头长得像斧头似的鸟，常常会飞到院子的围墙上，待一会又突然飞走。但最常见，和人最密切的鸟是燕子。燕子的窝通常搭在厅堂两侧托住屋梁的墙上，也就是有浮雕的地方，是燕子自己衔来泥土做成的半碗形的巢（有些浮雕还会故意凸出一个半碗形来给燕子做巢）。每年春天燕子飞来，就住在厅堂的巢里，在人们的头顶上叽叽喳喳的，给家里平添了喜人的春意，有时还会生出小燕子，然后就看到燕子飞进飞出地把小虫叼回来给小燕子吃。到了冬天燕子就飞走了，春天又飞回来。我们一帮小孩子曾经争论飞回来的是不是原来的燕子，因为它们看上去都很像。小堂哥则很肯定地说就是原来的燕子，因为他曾经抓住家中的燕子，在腿上绑了一根红绳，结果发现春天飞回来的燕子腿上还系着那根红绳。燕子其实是和狗一样恋家的，只是它们更喜欢顺其自然地生活，更自由自在一些。我感觉狗像儒家，燕子像道家。狗和燕子，一儒一道，为乡下的生活增添了从自然而来的文化气息。

　　乡下一年的生活，最令人难忘的就是四季都有的雨。下雨的时候，雨水顺着一排排屋瓦往下流，然后从屋檐一滴一滴地落到地面，在庭院薄薄的积水上激起一圈又一圈的涟漪，伴随着雨滴的节奏，不断地扩散又消失，扩散又消失。每当下雨的时候，天色总是比较昏暗，四周白茫茫的，到处都是风声和雨声，时不时夹杂着突然爆发的让人措手不及的电闪雷鸣。院子周围的树全身都湿漉漉的，雨水顺着树梢汇集到叶子末端，变成晶莹的水滴，逐渐地变大，再忽然落下，周而复始。路边的积水哗啦啦地流个不停，带出平时少见的黄土和腐叶。自然一改其平时的面貌，仿佛在上演一场全新的戏剧。人们从野外回到了家中，在有点寒凉的空气中坐在一起，默默地望着天地之间发生的这种奇妙景象，无形之中觉得比平时更加亲密。雨从天上漫无边际地飘下，仿佛融合了天地，让人感到在天地的怀抱中被拥有的感觉。人在下雨的时候才真正感受到生命是有来源，有归宿的。雨是什么呢？雨不就是天地的交合吗？天地合则万物生，万物生则我生。当然，这是我现在的理解。小时候虽然对故乡的雨印象深刻,但没有想过雨有什么意义。然而,故乡屋檐下一串串的雨滴,地上一圈圈的涟漪,树叶末端晶莹的滴了又滴的水珠,小路两边哗哗流过的积水,还有全家人坐在一起看雨的情形……所有这一切都成了永恒的记忆,以至于下雨总是让我想起故乡。我不知道别人是否和我一样喜欢下雨。总之对我来说,下雨就是天地间发生的最美的事情。虽然长春漫天飞舞的雪也很美,但还是没有雨这么让人感到亲切。长春的雨声也很美,但没有故乡下雨时的许多自然景象。说到底,我就是一个住在北方的南方人,一个浪迹天涯的游子。

我的加拿大老师

加里·麦迪逊（Gary Madison）是我在加拿大麦克马斯特大学读研究生时认识的一位教授。他不仅教给了我一些哲学的思想和方法，同时也是我在加拿大十几年遇到的一位真正的良师益友。自从受聘回国在吉林大学从事哲学的教学和研究，我和他还一直通过电子邮件保持联系。但最近的几封信他都没有回音。我有点担心地拨通了他家的电话。果然，他告诉我他患了癌症，卧病在床，行动不便，已经有一段时间没有看邮件了。这个消息使我的心情顿时沉重起来。但电话中他的声音仍然像从前那样爽朗和坚定有力，仿佛什么也没有发生似的。这种品格是让我对他深为敬佩的原因之一。放下电话，我情不自禁地来到了住所附近的观澜湖，这是我经常来散步和思考的地方。望着阳光下微波起伏、轻轻荡漾的金色湖面，我仿佛又回到了加拿大，回到了刚认识他的那些日子。

加里出生和成长于美国，但其祖上有法国血统，曾在巴黎大学师从法国哲学家利科攻读博士，毕业后留在巴黎大学任教，并和德国哲学家伽达默尔成为同道好友。加里吸收了利科和伽达默尔在现象学和解释学领域的创新思想，同时也吸收了法国哲学家梅洛-庞蒂丰富多彩的现象学，其博士论文就是专门研究梅洛-庞蒂的，出版后成为第一部全面研究梅洛-庞蒂的书籍，至今仍是这方面最权威的著作。利科和伽达默尔的社会研究侧重对政治的理解，而加里则从政治扩展到经济，用现象学重新解释古典自由主义，获得了丰富的成果。加里从1970年起到麦克马斯特大学担任教授。我选修的研究生课中有一门就是他开设的《古典自由主义理论》。和传统西方哲学不同，现象学注重的不是概念体系，而是人对生活现象的理解，因此一定程度上接近中国哲学注重生活实践的倾向。这使得我和加里的交往从一开始就注定了会有许多默契。

加里从小就因病导致一条腿瘫痪，走路必须用拐杖，腿痛还会时不时地发作。为了过一种更清静的生活，将精力全部奉献到哲学研究中，加里几年前就提前退休了，所以很少到学校来。他的研究生课都是在家里完成的。每次上课他都为我们几个学生准备了咖啡和饼干果仁之类的东西。所谓上课也就是一边喝咖啡一边讨论（当然，每次我们都会事先阅读他指定的材料）。他是一个非常好客的人。每个周末他家都会成为学生们三三两两地来访，一边喝着红酒一边随意畅谈哲学和人生话题的地方。在他身上有一种非常强烈的热爱生命、热爱人生一切美好事物的气质。虽然身有残疾，但家里的墙壁装修、灯饰桌椅等布局都是他亲自设计安排的。客厅里的摆设古色古香、高贵典雅，灯光不是很亮，但因此更有温暖的、富于人情味的气氛。每次上课或聚会的时候，他喜欢坐在古老的椭圆形木桌的一端，一边吸着烟斗一边谈笑风生，颇有绅士的风度和派头。但吸烟过多也使他时不时地咳嗽。我曾经不知好歹地劝他少抽一些，话刚出口，当时坐在我对面的一位印度裔女学生吓得急忙向我打眼色、摆手势，暗示我不要捋虎须（她是加里的博士生，非常了解加里的习性和脾气）。后来我也开始体会到手里拿着烟斗谈论哲学的乐趣。难怪法国哲学家萨特也是烟斗不离手。德国哲学家黑格尔则喜欢吸鼻烟，也许是为了醒脑吧。歌德在其谈话录中还提到其诗人好友席勒喜欢在抽屉里放一些烂苹果，靠其特殊的刺激味道来维持写作的灵感。伟大的人物总会有一些不同寻常的爱好，这是我们不能从常人角度理解的。吸烟的确有害健康，但说到底，人生只有几十年，活得精彩比活得长寿更重要。加里有时还会得意地向我们提起他年轻时的一些浪漫故事。虽然他身有残疾，但其渊博的学识、诙谐的智慧、富于人情味的谈吐、率真而毫不矫饰的胸怀、热情洋溢的生活情趣，还有那时不时流露出来的未泯的童心，都有可能会迷倒一些女孩。所以，他的那些浪漫故事应该不是乱编而是有生活基础的。

最让我吃惊的是他对中国文化的熟悉和热爱。当话题牵涉到中国时，他经常会如数家珍地提到一些有关中国历史、地理、人物的具体细节，有不少我还是第一次听说。他的教育和文化修养来自西方，但十几年前，当他已经迈入五十而知天命的年龄时，突然迷上了中国文化，对孔子更是十分敬佩。他认为孔子思想中富于人性的东西就如同自由、民主、人权等西方理念一样可以普遍适用于全人类。他希望通过重新解释来结合二者，认为这在全球化的时代有重要的意义，甚至曾经对我说孔子的思考方式就是解释学。在我修完他的课程时，他拄着拐杖从书房里取来一本《论语》的英译本，要求我把手按在这本"中国的圣经"上面发誓以后一定会忠实地传授他教给我的东西。我望着他严肃的脸色，不像是开玩笑的样子，便按他说的做了。我非常钦佩他重新解释古典自由主义的工作。虽然我并不完全赞同他的所有观点，但我觉得他的意思并不是希望我完全赞同，而是希望我像他那样如实地理解和重新解释古典自由主义，而且还暗示这种重新解释应该结合孔子来进行。我发誓之后，加里严肃的脸色顿时冰释成了孩童般的笑容："我还有一样东西拿给你看。"他拄着拐杖又进了书房，回到客厅的时候一只手藏在身后，带着调皮而又神秘的笑容问道："猜猜是什么？"卖了一回关子之后，他才得意地伸出手，原来他手里拿着的是一尊孔子的雕像。他还展示了访问中国时在一座孔子塑像前的留影，自豪地说："我是百分之百的儒家！"我心里暗暗打起了小鼓：老外喜欢中国哲学恐怕是因为觉得很新鲜，觉得和西方哲学很不同，不见得会有什么深入的理解。于是我试着和他谈论孔子的一些思想。谁知道刚说了一会，他就断定说："你不理解孔子。"我还想进一步辩解，他摆摆手说："算了！算了！孔子的真实意义已经被后来的儒家传统曲解了。回去好好读读《论语》再说吧！"这话从一个外国人的嘴里说出来，实在令我震撼。我意识到自己对孔子的理解其实和普通中国人差不多，停留在一种泛泛了解的层次上。许多中国人根本就没有认真读过《论语》，却喜欢对孔子的某些耳熟能详的话断章取义，一开口就对孔子做出这样那样的肤浅评价，甚至把儒家后来发展出来的一些僵化的教条安放到孔子身上。我出国前曾经花了不少功夫钻研周易和老子，但没有认真研读过《论语》。因此他批评的话语一出，我立刻沉默了。我知道这次是遇上真人了，还是回去修炼一番再来切磋吧。

　　不过自己修炼没人指导恐怕进步很慢。于是我心生一计。几天后，我挂响了他家的电话："加里，我知道你很喜欢中国菜。我想带一些中餐外卖到你家和你一起共享，顺便向你请教一下孔子的哲学，行吗？"他一听说有中国菜，非常高兴，立刻答应了。到了他家，他吃得很高兴，竟忘了我的话的后半截，滔滔不绝地谈起美食来："世界上只有两个民族是真正擅长美食的，一个是中国人，一个是法国人。"我谈起孔子食不厌精，脍不厌细的故事，他才想起我说的关于请教孔子哲学的话，于是稍微点拨了我几句，然后又马上转回美食的主题去了。这事之后，我对自己的太过认真也感到好笑。其实孔子和其他哲学家最大的一个区别就在于他是通过对事物的热爱来理解事物的。对他来说，是热爱而不是任何别的什么东西，才是通往真理的真正道路。"知之者不如好之者，好之者不如乐之者。"他对周礼的推崇是对精美文化和人伦秩序的热爱而不是对行为规范的死板服从。"郁郁乎文哉！吾从周。"这种热爱还包含了他对周公之伟大品格的向往。"甚矣吾衰也！久矣吾不复梦见周公！"至于他听到韶乐后"三月不知肉味"，"不图为乐之至于斯也"，更显示出他对韶乐的领悟是发自内心的热爱而不是纯粹审美式的"鉴赏"（孔子认为韶乐"尽美矣，又尽善也"，而不像武乐那样"尽美矣，未尽善也"）。其实我们对一个事物的意义之领悟首先在于心中对它的切身感受，而不在于对它的智性了解。"吾未见好德如好色者也。"孔子希望我们对"德"有一种如同对女人美貌那样的天然的、发自内心的喜爱，而后人把"德"仅仅当成道德规范，从理论上加以论证，从行为上加以束缚的做法并不可能产生真正的"德"。"人而不仁，如礼何？人而不仁，如乐何？"仁的核心是"爱人"。没有对人的发自内心的爱，光是表面地实行礼乐就会使礼乐空有其表。仁者的"爱人"虽然发自内心，但并不是一种软弱。相反，没有坚定不移的意志是不可能真正去爱一种事物的，因为真正的爱是一种全心全意的接纳，而唯有坚定不移地站在自己意志根基上的人才能全心全意地接纳一种事物。因此，仁者的一大特点就是意志的单纯和坚定，不随周围事物的影响而随意地改变。"刚、毅、木、讷近仁。"意志薄弱，毫无原则，一味讨好众人，与世俗同流合污，谁也不得罪，因此总是得到众人称赞的人，孔子蔑视地称之为"德之贼"，也就是从众人盗取"德"的人，而不是自身有"德"的人。由于仁者的意志单纯而坚定，因此不会花言巧语地谄媚他人。"巧言令色，鲜矣仁。"但仁者的意志不是和他人对立的意志。恰恰相反，仁者单纯而坚定的意志是一种与天合一的意志，因此是真正能够"泛爱众"的意志，是真正能够使天地人成为一体的意志，而软弱的、随波逐流的意志则是一种无根的意志，无法超越自己的生命去真正地爱什么东西，只能出于自我保护的心理去讨好众人，看风使舵，即使喜欢某种东西也只是因为众人都喜欢，而不是一种发自内心的坚定不移的热爱。从现在许多人一味地喜欢"热门"的行业、"时髦"的事物、"流行"的时尚，以及对"热议"和"走红"的渴望，都可以看出我们这个时代最缺乏的东西之一就是仁者的风范。

在我眼中加里就是一个真正的仁者。虽然他身有残疾，但对生命的热爱和对人类的关心却超过许多健康的人。在他身上看不到一丝一毫的软弱或者厌世。对真理坚定不移的热爱和追求促使他不停地探索和学习，"不知老之将至"。他年近花甲才真正发现了孔子的思想，常常为此叹息："唉！我对孔子知道得太晚，有太多东西可学，可惜时日不多了。"这使我联想起孔子晚年才开始领悟易经的故事。孔子"晚而喜易，……。读易，韦编三绝"，还不无遗憾地说："加我数年，五十以学易，可以无大过矣。"加里对易经没有太多研究，但对于孔子却是真心地热爱和敬佩，而且爱屋及乌，六十多岁的人了还一个字一个字地学习汉语。他曾经和我讨论"君子"的真正含义。我认为"君子"不仅仅是有风度和修养的人，而且还具有独立、坚定、如同梅花一样傲雪凌霜的品格。他听到"梅花"的比喻特别感兴趣。后来他给我发了一封邮件，让我详细解释中国人对梅花的欣赏。我给他回信写道：

> The plum tree is the tree most favored by Chinese poets and painters, ancient and modern alike. The reason is that the Chinese

tend to appreciate trees and flowers from a 'human' point of view, and the plum tree is a tree that still blossoms in the cold winter. Braving snow and frost, it blossoms defiantly, just like a man who always maintains his virtue (*de*), no matter how the environment changes or other people treat him. This is the kind of character that Confucius exhibited and admired: the courage, integrity, and optimism of the *junzi* or person of noble virtue in all situations, especially in hard times.

中文大意是:

> 不论在古代还是现代,梅都是中国诗人和画家最为喜爱的一种树。原因在于中国人倾向于从"人"的角度欣赏植物和花,而梅正是一种在寒冷的冬天仍然开花的树。梅花傲雪凌霜的品格,就像一个不论环境如何改变或者别人如何对待自己都始终保持"德"的人。这就是孔子欣赏和表现出来的那种"君子"品格:在任何情况下,尤其在艰难的时刻,都始终保持着勇敢、正直和乐观。

其实我写这段文字的时候心里想的就是他的形象,描述的就是他的为人,尤其是他身残志坚,热爱生活,胸怀坦荡,敢于坚持真理,从不讨好大众的品格。虽然加里始终坚定不移地支持西方国家对自由、民主和人权的尊重,但他对西方福利国家的一些做法并不赞赏。他认为国家应该帮助处于不利环境的人获得更好的教育、培训和工作机会,而不是把福利当成权利来分配,这样做只会造成人民的懒惰和官僚的腐败。有一次,我和他聊起加拿大的一些法律条文。我认为西方国家存在过度法律化的问题,以致日常生活和文化领域都被过于繁复的法律条文束缚,削弱了自由主义本来要保护的自由。加里对此也有同感。可惜他的思考主要集中在健全民主和法治,对过度法律化的问题没有深入研究。但他对西方大学中极为盛行的用"政治正确"干扰学术自由的做法很反感,公开在其写作中表示了强烈的不满。

也许是因为对梅花的品格有切身的体会,加里从此爱上了梅花,开始收集有关梅花的中国画。后来有一天去他家拜访时,他送给我一本他刚出版的书,书名是 *On Suffering*(《论苦难》)。封面上印着一幅题为"冬梅"的中国画。这本书以人生的苦难为主题,讨论了历史上的哲学、科学、宗教等对人的理解,其思想横贯东西,其写作风格也不同于一般的西方哲学书籍,到处闪耀着哲人的智慧,还特别提到了孔子在苦难中表现出来的君子品格。他的中心思想是,人生的苦难是我们应该勇敢地接受的属于人性的东西,是真正造就人的东西,而不应该是我们仅仅想方设法逃避的东西。在最后一章他讨论了医学实践对待苦难的态度,特别指出现代医学的实践(包括心理治疗)一味以减轻痛苦为目标,暗中鼓励病人把自己当成受害者,往往在帮助病人减轻痛苦的同时使他们在精神上变得更加软弱和依赖,更加无法过一种有品德的生活。这本书被麦克马斯特大学医学院指定为所有学生的必读物。他在介绍了书的大概内容之后,神秘地笑着说:"打开它,看看前面。"我翻开书的封面,看到第一页上有他的亲笔题字"For Jing Long, A good neighbour."(给龙晶,一个好邻居)。我家其实离他家比较远,但他却把我称为好邻居,不但体现了他充满生活情趣和人情味的品格,似乎还暗示了孔子说的"德不孤,必有邻"。我还注意到题词旁边盖的红色印章是汉字的"梅迪生"。加里曾经对我说他为自己起了一个中国名字"美德生",既是 Madison 的谐音,又突出了他的儒家倾向。现在他把"美德生"换成"梅迪生",显得更加含蓄而有诗意,同时也更像一个真正的中国名字。加里继续笑着说"再往下看",暗示精彩的还在后面。我再往下翻,看到该书的题献,意思是感恩回忆他的老师伽达默尔和利科。加里继续笑着说:"再往下看"。我再翻下去,看到了书的题词中有孔子的话"*A person of noble virtue* [*junzi*] *can indeed find himself in distress, but only a petty person* [*xiaoren*] *is overwhelmed by it.*"(君子固穷,小人穷斯滥矣),以及尼采的格言:"*That which does not kill me, makes me stronger.*"(杀不死我的,使我更强大)。加里笑着摇摇头:"不是这个。往前看。"我翻到前面一页，才发现出版信息页面中印着我解释梅花的那段文字，被他从我的电子邮件原封不动地搬了过来，最后用破折号加上了我的名字。这下加里才哈哈大笑起来，仿佛在为他"偷窃"了我的电子邮件内容而得意。我甚至怀疑他当时通过电子邮件叫我解释梅花的意义是早有预谋的。当然，这种用心良苦的"偷窃"带给我的是意外的惊喜。

通过学习加里的课程，我第一次对古典自由主义有了全面的了解，产生了在课程论文中用现象学重构其主要内容的想法。这种想法对于刚刚修完这门课的我来说确实是十分大胆的。经过一番艰苦的努力，我总算把论文写成了，在加里规定的最后一天头昏脑涨地赶去他家把论文交给他。按了门铃之后，加里养的大狗就在里面狂吠起来，接着就听到加里呵斥大狗的声音，然后便是他拄着拐杖来开门的声音。这些是每个到过他家的人都感到熟悉和亲切的声音。加里非常喜欢狗，称之为"人类最好的朋友"，但不太喜欢猫，显然因为狗对人有忠实的情感和帮助，而猫则好吃懒做，没心没肺的。有一次，我们几个人谈论起他的大狗，加里深情地看着大狗，说以后他到天国里会看到它已经在那里了。我心中有点想笑，觉得这不过是自我安慰罢了：基督教确实认为信耶稣的人死后可以进天国，但《圣经》可从没有说过狗死后也能进天国。加里看我似乎不太相信，就拄着拐杖进入房间，不知从哪里掏出了一块古董式的木牌，上面刻着狗的形象，底下还写着一段英文，并强令我当众读出这段文字，其大意是狗在死后会跨过一道"彩虹桥"来到天国，最终和其主人在天国团聚。读完这段文字，我还是觉得这只是人类的美好愿望而已，但加里执着的充满希望的眼神却让我不得不收起心中的笑意，因为这种眼神不仅流露着天真，更是内心光明的一种闪现。

话说回来。大狗的叫声停止之后，加里打开了门。我没有打算进去，只是站在台阶下把论文递给他。加里扫了一下论文的题目《从现象学角度重构古典自由主义理论》，随即笑了起来："好啊！这正是我一直在做的事情。"接着他突然沉下脸来，俯身盯着我的眼睛，非常严肃地问，"这是不是一篇好论文？"为了写这篇论文，我不仅读了课程讨论的那些经典论著，还特意阅读了加里的相关论著，对其广博的学识和治学的严谨钦佩不已。我第一次就这种题目写这么大的论文，其中还指名道姓批评了加里的一些观点，所以不知道究竟写得好不好，对他的理解是否到位。加里见我不回答，于是加重了语气，挥舞着手中的论文，几乎是恶狠狠地再次追问："这是不是一篇好论文？！"言下之意似乎是：你竟敢写这样大的题目！如果不是好论文，就别拿来献丑了！其实加里咄咄逼人的眼神背后隐藏着热烈的期待，但我当时没有太注意这点，整个人还笼罩在阅读其专著带来的震撼中，以至于我一时竟不知道如何回答他。低头沉默了一会，我勉强挤出了一句话："我已经尽力了。"

几个星期之后，我买了一瓶红酒，前往他家参加周末的聚会。刚到门口就听见里面笑语喧哗，显然已经聚集了不少学生。按响门铃之后，照例是大狗的狂吠，接着是加里呵斥大狗的声音，然后便是他拄着拐杖来开门的声音。门开之后，他一看是我，立即兴奋地朝屋里的人大声喊道："你们看谁来了？不要以为他来自红色中国，就不理解自由主义哲学！"我有点受宠若惊地被他隆重迎入屋里。虽然我的论文批评了他的一些观点，他还是毫不犹豫地给了优秀的成绩。现在回想起来，加里并不是单纯地给论文的质量以充分的肯定，而且是在鼓励我用现象学和解释学的方法，在结合中西思想方面做出新的成就。在临行回国到吉林大学任职之前，我最后一次到他家辞行。当时他腿痛又发作了，躺在斜椅上和我说话。在昏暗的灯光和沉默的气氛中，他语重心长地说："我在你身上看到了许多潜能。但你要注意，永远不要变得教条。即使对海德格尔也不要认为你的理解已经达到了完善。"过了一会，他又不容置疑地补充了一句："要永远不停地学习！"我的硕士和博士论文都是研究海德格尔的。虽然伽达默尔是海德格尔的学生，但我对海德格尔的理解是直接从海德格尔出发的，自认为比许多人更理解海德格尔的思考。加里显然察觉到了我的这种想法，因此特别地加以叮嘱。今天加里不像平时那样滔滔不绝，而是说一句想一句，还时不时地陷入停顿。我默默地听着他的教诲，什么也没有说。我知道加里并不希望听到接受或保证之类的话，而是希望我真正实践他所说的。我就这样一语不发地听他说了许多叮嘱的话，直到他再也无话可说，才扶他到床上休息，然后走出大门，轻轻把门关好，从此踏上了归国之路。

加里现在七十出头，已经到了孔子所说的"从心所欲不逾矩"的年龄。在电话里他笑着说："活够了！值了！"我说希望治疗能够生效，祝愿他尽快好起来。他有点生气地说："荒唐！那是不切实际的幻想！"他说决定不住院，不动手术，就在家里过完最后的日子。加里平时连腿痛都尽量不吃药，因为他觉得依赖药物对身体和心灵都有伤害，更是瞧不起那些把珍贵的医疗资源花在苟延残喘上的人。我知道此时再说什么安慰的话就是对他的不尊重。他不可怜，无须安慰。相反，这个一辈子拄着拐杖，长期忍受腿痛煎熬的人，在他生命的最后日子里精神依然是那样强大，心灵依然是那样健康。上个春节回海南老家的时候，我特意从我的一位画家朋友（符小宁）那里挑选了一幅梅花图，觉得比加里在书的封面上印的那幅更为生动地展现了梅花傲雪凌霜的品格，准备有机会的时候带去加拿大给他。现在已经没有机会了，而且也没有必要——他的一生就是荒野中不屈不挠地生长的一枝梅，他的为人就是梅花散发出来的阵阵清香，他的论著就是一幅幅美丽的梅花图：

> 傲雪凌霜，寒梅独香。
> 花兮将谢，魂兮永芳。

我所认识的张祥龙老师

三天前,我一大清早起来就听说了一个不幸的消息,中国当代著名哲学家张祥龙先生因患癌症于 2022 年 6 月 8 日晚仙逝于家中。张老师 1949 年出生于香港,成长于大陆,1992 年在美国纽约州立布法罗大学哲学系获博士学位,回国后在北京大学哲学系和外国哲学研究所任教,1996 年出版了成名作《海德格思想与中国天道:终极视域的开启与交融》,将 20 世纪德国哲学家海德格尔的思想及其现象学方法与中国道家和佛家(及印度哲学)融会贯通,后更进一步从现象学深入孔子等儒家的思想,对中国古代哲学做出了富于灵性的阐释,其注重生活体验和构成境域的灵妙思维将古代经典从刻板的解读中解放了出来,使之如陆鱼归大海,笼鸟入苍穹,重新获得了自由生发的境界。张老师融西入中、微妙玄通的哲学思维深刻地启发了许多当代中国学者,为百年来在中西文明的碰撞中不断衰落的中国文化注入了新的生机。我在加拿大留学期间就有幸读到了张老师的《海德格思想与中国天道》一书,深受启发,2012 年回国到吉林大学哲学系任教,开始了和张老师的正式接触。和张老师的许多好友和学生相比,我对张老师的了解要少得多,无法写出像样而全面的纪念文章,但受到慧田哲学公众号的邀请,就随意地谈谈和张老师交往过程的一些印象和感想。[①]

刚刚回国时,我对国内哲学界完全不熟悉。从 1994 年到加拿大自费留学开始,我为了学习西方哲学而在海外漂泊了十八年,直至海德格尔将我引回中国哲学的构成境域,对中西哲学史的融会贯通有了比较成熟的思考,才感到应该回祖国去完成融合中西哲学的

---

① 本文原载慧田哲学公众号,2022 年 6 月 13 日。

事业。刚刚回国的我就像浪子回到已经阔别多年的故乡，面对在海外漂泊时朝思暮想的故土，感到的却是一种茫然的陌生感。我于是斗胆给张祥龙老师发了一封邮件，谈了我对现象学和海德格尔的研究，以及张老师的"构成境域"对我的启发，希望在国内的哲学道路上得到更多的指点和交流。张老师在极为忙碌的状态中给我回了信，建议我参与国内的现象学年会，并将2013年的邀请函直接发给了我。我听从了张老师的建议，参加了当年的现象学年会，作了《对天地的一个现象学考察》的发言。在会议期间，我终于见到了仰慕已久的张老师，还结识了王庆节等研究海德格尔的前辈，后来陆续参加了几届现象学年会，又结识了孙周兴等前辈，开始融入国内哲学界中。可以说，张老师不仅在思想上启发了我，也是我进入国内哲学界的一个引路人。

2013年的现象学年会在甘肃兰州大学召开。当我看到一个留长髯，穿唐衫的儒雅先生在酒店大厅和人交谈时，我一眼就认出这就是张祥龙老师，于是上前攀谈，开始了我们的第一次接触。张老师不但热爱中国哲学，而且身体力行，在讲课和参与学术活动时总是身着传统对襟上衣，和他的长髯相互呼应，给人以非常鲜明的中国哲人印象。我早已发现近代中国哲学大师几乎毫无例外地留有长髯，觉得这并非偶然，而是其中国哲学修养的自然体现。我的两腮虽然零零星星长了一些胡须，但始终不成气候，只好经常刮掉，这大概是我的中国哲学修养尚未达到完善境界的体现吧！虽然我在《太极之音》中对中国哲学的核心思想做了系统的重构和发挥，但主要是从现象学和本体论的角度，而在精细入微的人生体悟和身体力行方面，张老师达到了更加成熟老练的境界。张老师不但身体力行实践中国传统服装，而且还为其儿子专门设计了传统的中式婚礼。今天，中华民族的传统服装和礼仪正在民间逐步兴盛起来，这是中国文化复兴的一个重要实践，而其在哲学界的先行者正是张祥龙老师。

这次现象学年会对海德格尔的 Dasein 之翻译展开了激烈辩论。王路教授主张译为"此是"；王庆节教授同意陈嘉映译为"此在"的做法，尽管他更喜欢"亲在"；张祥龙老师则主张译为"缘在"。

海德格尔用Dasein来指领悟存在的意义从而归属于存在的人，因此我赞同陈嘉映和王庆节教授译为"此在"的做法，这样可以突出"存在在此"的意思。我私下向张老师表达了对"缘在"的质疑，因为在我看来，这种翻译将此在对存在的归属混同于存在者之间的相互纠缠，带有从佛家缘起思想而来的暗示，而海德格尔的思考从存在出发，突出的是人对存在的归属，更接近道家的思想（我认为"存在"是西方人从思考出发理解的大道敞开世界之运动①）。张老师听了以后若有所思，没有立刻做出回应。过后我们忙于参与会议的其他讨论，这个问题就被搁置了下来。张老师特别注重中国汉字"缘"的丰富内涵，甚至将海德格尔后期思考的核心词Ereignis也翻译为"自身的缘构发生"，突出了一切意义在人的生活世界中相互纠缠、相互构成的微妙态势。张老师对印度哲学和中国佛学都有非常深入的研究，尤其喜欢《华严金师子章》中重重无尽、相互映射的缘构境域。虽然我认为从缘构角度理解海德格尔思想削弱了存在的本体论意义和地天神人相互归属的特殊意义，但张老师特别突出的非现成、纯生发的态势却是非常值得注重的，是张老师对当代中国哲学最大的贡献之一。可惜我们后来一直没有机会就这个问题展开深入交流，至今引以为憾。

会议结束时，我们一行人到附近的甘南藏族自治州一游，参观了藏传佛教格鲁派最大的寺院拉卜楞寺，并与活佛展开了一场"哲学与宗教对话"。张老师向活佛询问了藏传佛教对孝道的看法。活佛的回答是藏传佛教非常敬重母亲，不敬重母亲的人是无法达到真正的佛教境界的。张老师显然被这种回答感动了，眼睛变得湿润起来。在这次会议中，张老师的发言《海德格尔与儒家哲理视野中的"家"》指出海德格尔对"家"的理解突出了个人的真态生存和民族的诗意家园，忽视了儒家注重的"亲亲"或"慈孝"的真态之家。后来张老师来吉林大学讲学时，曾有学生当场质疑张老师对儒家的理解是不是有点过于温情脉脉了。张老师则指出儒家注重

---

① 参见《太极之音》，280页。

"亲亲"更甚于注重"尊尊",并强调他有足够证据说明这点。我感觉这里重要的还不是经典的讨论。经典来自人的生活。张老师对人与人的关系充满了温柔敦厚的理解,这就是在古代社会产生儒家的一种"纯生发的态势"。张老师在其后期思考中也突出了父亲角色的重要性,[①] 其个人气质也有刚毅坚强的一面。从某种意义上,我们可以说对中国哲学"一阴一阳之谓道"的理解,最终将张老师引向了和易经思想相近的境界。

2014年的现象学年会在四川大学召开。和张老师再次相遇,我邀请他一起去看看成都有名的民俗风情街宽窄巷。张老师非常感兴趣,答应在当晚和我一起去看看。后来由于现象学专业委员会临时决定在晚上讨论年会重要事宜,张老师无法抽身前往宽窄巷,就特意来向我说明和道歉,令我既感动又遗憾。其实看宽窄巷还是次要的,我更想借此机会和张老师好好交流,聊一下我写作"生命现象学"和"天地人现象学"的一些想法,惜未能如愿。在这段时间的通信交流中,我提起在吉林大学讲授现象学的体会,感慨今天的中国学生离西方形而上学和西方生活方式很近,离中国传统思维方式非常远,甚至比西方的一些学生还要远(很多西方哲学生在努力接近东方思维)。张老师很有同感,并鼓励我说:"希望你的课能带给学生们更深入生动的东西。"我趁机激励张老师:"在我看来在众多学者中您是真正有热心,有关怀的,对中国古代文化的精神实质有深刻的体会。真希望您有机会能来吉大搞讲座,不管是中国古代思维还是现象学或者海德格尔都可以。今天的学生缺乏对中国传统文化的热情和了解,对现象学也感到难以入门,如果您能来给他们讲课,他们一定会获益匪浅。"张老师以前就曾被吉大哲社院院长贺来教授邀请过,现在又听我这么说,就答应了下来。在贺院长的大力支持和李大强老师的积极协助下,张老师终于在2015年金秋时节莅临吉林大学哲学系,举办了两个讲座:《什么是现象学?——现象学方法的独特性所在》和《技术、道术和

---

① 参见张祥龙《"父亲"的地位——从儒家和人类学的视野看》,《同济大学学报》2017年第1期。

家——海德格尔对现代科技的审思及与道家、儒家的关系》。两个讲座的设计并非偶然，而是分别回应了我和贺院长的邀请，按照张老师的说法，就是"将这两种讲座一并进行"。一般学者到外校搞讲座，都是按照自己的意思讲自己的研究成果。张老师的讲座《什么是现象学？》则是根据我反映的情况，专门为吉大哲学系学生设计的。以张老师在中国哲学界的地位和声望，能够充分考虑对方的需要来设计现象学入门性质的讲座，苦口婆心地向青年学子们解释什么是现象学，可以说是充满了人情味和真实关怀的举动。

张老师携夫人在长春度过了愉快的几天。临别时，我将海南画家好友符小宁的国画作品《江岸清风图》赠送给了张老师。张老师看着画作，坦率地对我说："我对中国画没有什么研究，但很喜欢这种风格"。张老师对中国传统文化的热爱可以说是发自内心深处，不需要什么道理，如同对恋人的一见钟情。我曾听他热烈地赞美北京大学校园的古代风格建筑，说让人非常心旷神怡，还表达了对金庸小说的喜爱，言语间流露出陶醉的神态。在我看来，金庸小说并非普通的武侠小说，而是浸透了浓浓的中国古代文化韵味，用富于生命力和古文功底的精彩文笔展开人情，亲情，爱情，义气，国恨家仇，人生百态，在天地之间自由飘荡的豪侠气魄……其风格充满中国儒道文化的色彩，既现实又浪漫，既深情又飘逸，而张老师正是儒道兼修的人，从早期的大道之思到后期的儒家情怀，始终沉浸在纯任天然、生生不息的缘构境域中。更令人钦佩的是，张老师并没有因为沉浸于中国古代文化的美妙境界而失去西方学者式的严肃治学态度，玄妙领悟的背后是全面扎实的研究，妙语生花的基础是卑下肥沃的土壤。张老师最反对以现成的、体系化的、僵硬的学理去宰割活泼的生命体验和构成境域，但他并不因此就信口开河，像某些狂放人物那样，仅仅凭着主观的立场和随意的猜测就对不曾深入研究的事物妄作论断。

张老师答应今后有空再来吉大搞讲座。张老师走后，我化了两年时间全心全意投入《中国文化复兴系列讲座》的写作，但我没有忘记张老师的承诺，再次邀请他来吉大讲学，暗中希望借此和张老师有更深入的交流。张老师回信说："我今年活动已经较多，所以没有增加的可能了。谢谢！活动多往往不是什么好事情，占用许多精力，真正的收获虽然有时有，但很不确定。你专心于自己的讲座，这多半更有意义。"我在网上做的这个系列讲座经过完善后就形成了《太极之音》的书稿。我在加拿大研究西方哲学特别是海德格尔多年，最终被海德格尔带回中国哲学，走出了一条从海德格尔到中国哲学的道路，而张老师正是在这方面对我深有启发的先行者。但《太极之音》以现象学为基础进一步前进到本体论，从太极出发全面地解释了宇宙的生成和人类的发展，将中西哲学史统一成了世界哲学史，这种做法已经超出了中西哲学各自的视野。我感到张老师不会很赞同我向太极本体论的转化，因此向张老师解释了我从现象学到本体论的前进方式，还对张老师关于海德格尔时间性的解释表达了某些不同看法。张老师对我写作《太极之音》的计划给予鼓励，但未做任何评论，对我的不同看法则回信说："我这一段处于治疗疾病状态，无精力深究学理。"这时我才第一次意识到张老师的身体出了问题。我相信中医能治好西医无法医治的许多疑难杂症，且很擅长调理，就向张老师推荐了陕西著名中医郭亚宁，还将刚出版的《太极之音》邮寄给了在北京养病的张老师。在电话中张老师显得还是很有精神，并告诉我他正在参加某个学术会议。我感到他的身体正在逐渐恢复，于是就放下心来。

2020 年的现象学年会在北京召开。我向大会提交了论文《从生命到世界——〈太极之音〉的现象学之路》。我因故未能前去宣读论文，知道张老师将参加这个年会，于是就斗胆请张老师在会上简单介绍论文的思路。我在信中写道："《太极之音》第三部分（太极本体论）是我多年探索的成果，而前两部分用现象学方法通达中国哲学则受到了您的启发。没有谁比您更适合介绍这篇论文了。"但从张老师的回信我才知道他的身体已经越来越差，无力胜任此事，于是找了其他人代我介绍论文。我一直希望就《太极之音》的新思维和张老师展开对话，但张老师显然已经没有足够精力深入这本十分厚重的著作，其中的现象学方法虽然受到张老师的启发，但与太极本体论密不可分，同时还突出了无法被存在维度完全包含的意志维度，而张老师的现象学方法则不受本体论的束缚，更为接近中国古代哲学微妙不可言、灵动无滞碍的纯构成境域。我感觉张老师可能不太接受我的现象学方法，更不会接受从现象学到本体论的转化，但是按照张老师的风格，在没有深入研究之前是不会随便发表议论的。张老师没有像某些人那样还没有认真读过《太极之音》就随意地加以赞赏或批评，而是自始至终对这部著作保持了沉默。这种沉默比那些随意的赞赏更让我肃然起敬。这是真正追求真理的人才会有的态度。海德格尔曾说过，真正的沉默只存在于真实的言谈中。如果上天给予张老师更多的时间，我相信总有一天我们能够就《太极之音》的新思维展开真诚、深入的对话甚至争辩。然而张老师肩负伟大的天命，在中国大地播下许多思想种子后就被召回了天庭。当这些种子充分成长，花果累累之时，张老师的在天之灵必将得到真正的安慰。所以我们纪念张老师的最好方式，就是让张老师在我们心中播下的思想种子开花结果，为中国文化复兴做出自己的贡献。

虽然我早已知道张老师在养病，但没有料到他走的这么快，因此忽然听到噩耗还是感到了震惊。我不了解张老师最后的日子是如何度过的。但其好友吴飞间接地作了一些描述："据见到病中的祥龙老师的朋友们讲，他虽然承受着癌症带来的巨大疼痛，每天靠吃药止痛，非常憔悴虚弱，但长须依然不乱，神态依旧俨然，一身唐装仍很整齐，仍然在和朋友与弟子们讨论着哲学问题，而且从不讳言痛苦和死亡。"① 这种哲人风采使我不禁联想到我在加拿大的老师加里·麦迪逊（Gary Madison）。②加里用现象学阐释古典自由主义，和张老师用现象学阐释中国古代经典有异曲同工之妙。加里热爱中国文化，尤其敬重孔子，把孔子当成中国古代阐释学的先行者，并认为孔子思想在今天仍有世界性的意义，这与张老师对孔子的理解也很接近。两位哲人都非常热爱生活，有一颗纯真的赤子之心。加里七十多岁时患了癌症，仍然笑对病痛，继续探索哲学问

---

① 吴飞，《缘在知几——张祥龙老师的哲人之思》（澎湃新闻，2022-06-09），https://baijiahao.baidu.com/s?id=1735118785976886277。

② 参见前文《我的加拿大老师》。

题，直至生命最后一刻，这又与张老师何其相似！两人一东一西，但都是孔子式的真正儒家。不同的是，加里性格刚烈，疾恶如仇，非常直率，而张老师的儒家精神则融入了道家和佛家的智慧，儒雅而飘逸，圆融而中道。加里非常热爱中国画的梅花，其品格也正如梅花那样傲雪凌霜，坚强不屈。如果要用某种植物来形容张祥龙老师的品格，我想应该是君子兰吧！君子兰的绿叶尖削如剑，正如祥龙君子品格之刚毅高贵，其叶子形状是流线型，正如祥龙君子风度之优雅飘逸，叶子质地厚实碧玉，正如祥龙内在情感之敦厚温润，橙红如霞的花朵则一年一度地从圣诞、元旦开放到春节，正如祥龙吸收西方智慧后融入中国传统文化中，在当代中国开出了绚丽多姿的精神之花。

> 海纳百川，大道不已。
> 融西入中，古语解密。
> 祥云东来，祥龙西去。
> 仙迹永留，中华大地！

道德经会讲记

二〇一七年五月，长春正在进入一年中最美的季节。我有幸和对中国哲学有深厚造诣的刘连朋老师共同举办了一次《道德经》讲座。这个面向哲学系学生的讲座是由刘老师的研究生梅寒发起和主持的。下面是梅寒根据录音所做的文字整理（经两位老师审订）。

梅：我在旁听龙老师的海德格尔课程时发现龙老师常常随意地引用《道德经》，而刘老师对《道德经》又很有研究，所以今天请两位老师一起来谈谈他们对《道德经》的理解。刘老师将主要从中国文化方面谈，龙老师则主要从本体论方面谈。这也算是中国哲学和西方哲学的一种交汇。下面就请两位老师开始吧。

刘：中国哲学学科从胡适、冯友兰开始。这是历史的机缘，西学东渐，他们恰逢其会，引入了西方哲学的理论框架。这套框架中国古代没有出现，这个时期，除了哲学之外，还有宗教、自然科学之类的。像经济学、社会学这俩名字是章太炎定的。中国学术发展到现代最根本的改变是引入了西方的理论形态。中国哲学产生开始，就与西方哲学密切相关。事实上，伴随着对西方哲学理解的深入，对中国哲学内容同时也有重新诠释。作为最近十来年的一大显学——现象学，备受重视，很多术语已经成为日常用语了。怎么从现象学之中认识中国哲学？很有幸，龙晶老师从他所学出发，对中国哲学也有很深入的思考。这应该是你们的幸运。两个意思：一、没有必要把中国哲学、西方哲学分得那么清楚，本来哲学这种形态就是从西方传进来的，中国哲学这个概念主要由中国和哲学这两个词组成。中国这个词主要代表着中国传统的学术内容，哲学这个词，代表的是一种理论形式，这两个概念合在一起，就是中西之间。从哲学在中国一百余年的演进过程看，无论中西马还是伦理学、宗教学等，都在一个锅里煮，这是出于哲学观的转变。比如冯友兰的《新理学》出版后的一次讨论会，佛学家王恩洋的质疑表现了极有价值的分量。哲学的各个专业之间是无界的。哲学之作为哲学，不在于它的题材，不在于它的方法，在于它具有反省的姿态。二、这次主要请龙晶老师谈一下，大家都知道，龙老师在课堂上总是随文的点到《道德经》。这次正好有个机会，让龙老师把自己对《道德经》的心得体会系统地阐释出来。就我个人来讲，我也好奇。所以今天我是辅助式的。下面有请龙先生。

龙：我本来打算刘老师讲完之后我再来补充，没想到我变成了主讲（笑）。那我就从中国哲学和西方哲学的关联讲起吧。中国哲学注重"知其然行其然"。西方哲学注重"知其所以然"。中国哲学的知和行是结合在一起的。当然也有一些差别，比如说孔子是知行合一，但是老子有时候侧重，知有时候侧重行，有时候两者都侧重。恰恰就是在老子这里出现了知行的分离，又分离，又合一。道不仅仅是无形的大道，而且也是"可说之道"。但是这种"可说之道"不是老子注重的。老子注重的是不可说的大道。可说之道我称为"小道"来与"大道"相对。老子这个"道"有不可说和可说两个层次，但是他告诫我们不要完全进入可说的小道里，如果拘泥于文字、语言，那大道就很难把握了。但是大道与小道其实互为表里。所以，他有时知行分离，有点像西方的本体论，但又经常回到生活中，告诉我们如何知其然行其然。西方哲学在我看来，就是从大道进入小道，发展逻各斯、理性等思考，但这条路走到极端，就发现走不通了，于是在海德格尔这里又向大道回归。我的认识是：中西哲学史看上去是相互隔离，其实是相互关联的。首先，哲学从易经开始，经过孔子、老子，就开始从大道进入小道。在小道中发展的哲学离开了中国，跑到希腊，从逻各斯一直发展到笛卡尔的主体性哲学，到黑格尔到达了主体性哲学的顶峰，当然他是从主客对立到主客合一。黑格尔之后的哲学又开始逐渐往大道回归。所以世界哲学的整个发展是一个圆圈，从中国哲学开始，从大道进入小道，再返回大道。

关于老子，除了大道和小道、知和行的分合之外，更重要的是区分大道的不同阶段和环节。如果不理解这些，可能就会与佛家所说的空混淆。大道有很多阶段和环节，老子喜欢强调，但是庄子不太强调，或者说庄子漏掉了先天那部分，对天地人那部分着重强调。所以，从庄子看老子也会出问题，因为把握不住大道运动的全过程。如果做一个简单的比喻，说大道是一种流动的话，就好像水从最高的山顶流下来，流到半山腰的一座高台上，这座高台我们称之为"天"，从这座高台继续往低处流，流到山谷中，这个山谷就是"地"，从山谷再流出来，就汇聚成一个大湖，这个湖就是我们生活的世界。人生活在世界中，周围都是可见可闻可触的东西，但是在这之前流动的那些东西，并非我们可以直接观察得到。大道就是从先天那个山顶一直流到天，再流到地，最后流到人生活的世界。天和地要理解成一种无形的领域，高台和山谷都只是比喻。我们看到的天空和大地其实只是无形的天地凝聚出来的具体形象。先天地生的大道不断地流泻，依次转化为天道、地道、人道。我之所以讲这些，是因为我要从本体论角度讲《道德经》，所以要先讲清楚大道流动的阶段和环节。这个问题我思考了很久，借鉴了西方的思考方式，包括黑格尔和海德格尔。我们要弄清大道的流动是什么样的，有哪些阶段，有哪些环节，要知道大道的所以然。中国哲学常常是知其然行其然，而不知其所以然。但老子的知行有所分离，可说之道就是知其所以然的地方。《道德经》已经有所以然的成分，所以他经常说"故"之类的话。但他没有往下发展。

我觉得从先秦开始，《道德经》的大部分解释者注重的都是后天大道，或者天地人三道。先天大道固然有人注意，但是不怎么区分出来，到现在区分就更少。人们谈到老子的先天大道主要就当成是宇宙论。把大道的先天部分归结为宇宙论我认为是错误的。先天那个山顶离宇宙是最远的。宇宙在哪里呢？从宇宙万物的角度来说，宇宙就隐藏在"地"这个山谷中。在"天"那座高台上呢？

那里没有什么具体的东西，没有树也没有花草，当然不是什么都没有，但不是具体的东西。所以说宇宙论仅仅停留在"地"，"天"根本还进不去。湖里面则是我们感觉到的，一切显现的东西，也就是现象。佛家研究的就是这个湖，所以佛家不讲生生不息。佛家就是湖本身发现了自己的虚空，正是由于虚空才能有鱼虾藻菌之类的东西出现在湖中。所以，空和有互为表里，不一不二。但是不能从佛家的空来看道家说的无，因为道家的无是从山上流到天流到地流到湖的过程，这整个过程是无，因为其运动无影无形，不像任何具体的东西，所以是无。无不能理解成空。

下面我想从《道德经》中的几个重要章节来表达我所说的这个结构。我主要想讲先天这部分，因为这部分是许多解释《道德经》的人都不太注意的。庄子在我看来也没有先天大道这部分。先天大道是先天地生，然后才从天到地到人一气贯通。先天大道是生成八卦六十四卦的道。先天大道中有阳象，有阴象，有合象，发展成八卦，再发展到六十四卦，然后才有天地人。但是老子并没有讲这么细。为什么呢？因为老子不是从乾坤出发，看不到阴阳组合成八卦六十四卦的细节。他只讲这个运动的过程，叫作道。所以要抓住这个运动。对老子来说阴阳的组合不是最重要的，整个流动过程才是最重要的。

下面我们先看《道德经》的第一章。我念一下：

> 道，可道，非常道；名，可名，非常名。无名，天地之始；有名，万物之母。故，常无，欲以观其妙，常有，欲以观其徼。此两者同出而异名。同谓之玄，玄之又玄，众妙之门。

老子的思考是从人生活的世界逆着大道而行，从后天大道一步步返回先天大道。人是从湖中的东西转向大道的。所以他一开始就从我们生活中的现象谈起，也就是从可说、不可说的区分谈起。可说的道是在我们生活中伴随大道流出来的，是属于后天大道的。"名"是大道发展过程中，经过"地"这个部分时，在宇宙中产生的最初的思想。宇宙是有智慧的。宇宙智慧就是希腊人说的"努斯"，其中有柏拉图的永恒理念，先于这个世界存在。宇宙智慧中的永恒理念就是最早的"名"。人们使用的"名"不是最早的。在人能用"名"之前，宇宙的智慧就有思考，就有"名"。"可名，非常名。"人可以命名的就不是宇宙智慧中永恒的"名"。"无名，天地之始。"先天大道没有"名"，甚至天地本身最初也是没有"名"的。但是大道在"地"的内部产生了宇宙智慧，有了永恒的"常名"。"有名，万物之母"。万物是从宇宙智慧中的"名"，也就是从永恒理念产生出来的。有了"名"才有万物。柏拉图也说理念是原型，理性神根据理念产生万物。"常无，欲以观其妙，常有，欲以观其徼。"我们要经常注意"无"才能观入大道的奥妙，要经常注意"有"才能观入大道产生的具体事物。妙和徼，一个无形，一个有形。无和有两者是同出的，因为先天大道是无，流到"地"的时候就分出无和有，无里面就有具体的东西出现。"名"也可以算作一种"有"。但是大道本身的流动是完全虚无、没有具体特性的。无流到"地"的时候，无和有就开始互为表里。"同谓之玄，玄之又玄，众妙之门。"老子说的"玄"在这里主要还是指后天大道部分，因为可说和不可说是首先在世界中做出的区分。这部分的流动看似浑浊，其实有一股清流在其中。浑浊的是大道，但是在大道的涌动中有一股清流，就是可说的小道。这个清流扩大起来就可以澄清这个世界。清和浊、有和无都是"玄"。一个是我们看到的现象，一个是虚无的大道，二者互为表里，构成大道的门。如果想要理解大道的一切奥秘，就必须从这个门开始一直逆流回归到先天大道。

第一章仅仅提到了门，这个世界的有和无，但还没有进去看门后面。从第二章开始到第十三章，老子就一步步从世界回归地，讲了很多关于地的东西，虽然把天地连起来讲，但突出的是回归阴柔的地母。第十二章和第十三章突出了身体，因为身体属于地母，比世界中的现象更根本。大道从地敞开世界，通过身体流入世界。身体就是后天大道的枢纽。但是从第十四章开始就很玄了，因为已经进入先天大道，完全离开了我们可触可摸的东西。隐藏在"地"中的万物是可触可摸的。我们摸这个桌子，尽管看似我们世界中的东西，其实它自身是隐藏起来的，能够独立存在，不管你摸不摸它都存在。康德讲的"物自身"例如"雨滴自身"其实就是隐藏在"地"中的。这里说的"地"是一个无形领域，不是可见的大地。但"地"隐藏的东西可以在世界中显露出来，所以你可以看见，但你摸东西，触东西，甚至推动它，就可以体会到它还有隐藏的一面。虽然万物隐藏在"地"中，但还是可以在世界中显露，可以触摸和推动。至于"天"我们就很难领悟了，只能从天空的刚健等特性去体会，因为"天"甚至不包含任何可以触摸或推动的东西。先天大道流到"天"这部分还没发生变化，只是进入了"天"这个领域而已。但进入"地"就生长出了万物。"天"包含的东西就像精子，但还不是生命，只有进入"地"这个母亲才能变成宇宙，就是宇宙生命。宇宙生命再通过身体从地母生出到世界中，就变成动物和人的生命。"天"之中有很多无形的大象，虽然不是什么具体的东西。一切具体的东西都是"天"包含的无形大象进入"地"演变出来的，而这些无形大象又是从先天大道流下来的。所以老子讲完身，从地回归到天，就恍恍惚惚地看见了先天大道。

第十四章和第十五章讲的就是先天大道组合阴阳，产生八卦六十四卦的过程。第十四章第一次讲这个过程，讲得很粗略，用的是形容的方法。他是怎么形容的呢？我念一下：

> 视之不见，名曰夷，听之不闻，名曰希，搏之不得，名曰微。此三者，不可致诘，故混而为一。其上不皦，其下不昧，绳绳不可名，复归于无物。是谓无状之状，无物之象，是谓惚恍。迎之不见其首，随之不见其后。执古之道以御今之有，能知古始，是谓道纪。

有三种东西，你看不见，听不到，摸不着，无法进一步追究，因为它们处在先天大道的开端处，不能再追问。这三者，视、听、搏的顺序不是乱说的。为什么呢？我们看见的东西偏向阴性，听到的东西偏向阳性。我们听到音乐就觉得扣人心弦，因为心是阳性之物，是一种意志。声音是由意志发出的，是意志的象征。反过来，我们看东西是一种观赏，被看的东西是以阴性的方式向我们观看的目光显现的。"视之不见"说的是有一种很阴的东西，但是你看不见。"听之不闻"说的是有一种很阳的东西，但是你听不见。搏就是摸。摸是偏阴还是偏阳呢？摸东西是手和东西互相作用的过程，你摸东西时，东西也在摸你，所以摸是阴阳合一。"搏之不得"说的是有一种阴阳合一的东西，但是你摸不到。这三者，阴、阳、合，对老子来说无法继续向前追问，混而为一，构成大道的开端。"其上不皦"，它的上面不光明。倒回第一章，我认识的世界各种东西都是光明的，有一种光明可以让我理解，但是拿掉光明还有暗的东西存在。可以用理解去照亮暗，理解就是可说之道，通过语言把它说明白，把它变得光亮起来，要不世界就很昏暗。但老子说"其上不皦，其下不昧"，因为这是先天大道的开端，还没到明暗在世界中被区分开来的时候。"绳绳不可名"是还没到"有名"的时候，因为根本还没产生宇宙智慧，完全"无名"。"无名"当然也就"无物"。所以"复归于无物。是谓无状之状，无物之象"。虽然无状、无象，看不见听不到摸不着，但老子说的是"无状之状，无物之象"，就是指这三种东西其实还是一种状，一种象，只是与我们看得见听得到摸得着的东西不一样。先天大道的开端就是这样一种无形的大象。"是谓惚恍"，混混沌沌，无法把握，与世界中的具体事物相反。"迎之不见其首，随之不见其后。"这些东西是在先天那部分产生的，根本就还没有我们熟悉的空间性可言。"执古之道以御今之有。"把握古代的道来支配当今的有。越是往古代倒回去，人们对先天大道的领悟就越真实，越亲切，越往后人们就越注重发展天地人，特别是儒家，也包括庄子，天一气贯通了地和人。把握先天大道来支配后天有形的东西，就可以知道从古到今的发展是怎么来的，是从先天大道向后天大道发展而来，这就是"道纪"。"纪"这个字说的是一根绳子的头，你抓住了它就抓住整根绳子了。你要是抓住先天大道的开端，整个大道的流动就都抓住了，这个开端就是"道纪"。老子在这里还没有讲天地人。他只讲了三个无形大象，阴象、阳象、合象，还没有讲这个开端怎么演变出天地人，因为他刚刚从后天大道进来，第一次讲先天大道，首先抓住的是开端。

到了第十五章,他就从先天大道开始到天地人一直讲下来,但还是没有进入很精细的思维,因为在这里知和行有分又有合。第十四章和第一章以知为主。第十五章讲大道从先天到后天的运动过程,可以说是知,但却是通过形容人的行为来讲的,也就是讲人如何才能配合先天大道和后天大道来行动。我先把这章念一下:

> 古之善为士者,微妙玄通,深不可识。夫不唯不可识,故强为之容:豫兮,若冬涉川,犹兮,若畏四邻,俨兮,其若客,涣兮,若冰之将释,敦兮,其若朴,旷兮,其若谷,混兮,其若浊。孰能浊以止?静之徐清。孰能安以久?动之徐生。保此道者不欲盈。夫唯不盈,故能蔽不(而)新成。

古代善于为士的人,他们的行为很玄妙通达,很难认识,所以只能勉强形容他们。他们是怎么为士,也就是行道的呢?谨慎啊,好像冬天过河一样。我冬天路过南湖的时候不太敢走在湖面上,总是害怕冰面会有薄的地方,坍塌了怎么办?真是个南方人。过冰冻的河,特别是冰薄的地方,整个人就会绷得很紧,意志很凝聚,这是一种阳性的状态。犹豫啊,好像害怕周围的邻居。古代属于为士的人,做人很小心,很注意观察四面八方。相对来说阳性专一,阴性发散。体会到阳象,做人就会专心致志;体会到阴象,做人就会观察全面。这些都是对先天大道的模仿。"俨"指恭敬庄重。做客的时候,既要凝聚自己的意志,又要注意观察周围的人和物。这种"俨"形容的其实是阴阳合一的状态。所以豫、犹、俨暗中对应阳象、阴象、合象。如果我们体会到先天大道,就能够这样去行。所以我们做人要专心致志,观察全面,要像做客那样结合二者,否则就可能因为失道而招来祸害。这里他是先讲阳再讲阴(先豫,后犹)。前一章讲"视之不见","听之不闻"则是先讲阴再讲阳。我觉得老子先讲"视之不见"是因为我们通常总是首先通过看来发现世界,看见的东西比听见的东西更显眼。第十四章刚刚从后天大道进入先天大道,所以先从显眼的东西开始讲起。但是第十五章要从先天大道一直讲到后天大道，一气贯通下来，所以就从阳讲到阴，从开端到发展来讲，从意志的集中到意志的观察，再到集中与观察的合一。

接下来就开始讲阳阴合三象的发展了。"涣兮，若冰之将释。"涣散啊，就好像冰即将融掉。做客的时候阴阳合为一体，这里却用冰即将融掉来形容阴阳既分离又组合，"融掉"是冰的分离，但"即将融掉"还是有组合的。老子的思想是运动的，从阳到阴到阴阳合一，然后三象发生阴阳交错组合，生出了八卦和六十四卦，就好像整块冰融掉而流出水来，从"阳阴合"中散发出八卦和六十四卦。如果我们体会先天大道，就能顺道而行，有所应用，所以做人也不能永远都像做客那样，要发展出新的事物就要自我解脱，流动起来。"敦兮，其若朴。"流动起来之后又变得像没有雕刻过的木头那样淳朴，那样单纯。这是怎么回事呢？六十四卦形成了，先天大道的流动就结束了，然后就转生出天和地来。天和地相比，地是很丰富的，里面藏有宇宙万物。但天则是很单纯的，就像父亲的精子很单纯，很朴素，还没有生命。生了天然后生地。老子是怎么形容"地"的呢？"旷兮，其若谷"，就像空旷的山谷一样，因为地的主要品格就是容纳和隐藏，空旷如山谷，既可容物又可藏物。宇宙万物都隐藏在地母的怀抱中。从做人来说，就是要有容人之量，同时也要藏得住事物，不要一味地把事物显给人看，藏得越深，显露出来才越丰富。接下来，大道就从地母敞开世界，也就是从山谷流出大湖。老子如何形容世界？"混兮，其若浊"。混成一团啊，就像浑浊的水。世界里面有各种各样的现象，都混在湖中。流进湖的大道是混浊的，但它里面含有清流。所以说完大道的混浊就要说小道的清澈。"孰能浊以止？静之徐清。孰能安以久？动之徐生。"谁能让浑浊的水澄清下来呢？只要安静下来，浑浊的东西就自然澄清了。只要静下心去应和大道，可说的小道就能用从大道而来的光明照亮这个世界，解蔽世间万物，混浊的万物就会沉淀下来、变得明朗。你从小道接受大道，心静下来，从虚无的大道澄明万物，就不会执着在万物上。谁能长久保持安定呢？你不要光是接受大道，让你的心安静下来，然后就静止不动，还要主动与生生不息的大道合一，才能真正做到长久的静。这种长久的静同时也是一种动。老子经常讲要守静，但也讲动之徐生，因为你不光要接受大道，还要主动合于大道，像大道那样生长万物，滋润万物。这里讲的是大道和小道的关系，是动和静相互转化的，做人也要这样灵活，才能应和大道。"保此道者不欲盈。"保住这样的道的人是不会要求圆满的。光明能照亮东西。但是不要执着在被照亮的东西，总想把一切事物都照亮，而要守住光的源头。源头就是大道本身。大道通过小道让具体事物明亮起来，但我们看到事物的明亮，同时要守住大道的幽暗，因为正是幽暗使明亮成为可能。这和佛家有点相似。我们只能看到世界中的现象，看不到世界本身的空。空是本性虚无的大道敞开出来的。世界因为虚空才可以让一切现象显露。空与现象不一不二，这是佛家注重的。佛家讲的空就是湖水的本性，但他看不到大道流入湖的过程，不知道空和有的不一不二不是终极的东西，而是有来源的，是从大道流出来的世界的特性。

"夫唯不盈，故能蔽而新成。"这个世界的种种可能性都是从虚无的大道分化出来的。大道本身是无，因此可以分化出任何可能性。如果你一味地解蔽事物，不懂得守住遮蔽自身的大道，就会执着在事物的现成可能性上，无法让种种潜在的新的可能性成就出来。相反，如果你守住遮蔽自身的大道，就可以让道自如地朝这个方向或那个方向分化，不断产生新的可能性。湖本身虽然是静止的，就像佛家说的不生不灭，不来不去，但形成湖的流水是不断运动、生生不息的。你要像流水那样让道开启一切可能性。这章是从人的行为来形容大道的整个流动过程。远古那些善于行道的人，他们能体会大道从先天到后天，从天到地到人的整个流动，而且能在生活中实践出来。所以这一章虽然含有"知其然"，但却是从"行其然"出发形容的。第十四章和第十五两章引入先天大道，第十五章还包括后天大道。按照西方的标准，这种"知"不是清楚明白的知，因为小道还没有被强调。这里老子只是先让我们有个印象，后面会更精细地描述道的流动。

下面让我们看一下第二十一章。这一章认识开始变得精细，开始讲怎么知大道。我念一下：

孔德之容，惟道是从。道之为物，惟恍惟惚。惚兮恍兮，其中有象；恍兮惚兮，其中有物；窈兮冥兮，其中有精，其精甚真，其中有信。自古及今，其名不去，以阅众甫。吾何以知众甫之状哉？以此。

孔德就是大的德。大德跟道相似，是跟随道的。在后天这部分，我们体会大道就会在行中有所"得"，这就是"德"，古代这两个字是通用的。"道之为物，惟恍惟惚。""物"在这里泛指"东西"，不是指宇宙中的万物。道这个东西恍恍惚惚的，即使流入世界的大道也是无形的。先天大道到后天大道都是本性虚无，没有具体特性，惟恍惟惚的。这是概述。

接着就开始讲先天大道。"惚兮恍兮，其中有象"。这里的"象"不是指具体的象，而是十四章讲的先天大道中的无形大象。"恍兮惚兮，其中有物"。这个"物"就专门指的是宇宙万物。先天大道产生了很多无形大象。这些无形大象流入天地的内部，在天的内部还是无形大象，在地的内部就演化出了宇宙万物。"恍惚"二字在这里是有先后顺序的。"恍"和"惚"都指的是不清不楚，无名无状，但是"恍"有突然闪过的意思，"惚"就没有。所以老子讲无形大象的时候说"惚兮恍兮，其中有象"，把"惚"放在前面，因为无形大象很纯粹，还没演化出宇宙万物。然后谈到无形大象流入地的内部，演化出物，他就说"恍兮惚兮，其中有物"，把"恍"放在前头，强调演化的动态。第十四章讲"无状之状，无物之象，是谓惚恍"，也是把"惚"放在前头。"窈兮冥兮，其中有精"。深远暗昧，其中有精气。这是形容天内部的无形大象，也就是天之精。天地生人的过程浓缩在人中，就是男女结合生出孩子的过程。男人的精子浓缩了天之精。宇宙形成之前就有这种精，不在地而在天里面。这里说的天地一定要理解为两个无形领域，不是可见的天空和大地。"其精甚真"。这个精是后来在地内部演变成宇宙的无形大象，也就是宇宙的先天形式，非常真实。

"其中有信。"这就进入"地"了，讲的是"地"包藏的宇宙智慧。"信"是形容宇宙智慧的思考，这是理解一切事物的思考，非常信实，含有一切事物的真实信息。"自古及今，其名不去，以阅众甫"。这个思考中的"名"永远不会被废去。这个"名"就是"常名"，就是永恒的"名"，也就是宇宙智慧中的永恒理念。柏拉图说理念是不生不灭、永恒存在的，是理性神创造万物的原型，很有道理，但后人却以为柏拉图只是想象出来的。当然老子和柏拉图是从不同角度看这个问题的，不能混为一谈。"以阅众甫"就是通过永恒的"名"来认识众多的事物。"甫"字的意思是"美"。"众甫"就是"众美"，也就是世界中显现出来的众多现象。返回大道去观万物，一切都很美。有人把"甫"解释成"父"，说可以通过"名"来知道众多事物的父亲是谁，用父亲指代大道。这种说法我不能同意。老子经常用"母"形容大道，用"父"不符合老子的思考。

"吾何以知众甫之状哉？以此。"我是怎么知道世间种种现象之情形的呢？就是因为我体会到了"常名"，也就是"有名，万物之母"中的那个"名"。老子在这章从先天讲到后天，讲到象，讲到物，讲到精，讲到信，又讲到名。这一章不讲人的行为而是直接讲大道是怎样的。他也不去形容大道，因为前面形容过了。这章开始精细地讲大道，是比较纯粹的知其然。

下面我们再看看老子怎样从细返回粗，用宏大的方式概括大道的整个流动过程。我念一下第二十五章：

> 有物混成，先天地生。寂兮寥兮！独立不改，周行而不殆。可以为天下母。吾不知其名，字之曰道，强为之名曰大。大曰逝，逝曰远，远曰反。故，道大，天大，地大，人亦大。域中有四大，而人居其一焉。人法地，地法天，天法道，道法自然。

这章也是主要讲知而不是行，但是不讲细节而只讲道的宏观运动。这章就到了本体论上最核心的地方。"有物混成，先天地生。"有一种东西是混沌的，先于天地而生，这就是从山顶上流下的大道，先天大道。它无声无形,自己能够立得住,而且不会改变。先天大道还没有产生时空,其运动完全是无声无形的,没有时空中的变化可言。"周行而不殆"。像圆周运动一样循环,永远不会停止。先天大道生出阳阴合三象,再产生八卦六十四卦,然后倒回起点（乾坤）才转生出天地。这种倒回可以看成是一种循环运动,重新生出阳阴合三象,不断循环下去。因为它循环不止,永远独立地运动,但又不会改变,所以可以成为后天大道的源泉,天下一切事物的母亲。为什么是母亲呢?因为先天大道流入天地,通过后天大道把地母含藏的万物涌现到世界中,才有了天下万物和芸芸众生。所以大道整体上看就是天下的母亲,而且老子注重大道的无为和阴柔,所以常用"母"来形容大道。儒家不一样,注重的是天命,是天父。"吾不知其名"。"名"是后天大道的内容。先天大道是完全无名的,所以只能勉强称之为"道"来形容其运动。但也称之为"大"。为什么用"大"字呢?因为这一章讲的是宏观的流动,所以用"大"来形容这种宏观,而那些精细的东西,包括"名"和宇宙万物,相对于道都是"小",都是道产生出来的具体事物。"大曰逝,逝曰远,远曰返。"先天大道不断发展自身,一直到生出八卦六十四卦,越发展就离自身越远,远了就会返回开端,就形成循环。这是先天部分。从整体来看,大道从先天一直流到天地人,人认识到大道,就可以通过德来合于地道、天道,最终合于先天大道,所以说发展到太远的地方就会返回。这是大道整体上的循环。"故,道大,天大,地大,人亦大。"先天大道流到天,流到地,流到人。天地作为无形领域是和道一样"大"的,不是具体的事物,而是大道流动经过的环节。人也有"大"的本质。人作为一种生物可以说是"小"的具体事物。但世界的本质是大的,是虚空的领域,不是具体事物。人可以通过德来合于大道,通过大道来敞开和统一人间世界。人其实就是世界的统一性,因此人也有大的本质。有的版本写成"王亦大。"我觉得这应该是后人篡改的,不合老子原意。当然,也不是完全没有道理。王是统一世界的,但还是代表人去统一世界。人能够合于大道,敞开世界,统一世界,让自己生活在天地之间,这是人与道、天、地一样"大"

的本质，是很了不起的，是"四大"之一。

最后，讲完了道、天、地、人"四大"，老子就倒过来说人要回归大道，因为人的"大"是从大道这个源泉而来的。所以说"人法地，地法天，天法道，道法自然。"人要效法地，或者说人的原则是地，因为人是从地出来的。你在世界中能看到、听到、摸到的东西都是从宇宙中涌现出来的，也就是从地之中涌现出来的。现在科技发展的时代，好像什么都可以由人随意制造出来。我们更容易执着于表面看到的东西，喜欢直接看到的东西，不在乎它是从哪里来的，其实都是来自地。老子说人要效法地，就是人要像地一样包容万物，要亲近地，像孩子依靠母亲生活，不要远离她。地是从天流出来的，所以地要效法天。天父包含的宇宙之精是地母能生长一切事物的根本。天要效法道，这里指的是先天大道。天要效法的是从山顶流下来的道，因为天的内容就是来自先天大道。道要效法什么？这是老子本体论最核心的地方。老子说道要效法"自然"，或者说道的法则就是自然。他认为道是最原始的东西，是一切事物的母。道从先天流到后天，穿越天地人，一切事物都是从大道流出来的，它还要效法什么？所以只能说"道法自然"，也就是自己效法自己，自然而然。

这里我和老子的看法有所不同，因为我认为先天大道还不是最原始的东西。先天大道产生阳象、阴象、合象，然后阴阳交错组合生出八卦六十四卦。但三象是从最原始的阴阳产生出来的无形大象，不是最原始的阴阳。什么是最原始的阴阳？我认为易经所说的乾元坤元才是最根本的东西。乾坤就是最原始的阴阳。乾坤交合，生生不息，才从坤母生出了自己的形象，也就是阳阴合三象。这个生长过程继续发展才形成了八卦六十四卦，再发展才产生天地人。但老子强调道的运动而不是道的父母（乾坤）。他在第四章中曾经说"吾不知谁之子，象帝之先"。我不知道大道是谁的孩子，似乎是在天帝之前。老子似乎领悟到大道是有父母的，但又不是很肯定，可以肯定的只是它先于天帝。在我看来，大道就是乾坤阴阳交合导致的生生不息的运动，从先天大道一直流到天地人。但老子思考的是这种运动本身，运动的连贯一致，运动的发展过程，而不是运动的根源,所以不再追究下去而总结说"道法自然"。不过,大道确实是从坤母流出的,是偏向阴性的运动,不像人的意志那样刻意和执着,所以"道法自然"也是有道理的。

现在我们已经大概知道老子对大道的思考了。下面我想再补充讲一点内容,让大家更好地体会老子中的知和行。第二十五章是本体论的核心,比较纯粹地突出了知。第二十八章则突出了知和行的微妙关系。我念一下:

> 知其雄,守其雌,为天下谿。为天下谿,常德不离,复归于婴儿。知其白,守其黑,为天下式。为天下式,常德不忒,复归于无极。知其荣,守其辱,为天下谷。为天下谷,常德乃足,复归于朴。朴散则为器,圣人用之则为官长。故大制不割。

这里展示了知和行的不一致。知道的东西不一定要去行。老子的大道从天到地到人,是自然而然的流动。不像孔子。孔子的天命是天的意志直接越过地进入世界中。人心直接感受到天命,就可以自强不息,模仿天的刚健行动。大道流动则是自然无为的,即使天道也是偏向阴柔的。我们居住在大道从地敞开的世界中。所以,老子强调守住地来生活,小国寡民。孔子则强调敬畏天命,与天合一。相对来说,儒家和道家,一个偏向阳刚,一个偏向阴柔,一雄一雌。老子不是不知道雄。知道雄,却要守住雌。知其实是通过小道实现的。所以知的内容不一定要守。"为天下谿",谿就是沟溪,是低微之处,但也是地面的水汇流之处。道不是意志性的东西,不像孔子的天命,不会让人感到很崇高。相反,守住大道的人就像水沟一样低微,什么东西都接受,但所接受的其实是从地母流出的大道。这样合于道,就与"常德"不分离,就回到像婴儿一样的状态。我们是从地母生出来的。婴儿的状态就如同从地母直接涌出的生命,仍然直接被大道滋养。"守其雌"就是守住大道,也是守住地母,回归地母,不去破坏地母,而是依傍地母生活。

"知其白,守其黑,为天下式。"白可以理解成光亮。小道能够用对大道的理解来照亮世界，通过语言让世间万物变得可理解，但理解之后要守住大道本身。这个光是从大道照到世界中，照到万物上的，但光源不像被照亮的事物那样耀眼，其自身反而是幽暗的。守住幽暗的光源，就能成为天下的"式"。"式"是古代占卜用的东西。像占卜用的东西一样被大道所用，实现从大道而来的命运，就不会错失"常德"，因为常德就是从大道而来的德。"复归于无极"，就是回到大道还没有分化的状态。大道流入世界，敞开整个世界，让各种各样的事情都成为可能。如果你注意某个方面，就可以把大道化到那个方面去，就可以做一些事情。但你也可以让大道化到另外的方面去，实现另外一些事情。无极是最初还没分化的状态，那才是最多可能性的状态。所以说做人要是太固执，人生的可能性就少了。大道的流动是自然而然，不会偏向某个方面的。它化出一面就肯定会容许另外一面也化出来。如果你死死地固执在一面，大道的流动就被你弄到僵硬起来。大道不喜欢这样，最终就可能让另外一面把你推翻，让你完蛋，因为大道是虚无的，是未分化的，容纳一切可能的，不允许你把它固定下来。所以，顺大道而行就可以获得更多可能性，总是处在灵动的状态。这就是"复归于无极"。后来有人把"无极"理解成阴阳未分状态，当成比太极更早的本源，其实是不对的，因为大道的"无极"是相对于它在具体事物中分化出的"有极"而言，但大道从坤母流出，本身就是偏向阴性的，所以真正的本源是乾坤，是太极，不是大道也不是无极。"知其荣，守其辱，为天下谷"。荣耀是跟儒家的东西有关的，因为跟人心的根有关，越接近天就越有荣耀。你知道荣耀是怎么回事，但不见得要去追求，因为大道本身是不起眼的，合于大道的人看上去可能是没有荣耀甚至是屈辱的。你要做天下的山谷。山谷是凹进去的，容纳一切的。地的德就是包容。效法地的包容，你的"常德"就可以容纳一切，非常充足。这样就可以"复归于朴。""朴"就是朴素。无形的天是最朴的，而无形的地包藏永恒理念和宇宙万物，不是最朴的。前面第十五章就是用"敦兮，其若朴"来形容天，用"旷兮，其若谷"来形容地。但其实地的本质和天一样是朴的，因为从天向地，从地向世界流动的大道本身是虚无的，只是地内部包藏具体事物而已。如果执着这些具体的事物，就会忘记地的本质也是朴的。地的朴是潜在地可以分化出具体事物的朴。所以说"朴散则为器。圣人用之则为官长"。朴的东西看不见听不到摸不着，但是一散就变成了万物，变成各种可用的东西，一切具体的用都是从虚无的大道分化出来的。圣人通过认识道来应用万物就可以达到目的，一点也不勉强，所以说"大制不割"，最好的管理是不勉强的。就好像自由市场，是靠人们的自然行为运作的，人人来交换，各得其所。如果国家强硬地干涉市场的话，就会变得僵化起来。经济是实现"地养"的，所以要更多地顺道而行。圣人按照大道的自然流动分化大道，自然而然地产生出一些管理的法则，让每个人各得其所，这是最好的管理。这章总的来说突出了知和行的微妙关系。我们知的东西不一定是大道，常常是一些细微的东西。所以知的东西不一定要守住，要守住的是不被人知的大道。

我今天的讲法，偏重分析所以然。这种分析不像经典那样直接帮助我们行其然，但也许能有间接的帮助。让我们再看看第三十五章，体会一下老子中知行合一实现的方式。第三十五章说：

> 执大象，天下往。往而不害，安平泰。乐与饵，过客止。道之出口，淡乎其无味，视之不足见，听之不足闻，用之不足既。

"执"就是把握，保持，坚持。"大象"就是先天大道中的无形大象，主要就是阳阴合三象。如果我与先天的无形大象合一的话，天下都会向往，因为这些大象是"道纪"，是道的开端，可以统一整个大道的流动。这里有阴阳和谐，统一天下的意思。"往而不害，安平泰。"天下人都向得道的人涌来，但相互之间不会妨碍。人们的行动看似完全自主，其实和大道的流动密切相关。人就像是湖里的鱼，而湖水则从河里不断流进来，形成各种漩涡，所以鱼在湖中的游动受到了水的牵引，就像人的行动受到了大道的牵引。只要大家都合于大道，就不会互相妨碍，就像顺水游动的鱼，可以各得其所，自由自在。所以老子说大家都来就道，就可以"往而不害，安平泰"，"乐与饵，过客止"。音乐和美食会让走路的人都停下来。但是"道之出口，淡乎其无味"。道太平常，没有丰富的内容，不大吸引人。"视之不足见，听之不足闻，用之不足既"。这就是无形大象，也就是先天大道的特点。虽然看不见，听不到，尝起来淡淡的没有味道，但是用起来却怎么也用不完，因为一切具体的事物都是从大道涌现出来的，归根结底是从先天的无形大象而来，这些东西很虚无缥缈，但正因为这样才妙处无穷。如果我们体会到大道的流动，事物就不再像通常所想的那样狭隘，生命的种种可能性就不会枯竭。这章突出了知行合一。先天大象与后天的用很自然地合在一起，达到很高的境界。其实这种智慧在生活中是可以看到的。就像中国搞改革开放，让人民自己去创业，不再强迫人民一定要这样做那样做，经济就自然而然发展起来了。现在搞"一带一路"也是这样。我们不像美国人，归根结底是美国的利益优先，容易和其他人发生冲突。我们是互惠互利，我好也希望你好，阴阳和谐共生，执住这个先天的"大象"，天下人都会往你这里来，而且"往而不害，安平泰"。可以说改革开放以来中国领导人主要用的就是道家的智慧。他们没有这样说，但在我看来是这样。

最后，让我们再看一章关于知行合一的，就可以结束了。第四十二章说的是：

> 道生一，一生二，二生三，三生万物。万物负阴而抱阳，冲气以为和。人之所恶，唯孤、寡、不谷，而王公以为称。故，物或损之而益，或益之而损。人之所教，我亦教之："强梁者不得其死"，吾将以为教父。

"道生一，一生二，二生三，三生万物。"很多人认为这是老子的宇宙论。但是我认为不恰当。宇宙是包含万物的。"道生一，一生二，二生三"，这根本就没有讲到宇宙万物。那它讲的是什么呢？我们可以从前面的叙述思考一下。大道生出阳象（一），阴象（二），再生出合象（三），这三象又阴阳交错组合，生成八卦六十四卦。第十五章说"涣兮，若冰之将释"，就是讲三象交错组合，生出了八卦和六十四卦，但完全只是诗意的形容，这里则稍微讲细了一点。老子主要思考大道的运动，不思考作为大道父母的乾坤。只有掌握乾坤的发展才能掌握阳阴合三象的起源，才能从阴阳交错组合去理解八卦六十四卦的生成。三象生成的八卦和六十四卦进入天地内部，才演化出了万物，所以说"三生万物"，但老子的这种说法还是太笼统。

"万物负阴而抱阳，冲气以为和。""冲气"是阴阳中和的气。有的版本写的就是"中气以为和"。万物是阴阳两气之合，负阴而抱阳，合在一起。这几句话从阴阳角度概括了大道从先天到后天的运动，一直到万物中的阴阳合，说得非常简略，因为前面说过了，这里只是强调万物中的阴阳来自先天大道中的阴阳，但变得和先天的阴阳有所不同。怎么不同？"人之所恶，唯孤、寡、不谷。"人所厌恶的是没有妻子、没有丈夫。"不谷"……这是什么意思呢？刘老师，您怎么理解？（刘老师插话："就是生活没有保障，没有谷，没有粮食。"）对，应该是这样。总之，这几种情形都是大家不喜欢的。但王公却用大家厌恶的名词来称谓自己。帝王称自己"寡人"，王后称自己"哀家"……都是这种做法。为什么呢？"物或损之而益，或益之而损。"有时候，你贬低事物反而可能使它被大道抬高，抬高它反而使它被大道贬低，因为阴阳是相互转化的。大道是无，不偏向具体的事物，让阴的一面出现，同时也让阳的一面出现。如果极端地执着在事物的某一面，由于大道是流动的，就可能会被转化到相反的方面去，因为大道是不偏袒的。所以说王公以此自称，是合于道的行为。自视甚高反而被人瞧不起，或者引起不满。你越独占了鳌头，越是把大道的风光都占尽了，就越有可能被大道把你颠覆掉，否则大道的流动就被你妨碍了。所以，越是处在高位的人越要谦虚谨慎。"人之所教，我亦教之。"人家教导的我也教导，其实道理很浅显，强暴的人不得好死啊！"吾将以为教父。"我会把这个人人皆知的道理作为教导的开始。这里是从阴阳相互转化这个角度来讲如何合于大道。这就是知行合一，不光知道阴阳转化，而且在行动中体会它。老子的本体论主要包含在道经中，德经就主要讲实践和运用。这个第四十二章是属于德经的。从第三十八章开始就属于德经，前面三十七章属于道经。道经中讲阳阴合三象生成八卦六十四卦，阴阳交错组合，但还没有相互转化。到了后天大道这部分，宇宙万物、世界万象的阴阳是能相互转化的，因为是时空中的具体事物，不再是先天大道中纯粹的阴阳了。所以阴阳相互转化更适合放在德经来讲。但万物中的阴阳来自先天大道，所以先提一下"道生一，一生二，二生三，三生万物"，说明万物也包含阴阳，不但和谐共生，而且相互转化。接着马上就讲后天大道中的德。这里知是次要的，更主要是行。德经比道经更侧重行，因为老子沿后天大道逆行回归先天大道，这个认识大道的过程在道经中已经讲了，特别突出了先天大道。所以，德经就比较突出后天大道，突出如何用德来合于大道，就更侧重行了。总之，《道德经》的内容很丰富。我主要想突出一点，就是道的流动是有阶段有环节的，它的无不是空，而是一种运动。我就讲这些。

（中场休息）

龙：刚才休息的时候有同学问我西方哲学的"本体"到底指什么。这里我没法详细地解释。只能大概地说，我说的"本体论"中的"本体"两个字不是从西方哲学，而是从中国哲学来的。西方哲学有一种研究存在（Being）的学问，就是 ontology。以前"ontology"被中国人译成"本体论"，但近年来一般改译成"存在论"。西方人以存在为"本体"，所以翻译成"存在论"是合适的。中国哲学不是以存在为本体，不是 ontology，但仍然可以有自己的"本体论"。在我看来，太极以阳为本，以阴为体，所以太极就是本体。这些我不能细谈，因为今天主要谈《道德经》。你们可以看看我写的《论太极》，那里有一些对本体的讨论，就在我博客中的《中国文化复兴系列讲座》里。如果你们读过《论太极》，对今天我讲的内容也会比较容易理解。好了，下面我们就请刘老师谈谈他的看法吧。

刘：首先，我要道歉，开头的引语要修正。我是低估了龙老师，他是权衡中西哲学传统之后形成了自己的哲学解释框架。今天以老子哲学为背景解说了他的本体论哲学模型。很新颖，很有启发。另外，提醒同学们，学习哲学史的目的是形成自己的哲学思想，从历史中走出自己的思想。这是学哲学的人应有的追求、自我期待。

第二，有中国味道，对传统学术内容包容性强。冯友兰做中国哲学史时对传统的文献内容有过裁剪，哪些属于哲学，哪些不属于哲学。我在本科时认为哲学是认识论，这套模型对中国哲学原有的内容几乎抛弃殆尽。即便是相同题材的，理解也是错误的。

黄元吉的《道德经注释》里面的内容很复杂，大量的修行方法和理论。其中有的地方单从文字上是理解不了的。这些内容在现代的哲学中被剔除了。不过中国哲学又讲知行不二，思修不二。吕澂说佛教思想有境、行、果几个部分，但是按照现在的理解，只有境这个部分有些内容符合哲学的意思，行和果都不是。目前的中国哲学研究也特别强调实践。不过首先要有恰当的理论形式，否则只是喊喊口号而已。龙老师发明的知行意蕴启发性很大。

再看黄元吉解释《道德经》，《尚书》、《诗经》信手拈来。黄元吉通过咀嚼、参核尚书诗经，丰富了对道德经的解释，既是对中国思想的丰富，也同时是展示了自己的思想。中国传统的作品就是如此这般。无所谓哲学无所谓文学无所谓历史。写《庄子》的庄子不知道自己写的是哲学，《庄子》也是文学院的经典。如何对待这些传统内容？不能执掌某种哲学类型去对付，如果有超越的反省姿态，就可以从诗中看出哲学，同样离开了哲学姿态，尚书不过是"记先王之事"。

龙老师讲了"先天八卦，后天八卦"。任法融讲解道德经也把先天八卦后天八卦当作一个基础性的理论。龙老师的这个模型在道门会受欢迎的。对《易》的这种哲学思考不仅仅局限在系辞和卦爻辞，而能有内容的扩展，极有价值。哲学之为哲学不在于题材。张东荪说哲学是一种思想态度，唐君毅说哲学是超越的反省。在这个地方，我说龙老师的模型很中国，首先是在范围上无局限。

第三，思维方式是西方的。上面说到内容很中国，话语系统、概念系统也很中国，但是思考方式却很西方。比如对道德经一些章节的结构、内容的分析，很新颖。其实这是出自于西方式的哲学意识。整个的表达层面没有浓厚的西方色彩，但是哲学意识运乎于内容之中，能穿透内容而明其理。"佛说佛法不说佛"，道家也有"大象无形，大音希声"这样的智慧。西方哲学在龙老师不仅仅是呆板的僵死的概念仓库，而是活跃的思想原则。"虚而不屈，动而愈出。"

某学生：刘老师可以解释一下您的研究方向"现代新道学"吗？

刘：相对于现代新佛学、现代新儒学而说现代新道学。我自己对现代新儒学的研究有二十余年，现代新儒学的问题是道德主体这一点太强了。相对于主体性，有一个词叫互体性，这样以道为核心，吸收传统道家针对现代新儒家。现代新道学，主要是对道体、实践等研究，像我以前与顾宝田老师一同做过《老子想尔注》，是一个道士做的，这个道士改造道德经，这本书里涉及政治思想、修炼方法、哲学观念，我们做这本书的时候，意识到这么庞杂的内容，万幸也是中国学问，也不管是不是哲学，反正是中国的学问。

某学生：能解释一下"名可名，非常名"的这个"名"吗？

龙："名"和理念及概念有点相似。西方哲学特别注重概念。当年逻辑学引入中国的时候就被翻译成"名学"。"名"本身有命名的意思。"可名"是生活中的命名，用来解释具体事物的命名。"常"是指永恒。"常名"就是宇宙智慧中的"名"。宇宙智慧是亘古以来一直有的智慧，是非常纯粹的思考，是宇宙最早产生出来的思考，而人的思考其实是它的有限化。希腊人发现了它，把它叫作"努斯"，当成是理性神。"常名"是在宇宙智慧中，不是在人的思考中。柏拉图认为理念是神创造万物的原型。老子也说"有名，万物之母"。这个"名"可不是人类的思想，而是永恒的理念。

刘：解读一下唐力权的一句话，"海德格尔哲学只有开显论没有行为论，走路说话是人的意识在开始时所感受体验到的，最原始最核心的行为"。从人身为枢纽理解一下道和世界。道是立体，世界是平面的开显，中国哲学的特点，除了人和世界的关系之外还有人和道的关系，就是上通于道。"人最原始的经验和认知，正是通过这种原始的行为。"唐力权有三个基本假定，走路说话、原始经验、经验和认知，这三个关键词，尤其是第三个"经验和认知"就是存在论与表象的思维。表象思维的根源是什么？这个是存在论哲学的核心问题。这个问题的答案就是原始经验，纯粹经验、纯粹意识。按照唐力权的意思，走路说话是原始经验，原始经验是走路说话，道就是走路说话。什么是道？唐力权有一套训诂"人站起来就是道"，人和动物的区别，人立起来就是道。唐力权对原始经验有一个佛学意义的解读，就是分别意识心，萌生时的经验，分别意识心就是后天的，原始经验就是先天的。所以他说的开显，是行为的开显，没有行为就没有开显，也包括行为本身的开显，也包括自然世界和意义世界通过行为的开显，在这里海德格尔只有开显没有行为的开显，所谓知行关系。还有，海德格尔说语言是存在的家，这个不透彻，没有语言，世界就不开显吗？这就是从身出发，外缘性的理解一下先天后天，从知行出发思考一下分别意识心，分别意识心就是后天，人的世界。分别意识心萌生之前就是先天。

某学生：龙老师请您谈一下庄子与老子的区别。

龙老师：我认为庄子的道不包括从山顶流下来的那部分，也就是不包括先天大道，只包括大道从天向地，从地向人的流动。庄子是顺大道而行，老子是逆大道而上。所以老子讲无为，守柔，退让。庄子则顺大道而行，一气贯通万物，与大道合一。人就是湖中的鱼。鱼要想与天道合一，就要化成鸟，从湖中飞出来，把自己的生命扩展到充塞天地之间，这样才能顺着天道的雄风飞翔，逍遥自在。所以庄子其实是积极入世的，当然和儒家有所不同。庄子是世内高人，不是世外高人。刘老师，请您也谈一下庄子吧。

刘：我们以前顺着境界论把庄子看得很高。龙老师的体会很对，老子是逆流而上，庄子是顺流而下。

某学生：我国继任继愈老先生以来，喜欢拿"唯物""唯心""辩证法体系"来"套"中国哲学，这让人诟病，但是后来我看到唐君毅对《道德经》的理解，唐君毅认为《道德经》就是辩证法。如何寻找一个安立中国哲学的方法呢？这个怎么理解？

龙：首先我想声明一点，我用的《道德经》版本就是任继愈老先生注译的。看来我已经中毒很深了（笑）。这个问题就由刘老师来回答吧。

刘：辩证法、本体论、形而上学都是有多重解释的。龙老师也不避讳，他就用了本体论这个词。唐君毅是黑格尔大家，承认辩证法是哲学的思维方法，唐君毅也区分了中国和黑格尔的辩证法的差别。庄子用的词是"吊诡"，我们翻译的是"矛盾"。辩证法在庄子那里就是吊诡，佛经也经常用。

某学生：如何处理中西概念关系问题？还想问一下龙老师在西方这么多年是怎么完善自己的研究路径的？

刘：龙老师很自信地用了"本体"这个词，也很自信地讨论了中国哲学。我想起唐力权、叶秀山。大家都知道，龙老师是西方哲学出身的，今天却没有炫耀西方哲学的术语。没有给自己戴上西方哲学的帽子，显摆自己是懂哲学的。唐力权那里就碰到了，他一出手就宇宙论，这个宇宙论是哲学思维方法问题。有人批评唐先生："现在哪里还有搞宇宙论的？"意思是唐先生好像缺乏西方哲学底子。不过了解唐力权的人都知道，唐先生的两个老师是海德格尔的弟子，不可能不懂现象学。叶先生晚年，阐发中国哲学发展的渊源，就是从《易》出发，叶的语言使用有些类似黄元吉，从古籍里撷取名言，发其义理。这说明他们有理论自信，没有拉大旗作虎皮。

龙老师：我们有一些名词从西方哲学来看有很多西方哲学内容。其实这些词是我们的，只是利用它们来翻译西方哲学。"哲学"这个词是从日本过来的，但是"哲"这个字是我们本来就有的。孔子就把自己叫作"哲人"。"哲学"也可以从中国哲学来理解，不一定要看成是"philosophy"，那是从西方来的，爱智慧，比"哲学"意思狭窄。我们可以在中国意义上用"哲学"这个词，这样中国哲学也是一种哲学。我的路是怎么走过来的呢？我出国十八年。当时出去就是为了学习西方哲学。但我出国之前也喜欢《道德经》《周易》。我出国的时候只带了两本书，就是《道德经》和《圣经》。《圣经》是一位基督徒朋友送给我的，作为出国的礼物。我到加拿大读西方哲学，发现现象学、海德格尔非常吸引我。海德格尔的特点恰恰就是从早期到晚期不断地转向类似中国道家的思路。他将道开显，让你去悟，晚期有点像老子。西方哲学从希腊哲学开始从大道化入小道，最后在海德格尔这里向大道回归，虽然他没有先天大道。我认为易经是人类最早的哲学。哲学的精神从易开始，发展到孔子、老子，就开始从大道进入小道，转到西方发展，一直到现象学，到海德格尔。后来再读《道德经》，发现很多东西非常深刻。我出去是为了学习西方哲学。海德格尔却把我引回中国哲学。刚才刘老师提到唐力权一出手就是宇宙论。宇宙论本来是西方哲学的概念，研究的是时空中的事物。古人说"往古来今谓之宙，四方上下谓之宇"。宇宙就是时空总体。我认为大道产生万物之前是没有时空的。大道有运动，但不是在时空中。刘老师，不知道古人有没有用"宇宙"形容超时空的东西？

刘：时空范畴。中国有一个典范，司马迁《史记》第一章，"天官书"，为上古文化一个总集，第一章就是时空观，司马迁很明白，要想理解中国古代文化，这是第一个逻辑基础。

龙：刘老师，我想请教一下"本体"这个词最早出现在哪里？

刘：本，指草木之根。体，最初指身体。从象形上认出来。南北朝时期出现"本体"这个复合词，指事物的主体等。

龙：谢谢！

孔子的梦

孔子梦见有声音对他说:"谁能用无形的弓,拉动无形的琴,奏出无声的音乐?"

孔子醒来,觉得奇怪,于是去请教老子。

老子说:"这样的弓和这样的琴还没有造成,这样的人还没有出生。"

孔子若有所悟,想继续问下去,但看到老子开始闭目养神,于是又去请教伏羲。

伏羲说:"以阳为弓,以阴为琴,可以奏出太极之音。"

孔子如梦初醒,但还是有点疑惑,就继续问道:"谁能这样做呢?"

伏羲说:"你去问女娲吧。"

孔子来到伏羲的后院,看到女娲正在花园里漫步,于是上前请教。

女娲说:"伏羲给了我一些花种,我把它们种在园子里,现在已经是满园花开,姹紫嫣红,芬芳馥郁了。"

孔子迷惑不解。女娲笑着问:"你听见花的声音了吗?"

孔子恍然大悟。

太极之运作

太极之运作，妙在阴阳合一，生生不息。太极之始，名曰乾坤。乾坤阴阳交合，从坤生出太极全象，含阳阴合三象，历经生长收藏，层层演进，阴阳交错组合而成八卦，八卦再自我生成而得六十四卦。包含八卦六十四卦之太极全象既圆满又圆融，名曰太极圆象。太极圆象整体上仍为阳阴合三象，只是产生了八卦六十四卦作为阴阳组合之先天形式。乾坤生成圆象之运动即所谓先天大道，实乃太极之意志（乾志）推动太极之象不断发展的过程，其运作既本己又直接，既无心又无意，混沌无形之至。①

太极既生成圆满圆融之自我形象，便借此自我形象转生天地。天地就是第二太极，乃无形之虚空领域，唯含太极圆象而已。天地阴阳交合，地母所含之圆象遂成长为宇宙生命，其阴合阳三象转化为理物气三界，八卦六十四卦则转化为三界事物之形式。理物气三界精致而有形，丰富而无限，至真、至美、至神。宇宙生命即地母所怀之宇宙胎儿，一切有限生命之源。第二太极之意志（天志）在宇宙生命中派生出了宇宙意志，为天志所直接把握。宇宙意志在理界从事思考，故名宇宙判断力，在物界运行宇宙万物，故名宇宙推动力，在气界运化宇宙之气，故名宇宙气化力。宇宙判断力之运作即所谓宇宙逻各斯，乃太极之理性所在。宇宙三界之发展，乃按理、物、气之顺序。太极首先在宇宙逻各斯中达到了自我意识，预先思考了自身在物界、气界乃至世界中的一切发展，然后才通过大爆炸和宇宙演化将自己物化在宇宙物界，产生微观原子体系和宏观

---

① 参见《太极之音》第十一讲《论太极》的第二节"太极生成圆象"。

星系。① 太极虽然在宇宙生命中达到了自我意识，但尚未形成感受和欲望的心，故其思考乃纯粹的无心之思，理性之思，其物化则遵循理性设计自然地发生。先天大道流入第二太极，就转生出天道。天道从天向地流动，自然无为，毫不造作，但却蕴含了生生不息的宇宙生命之流转变化。总而言之，太极在宇宙生命中的运作乃是派生而直接，无心而有意，神妙精美之至。②

宇宙生命既成，地母完成了内部发展。为了实现太极的最终发展，天道从地母敞开了本性虚空的世界。世界从地母延伸而出，故而向天志敞开。随着天道敞开世界之运动，地母含藏之宇宙生命通过生物体涌现到世界中，成为许多依靠身体生活的有限生命。有限生命继承了宇宙生命的理物气三界结构，但其具体内容不是在宇宙中客观存在的事物，而是和生物体密切关联的现象。太极在生物体中之运作与万物无异，乃是派生而直接，无心而有意。血液循环，如大河之奔流；神经传递，如闪电之疾速。生物体的构造有其目的和意义，乃太极先天设计，后天进化而成。所谓自然选择，到底何义？自然者，宇宙生命之别称。宇宙生命有意识，有思考，有设计，有组织，看似混乱和偶然，实则隐含秩序和目的。动物之进化虽与其活动和环境相关，进化之机制和方向却来自太极在宇宙逻各斯中的先天设计，其目的便是进化出能够代表太极，在世界中实现太极最终发展之人类。从天地阴阳交合到世界被统一成人类社会，此过程即所谓的"天地生人"。从第一太极到第二太极的发展可以用下面的二阶太极图来表示：③

---

① 第一太极物化为宏观星系。第二太极物化为原子体系。物化的特殊性要求宏观星系由原子体系构成，所以首先被物化的是第二太极。参见《太极之音》，第328页。在太阳系中，乾坤物化为日月，天地物化为气土，天志物化为火，大道物化为水。因此，天空和大地成为无形天地的具体形象。参见《太极之音》第七讲《天地与万物》和第十一讲《论太极》第五节"太阳系的生成"。

② 参见《太极之音》第十一讲《论太极》第三节"乾坤转生天地"和第四节"太极生成宇宙"。

③ 参见《太极之音》，第363—364页。《太极之音》仅仅画出了二阶太极图，没有细化图中宇宙生命和有限生命的结构。这里增加了图2来细化这个结构。关于此结构的细节，参见《太极之音》，第324—327、374—376、380—381页。

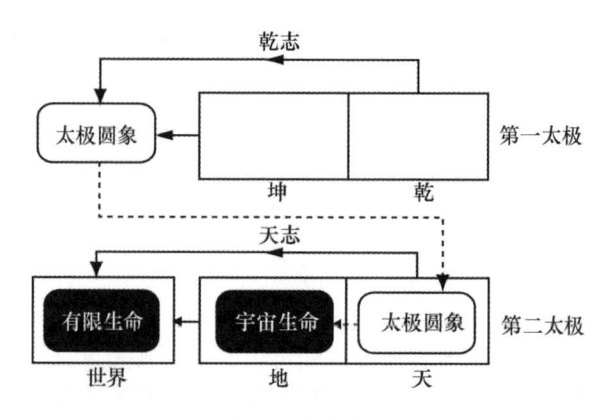

图1 二阶太极图

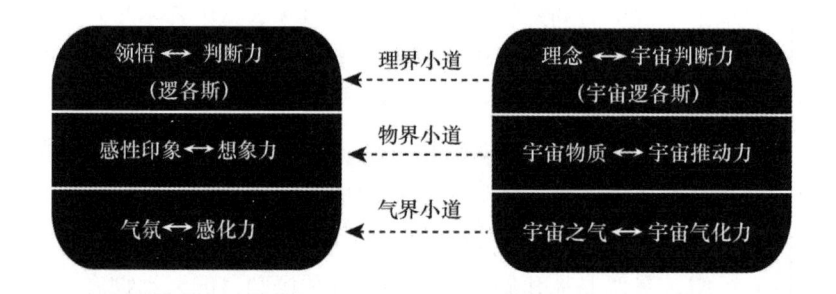

图2 宇宙生命和有限生命

太极在有限生命中之运作，与其在生物体中之运作截然不同。生物体是属于宇宙生命的客观物质，而有限生命则是在世界中敞开的一个有自我统一性的生活领域。世界是容纳一切有限生命的原始敞开域。每个有限生命都是世界的一个侧面。天志本来把握的是世界，但为了把握每个有限生命，天志便直接落入生命中，转化为心情和欲望。心情被动感受生命，欲望主动把握生命。心情即天志最初落入生命处，乃太极在生命中之直接落脚点；欲望则是心情为了化被动为主动而产生的，乃心情之外化。情欲合一，即所谓的心。太极在心情中直接运作，在欲望中间接运作。太极在生命中的运作是有心的，而且是从直接到间接的。心拥有生命，故心属阳，生命属阴。心就是以生命为阴性对象的意志。所谓我，就是意志与生命的合一。我的意志来自天，我的生命来自地。我就是天父地母的孩子。①

和宇宙生命相似，有限生命的理、物、气三界也各有其意志，即判断力、想象力、感化力。心是感性现象，出现在物界，但所代表的是天志，故可直接把握生命三界之意志，成为生命的中心。然而，在动物之心中太极以遗忘自身之方式运作，其拥有之判断力未经言谈磨炼，只能专注于动物自身之生命，默默为其生存服务，而不能从他者角度超越自身，反观自身，故动物虽有意识，却无自我意识，其心尚未自我觉悟。太极在动物中之运作乃是有心而无意，其心随生命中种种事物流转，不知其根，不知其极，其身则在世界中四处漫游，其行为皆无意而发，自然天成，无善无恶。动物尚未达到自我意识，其我不自知为我，故非太极之恰当代表，只能在漫游的世界中觅食交配，解除身体之饥渴，求得身体之安乐而已。

人通过言谈超越生命，向世界开放自身，从他人反观自身，达到了自我意识。人心乃自我觉悟之心，自知为我之心，因此人就是太极在世界中的恰当代表。太极在人中的运作既有心又有意。心的有意运作就是用心。唯有人能用心。太极无心，以人心为心。太极唯有通过在人中的用心方能在世界中实现其最终发展。心不是自我成立的意志，而是有根的意志，唯有从其根上用心方能安心。心之根即天志，故人有良心，即所谓天良。良心即天志在人心中之显露，乃太极在人中之初始用心。良心不安，即太极用心不畅；良心安宁，即太极用心顺畅。若要良心安宁，就要聆听良心之呼唤，守住良心来生活。人若守住良心来生活，即可从根上用心，处变不惊，随遇而安，在天地之间堂堂正正地做人。

人心有本己之用，有派生之用。心的本己之用即情欲。情欲就是心本身。情者，太极在生命中之直接落脚点，人心通天之窗户，回归太极之唯一通道。太极对自身之感受，唯有通过情方能实现在人中。人心最基本的感受就是生命属我。生命是心的家园。我就是热爱生命的我。通过良心，人还可以感受天志，实现天命；通过仁

---

① 参见《太极之音》第一讲《论生命》和第六讲《天地与我》。

爱之心，人可以感受他人，乃至博爱天下；通过敬天亲地，人可以感受天地，实现天地人一体；通过男女之爱，人甚至可以让乾坤在人中感受自身，实现太极之阴阳合一；通过亲情，人还可以扩展太极的自我感受，乃至最终建立普天之下皆是兄弟姐妹的大同世界。人若无情，便与太极相隔，所作所为皆无根基，虽贵为太极之代表，实乃有名而无实，与禽兽何异！

欲者，情之外化，行动之枢纽，事业之支柱，人生之发动机，历史之推动力。太极虽在情中显露自己，但唯有通过欲之积极行动，方可在世界中自我实现。欲之本在情，故用欲之妙，在于用情。以情为本，则欲随之而发，怡然而自得，强大而有节。无情之欲则仅从自身出发，为了欲望而欲望，盲目追求自身的满足，满足之后仍不满足，终日浮躁不安，惶惶然不知所止。如何以情为本？做事从热爱生命出发，从良心出发，从仁爱出发，从敬天亲地出发，从爱情、亲情、友情出发，则欲有本有根，用情愈深，行动力愈强，强而不盲目，故知其所止，不分心旁骛，不枉费心机；事不成，情还在，何须自怨自艾，或相互责备，相互推诿？反之，若做事仅从欲望出发，则为达目的不择手段，为求利益违背良心，为遮掩过错推卸责任，为暂时的成功得意忘形，为暂时的失败垂头丧气，或能侥幸赢得一时之名利，却伤害了自我尊严、朋友情谊，甚至伤害了亲情和爱情，如树木自断其根，河流自绝其源，终究花果凋零，干涸枯竭，何益之有？

人心的派生之用，首先在于思考。心拥有生命理界之判断力，其运作称为逻各斯，但不是组织宇宙的无限逻各斯，而是组织生命的有限逻各斯。逻各斯在世界中相互激荡，就有了言谈。人通过言谈反观自身，发展出了自我意识。有了自我意识，人心就可以独立思考，对事物做出自己的判断。自我意识同时也是自由行动的意识。在世界中自由行动是人代表太极实现历史的前提，是不可剥夺的天赋权利。在世界中说出自己的看法是和独立思考相应的自由行动，同样是人不可剥夺的天赋权利。但人的自由必须以不伤害他人自由（包括自由赖以成立的世界）为前提，否则太极在人中的用心就会自相矛盾，因为每个人都是太极的恰当代表，而这种代表性的实现方式就是在世界中自由地行动。所以,自由并非没有需要遵守的规则。法律就是这种规则的集大成。人遵守法律,其实是遵守普遍理性的指导,归根结底是遵守宇宙逻各斯在社会活动中的组织作用,因为宇宙逻各斯是众人逻各斯的共同源泉,是普遍理性的根基。宇宙意志是被天志直接把握的,所以宇宙逻各斯就是天理,法律就是天理在社会活动中的表现,遵守法律就是在社会活动中遵守天理,这不是从情欲而是从理性出发实现的天人合一,是太极在人中的派生的、非本己的用心。为何人在社会活动中不能仅仅从情欲出发行动?因为天人不完全合一。如果天人完全合一,则人从情欲出发的行动就是太极本身在行动。但天人合一只是理想,天人不合一则是现实,因为天志落入生命成为人心就和自身发生了断裂。天人的先天断裂使人心有了相对独立性,可以从自身出发行动,但同时也使得人有可能背离意志之根行动。不论如何良善之人,其心与天志都有先天断裂,随时都有可能背离天志行动而伤害他人之自由。所以,人在不会伤害他人自由的情况下,完全可以从情欲出发行动,但在有可能伤害他人自由的情况下,就要遵守法律的指导,让太极通过其派生的用心规范其本己的用心。

即使在不会伤害他人自由的情况下,人也不能仅仅从情欲出发行动,而需用理性来辅助情欲。虽然欲望可以通过决断守住良心,从根上用心,做自己生命的主人,但天人断裂使得人心无法完全从意志之根把握自身。为了更好地自我把握,人心不仅需要决断,还需要借助理性来超越自身。理性能够客观地、冷静地判断事物,超越一时的情欲波动,从更全面的视角,更长远的考虑出发做决定,这样就可以更好地实现情欲对生命的感受和把握,同时避免情欲变得盲目时自我伤害。这是人通过派生的用心规范本己用心的方式,但它和遵守法律不是一回事,因为它是人心的自我规范,目的是自我保护,而遵守法律则是太极在人中的自我规范,目的是太极的自我保护(人的自由如果相互伤害,就是太极在其代表中的自我伤害)。理性还可以帮助情欲在有可能伤害他人时自我克制,这不是法律能代替的,因为情欲对他人的伤害可以不局限在自由上,例如情绪激动时口不择言,就有可能伤害他人的情感,但并没有伤害其自由，这种事不能靠遵守法律来避免，但可以靠理性来自我克制，减少其发生。然而理性终究是派生的用心方式，只能辅助而不能代替情欲。只要理性不走向极端而否定情欲，理性就可以成为情欲最好的辅助。

相对理性而言，情欲是感性的，但这种感性不是普通的感觉，而是人感受和把握生命的方式，其中隐含人心对太极及其诸多环节的默默理解，因此理性对超越事物的思考最终必须通过情欲才能真正通达所思之物。理性是智性的升华。所谓智性就是逻各斯自身的本性，而理性则是从宇宙逻各斯获得强化的智性。逻各斯可以从理性出发思考一切事物，但不能仅凭理性通达超越生命的事物，因为逻各斯组织的仅仅是生命现象。为了通达超越的事物，逻各斯必须依靠超越生命的人心。人心如何超越生命？情就是太极在生命中的直接落脚点，是太极及其诸多环节显露其意义的最为幽深的心眼。不论事物如何超越了生命，其意义总可以在人心的感受中显露出来，这就是人心的慧性。慧性就是人心从太极而来的光明，是人理解超越事物的根本途径。当人从事物的意义出发思考，亦即当人用心（而非仅用头脑）思考的时候，智性就可以扎根在慧性中，形成生命的智慧。有智慧的人可以通过感受世界的诗意来通达自然万物，体会它们从太极而来的意义；有智慧的人还会热爱生命，不会因为生命中的苦难而怨天尤人或厌弃生命；有智慧的人更会守住良心来生活，在仁爱之心中，在对人类的大爱中，在敬畏天命、亲近大地的心情中，在爱情、亲情和友情中超越自身，成就一切事物在世界中的意义。当事物的意义真正在人心的感受中显露时，人心的思考也就可以恰当地通达这些事物，因为一切事物都在太极中，而太极就直接落脚在情中，通过有智慧的用心来感受和理解一切事物。这种扎根在情中的理解本质上是敬畏的，同时也是诗意的。所以世界不仅是为身体的活动敞开的"漫游的世界"，也不仅是为欲望的行动敞开的"行动的世界"，而且还是自然万物乃至太极在其中真实地显露自身的"敬拜的世界"和"诗意的世界"。世界本来只有一个，但敞开方式的不同使世界分成了四个层次。①

世界的四个层次各有其相应的用心方式。在漫游的世界中，欲望推动身体运动，这是太极在动物和人中的"物化的"运作方式，是派生而非本己的，因为欲望在这里把握的不是生命本身，而是生命的物化，亦即身体。天志在宇宙生命中派生出了宇宙推动力。所以，有限生命可以通过心（天志的个体化）推动身体，通过推动身体间接推动其他的宇宙万物。物化的运作是动物和人分享宇宙推动力，通达宇宙万物的唯一方式。如果欲望没有天赋的移动身体的能力，动物和人就根本没有通达宇宙万物的途径，只能生活在主观的梦幻中。欲望天然地理解移动身体的可能性，因此可以生活在空间化的世界，亦即漫游的世界中。漫游的世界是动物和人共享的世界。但动物有心而不能用心，故其运动虽然往往比人更迅捷、更灵巧，却不像人的运动那样随意，例如人手可以做出任何想做的动作，而动物的前肢就只能做出生存所必需的习惯性的自然动作（只有经过人的长期训练才能做出别的动作）。人在漫游的世界中以物化的方式用心，所打交道的是可以独立于人的意志存在的宇宙万物。所以，漫游的世界是有客观性的世界。物化的用心就是客观的用心，是人理解客观事物的基本出发点。人通过欲望通达了超越生命的宇宙万物。由此可见，情和欲都是人通达超越事物的途径，只是方式不同而已。

行动的世界是向一切人的欲望敞开的世界，是人人都可以在其中使用有用之物，为实现欲望的目标而行动的世界。行动的世界最初是通过实用的言谈敞开出来的，是人在其中达到自我意识和自由的世界。在行动的世界中，欲望企图把握生命本身，实现人生的目标，并通过移动身体和使用万物来达到其目的，故其用心首先是本己的，其次才是派生的（身体运动现在具有了行动的意义）。但太极在欲望中只能间接地用心。虽然人可以通过欲望直接把握生命，太极却无法通过欲望直接把握人的生命。人在行动中的用心是直接的，而太极在行动中的用心却是间接的。人和太极在行动中的用心有所

---

① 参见《太极之音》第十讲《语言与世界》。

不同，说明人的行动可以相对独立于太极，因而是自由的，但自由以天人之间的先天断裂为前提，因此是有可能互相伤害的。要避免互相伤害，就必须把我的欲望理解为普遍欲望，而不仅仅是一己私欲。行动的世界是人的理性得以在其中发展的世界，因为正是借着行动的世界为普遍欲望敞开的特性，人才能通过言谈和思考来发展普遍理性。行动的世界是以漫游的世界为基础发展的，但同时超越了漫游的世界，成为有客观性、普遍性和理性的世界。人在行动的世界中必须以客观、普遍和理性的方式用心，尊重客观现实，尊重他人的平等权利，在社会活动中遵从理性的指导。如果不以这种方式用心，人就无法很好地和他人一起生活在行动的世界中，其主观、自私和情绪化的行为方式会和他人不断发生冲突，甚至伤害他人，最终反过来伤害了自己；当这种行为方式占据主导地位时，行动的世界就会向漫游的世界退化，弱肉强食的丛林法则就会主导人的生活，人就和禽兽没有多大差别了。

敬拜的世界是人们围绕共同敬拜的神圣者建立的世界，亦即向神圣者的意志敞开的世界。这种神圣者可以有多种多样的名称和特性（例如西方人的"神"和中国人的"天"），但都是人们从敬畏意志之根的心情去通达的。在敬畏的心情中隐含了天人的先天断裂，正是这种断裂使人心感到被超越，从而产生敬畏感。但这种断裂并不妨碍上天在情中直接用心，因为即使上天的意志从高处落入低处，这种落入仍然是直接发生的。在敬拜的世界中人和太极都是以本己的、直接的方式用心。敬拜的世界因此具有高于行动的世界之权威，为人在世界中的行动赋予了从上天而来的意义，使人的自由可以扎根在上天的意志中，通过自由的行动来实现上天赋予人的历史使命。敬拜的世界是神圣的有意义的世界，其神圣的光芒照亮了行动的世界，弥补了太极在行动的世界中只能间接用心的缺憾。人们在行动的世界中使用的种种有用之物因此都可以凝聚神圣的光辉。在庙堂和教堂的辉煌建筑中，在祭坛、祭品、祭服中，甚至在日常生活的服装和建筑中，例如在中国古代的冠帽中，在突出宏大屋顶和飞檐翘角的中国古代建筑中，神圣者都在默默地放射出耀眼的光辉，将行动的世界收服到敬拜的世界中。甚至漫游的世界也被敬拜的世界照亮，使人们的身体运动被神圣的舞蹈和敬拜的礼仪所提升，反射出神圣者的光辉，这是敬拜的世界从本己到派生的用心方式。古希腊的体育运动不仅是人们展现其身体能力的活动，同时也是在所敬拜的诸神观照下发生的娱神活动，通过人体在运动中的力和美来反射诸神的神圣光辉。今天的体育运动通过竞技来展现欲望推动身体的力量和技巧，将漫游的世界突出为行动的世界之基础，同时通过服从竞赛规则赋予漫游的世界以普遍性和理性，但还没有将漫游的世界和行动的世界收服在敬拜的世界中。然而，奥林匹克运动会的圣火仍然为我们保留了某种敬拜的因素，因为火就是天志的物化，是世界各民族都能理解的神圣之物。敬拜的世界是良心的呼唤开启的。这种呼唤显露了人心共同的意志之根，激发人们发展出了诗意的吟唱，开启了人与人的互敬互爱，因此敬拜的世界不但是神圣的、有意义的世界，同时也是凝聚人心的情感世界。

　　敬拜的世界是有诗意的，但其诗意来自神圣者的光辉照耀，尚未展示世界中各种事物的意义。在敬拜的世界基础上，大道通过理界的可说之小道（诗意的道说）敞开了诗意的世界。可说之小道组织世界中的种种现象，从大道的角度解蔽了它们在世界中的意义。太极在诗意的世界中的用心也是本己和直接的，因为诗意就落脚在人心对意义的感受。这种用心不仅向上通达神圣者，而且向所有方向通达一切事物。在诗意的世界中，大到天空大地、日月星辰，小到花草树木、鸟兽虫蛇，包括神圣者和人类，都可以自由地展现其来自太极的意义，成就其最本己的存在。人可以不是诗人，但不能没有诗意。人只有诗意地用心，才能从最高意义上理解一切事物。然而诗意并不仅仅是主观的感受。诗意的世界以敬拜的世界为基础，将行动的世界和漫游的世界吸收进来，将世界完整地敞开在天地之间。诗意的目光可以通达任何事物，包括自然、人生和社会，乃至历史和永恒。在诗意中，太极越过天人的断裂，将自己的无限丰富直接展现在世界之美中。诗意的世界就是美的世界。这种美是从超越根源开启出来，在天地之间成就的大美，唯有通过人心的感受方能充分展现。审美是生命物界的意志亦即想象力的运作。想象力的正面感受就是美感（负面感受就是丑感）。但想象和思考一样是派生的用心方式。唯有用心去想象，才能将派生的用心收回本己的用心，从心的感受去审美，这样的美不再是形式化的小美或唯美，而是展现事物本质的大美。用心感受美就是诗意的世界从本己到派生的用心方式。当人们在敬拜的世界中以敬畏之心生活，在诗意的世界中用心感受美，人们就不会再仅仅追逐种种有用之物，天地之间的世界就会变得美丽而有意义，服装和建筑也会焕然一新，帮助人实现居于天地之间的本质。人就是世界的统一性，也就是人类社会。当世界的四个层次都充分敞开的时候，人类社会就达到了成熟的形态，天地生人的过程也就完成了。

但人还不是太极发展的顶点。世界不仅是人的生活领域，而且还是历史戏剧上演的舞台。历史其实就是太极在世界中的自我生成。太极本无心，以人心为心。太极在人中用心，将自己以多种方式实现在世界中，就形成了丰富多彩的历史活动。然而，人对太极的认识是不断发展的；人如何认识太极，历史活动就会采取相应的发展方式。所以，历史戏剧有两个不同维度：从横向来说，历史是多种人类活动在世界中的同时发生和相互交织；从纵向来说，历史是太极通过人类活动不断将自己实现出来，经历许多不同发展阶段，最终将自己完全实现在世界中的过程。历史就如同从高山之湖流下的河流，由许多股分流交织而成，经过千折百回的流动而最终汇入大海。

从横向来说，历史活动分为两大类，亦即太极在人中直接用心、实现其理想意义的"文化活动"，和太极在人中间接用心、实现太极与人之现实关联的"文明活动"。但太极的结构不是单一的，而是包括本体（太极本身）、无限生命（宇宙生命）、有限生命三个层次，其中的无限生命还内含理物气三界，对应三种不同的活动（有限生命的理物气三界被心统一，只对应一种活动）。所以，历史活动总共可以分为十种类型：[1]

---

[1] 参见《太极之音》第十一讲《论太极》的第六节"太极生成历史"。关于文化与文明之区分的重要性，参见《太极之音》导论第三节"中国文化复兴之路"。

历史活动	本体	无限	有限
理想性（文化）	爱情	哲学，艺术，巫术	品德
现实性（文明）	政治经济	科学，技术，气功	劳动

这十种历史活动以横向关联的方式同时发生，相互交织，构成太极在某个时代的自我生成，而其纵向发展则构成前后相续的许多历史阶段。作为实现太极的本体活动，爱情和政治经济是历史发展的两条主线，决定了历史是诸多民族和国家的发展过程（民族来自相对自我封闭的男女结合；国家则是政治经济在大地上形成的民族共同体）。历史的终极目标就是通过男女之爱回归乾坤，达到天下一家的境界，同时通过政治经济（天治地养）把天地实现为人类生活的现实基础，统一天下，建立大同世界。另外，作为太极通过人实现的自我思考，哲学是指导其他历史活动的历史活动，代表了时代的精神，以至于世界哲学史的内在逻辑决定了世界历史的发展过程。所以，当世界哲学史进入融合中西的最终发展，人类开始完整地认识太极的时候，世界历史就会进入其最终的发展阶段，世界各民族将联合起来，在大地上实现天下大同。

天下大同是太极运作的最高阶段。当人类开始完整地认识太极的时候，爱情作为太极自我实现的理想方式就会被提升到新的高度。爱情是男女之我的相互认同，是乾坤这个最原始的、阴阳合一的我将自己实现在世界中的方式（性爱则是男女身体阴阳合一，在世界中重演天地生人之方式）。当人类完整地认识太极时，男女的自我意识就会被太极提升为爱情的自我意识，这样太极在爱情中就不仅仅是通过人用心，而且还是"作为太极"用心。当太极将自己作为太极实现在爱情中时，从乾坤到爱情的发展就构成了太极的永恒轮回；爱情中的男女将回归爱情的源头，从太极这个最古老的爱体会到人类的共同父母，体会到普天之下皆是兄弟姐妹，实现出天下一家的境界，使太极在人中的直接用心达到不分彼此、相互交融的状态。当人类进入天下一家的境界，就可以超越历史发展造成的民族纷争，以国家为基础实现人类联邦，在全球范围内实现天治地养，让人类大家庭中每个人的生活都得到天父地母的支持。在大同世界中，人类的文化活动将在天下一家、和而不同的精神中统一起来，文明活动将以客观、普遍和理性为原则统一起来，这样太极的运作就可以从文化活动中的直接用心畅通无阻地过渡到文明活动中的间接用心，使文化和文明实现相互补充、相互协调的发展，共同构成太极在大同世界中的自我实现。太极之运作从乾坤的阴阳合一，生生不息开始，通过人类历史的漫长发展，最终将太极自身完整地实现在大同世界中，构成太极的永恒轮回。永恒轮回就是太极运作的最高形式，亦即从末端返回开端的太极之道。[①]

　　伟哉太极！自本自根，自生自长，终而复始，永恒轮回。虽至广至大而不失精微，虽至深至远而近在心中。其开端也漠然无形，无心无意，其终结也美轮美奂，至情至性。真爱唯我，永无止息，自我觉悟，自我回归。历史发展，渐行渐远，远而复返，万象更新。太极物化，日月星辰从爱而生。未雨绸缪，山河大地为爱而成。民族皆同胞，兄弟姐妹情。国家皆同本，大同世界新。你心我心太极之心，相亲相爱天下归一。美哉太极！

---

① 参见《太极之音》，第 395—397、615—617、691—694 页。

太极之用心

凡心所用，必有其境。境有不同，其用心当不同。若执定一心，不论何境皆如此行，则如春夏秋冬皆单衣，或如东西南北皆貂皮，岂有不病之理？人心之用，有本己，有派生，有直接，有间接，有感性，有理性，有智性，有慧性，有思考，有想象，有主观，有客观，有普遍，有个人，有理想，有现实，有当下之决断，有长远之谋虑，有神秘莫测之混沌，有体贴入微之精细……凡此种种，皆当随境发挥，使心与境合，阳与阴合，方能阴阳和谐，百病不生。所谓境者，即人之活动境域。历史活动乃太极在人中用心之结果，其目的是将太极的不同方面在相应的境域中实现出来。历史活动有两大类：有所谓文明活动者，劳动、科学、技术、气功、政治经济是也；有所谓文化活动者，品德、哲学、艺术、巫术、爱情是也。文明和文化分别实现太极的现实性和理想性，其活动境域不同，故其用心亦有所不同，即使同属一类的活动，其用心也不尽相同，故当一一辨析，以正人心之用。

一、文明活动

1. 劳动

劳动之用心，主要是劳力。力从欲望而出。欲望推动身体和万物，乃物化之用心方式。但人之劳动不同于动物之觅食，并非仅凭自然天性寻找食物，而是用心克服困难，从天地讨生计，汗流浃背、辛苦异常仍坚定不移，天时不利、灾害频发仍多方设法。劳动者坚韧不拔地挑起了生命的重担，深知一分力一分收获的道理，其用心最为脚踏实地，而亲近大地则使其风俗最为淳厚。在没有受到城市经济冲击之前，乡村劳动者就是这个世界上最朴实、最有人情味的人。劳动的目的是自食其力。即使众人在一起劳动，其劳动仍属于个人。劳动的原则就是"私有"。当然，劳动者还可以同时展开其他多种活动，如在买卖中增加收入，在家庭中找到归宿，在祖先祭祀中保持敬畏精神，在山歌戏曲中释放负重的心灵，在体育武术中舒展僵硬的身形，还可以通过读书增长知识，修身养性，形成耕读传统。广义的劳动并不局限于农民的耕作。任何人以自食其力的方式为自己谋生，都是在劳动，例如工厂的工人，商店的服务员，街上的警察，学校的教师，公司的职员等都为社会做出了贡献，领取到了相应的劳动报酬，可以到市场买到有用之物来维持生活（直接从劳动获得有用之物的耕作则是最典型的劳动）。劳动者之用心不论采取何种方式，都有共同之处，即以欲望之辛苦劳作来获得有用之物，以维持自己在世界中的生活。作为太极的自我实现，劳动成就的就是为自己的生活负责的"我"。劳动者的尊严，就是在行动的世界中自食其力、自我负责、自我成就。

2. 科学

科学实现的是人和宇宙理界的现实关联。科学通过观察、思考和实验来发现万物的客观属性和规律，归根结底是为了从实证角度把握组织万物的宇宙逻各斯（人的逻各斯从宇宙逻各斯获得了普遍的形式和法则，所以研究逻各斯的形式和法则的数学和逻辑是最纯粹的科学，构成一切科学的基础）。科学的用心方式是客观、普遍和理性的。科学追求的真理以符合客观现实，符合理性思考，能够被实验证实为主要特点。这种真理观适合于研究宇宙物质的客观属性和规律，以及世界理性和客观的一面，但不适合于揭示事物的意义。科学撇开自然万物在世界中显露的意义，仅仅关注其客观性。科学不是从人心对事物的感受出发，用慧性理解事物的目的和意义，而只是通过智性的分析把握事物的客观属性和因果关系。科学用心的最大特点就是"有智无慧"[1]。科学在符合理性和可证实方面是可信赖的，尽管科学理论本身需要在实践中不断地自我完善，逐步逼近宇宙逻各斯对万物的组织方式。但科学并不解释世界

---

[1] 参见《太极之音》，第194页。

的意义。天空大地、日月星辰、高山大海、江河湖泊、花草树木乃至人体等自然万物的意义只能用心去感受，在诗意和美中去体会，而无法从科学出发去解释。至于人生的意义就更不可能用科学来解释。科学本质上就不是追求意义的活动。人们可以通过学习科学来培养智性，加强对世界理性和客观一面的了解，加强对事物的观察能力，但"科学的人生"却是荒谬的。所以，从事或学习科学的人特别需要加强人文方面的修养，保护和发展自己对世界的诗意和审美的目光，把科学"有智无慧"的用心方式局限在实验室、研究所、科学课堂等需要科学式用心的场合，而不可一味执定这种狭隘的用心方式，习惯性地扩展到生活的方方面面，这或许可以让生活变得更加有条有理，但同时也使人心丧失诗意和美感，丧失活泼的生机和丰富的多维性，在需要以其他方式用心的场合感到无所适从，变得呆滞麻木，刻板乏味。

3. 技术

技术实现的是人和宇宙物界的现实关联。技术是人将宇宙万物转化为世界中有用之物的活动。技术的用心和科学一样是客观、普遍和理性的。但技术的普遍性更多地寄托在宇宙物界（宇宙万物是人人都可以接近，都可以利用，但又独立存在的）。劳动者虽然和万物打交道，但其之所以为劳动者，乃是因其自食其力，而不是因为与万物打交道。学校老师是劳动者，但教学不是技术活动，因为教学并没有将宇宙万物转化为有用之物。农民从土地生长出了粮食蔬菜等有用之物，故其耕作是技术，但耕作也是为了自己谋生计，故也是劳动。在农民的个体化耕作中，劳动和技术刚好重合。在手工艺者的个体化制作中，劳动和技术也是刚好重合的。但这些只是特殊情形。在集体化耕作和手工艺大作坊中，技术是由多人合作完成的，然而其中牵涉的劳动仍属于个人，此时技术和劳动不再重合。这里说的技术在经济领域中称为生产。但技术也可以不是生产。例如一个人花了心思和力气制造了一个风筝，在春风荡漾的日子拿出去玩，这就不是生产，因为和经济无关，也不是劳动，因为制造风筝在这里不是为了维持生活，但它从某些材料造出了有用之物，所以是一种技术活动。人们很容易混淆劳动、技术和生产，但从用心角度是可以区分的。

古代技术主要是个人技术，通过人力将自然力释放出来，顺其自然地利用自然，故其用心以劳力为主，辅之以对万物的想象，制造出既有用又精美的各种用品。现代技术之所以不同于古代技术，关键是结合了现代科学。现代技术通过科学的计算来释放宇宙推动力，所以其用心更多地在思考方面，其劳力的方面则不断被机器取代，甚至其思考的方面也在不断地被人工智能取代。在现代技术形成的机器化大生产中，技术活动是由技术人员、管理人员和工人等许多人共同完成的，其中每个人都无法单独完成技术，但每个人都因为对生产有所贡献而得到相应的劳动报酬。每个人的劳动只和技术的某个微小部分重合，而技术则以普遍的方式运作，多一个人，少一个人，或者换掉某些人，技术照样运作，只需要在责任分配上做些变动即可。现代技术在技术的普遍性和劳动的属我性之间拉开了巨大的鸿沟，因此可以越过劳动者来单纯追求效率。现代技术的用心以追求效率为根本特性，而技术的参与者则被看成是具有某种"功能"，为效率服务的手段。这种技术化的用心并不局限于生产部门，而是扩散到所有行业，使每个人都成为一个靠某种"功能"立足于社会、随时有可能被"功能"更强的他人替代的人，削弱了劳动者的自尊，造就了以成功为主要目标的大众化生活方式。

技术化的用心在文化活动中的扩散还导致人们急功近利，热衷于可以用数量化指标衡量的短期成功，沉不住气来创作真正有意义的作品。当人类的所有社会活动都被技术化的用心推动时，人的世界就被物质化和非人性化了。在这方面，各行各业的决策者起到了决定性的作用，因为如果他们从技术化的用心去制定行业规范，从业者即使不愿意也只好服从这些规范，将自己的行为纳入技术化的轨道以求生存。然而并非一切人类活动都应该模仿技术的用心方式，尤其是文化活动就更不能这样做，因为文化活动以实现某种理想意义为目的，而不是以某种现实功效为目的。决策者应该充分了解和欣赏本行业独有的用心方式，努力创造宽松良好的工作环境来保护它。最好的决策者并不需要是本行业的佼佼者，但无论如何必须是熟悉和热爱本行业的有心人。

技术化的用心在全社会的扩散是技术崇拜造成的。技术崇拜是现代社会特有的现象,但它其实是古代敬拜的一种转化。现代人崇拜技术的威力,其实就是崇拜技术释放出来的宇宙推动力,这种自然力在古代是被归结到神圣者(神或天)的。古人敬拜神圣者并不仅仅是敬畏其推动万物的力量,而首先是敬畏其统一人间世界的神圣力量。古代世界因此围绕神圣者建立起来,成为敬拜的世界,由此赋予行动的世界以意义,并在敬拜的世界基础上敞开诗意的世界。但随着敬拜的世界在现代社会的衰落,技术释放的宇宙推动力就取代神或天成为人们暗中顶礼膜拜的对象。当现代人在一切活动中都追求效率,追求最大、最多、最快、最强等数量化指标时,这种"万境一心"的用心方式就是来自技术崇拜。现代技术的发展大大提高了人们的生活水平,帮助人类战胜贫穷、疾病和自然灾害,但技术崇拜却使技术成为真正统治世界的力量,迫使人们改变自己的生活方式去适应它。看上去是人类在使用技术为其欲望服务,其实是技术在改变整个世界,迫使人们的欲望为技术统治世界的力量服务。人们常常会被技术的最新进步惊叹,但同时也隐隐感到一种压力,就是必须赶快改变我们的生活方式,以便适应新技术给世界带来的变化。技术崇拜使我们默认了更有效率的生活就是更好的生活,即使人们不能完全接受这点,也必须接受,因为不接受就无法适应新的生活方式,就会被社会淘汰。然而生命的意义不会因为更有效率的生活而增加,反而有可能因为技术化的用心而被掩盖,因为生命的意义是必须用心感受的,而不能仅仅靠欲望的活动建立起来。被技术淘汰的焦虑迫使人们自觉自愿地服从技术对人发出的无声命令,这其实是现代人实现天人合一的一种扭曲的方式,因为天的力量已经被技术的力量取代了。但技术带来的社会问题不在于技术本身,而在于技术化的用心通过技术崇拜扩散到了全社会,使得世界被物质化和非人性化。要解决这些问题,我们不需要抛弃现代技术,只需要将技术化的用心局限在技术活动和与之密切相关的经济等文明活动,自觉地抵制其在文化活动中的扩散,同时用敬天的精神重新统一世界,将技术释放的宇宙推动力收回到上天的意志,在全球范围内实现天治地养,让技术为建设大同世界服务。

4. 气功

气功实现的是人和宇宙气界的现实关联。宇宙气界的事物混沌无形，难以捉摸，和理界事物的界限分明、有条有理刚好相反（物界则介于气界和理界之间）。人除了肉身还有看不见的气身（中医所说的经络就是气身的通道），因此可以和客观存在的宇宙气界打交道，释放出气界混沌无形的力量，调整自己气身的运行，借此养生治病，益寿延年。气功的用心方式是混沌的，有时甚至是神秘的，但与科学和技术一样是客观的，因为其所打交道的是宇宙中客观存在的气。虽然气功不能用科学来解释，但其实践仍然需要理性的辅助，因为气的不可捉摸和神秘性容易导致练功出偏差甚至走火入魔，而理性的冷静和反思的态度，以及追求客观性和普遍性的倾向可以帮助气功实践有条有理地进行，避免出现自我伤害。反之，气功实践可以帮助人们从被科学技术统治的现代世界获得释放，恢复人心活泼的生机和丰富的多维性，从机械化、物质化的生活中摆脱出来，开发生命的潜能。科学、技术和气功都是和客观存在的宇宙生命打交道的活动。宇宙的理物气三界是阴、合、阳的关系。这三种活动的互补可以使它们达到阴阳和谐，全面地实现人和宇宙的现实关联。

5. 政治经济

政治经济实现的是人和天地的现实关联。天是人们共同的意志之根。政治的最高目标就是协调众人意志，统一世界，实现天治。地是世界的基础，人的生命之源。经济的最高目标就是共享大地对世界和生命的滋养，实现地养。政治和经济是阴阳互补的活动，其用心各有特点，但二者关注的都是人类生活的现实基础，其用心都是现实的。

（1）政治

政治经济不是实现天地意义的文化活动，而是实现天地与人之现实关联的文明活动。所以政治经济的"世界"不是敬拜的世界或诗意的世界，而是行动的世界。然而，敬拜的世界既然是围绕神圣者的意志（天志）统一起来的，人类早期的政治活动就很自然地以敬拜的世界为基础展开，把政治活动神圣化，把统治者当成"君权神授"的特殊人物。这种做法无法很好地实现政治的现实性本质。敬拜的世界是人心在其中感受神圣意义的世界，而行动的世界则是欲望在其中（借助有用之物）实现其目标的世界。前者的用心方式是理想的，后者的用心方式是现实的。因此，政治活动的恰当境域是行动的世界，而不是敬拜的世界。敬拜的世界既然展示了统一世界的天志，它就对人类实现天治有精神上的帮助，但为了纯粹地实现政治的现实性本质，必须把敬拜的世界放到幕后，让它激发人们对上天的敬畏之心，为政治实现天治提供精神支持，而不是直接参与政治权力的构成。另外，政治经济从现实角度实现天治地养，而男女结合生出后代则实现了天地生人的理想意义。前者实现为国家，后者实现为家庭。[①] 既然国家和家庭都是天地的实现，古代历史就自然地把它们结合起来，实现家族政治。但与君权神授一样，家族政治也无法很好地实现政治的现实性本质。然而，国家和家庭既然都是天地的实现，二者之间就确实有对应关系，这种对应即使在现代国家中也依然存在，其表现就是国家最高领导人及其夫人仍然在一定意义上象征着国家和家庭的共性。只要这种象征不产生家族政治，它就仍然是很有意义的实践。

　　政治的终极目标就是把行动的世界统一到上天的意志，实现出"天下"。但天下无法直接从上天实现出来，因为行动的世界不是为天志，而是为人的普遍欲望敞开的。所以，政治只能以普遍意志为基础将天志统一世界的作用实现出来。政治权力来源于天志，但可以通过个人意志实现出来，因为每个人的意志（心）都是天志的个体化，都能够代表天志去行动。然而任何人的意志都不足以统一世界，因为行动的世界不是为某人的意志，而是为普遍意志敞开的。人类必须通过意志的协商与合作，才能产生代表天志统一世界的政治权力。这种权力就是行政权。行政权首先关心的是行动的世界是否统一，是否稳

---

　　① 国家是天治地养在大地上某个范围内的局部实现。人类只有在国家基础上实现联邦，才能真正实现天治地养的目标。参见《太极之音》，第395页。

定，是否能够顺利地发展。当行动的世界被从天志的角度统一起来，它就不再仅仅为普遍欲望敞开，而是和敬拜的世界一样为天志敞开，只是其敞开方式是现实的而非理想的。行动的世界从天志获得的这种新的统一性超越了其最初的统一性，被提升为政治共同体。由于经济为行动的世界提供了从大地而来的滋养，行政权统一的世界同时也就是经济的世界，因此行政权必须关心经济的发展（这同时意味着它必须关心科学技术和劳动），否则它就只能统一一个贫穷的，没有得到大地充分滋养的，随时可能崩溃的世界。

行政权的用心总是针对世界而不是个人，即使它特别地关心某些个人，也只是从他们所在的世界出发，通过完善世界来解决他们的问题。但世界毕竟是许多人和事的交织，问题非常复杂多变。所以行政权必须既保持世界目光，又深入民众生活，审时度势，灵活处事。对世界和民众的责任意味着行政领导人必须超越个人的荣辱，以天下为己任，热爱人民，对世界有充分的了解，有广博的知识和修养，有灵活的注重现实的头脑和行动的魄力，以及良好的个人品德。人类历史的发展首先在大地上形成的是许多民族共同体（国家），各自占据世界的一个局部，所以行政权首先以国家权力的形式出现。国家之间的关系实际上是"天下"的内在关系，只是因为"天下"尚未真正实现出来而显得是外在关系。行政权统一了国家的内部世界，因此自然地在对外关系中代表国家（由于作用范围不同，有些国家将对外和对内的行政权分开）。人类最终必须以国家为基础实现人类联邦，成立世界政府，行政权才能最终把世界统一为"天下"。

然而，如何保证行政权实现的是上天的意志？人心是天志的恰当代表，因此每个人都可以代表上天参与天治（为了方便，通常是由某些人代表所有人来实施行政权）。然而，从现实的角度来说，天人之间存在先天断裂，这意味着任何人的意志都无法与天志完全合一（参见前文《太极之运作》）。无论多么良善之人，其意志都有可能背离天志而行动。所以，仅仅通过人的意志无法恰当地将天志对世界的统一作用实现出来。人类解决这个问题的办法就是形成立法权，制定宪法来规范政治活动，让行政权在宪法的范围内活动，并制定其他各种法律来规范人们在世界中的行动，通过人人遵守法律来将人的意志统一到天志。遵守法律其实就是在社会活动中遵守天理（参见前文《太极之运作》）。所以，天治的基础是法治，法治的目的是天治。

立法权针对各种人类活动，从长远的考虑出发，通过思考制定出符合普遍理性的法律。所以，立法权的用心必须是深思熟虑，有长远谋划的，同时必须是普遍和理性的。行政权需要世界目光和灵活处事，而立法权则需要超越世界一时一地的变化，追求能够长期稳定地起作用的法律，而不是应付一时之需的临时措施。只有当法律有长期稳定性的时候，人民才知道如何行事。立法权制定的法律将长期地、深刻地影响从事各种人类活动的人群。所以，立法权不仅需要最智慧和审慎的、善于理性地思考的头脑，还必须能够反映民意，不是空洞抽象的民意，而是在世界中展开各种活动的各类人的意志（可以通过选举来实现）。最后，立法权必须在敬天的精神中充分理解人类的历史天命，才能制定出恰当的、能够反映上天意志的法律，因此，立法者须有一定的哲学素养。虽然法律的规范作用主要针对政治经济等文明活动，它对某些和文明活动关系密切的文化活动也有规范作用。在文化活动中，爱情形成家庭的活动与政治经济形成国家的活动有最密切的关系。虽然家庭实现的是天地生人的意义，国家实现的是天地与人的现实关联，二者不能简单地结合起来（形成家族政治），但作为天地的实现，二者仍然有着密切的关系。家庭不但有意义，而且其世代生成决定了国家在历史中不断延续的方式，成为国家最基本的政治经济单位（子女长大成人后才走出这种单位，自己成立新的政治经济单位）。所以，立法权必须为婚姻和父母子女关系制定相关法律，为家庭实现"天地生人"提供从天地而来的现实保障。从更长远的历史视野来说，人类最终要通过男女之爱回归太极，在天父地母怀抱中实现天下一家，以此为精神基础实现天下大同。所以，立法权必须对男女的结合（形成婚姻和家庭）从法律上给予最大的支持。如果立法权缺乏对人类历史天命的理解，仅仅从个人自由出发理解国家和家庭的意义，就有可能制定出完全违反上天意图的法律（例如某些西方国家认可"同性婚姻"的法律）。西方自由主义从普遍的个人出发理解政治的本质，虽然很好地实现了法治，但还没有将法治上升为天治。相反，中国古代非常重视天治，但却混淆了文化和文明，从天人合一的文化传统出发，将天治落实到"天子"身上。今天，我们应该继承中国古代对天治的重视，同时不断完善法治，通过法治实现天治，和世界各民族一起走向天下大同的时代。

政治的现实性本质决定了它必须承认天人的先天断裂，亦即天人不合一，以致人人不合一的现实（人的意志相对独立于天的意志，因而也相互独立）。所以，政治权力必须尊重个人在世界中自由行动的天赋权利，保护个人自由不受他人自由的伤害。这种针对个人的政治权力就是司法权。司法权和行政权实现的都是天志，但行政权直接把握行动的世界，而司法权则把握世界中的个体生命（世界的个体化）。这两种权力出自同一个意志，但却因为把握对象的不同而不同。从现实的角度来说，天人的先天断裂使天志和个人意志的关系本质上是负性的，所以司法权本质上是施行惩罚的权力。相反，行政权的对象是世界，而天志和世界是阴阳合一的关系（世界是天志的阴性对象），所以行政权不是施行惩罚的权力，而是组织世界、统一世界的权力。司法权针对的是能够自由地行动，为自己的行动负责的个人，因此其惩罚也是针对个人，不能因为个人的罪行牵连其他人。[①] 司法权以最极端的方式将天志和个人意志的先天断裂凸显了出来。为了恰当地代表和个人意志发生断裂的天志，司法权的实施不能包含任何个人意志的成分，而必须仅仅根据法律来判断是非、实现正义。司法权的用心不但是普遍和理性的，而且必须是完全客观的，独立于任何人的主观情绪、主观意见和道德判断（司法要惩罚的是自由对自由的伤害[②]，不是人对人的伤

[①] 这点在中国古代的司法实践中没有很好地实现，以致个人的罪行有时会使整个家族都遭难。这是混淆了司法权和行政权，把司法权看成通过施行惩罚维护世界统一的权力。这种混淆归根结底来自中国古代从天人合一的文化传统出发理解政治本质的做法。

[②] 参见前文《太极之运作》。

害，所以应该根据法律而不是根据道德来判断是非）。世界上没有人比法官更需要完全冷静的、理性的、客观的、超然的头脑，将个人好恶完全排除在外，仅仅以法律的正义为念。这并不意味着法官不需要考虑被告的个人感情、情绪、处境等因素，因为人的自由来自其自我意识，所以考虑某个人的行为时不能不将其动机考虑在内，而动机则涉及个人的感情、情绪、处境等多种因素。但这些因素属于被告，不属于法官。然而法官也是人，无法保证其一定能排除个人好恶来公正地断案。所以，人类发明了律师来对被告从正反两方面展开辩论，以便充分实现司法权的客观立场，同时保护被告的正当权利（司法突出天志对个人意志的超越，同时也就突出了个人意志的相对独立性，因此司法所要保护的个人权利既包括受害者，也包括被告）。总之，司法权最能体现政治作为文明活动与文化活动的差异。在司法活动中我们必须以完全不同于文化的、纯粹文明的方式用心，否则就无法真正实现天志超越个人意志的本质。

政治并不仅仅是政治家的事情。良好的政治需要建立在全体国民的客观、普遍和理性的用心方式上。社会必须形成良好的风气，当争端发生时，用理性、客观的态度，通过沟通和协商来解决问题，而不是诉诸情绪化的争吵、谩骂甚至攻击，把争端转化为道德问题，这样就无法找到解决问题的客观渠道。政治是理性和客观的事业，不是感性和主观的战斗。当我们在政治领域中活动时，必须超越个人的主观情绪和道德判断，把每个人都当成有尊严的、平等的、有独立思考和自由行动权利的人，共同聆听普遍理性的声音，才能恰当地参与到政治活动中。另一方面，我们必须防止将政治的用心方式扩散到所有场合，把一切问题都政治化的倾向。中国在"文革"时期将一切问题都上纲上线为政治问题。今天的西方社会也有所谓"政治正确性"的做法，把平等、自由和个人权利当成一切人类活动的最高原则，掩盖了文化活动不同于文明活动的本质。[①] 这些做法都属于用心不当。人生的意义和文化活动成就的意义无法从政治角度获得恰当的理解。如果把政治的用心当成最高甚

---

① 参见《太极之音》，第 388 页。

至唯一的用心方式，不加辨析地应用到关乎意义的文化活动中，就会伤害了这些活动，使之无法恰当地展开。在这方面人类有过许多历史教训，是我们必须永远牢记的。

（2）经济

人生活在天地之间，其所用之种种有用之物都来自大地。世界是从地母敞开的，依靠大地的滋养来运作。这种滋养必须通过人的活动才能完整地实现出来。这种活动就是经济。经济的目的就是让从大地而来的有用之物满足世界的需要，亦即所有人的需要。经济的本质就是"地养"。这种本质不是抽象的，而是隐含在人们对世界和大地的默默理解中。人们共同在世界中生活，默默地把大地当成世界的基础，自然地倾向于共享大地对世界的滋养。这种共享大地的用心方式使"公有"成为经济的原则。当人类最初把世界局部地统一成原始部落时，共享从大地而来的有用之物成为最自然的经济活动（例如把收集到的野果按照需要分配给部落中所有人）。然而，经济并不是孤立的活动。大地提供的现成的可用之物远远不能满足人类正常生活的需要。因此，将地上万物转化为有用之物的活动（技术）自然地被纳入经济中来发展，成为生产活动，而参与生产的人们则逐渐意识到了自己在其中付出的劳动。经济的"地养"于是通过技术的"物养"和劳动的"自养"来实现，使经济事实上成为包含技术和劳动的复杂活动。经济的用心因此包含公有、普遍和私有三个不同维度。三个维度的相互矛盾导致了分工和商品交换的必要性。人们用自己的劳动生产某种有用之物，然后在市场上交换，其用心并不仅仅包含维持自己生活的私有原则，而且还隐含了让大地满足所有人需要的公有原则，其表现就是在交换中相互满足对方的需要（如果不是公有原则在默默起作用，人们就无法期待他人的交换意愿，而只能自产自用，不足自用时只能靠抢掠来补充）。经济活动隐含的私有原则促进了人类自我意识的发展，普遍原则促进了技术的社会化发展，公有原则促进了人类的相互沟通和交流，不断促使人类走向共享整个大地的大同世界。不论世界如何分崩离析，共享大地滋养的需要都会促使人类互通有无，而妨碍这种共享的诸多障碍最终都会被推翻。因此，看似仅仅为个人谋利益的商业活动最终必然要拆毁所有的篱笆，将行动的世界变为一体，实现大地对世界的滋养。商业活动要求人们超越自身的立场，从他人角度看问题，以事物的客观属性为共同衡量标准，找到符合双方利益的共同立场，根据社会普遍认可的、理性的法则来实现交换。所以，商业活动的用心可以帮助社会发展平等意识、协商精神、普遍理性和契约精神。

然而，人类在经济中的用心是不断发展变化的。从最初的实物交换到货币交换，经济的用心已经开始其抽象化过程，金钱本身逐渐成为商业活动的目的，私有原则开始超越劳动的自食其力，转化为以逐利为目标的商业原则，经济的公有原则开始向幕后转移，在经济和劳动之间拉开了鸿沟。当人类进入现代社会时，人被转化为与他人和自然对立的主体，欲望成为生命的重心，[①] 商业的私有原则以前所未有的方式推动经济迅猛发展，公有原则进一步退到幕后，作为"看不见的手"发挥作用。现代技术的发展形成了机器化大生产，在生产和劳动之间拉开了巨大的鸿沟。商业的私有原则于是把劳动转化为生产的手段，把生产转化为商业的手段，商业则依靠高度发达的自由市场来维持经济的公有原则，让供需双方通过市场价格的调节作用来实现相互满足。现代经济的用心在劳动、技术和经济三种活动中造成了高度的矛盾和紧张。劳动者尤其面临着沦为纯粹手段，甚至丧失作为手段的资格，连自养都成问题的风险。但现代经济的总体效果仍然是产生非常丰富的产品来满足整个世界的需要。社会福利和劳动保障的建立也在不断弥补经济和劳动之间的鸿沟。

当现代经济从产业资本主义向金融资本主义过渡时，世界开始被金融化，以致金融似乎成了自足的经济王国，在经济和生产之间拉开了鸿沟。在金融化的世界中，人们围绕着各种抽象的金融产品活动，生产过程被遗忘，经济的公有原则完全退居幕后，商业活动成了纯粹的"为赚钱而赚钱"。金融本来是为了更好地实现资源配置而发展的，是人们在共享大地滋养的同时共同承担未知风险的一

[①] 参见《太极之音》第四讲《现代人生命的演变》。

种方式。但遗忘生产过程，把公有原则完全推到幕后的金融化世界却丧失了和大地的关联，遮蔽了经济活动实现"地养"的本质，导致经济活动开始丧失客观性、普遍性和理性，在自由放任的消费社会中走向失控，最终引发金融危机。现代经济在经济、技术和劳动之间拉开的鸿沟使三者都得到了相对独立的充分发展，但这三种活动必须密切合作才能恰当地实现大地对所有人的滋养。政治和经济是阴阳互补的活动。所以，政府必须对经济进行适当的宏观调控。我们要充分认识经济活动实现地养的本质，以此为基础来协调经济、技术和劳动的不同用心方式，消除金融化世界和消费社会的盲目性，才能更好地发展经济活动的客观性、普遍性和理性，最终实现出人类共享天地的大同世界。

二、文化活动

文明活动的目的不是实现太极的意义，而是将太极（包括宇宙生命和有限生命）以现实的方式实现在世界中，其用心朝向的是体制、功利、效果，而不是意义、精神、境界。不管我如何通过劳动拥有丰富的生活用品，科技为生活提供了多少方便，政治如何清明，经济如何繁荣，人生的意义仍然没有真正的归宿，因为太极仍然没有以理想的、有意义的方式将自己实现在世界中。为了实现太极的意义，人类必须发展文化活动。在文化活动中，太极可以在心情中直接用心感受自己的意义，将自己的太极性（自我同一性）以理想的方式实现在世界中。

1. 品德

劳动造就现实的我，而品德则造就理想的我。品德源于热爱生命。真正热爱生命的人必然希望始终如一地拥有生命，实现有品德的生活。有品德的人不论处于何种境况，都能很好地把握自己，行事始终如一。这种自我同一性就是太极性在个人中的表现（太极就是原始自性）。我是意志与生命的阴阳合一，因此我的自性主要表现为意志对生命的同一作用，亦即在决断中自我超越、自我把握、自我克制，这就是品德的主要用心方式。然而，品德不能单方面落在意志上，而应该实现为意志与生命的阴阳和谐，亦即不偏不倚的中庸之道。过分拘谨使人无法舒坦自如地生活，是自我折磨而非自我克制。吃到脑满肠肥，醉到呕吐胡闹，是过度放纵生命，而不是热爱生命。做事不顾他人感受，说话太过直率粗暴，是缺乏教养的表现。凡事瞻前顾后，唯恐他人不喜欢，则是怯懦和软弱的行为。话太多令人厌烦，话太少让人郁闷。男人刚毅雄健令人赞赏，行为粗鲁则有失风度。女人撒娇最为可爱，撒泼则最让人头痛。中庸之道的内容异常丰富，在任何场合都可找到相应的形式，其用心包括决断和自如的平衡，感性和理性的平衡，粗放和精细的平衡，内在性情和外在修饰的平衡，等等。中庸是最难成就的品德，因为它不是一味向某个方向拼命努力就能够达到的。品德不是现成的状态，而是需要终生实践的自我把握。任何人都有可能通过自我磨炼成就品德，不论贫富、智愚、美丑，都可以通过品德来立足社会。如果说一个人引以为荣的"属于我"的一切都有可能会失去，那么就只有品德是唯一不会失去的，因为品德的意义恰恰就是在任何场合都保持自我同一，在人生陷入低谷甚至绝境时更能闪耀其不灭的光辉。有品德的人能自我克制，自我把握，愿意为自己所做的一切负责，因而能够很好地承担各种社会责任，成为值得别人信任的人。所以我们会发现，有品德的人在朋友中有威信，在家庭中有地位，在工作单位受人尊敬；有品德的人不会缺乏快乐，因为能够始终如一地把握自己就是一种快乐，即使生命中一切让人快乐的东西都失去了，有品德的人仍然可以拥有坦然面对这一切的快乐。

2. 哲学

我虽然有自性，但不是原始自性，因为很明显我不是完全自我成立的，而是有来源的。如果我企图思考一切事物的本源，我就进入了哲学的领域。从本源到我的发展过程产生了介于本源和我之间的一切事物，所以哲学就是我对一切事物追根溯源的思考。但哲学不仅是我对本源的思考，同时也是本源通过我思考自身的方式。我不是因为吃饱饭没事干，就想弄清楚一切事物的本源。我之所以想弄清楚，是因为我意识到了自己的自性，但又发现它不足以解释一切事物。人们常说哲学起源于惊讶。惊讶什么？一切事物。为什么惊讶？一切事物都在我的生命中出现，都借着"我"这个默默的意义显露其意义：它们都是我看见的，我听见的，我使用的，我感受的，我思考的……但它们自身的意义其实另有来源，而不是来源于我自己，这让我感到惊讶。非常单纯的自我意识和非常复杂的生命内容之间的张力就表现为惊讶，并成为哲学思考的动机。哲学其实就是本源在发展出人的自我意识之后，在这种有限的自我意识中对自己的无限丰富感到惊讶，因而企图通过人的思考理解自身的努力。哲学最切近的起点就是思考者的自我意识，所以哲学总是有很强烈的"属我性"，以至于哲学通常以"哲学家的思想"形式出现，例如我们熟悉的老子哲学，孔子哲学，庄子哲学，亚里士多德哲学，黑格尔哲学，尼采哲学，海德格尔哲学，等等。① 哲学最遥远的终点则是一切事物的本源。这个终点其实才是真正起点。只有从本源出发才能真正理解一切事物的意义。既然本源发展出了一切事物，又在我这里思考自己，这种思考的最终目标就是把我的自我意识提升为本源的自我意识。一句话，哲学的用心必须从我不断向本源回归。

什么是本源？什么是原始自性？既然我的自性是意志与生命的阴阳合一，我有理由猜想原始自性就是原始的阴阳合一。这种原始的阴阳合一就是中国人所说的"太极"。太极其实就是最原始的"我"。最原始、最纯粹的阴阳应该是无形的。所以，哲学最自然的用心方式就是从有形到无形，从日常熟悉的生命现象追溯到其统一性（我），再从我追溯到比我更高层次的自性，直至到达太极本身。不过，从我向太极回归的道路是不容易的。首先，在日常生活中我不见得总是很真实地做我自己，而常常是人云亦云，人行亦行，在随波逐流的生活中遗忘了真我。所以，哲学必须从"我是谁？"开始追问，通过考察生命现象，开启回归真我的道路，然后再从真我回归其自性的根源，亦即无形的天地（我的意志来自天，我的生命来自地）。但天地不是纯粹的无形之物，因为天地阴阳交合产生了宇宙万物。所以，哲学必须进一步从天地回归到完全无形

---

① 这里说的自我意识是每个人都默默地拥有的，作为人类活动基础的自我意识，不是指哲学家当成主题来研究的自我意识。不论哲学家在其研究中是注重自我意识，还是忽略甚至否定自我意识，其思考都是借助其默默的自我意识而获得统一性的。

的自性，亦即中国古人所说的乾坤。乾坤就是原始自性，是完全自我成立的第一太极，而天地则是从乾坤转生出来的第二太极。当哲学回归到乾坤，就可以从其阴阳合一、生生不息的本性出发，一步步地推演从乾坤到天地，从天地到宇宙，从宇宙到人类的发展过程，揭示太极如何通过人类历史在世界中实现自身，这样哲学就能最终理解人类如何通过男女之爱向太极回归。从我到太极的回归之路必须经历"回归真我，回归天地，回归太极"三个阶段。我在《太极之音》中以这种方式展开了哲学思考，其前进方式是从生命现象学、天地人现象学到太极本体论。① 如果哲学想从我开始向本源回归，那么这就是最自然的用心方式。

但这种用心方式还是不全面的。主要问题在于它还没有真正成为知行合一的实践。思考不是本己的而是派生的用心方式。这说明不论哲学如何努力，仅仅凭思考是无法真正通达太极的。太极落脚在人心中，而不是落脚在思考中。所以，我必须用心思考，让本己的用心主导派生的用心，才可能让太极通过我思考自身。人不仅可以在心情中感受事物的意义，还可以通过欲望的行动展开其意义。哲学赖以发展的自我意识和它所组织的行动密不可分，所以哲学不仅要用心思考，还要用心实践。只有在感受和实践中思考太极的意义，才能真正揭示其真理，在人中实现太极的自我意识。这种从本己到派生，从直接到间接的用心方式本质上是知行合一的。知行合一就是中国哲学最根本的用心方式。西方哲学则更注重思考本身。《太极之音》从中国哲学的宏大格局出发吸收西方哲学的思考方式，形成了融合中西的思考。它不是从思考出发，而是从生活现象出发，通过用心思考来揭示事物的意义，但它考察现象的目的主要是为了提炼本体论结构，以便通向太极本体论。所以，《太极之音》主要发展了"太极现象学"和"太极本体论"，还没有真正发展知行合一的"太极学"，只是为后者提供了思想基础，有待读者自己在实践中去发挥。② 如果说现象学是"显思"，本体论是"纯思"，那么太极

---

① 参见《太极之音》导论的第四节"世界性中国哲学"。
② 关于"太极学"，参见《太极之音》，第14、612—614页。

学就是"行思"。显思从显露的现象追溯一切事物的本源,纯思反过来从本源出发推演其发展过程,而行思则直接在生活中思考本源。显思、纯思、行思就是哲学最基本的三种用心方式,构成了哲学思考的三个维度。《太极之音》最后一讲《论爱情》从太极本体论返回生活中的感受和实践,可以说是向太极学转化的开端,但也只是开端。为了更全面地展现和哲学相关的感受和实践,我把和《太极之音》相关的散文、文章和诗歌汇编成了本书。总的来说这种感受和实践还是不够深入的,还只是《太极之音》的"余音",但其用心已经开始向行思转化,构成了太极学的初步尝试。

只要对哲学史稍有涉猎的人都可以看出,许多哲学家的用心方式和我上面所说的有很大的不同。虽然哲学的终极所思之物是本源,但不同哲学可以从不同角度去看本源,其视野各不相同,甚至于完全不相似,以至于哲学史成为不同的哲学不断出炉,谁也不服谁的历史戏剧,真可以说是长江后浪推前浪,各领风骚数百年。哲学的用心因此是最奇特的。

为了理解为什么会有这么多种不同的哲学,让我们打个比方。我们不妨把太极看成一座山,其上分布着许多不同样式的亭子,由纵横交错的山路相连。每座亭子就是一种哲学,可以从某个特定的视角看整座山,有些视野开阔,有些视野狭窄,有些亭子可以相互看见,有些则被隔开在山的两边。这些亭子占据了山的不同"位置",成为从某个特定的"哲学位置"出发理解太极的哲学,所以尽管所有哲学都企图思考本源,它们对本源的看法却各不相同。有些亭子甚至被大石头挡住了视线,其中的人只能看到亭子和这块大石头,因此认为根本不存在其他人所说的山,即使存在,也是人无法认识的。"位置"决定了每种哲学的视角,成为其理解一切事物的根本出发点,以至每种哲学的所思之物看上去似乎很不同,有些把山看成锥形,有些看成平台,有些看成和亭子相似,有些看成和石头相似,有些看成和山路相似,等等。所有这些思考都有道理,都无法互相代替。那么,有没有一座亭子可以把整座山尽收眼底呢?确实有,就是山顶的那座亭子,从那里可以看到山的全貌,包括所有其他亭子。这就是从太极出发思考太极的哲学位置,其在历史中的实现就是易经,因此我们称这个哲学位置为**易**。**易**从乾坤出发,将整座山的结构尽收眼底,还看清了从山顶走下来,穿过所有亭子后再回到山顶的路径,并用六十四卦的循环来代表这个路径。但作为太极最初在人中尝试的自我思考,**易**并没有真正走下山顶,而只是从山顶俯视下面的亭子而已,对于从每座亭子的视角能看到些什么东西,只能有非常混沌笼统的感觉,通过非常简略隐晦的筮辞来表达。所谓世界哲学史,就是从山顶的亭子走下来,一一穿过所有亭子,充分发展其特定的视角,最终又重新回到山顶的过程。当世界哲学重新回到山顶,其位置和最初的位置是一样的,但哲学已经知道从每座亭子的视角究竟能看到些什么,因此山顶的位置就不再是混沌、原始、素朴的,具体内容尚待发展的**易**,而是吸收了所有亭子的视角,把这些视角都当成自己发展过程的**太极易**。① 世界哲学史就是从**易**发展出各种特定的哲学位置,最终把它们综合起来,形成**太极易**的过程。**太极易**具有最全面的视野,但并不能代替其他位置,因为从山顶只能看到其他亭子的顶盖,回忆从其视角看到的山,要真正从其视角去看山,还是要重新下山去经历。世界哲学史就是从山顶下山再返回,然后再重新下山的循环运动。

从山顶下山的路径不是随意的,因为人不能从某个亭子飞到相距很远的另一个亭子,而只能沿着山路进入相邻的亭子,再进入下一个相邻的亭子,直至走完所有亭子。说白了,就是人类思考的有限性决定了哲学的发展只能循序渐进,不断变换思考的角度,探索太极的不同层次和不同环节,直至最终形成对太极的完整认识。所以,世界哲学史的发展过程虽然很复杂,在中国和西方形成了许多不同的哲学流派,其发展过程并不是偶然的,而是有内在逻辑的。不同时代的哲学以不同方式用心,从某个特定角度理解本源,形成其时代精神,然后又过渡到下一个时代的哲

---

① 关于**太极易**,参见《太极之音》,第 608—617 页。我所发展的太极现象学、太极本体论和太极学共同构成了发展**太极易**的初步尝试。

学，产生新的时代精神，直至最终形成对太极的完整认识，进入天下大同的时代。最初的三个哲学位置（**易、孔子、老子**）格局宏大，从整体上思考了从乾坤到天地人的发展，形成了哲学对太极最早的思考。因此，世界哲学史实际上是从中国古代哲学开始的，这不是从时空上说，而是从哲学的内在精神来说的。接着，世界哲学史就从**老子**中不可说的大道转向理界的可说之小道，开始发展以存在（大道末端）和逻各斯（小道末端）为中心的古希腊哲学，在中世纪吸收了基督教因素后，演变出了以主客二分为主要特征的西方现代哲学，在**黑格尔**中达到了登峰造极的发展，在**黑格尔**之后就反过来解构现代哲学，展开了西方哲学史的自我批判，最后在**海德格尔**中从小道回归大道，把西方哲学史带向了终结，开启了从西方哲学史向中国哲学回归的道路，使世界哲学可以最终发展出融合中西、全面认识太极的**太极易**。整个发展过程总共经历了 34 个不同的哲学位置。根据我在《太极之音》中的研究，这 34 个哲学位置的发展过程如下：①

1 **易**　2 **孔子**　3 **老子**　4 **毕达哥拉斯**　5 **庄子**　6 **巴门尼德**　7 **杨朱**　8 **芝诺**　9 **赫拉克利特**　10 **普罗塔哥拉**　11 **苏格拉底**　12 **柏拉图**　13 **亚里士多德**　14 **伊壁鸠鲁**　15 **阿奎那**　16 **笛卡尔**　17 **斯宾诺莎**　18 **贝克莱**　19 **莱布尼茨**　20 **洛克**　21 **休谟**　22 **康德**　23 **叔本华**　24 **谢林**　25 **费希特**　26 **黑格尔**　27 **梅洛-庞蒂**　28 **维特根斯坦**　29 **罗素**　30 **尼采**　31 **胡塞尔**　32 **萨特**　33 **海德格尔**　34 **太极易**

世界哲学史就如同一部包含 34 个乐章的宏大交响曲，其最后乐章又回归到第一乐章的主题，但经过中间几十个乐章的曲折

---

① 我用哲学家的名字来称呼其所代表的哲学位置，同时用黑体字表明这些名字是指哲学位置而不是哲学家。哲学位置来自世界哲学史的内在逻辑，具有从太极而来的先天性。哲学家的思考则属于世界哲学史的后天发展。关于世界哲学史的先天性与后天性的复杂关系，以及 34 个哲学位置的发展过程，参见《太极之音》第十三讲《从太极看世界哲学史》。

发展之后，已经大大地深化和细化了。哲学是指导人类历史活动的时代精神。世界哲学史从中国哲学开始，经历西方哲学史之后又回归中国哲学，这种发展方式意味着我们将迎来中国文化的复兴。中国文化复兴不是简单地恢复古代文化，而是在继承中国古代文化的基础上，吸收西方的优秀文化，形成具有世界性的当代中国文化。**太极易**不排斥历史上的任何哲学位置。任何哲学从其特定视角来说都是合理的，都是其他哲学不可替代的，但其特定的视角说明它不是唯一可能的视角。只要我们不执定某种哲学，把它的用心方式当成是哲学唯一可能的用心方式，我们就可以吸收所有哲学的用心方式，根据思考的需要不断变换和融会贯通。换句话说，我们可以随时进入历史上任何一种哲学，体会其精妙之处，但又不必受其束缚，而是随时可以从中走出来，进入另一种哲学去体会别样的精彩。不论我们如何出入各种哲学，只要我们始终保持**太极易**的全面视野，就不会在某个亭子中迷失方向，找不到重新回到山顶的道路。这样我们就获得了随意出入中西哲学史的自由，不再让自己的思想被某个位置的特定视角所限制。这难道不是最令人惬意的事情吗？

3. 艺术

哲学是太极在生命理界的活动，目的是在人中实现太极的自我意识，而艺术则是太极在生命物界的活动，目的是在人中实现太极的自我展示。这种展示通过想象力创造的艺术品来实现，追求的是想象力的自我满足（美感）。虽然艺术家常有强烈的个性，其作品有独特的风格，但艺术品并不寄托在艺术家的自我意识中，而是寄托在想象力的自我满足中。艺术品可以脱离艺术家，独立出现在世界中，可以是某个人的创造，也可以是许多人集体合作的结果（集体合作的哲学则是一个笑话）。艺术可以有思考，但其思考是借想象力展开的，目的不是揭示事物的真理，而是通过美的想象展示事物的意义。在生命的理物气三界中，理界是最阴性的，能够充分发挥阴性的成象作用，将所思之物成象在思想中，通过思想反指所思之物，乃至最终指向太极本身。所以哲学关于太极的思想必须符合太极，才能构成太极的自我意识。所谓符合，就是思想符合所思，这种符合是借助思想指向所思实现的。① 和理界不同，物界是阴阳中和的，其阴性的成象作用被阳性混沌无形的力量所平衡。所以，艺术品不像思想那样反指太极，成为符合太极的真理，而只是通过感性形象反映太极，将太极自由地展示出来，成就太极变化无穷的美。美就是太极的感性形象。艺术品就是在美中获得了自由的真理。

和哲学一样，艺术的用心必须从本己到派生，从直接到间接，才能真正让太极在艺术中展示自己。首先，艺术家必须用心感受事物的意义。太极直接落脚在人的心情中。艺术家必须从对事物的感受出发，用心去想象，才能通过艺术品实现太极的自我展示。伟大的艺术品一定是打动人心的，而不仅仅是美的或者技巧高超的。和哲学家不同，从艺术家的感受升起的不是实践的欲望，而是将感受到的意义以感性的方式展示出来的欲望。艺术追求的是用心想象的美，亦即展示意义的美。如果不用心感受事物的意义，而仅仅是为了美感去想象，这样的想象只能成就纯粹的、形式化的小美，例如线条的流畅、色彩的悦目、乐音的和谐、词句的优美等。只有用心去想象，才能在美中感受事物的意义，从而成就大美。大美可以展示太极的意义，成就艺术的本质。有些艺术品从感性形象上看不是很完美甚至有点丑陋，但却借助这种小美上的缺陷深刻地展示了事物的独特意义，因而仍然是很好的艺术品。当然，如果能通过美感成就意义，通过小美成就大美，就达到了艺术的最高境界。

想象虽然是自由创造的活动，但并不是没有基础的。想象的基础就是人的生活。太极并不是在艺术中第一次展示自己。人在世界中的生活是通过感性事物的显现成就的，因为我们必须和感性事物打交道才能发现自然和他人，发展语言，组织社会，共同生活在世界中。显现在生活中的感性事物既来自太极的无心运作（如自然

---

① 虽然海德格尔批判了符合论的真理观，但其所谓"存在的真理"就是存在拥有思考来指向自身，将自身揭示在思想中，这也是思想符合所思，只是所思之物和思想互为表里，在同一境域中互相成就，而不像传统哲学中那样分离和对立。

和身体），也来自太极的有心运作（如看到和听到的各种人类活动）。生活中的种种感性事物都来自太极，以种种不同方式展示了太极。这种感性的展示不是太极通过人的想象力，为了自我展示的目的实现的，而是太极在人的生活中自然发生的感性闪耀。既然生活本身已经包含太极的感性展示，艺术就可以通过想象力的自由活动对这种展示进行再现。再现不是简单的重复，而是自由的再创造，因此再现同时也是表现。只要再现建立在人心对生活的感受基础上，它就是太极通过想象力所做的自我展示。这种展示产生的感性形象不像思想那样以"如其所是"的方式反指所思之物，而是以"如其所能是"的方式自由地反映要展示的事物。哲学不能随意虚构所思之物，而艺术则常常需要虚构。但艺术的虚构仍然必须建立在对生活的深刻观察和体验基础上。没有生活基础的虚构只是想象力的无聊游戏，无法很好地展示太极的意义。总的来说，所谓艺术，就是用心感受生活，用想象力再现生活。从最渺小的感性事物到我们看到听到的历史活动，生活有许多不同的各具特色的层次，为艺术提供了再现生活的无限丰富的可能性。

想象力是在时空中运作的。或者更准确地说，想象力的运作就是时空。[①] 想象力以感性印象为对象，但它首先必须把握空间，因为感性印象是出现在空间中的。这里说的空间不是指客观的物理空间，而是欲望向所有方向和深度移动身体的可能性。想象力即使不想象任何具体形象的时候也是在活动的，因为它必须想象移动身体的可能性，否则欲望就无法知道如何在世界中移动身体，因而无法生活在世界中。移动身体的可能性组织了生命整体，世界才被敞开成了空间化的世界。作为"我身可动性"的空间就是想象力的天然对象。但想象力不是凭空创造"我身可动性"，而是首先被自然赋予了这种感性的领悟，然后再自发地重新生成（再现）这种感性领悟。[②] 在生命理界，判断力把接受到的领悟重新生成，构成判

[①] 这里说的时空是属于有限生命的感性时空，而不是科学所研究的属于宇宙生命的客观时空，尽管前者以某种方式反映了后者。

[②] "我身可动性"是具有感性形式的特殊领悟。参见《太极之音》，第282页。

断力和领悟之间的回旋运动，亦即所谓逻各斯。① 在生命物界，想象力把接受到的感性领悟（空间）进行再现，构成想象力和空间的回旋运动。这个回旋运动是在逻各斯支持下实现的，因为感性领悟作为"领悟"也是判断力的对象。所以想象力和空间的回旋运动可以称为**感性逻各斯**。想象力接受和再现感性印象的运动就是感性逻各斯的具体化。空间不断地被接受和再现，这个回旋运动就是想象力构成的时间（空间就是现在，在过去维度上被接受，在未来维度上被再现）。时间就是空间不断出离自己又不断回归自身的运动，具有和空间相似的绵延性。生命的一切具体内容都在空间中出现，在时间中变化。时空是想象力最基本的运作，是想象力接受和再现一切感性印象的基础。所以，艺术的用心以时空化为其根本特性。一切艺术都是时空的艺术。值得注意的是，感性逻各斯的绵延时空只是诸多时空的一种，除此之外还有逻各斯的离散时空、生命回旋运动的瞬间时空、天志在世界中出入的决断时空、大道敞开和回收世界的流转时空等，这些时空都可以借助感性逻各斯的时空进入艺术，从而大大地丰富艺术的用心方式。

虽然艺术不寄托在自我意识中，但仍然要通过人的我来实现太极的自我展示。太极就是最原始的我，而人的我则是其在世界中的代表。根据太极和人之我的关系，可以把艺术划分为第一人称艺术、第二人称艺术、第三人称艺术。这是艺术的本质决定的独特划分。它不是根据艺术再现生活的感性手段，而是根据再现者和被再现者的人称关系划分艺术种类。第一人称艺术主要包括诗歌、音乐、绘画和书法。第二人称艺术包括雕塑。第三人称艺术主要包括小说、摄影、电影和电视剧。此外，还有一种特别的对应"第一人称复数"的艺术，也就是"我们"在世界中再现"我们的生活"之艺术，即舞台艺术，主要包括舞蹈、话剧、歌剧和戏曲。

从我的角度来说，生活就是生命和心的回旋运动（从处境到心情，从心情到欲望，从欲望到环境，从环境返回处境的运动）。② 我

---

① 参见《太极之音》，第271页。
② 参见《太极之音》第一讲《论生命》。

就是心和生命的阴阳合一。生命回旋运动就是构成我的运动，同时也是心将感受到的生命意义不断展开和深化的过程。生命的意义其实就是我作为太极的代表感受到的太极的意义。艺术可以通过用心想象，将生命回旋运动直接升华为艺术活动，从我出发再现生活，实现太极在我中的自我展示。这种直接升华生命回旋运动的艺术就是诗歌和音乐，是人类最早发展的艺术形式。①

诗歌通过用心想象意境，用词语描述意境，把生命回旋运动转化为诗境回旋运动，通过有节奏和韵律的词语运动来展开和深化生命的意义。词语的运动是逻各斯和感性逻各斯相互协调地运作的结果（词语的运动是领悟的运动，同时也是声音或文字的运动）。诗歌就是逻各斯、感性逻各斯和生命回旋运动相互协作的结果。诗歌升华了诗人的生命回旋运动，通过对意境的想象和描述来再现生活。不论诗歌描述的是自然、个人生活还是社会生活乃至历史活动，其意境都是诗人生命的升华，其节奏和韵律都来自诗人的生命回旋运动。中国古典诗词的格律是生命回旋运动最纯粹、最典型的表现形式。现代诗比较松散的节奏和韵律则可以让想象力在细节上做更多的自由发挥（虽然现代诗不必遵循固定的节奏和韵律，但每首诗仍必须有其自身的节奏和韵律，否则就不成其为诗）。不管诗人如何想象和描述种种事物，这种想象和描述都是从诗人对生命意义的感受出发的，所以才会被自然地吟成了诗歌。诗人的世界就是"我心中的世界"，也就是太极在我中感受和展开其意义的世界。尽管无我之境的诗歌更为高妙，但无我之境只是将"我"从诗歌的内容拿掉，让它隐藏在对诗歌意境的感受中，其节奏和韵律也仍然来自诗人的生命回旋运动，因此这种诗歌只是以更为微妙的方式展示了"我心中的世界"。虽然艺术追求的不是自我意识，诗歌却是所有艺术中和自我意识关系最密切的，因而也是和哲学关系最密切的艺术。

音乐并不再现生命的内容，而是再现感受和欲望生命的意志（心）。音乐再现意志的方式就是通过乐音的运动激发欲望的运动，

---

① 参见《太极之音》第二讲《生命与诗歌》和第三讲《生命与音乐》。

从欲望的推动作用去再现生命回旋运动，借此表达音乐家心中的感受。因此，音乐和诗歌一样注重节奏，而诗歌的韵律则在音乐中被音高和音阶等乐音属性取代。① 通过用心想象乐音的运动，音乐把生命回旋运动转化成了意志回旋运动，通过后者再现了音乐家的感受，展示了"我的心"之丰富内涵。因此音乐是纯粹的"有我之境"。音乐和诗歌一样是和自我意识关系最密切的，因而也和哲学关系最密切的艺术。巴赫和贝多芬等伟大音乐家其实都是用音乐思考的哲人。但音乐不是直接思考事物的意义，而是通过感性逻各斯和逻各斯（想象力和判断力）的协作，把"用心想象"和"用心思考"结合起来，让想象力的运动间接地展开人心对事物意义的默默理解，形成自由地展示意义的无言之思。人心是有慧性的，其感受隐含了太极及其诸多环节的意义。所以，音乐可以通过无言之思展示慧性默默地理解的超越事物，乃至展示太极本身。在中国古代，音乐的无言之思偏向混沌的无形事物，例如在不少古琴曲和古筝曲中我们可以感受到玄妙不可言说，但可以用心体会的大道。当西方现代哲学将思考的意志（判断力）极力凸显出来时，伴随这种时代精神发展起来的西方古典音乐将音乐的无言之思发挥到了极致，产生了从巴赫到贝多芬的一批伟大的"音乐思想家"。② 音乐还有一个其他艺术没有的优点，即它超越了生命和世界的具体内容，仅仅再现人心对生命和世界的感受，因此不论多么不愉快的情感，都可以用非常优美的方式再现在音乐中，而不必像其他艺术那

---

① 我在《太极之音》中把节奏、音高、音阶和音色追溯到生命回旋运动的四个环节（参见第三讲《生命与音乐》）。除了这些来自生命回旋运动的基本属性，乐音还有强弱和长短的特性。乐音的强弱象征意志的强弱，而长短则来自感性逻各斯的绵延时间，其绵延性归根结底来自空间的绵延性，所以音乐不仅是时间的艺术，而且和空间相关，这不但表现在音乐家对身体的运用（演奏或歌唱），而且表现在音乐和舞蹈的密切关系。

② 突出判断力的倾向还有助于和声学的发展。判断力对生命的超越使之可以忽略生命的感性内容，更好地把握生命回旋运动对绵延时间的超越，将其瞬间性的回旋转化为几个音符同时发声的和弦。和声学的发展对 18—19 世纪西方古典音乐的繁荣起到了重要的推动作用。参见第三讲《生命与音乐》。

样描绘引发不愉快情感的事物。音乐因此比其他艺术更容易达到通过美感成就意义，通过小美成就大美的最高境界。

和音乐单纯地再现意志相反，绘画单纯地再现意志的对象，亦即我的生命，并通过再现生命来再现世界。正如声音是意志的天然象征，视觉形象是生命的天然象征。视觉是从生命出发通向世界的窗户。绘画通过自由地再现窗户中的内容来展示世界的意义。绘画必须有明确的边界（通常还用框架来强化其边界），形成绘画的"窗户"，象征想象力在其中自由运作的空间，否则绘画就很容易和生活中的其他感性形象混淆，破坏生活和再现的界限，损害艺术通过想象力的自由活动展示太极的本质。想象力对空间的想象是一切具体想象的基础。空间本身的美感就是人最基本的美感。但空间毕竟是空的，其美感也是空的，仅仅是想象力在空间中安家的那种满足感而已。在绘画中，这种空洞的美感通过想象力的自由活动内化到了具体的形象中。但想象力不能停留在这些具体形象上，因为想象力的天然对象是空间。这些具体形象必须将想象力重新引回空间本身，这样想象力才能在空间中把握对象的统一性。空间向具体形象内化又重返自身的运动就是所谓"构图"。好的构图能让眼睛在具体形象中游移时不被某个特别的形象缠住，而是通过和它对称的其他形象摆脱纠缠，顺利地重返空间本身，将局部美感统一在整体美感中。空间作为"我身可动性"不是各向均匀的，而是隐含上下、左右、前后三个维度。绘画的平面特点使之主要突出上下和左右两个维度，因此，绘画的边界通常是长方形，将视野敞开在天地之间的世界中（上下是天地的方向，左右的对称性代表了生命和世界的敞开性）。这种长方形的边界为绘画设定了想象力的运作空间，为绘画再现世界提供了形式上的保证（原始人类在洞穴中的壁画没有边界，说明其感性逻各斯刚刚觉醒，尚未完全看到想象力的天然对象，因此仅仅再现世界中的感性事物）。作为组织生命整体的感性领悟，空间总是将世界敞开为"我的世界"。因此绘画本质上和诗歌、音乐一样属于第一人称艺术（我的艺术）。绘画和哲学的关系不像诗歌和音乐那样直接，因为它单纯地再现意志的对象，而没有完整地再现构成"我"的生命回旋运动。然而，组织生命的领悟不仅包括空间这种感性领悟，而且包括"我"这个更为原始的潜在领悟。实际上，前者就是后者的物化形式，以至于从"我"发展出来的具体领悟都要借助空间来内化到生命的具体内容中。所以，绘画也和哲学有密切的关系。这点只要我们研究一下绘画流派和哲学流派（如印象派和梅洛-庞蒂哲学，毕加索和维特根斯坦哲学）的内在呼应就可以得到充分的了解，尽管我们无法在这里展开这种研究。

世界中的感性事物不是漂浮不定的幻象，而是宇宙万物在世界中的显现。宇宙是不同于世界、自我封闭、独立存在的大生命。万物从宇宙而来的本性就体现在其轮廓中，因为轮廓是物自身的结构特性。因此，绘画中的"线条"代表感性事物的客观性。另一方面，色彩是生命内容的象征，本质上属于世界这个敞开域而不是客观存在的宇宙（不同色彩象征生命的不同品质。天气和时辰不同，万物就有不同色彩，生命就展现出不同的品质，以至我们的心情都会有所不同，但万物来自宇宙的轮廓并没有改变）。绘画中的"色彩"代表生命内容的丰富多彩。在日常生活中，轮廓和色彩总是密切结合，共同展示万物从宇宙而来又出现在世界中的二重性。但线条和色彩在绘画中是可以相对分离的。西方的传统绘画非常注重线条，力求以精准方式再现客观事物，而色彩则处于从属地位，这是和西方传统哲学突出理性对客观宇宙的把握相一致的。然而，从19世纪70年代开始，西方人开始突出身体的感知和生命的体验，而不再是理性对客观宇宙的把握。这种本质上属于"后现代"的思潮伴随着绘画中"印象派"的发展。印象派放弃了线条的优先性，极力突出色彩，甚至仅仅通过色彩展示世界，使绘画忽然变得生动起来，充满了鲜活的生命气息。相比之下，中国画不追求色彩的丰富，在水墨画中甚至仅仅用墨色的浓淡来区分事物。这不是因为中国人不热爱生命，而是因为绘画再现的世界是本性虚空的，是从本性虚无的大道敞开出来的。中国文化对大道从无生有的道理有非常卓越的理解。中国画常常留出大量的空白，用以显示本性虚无的大道，而浓淡不一的墨色则象征从大道分化出来、在大道中通而为一的各种具体事物。一阴一阳之谓道。从象征阴阳的黑白两色潜在地可以分化出各种不同色彩。① 所以，水墨画仅仅用宣纸的白色和墨色的浓淡来表现万物的不同色彩特征，这是很了不起的。虽然水墨画淡化了生命的丰富色彩，却以卓越的方式显露了生命在大道中的生生不息（看看齐白石画的虾！）。除此之外，中国画还经常将水墨画和彩墨画结合起来，以更完整的方式展现有无相生的境界。

在中国艺术中，线条不仅用来反映万物的轮廓，同时也用来反映大道敞开世界的运动。这种"线的艺术"从魏晋开始进入了迅速的发展。魏晋的诗歌和书法的兴盛就是那个时期礼教（敬拜的世界）衰落，大道敞开的诗意的世界被单独凸显的表现。汉字的线条虽然发源于万物的轮廓，但线条的运动可以用来展示大道的流动，通过柔软而有弹性的毛笔，以随心所欲的笔法实现出来（唯有毛笔可成为大道之出口，钢笔更适合成为意志之出口，键盘则是符号之出口，完全缺乏艺术功能）。书法中文字的意义则属于可说之小道。书法展示了大道和小道互为表里的运作，亦即大道敞开诗意的世界之方式。凡有书法之处，诗意的世界也就无形中被敞开了（虽然我们往往只注意欣赏书法本身而忽视了它敞开的世界）。唐朝儒道佛三教并行，是世界的各个层次都得到最充分敞开的时代。所以诗歌、音乐和舞蹈都在唐朝发展到了顶点，水墨画也开始发展起来，书法则以狂草来展现大道与天志共同敞开世界的磅礴气势（公孙大娘的剑器舞启发了张旭和怀素的狂草和吴道子的绘画，可见唐朝的世界之敞开是何等的彻底！）。天志作为人心敬畏的意志之根在西方同样受到重视，并以诸神或神的意志等面目出现，而注重大道的流动则是中国文化最独特之处（西方哲学更注重从宇宙生命流向有限生命的小道，故其艺术首先作为技艺发展，倾向于模仿万物的写实，而不是从大道显示万物的写意）。大道在人中的流动是一种特别的用心方式，亦即心不刻意执着地推动事物的发展，

---

① 歌德反对牛顿的色彩说，认为彩色不是包含在白色中，而是光明与黑暗互相渗透的结果，这和中国古人的理解有异曲同工之妙。歌德观察的是世界中的色彩，而牛顿观察的是客观宇宙中的光波。二者的争论相当于画家和科学家的争论。参见《太极之音》，第191—192页。

而是让大道自然无为地流动,让事物顺其自然地在诗意的世界中成就其意义。"让大道流动"是中国艺术最独特的用心方式,在这方面的境界远远高于西方艺术。① 大道敞开世界的运动有其自身的流转时空(敞开和回收世界的时空)。这种流转时空是本性虚无的,超越了感性逻各斯(和身体密切结合)的绵延时空。因此,中国绘画不像西洋绘画那样执着在从眼睛出发的定点透视,而是采取非常灵活的动点透视,其画面也不像西洋绘画那样塞满了东西,而是用空白来展示无限的流转时空,实现了"自道观之"的特殊视角。中国书法则从大道与天志推动生命回旋运动的作用出发,通过身心合一的"用笔"将这种运动展现在想象力的运作空间中,看似无我,其实是非常独特的"我的艺术"(所谓"字如其人"是有道理的)。在四种"我的艺术"中,诗歌、音乐和书法隐含了生命回旋运动的韵律,能够直接陶冶人的情操,因此非常适合于作为青少年的必修课程加以普及。

  在第一人称艺术中,我作为太极的代表再现生活,让太极在我的生命中感受和展示自身。然而,我并非太极自我展示的唯一视角。要跳出我的视角,就必须把我外化出来,形成和我对立的视角。这种外化其实早已实现出来,并且获得了"你"的第二人称——你就是站在对面的我。"你"作为我的外化,使太极可以突破我的视角,把自己展示成站在我对面、拥有自身视角的身体。身体不但是生命的物化,而且是太极本身的浓缩——男女分别浓缩太极之阳和太极之阴,头浓缩乾和坤,脸浓缩自我意识,上半身浓缩第一太极,下半身浓缩第二太极。② 其实雌雄动物的身体也是太极的浓缩,但生物进化最终在男女身体中才达到了太极的恰当浓缩。人体是太极在生活中自然发生的展示,其美丽不是人的主观判断,而是太极在世界中浓缩出来的光辉。这种浓缩主要表现在天然形成的身体轮廓。所以裸体雕塑最能全面地展示太极之美。姿势是上下

---

① 海德格尔在其后期思考中强调的"泰然处之"其实就是让大道自然无为地流动。但西方文化总的来说并没有特别地发展这种用心方式。
② 参见《太极之音》,第369—373页。

半身的关系决定的，是太极的发展过程在身体中的展现，在不同生活环境中有不同意义。所以，在雕塑中姿势是除轮廓之外最重要的因素。① 维纳斯雕像的上半身和下半身朝不同方向扭转，就以最典型的方式展示了大道从第一太极转生第二太极的运动（裸露的上半身凸显了第一太极的原始和单纯，衣裙裹绕的下半身则强化了第二太极的丰富内涵）。因此，维纳斯雕像不仅美丽，而且耐人寻味。雕塑虽然是被我看到的，但她并不依附于我，而是站在旷野之中，天空之下，大地之上，巍然地耸立；蓝天白云在其头顶缓缓飘过，树木花草在其周围悄然绽放，微风轻轻抚摸她美丽的身躯，而她则以永恒不变的姿势和轮廓，骄傲地展示着超越历史风云变幻的"太极的代表"乃至"太极的浓缩"。② 雕塑从身体出发统一了周围的空间，因此，雕塑不像绘画那样需要边框来获得统一。但雕塑作为立体实物出现在世界中，仍然很容易和其他物体（特别是身体）混淆。为了突出"再现"对"生活"的超越，通常要将雕塑弄成单色，甚至像石膏像那样弄成纯粹的白色，仅仅留下身体的轮廓（彩雕仿佛是出现在生活中的实物，可以用于生活的实际目的，例如祭祀、纪念、娱乐等）。绘画中的人体可以变形或夸张，因为这种人体仍然可以和其他形象一起形成完美的构图，展示统一的"我的世界"，而且变形和夸张还可以使人体挣脱客观性，有利于某些突出主观印象的绘画。但和绘画不同，雕塑再现的不是"我的世界"，而是一个被外化出来，站在我的对面，在世界中靠其自身获得统一性的"你"。因此雕塑不能随便对人的身体进行变形或夸张，否则就没有任何其他东西可以弥补这种对身体自然统一性的破坏（但这种变形和夸张可以服务于生活中的非艺术用途，例如在宗教雕塑中）。

人们通常把雕塑和建筑当成同类艺术品，但其实二者完全不同。建筑其实不是艺术品而是实用之物。建筑存在的目的不是再现

---

① 脸部表情是自我意识的外露。服装则物化了"我之为人"的意义（参见《太极之音》，第233页）。这些因素都丰富了身体的意义，也可以包括在雕塑的内容中。

② 把雕塑放在室内主要是出于保护的目的。雕塑最好是放在汇聚周围生活空间的自然环境中，彰显人居于天地之间的意义。

生活，而是构建生活。建筑的设计包括想象力的运作和造型的美感，因此有艺术性，但这种运作不是想象力完全自由的活动，而是受到了实用的限制。建筑和服装一样，都是有艺术性的有用之物，而不是纯粹的艺术品，但它们分别物化了"人之为人"和"我之为人"的意义，是构建人类社会的重要物品，在这方面起着艺术品不可替代的重要作用。① 虽然建筑不是纯粹的艺术品，它敞开的生活空间却可以容纳真正的艺术品，包括雕塑、壁画、绘画、题字、对联乃至音乐、舞蹈、戏剧，等等。一座伟大的建筑可以荟萃各种不同类型的艺术，构成自我统一的艺术世界。

雕塑作为第二人称艺术并没有完全实现"你"的意义，因为雕塑并不是活人，只是被我当成"你"，其自身无法把我也当成"你"。我和雕塑的关系是不对称的，无法构成"我们"来实现太极的自我展示。要走出这种不对称，就不能仅仅把他人再现为石头或金属，而必须把他人再现为和我一样的活人，共同构成属于"我们"的艺术。这首先需要再现我们在其中生活的世界。世界是历史活动的舞台，因此我们自然地用舞台来再现世界。② 舞台艺术通过舞台上的活动再现我们在世界中的生活。舞台必须有很好的边框，其形状、高宽、位置等要素必须使舞台被凸显为聚集点，使其上发生的事情有别于台下的事情，成为想象力再现出来的生活。但舞台不能脱离观众席单独成立。演员和观众构成的是同呼吸共命运的"我们"。不是演员演戏给观众看，而是"我们"为了再现"我们的生活"而演戏给自己看。当帷幕被拉开，众人的目光齐齐投向舞台，演员和观众都感受到了"我们"庞大的充满生命力的整体，这个整体通过观众的目光把舞台变成"我们的世界"，把演员在台上的活动变成"我们的生活"。这就是太极通过"我们"自我展示的方式。在长期的历史发展中，人类作为地方性的民族共同体，自己将自己的生活再现于舞台，使舞台艺术成为共同体精神的

---

① 参见《太极之音》第九讲《服装和建筑》。
② 人对世界作为历史活动的舞台（发生场域）有默默的潜在的领悟，才会建立舞台来再现世界，而不是先建立舞台，再用比喻的方式把世界形容为历史活动的舞台。

体现和沉淀。虽然舞台再现的生活可能是神话传说或古代历史，而不一定是当代人的生活，但是好的舞台艺术一定会让观众在心中产生认同："看！这就是我们民族的传说！这就是我们民族的历史！"即使舞台表演的是其他民族的生活，好的舞台艺术也能够让观众在心里产生认同："看！这就是我们人类的生活！"如果无法形成这种认同感，舞台艺术就会沦为表演者和观看者相互满足对方的商业化娱乐活动，失去舞台艺术凝聚共同体的巨大力量。

世界只有一个，但根据其逐层奠基的敞开方式可以分为四个层次：漫游的世界、行动的世界、敬拜的世界和诗意的世界。[①] 这四个层次分别形成了相应的舞台艺术。漫游的世界是语言发生之前人和动物共享的世界，亦即在其中移动身体的世界，在语言发生之后仍然构成世界最基本的层次。当想象力试图在舞台上以美的方式再现身体运动时，就形成了舞蹈艺术。舞蹈艺术和原始人类的娱神舞不是同一回事，后者参与构成敬拜的世界，不是想象力在美感中自满自足，而是敬畏心情的表达，是生活的一部分而非其再现，尽管它有可能逐步演变为舞蹈艺术。舞蹈再现的是生活中的身体运动，但经过想象力的自由发挥，形成了有节奏和韵律、富于美感的动作。由于男女身体浓缩了太极，因此即使没有情节的舞蹈展示的也不是形式化的小美，而是彰显太极意义的大美（有情节的舞剧则展示了更丰富的意义）。作为"我们"的艺术，舞蹈隐含"你"的意义，这不但体现在观众和演员相互激发的气氛中，而且也体现在舞蹈的亮相中（亮相就是瞬间的雕塑化）。舞蹈和音乐密不可分的关系来自欲望的双重作用：欲望是推动生命回旋运动的意志，可以将生命回旋运动投射到乐音运动中，同时又是推动身体的意志，可以将它投射到身体的运动中；这两种投射相互结合，协调发生，使舞蹈自然地按照乐音的运动来展开。正如音乐可以通过乐音运动展开内心的情感，舞蹈也可以通过身体运动做到这点。在古代中国，儒家将原始歌舞转化为礼乐，从中逐步分化出了舞蹈艺术，经过长袖善舞的汉代，在唐朝的歌舞大曲中达到了巅峰的发展。在西方，

[①] 参见《太极之音》第十讲《语言与世界》及前文《太极之运作》。

最有代表性的芭蕾舞艺术产生于 16 世纪的法国，到 19 世纪初形成了完整的体系，并在俄罗斯达到了发展的顶峰，产生了芭蕾舞剧的不朽经典《天鹅湖》。芭蕾舞注重男女刚柔相济的配合，充分发挥了女性身体的流线型和踮起脚尖的灵巧性，突出了大道敞开世界的流畅无阻和女性的阴柔之美，将人体美和动作美融为一体，以卓越的方式升华了太极在漫游的世界中展示的美。

和行动的世界相应的舞台艺术是话剧。行动的世界是人们为欲望的目标而行动的世界。行动的世界是通过言谈敞开的，是人们在其中达到自我意识和自由的世界。因此，话剧主要是通过人物的言谈和行动来再现生活，展现人物的个性和品德（每个人都有独一无二的天赋个性，是太极独一无二的代表。品德则是个人成就其太极性的理想方式）。自由的前提是天人之间的先天断裂。太极在行动的世界中只能间接地用心，因此欲望在自由行动中总是有相互冲突的可能，而每个人的个性和品德就在冲突中得到了充分的展现。行动的世界遮蔽了心情在生命回旋运动中的优先地位，[①] 以致人们往往要经过相互冲突才达到相互理解。欲望在自由行动中的冲突是行动的世界的根本特性。话剧通过故事情节展开冲突，通过冲突的发生和解决来再现生活。但冲突的解决常常会是悲剧性的，因为行动的世界是为人的欲望敞开的世界，没有被统一在人心共同的意志之根（天志）中。即使人们用敬拜的世界收服了行动的世界，天人的先天断裂仍然是不可消除的现实，行动的世界仍然充满了矛盾和冲突。所以，虽然话剧可以是喜剧，最感人的话剧却是悲剧。

和敬拜的世界相应的舞台艺术是歌剧。敬拜的世界是人心相通的世界，情感的世界，诗意地吟唱的世界。音乐是聚拢人心，将人心向共同的意志之根提升的艺术。为了再现人在敬拜的世界中的情感交流，舞台上的人物就不能仅仅如同在行动的世界中那样说话，而必须通过歌唱来表达心声。然而，敬拜的世界是在行动的世界基础上建立的；人心是在良心的呼唤下才超越了行动的世界，向共同

---

① 参见《太极之音》，第 126、199—200、293—294 页。

的意志之根前进，而这种前进并没有消除天人先天断裂的现实，因此情感的交流不仅包括仁爱，也包括嫉妒乃至仇恨等从冲突而来的各种情感。所以，歌剧可以和话剧一样展现欲望的冲突，而且音乐的美还可以反衬现实的恶，强化行动的世界之悲剧性。但相对而言，歌剧的冲突最终应该有比较合乎人心期待的解决，这样从音乐而来的人心相通的感觉才能最终汇聚起来（人心共同的意志之根就是冲突得到解决的希望所在，尽管它不一定需要在歌剧中凸显出来）。另一方面，即使没有深刻的冲突，歌剧仍然可以通过音乐的美来再现生活，将人心聚拢在一起，向共同的意志之根提升，而缺乏深刻冲突的话剧则难以吸引观众。

　　和诗意的世界相应的舞台艺术是戏曲。戏曲是在中国发展出来的。诗意的世界是大道敞开的美的世界，是一切事物都在其中显露意义，成就各自之本性的世界。[①] 中国文化的境域性就表现在世界的四个层次都得到了充分的敞开，而且诗意的世界吸收了敬拜的世界、行动的世界和漫游的世界，将世界的四个层次统一成富于诗意美的境域。这点在绘画和书法中已经有所表现，在戏曲中则得到了最充分的体现。戏曲不仅具有歌剧的音乐形式和话剧的情节冲突，而且还把生活中的身体运动提升为具有节奏和韵律、密切配合音乐、富于舞蹈美的动作和造型，使唱、念、做、打四功在美感中获得了统一。这种统一来自大道敞开诗意的世界之作用，因此戏曲虽然展现美的世界，却并不追求舞台布景的华丽或写实，而主要是通过虚拟动作来暗示生活环境中的物品，使舞台保持了类似中国画的写意。戏曲不仅可以展现敞开诗意的世界之大道和小道（主要表现在女人行云流水般的柔美动作和婉转的唱腔），还能展示统一敬拜的世界之天志（主要表现在男人充满阳刚气概的动作和雄浑的

---

① 诗歌可以直接从生命回旋运动的升华产生，而诗意的世界则必须依靠大道和小道互为表里的运作（诗意的道说）来开启。诗意的世界自然地会产生诗歌，但并不是所有诗歌都能帮助开启诗意的世界。海德格尔之所以把荷尔德林称为诗人中的诗人，就是因其诗歌隐含了诗意的世界之开启，而不是其诗歌作为艺术的完美。

唱腔）。① 戏曲的华美服装和动作的程式化来自敬拜的世界中礼乐文化的熏陶，武打动作则展示了漫游的世界中身体运动的冲突。敬拜的世界的"天时"和"天下"，诗意的世界的"流转时空"都超越了行动的世界的"客观时空"。所以，戏曲的时空可以通过人物的表演来随意变换，打破了欧洲古典主义戏剧的三一律（时间、地点和情节的一致性），彻底解放了舞台艺术的想象力和创造力。总之，戏曲以卓越的方式统一了世界的四个层次，成为结构最丰富、最完整的舞台艺术。然而我们必须亲临剧场，才能真正领略戏曲之美，因为电视等媒介展现的戏曲并没有完整地构成"我们的艺术"。戏曲的当代发展面临的问题是它比较难反映当代人的生活，因为敬拜的世界和诗意的世界在现代社会已经衰落，我们的服装也更多地具有实用性，缺乏展示天地人的意义和美感。如何发展反映当代人生活的戏曲？这个问题不仅关乎艺术，更关乎我们如何重新开启敬拜的世界和诗意的世界，以及如何恢复服装原有的意义。

太极不仅仅以"我，你，我们"的方式展示自己，还以"他们"的方式展示自己，亦即对人类生活采取客观的立场，以超越的目光观看发生在世界中的人类戏剧。人类历史其实就是太极自编自导，并且通过代表太极的人来演给自己看的戏剧（人类必须从不知不觉的演员逐步成长为觉醒的演员，直至成为导演，将历史的终极目标主动实现出来）。这种超越的目光实际上就是"人在做，天在看"的角度。天拥有组织宇宙万物的宇宙逻各斯，其观察人类生活的视角超越了每个人的主观角度，本质上是客观的。但每个人有不同的视野，看到世界的不同侧面，形成从自己立场出发的理解，而所有这些侧面和理解在人们的共同生活中相互交织，才形成了完整的社会生活。太极就在这种多视角相互交织的社会生活中实

---

① 敬拜的世界如果被过分吸收到诗意的世界中，丧失自身独立性，天志的阳刚就有可能被压抑，导致男人的动作和唱腔也被阴柔化。角色的程式化还使人们可以专注于角色而忽略演员，在古代男人占主导的社会中产生了男人演女角的做法，破坏了演员对自身性别的再现，过分拉开了再现和生活的距离，使太极在男女中的自我展示陷入自相矛盾。这是中国戏曲的未来发展必须注意的问题。

现自己，形成人类的历史活动。所以，客观的立场不仅可以从整体上超越所有人的立场，也可以从其他人的立场超越某个人的立场。这种客观的立场最初在小说中得到了充分的发展。小说可以任意地描述任何人的内心活动和外在行为，仿佛小说家是全能的、可以随意出现在任何人中的观察者。小说既可以实现从客观宇宙而来的观察角度，也可以通过人物之间的相互超越实现客观的观察。适合这种客观立场的语言不是诗意的言说，而是行动的世界中的日常言说（虽然也有从第一人称出发写的小说，但仍然会将我放在行动的世界中，通过日常化的叙事描写我的生活）。从这点看小说和话剧有相似之处，但小说不是"我们的艺术"而是"他们的艺术"，其中的人物并没有真正在读者的生活中出现，而只是出现在读者的想象中。小说的客观立场和日常化的叙事风格使之直到突出客观宇宙和平民生活的近代才获得了真正的发展（始于西方的文艺复兴和同时期的中国明朝）。小说的叙事能力和范围远远超出了诗歌，成为能够最充分地展示历史活动的文学形式。太极真正实现自身的历史活动是政治经济和爱情（包括家庭）。因此，国恨家仇、爱情亲情是小说永久不衰的题材。

随着现代技术的发展，人类对客观世界的观察有了新的渠道。摄影模仿了眼睛看世界的空间化方式，发展成了一种视觉艺术。摄影的技术性决定了它展示的是从客观世界的时空中截取的静止画面，而不像绘画那样可以超越客观时空，展示生命回旋运动的时空（例如在印象派绘画中）或者大道的流转时空（例如在中国画中）。绘画是看的艺术，而摄影则是眼睛的艺术。我们不是仅仅通过眼睛看世界，而是活在世界中的人通过其意志（主要包括心、想象力和判断力）看世界，这种看隐含了感受、想象和判断的成分，同时还被潜在的领悟所组织，隐含了非常丰富的对事物的默默解释（这种潜在的领悟甚至可以从大道出发看世界中的现象，实现"自道观之"的看）。所以，人看到的世界永远比眼睛看到的要丰富得多。摄影却仅仅模仿了人的眼睛，因此无法像绘画那样将"看"的无限丰富的内涵展示在想象力对事物的自由再现中。摄影的纪实性曾使人们为其是否属于艺术而争论不休。其实想象力在摄影中还是可以自由发挥的,因为生活不是静止的画面;摄影师必须用心感受生活,用想象力决定画面的视角、构图等许多因素,迅速捕捉生活中最精彩的瞬间,才能形成有美感和意义的作品。

但摄影终究只是从某个固定视角看到的瞬间世界图像。电影的发明弥补了这个不足。电影能够展现时间中的变化,其视角可以在瞬间随意更换,自由地超越时空限制,通过蒙太奇(镜头组合)形成联想,以全面的超越的方式展现人在世界中的活动。漫游的世界不仅仅从"我身"的角度敞开,而且还隐含了从所有物体出发的观察角度,仿佛我可以同时站到所有物体的位置上看世界,尽管我对世界的观察总是局部的,需要不断变换角度的。① 电影用视角的变化和联想实现了全方位的视角,再加上配音的使用,制造出了最全面的世界形象。电影的故事再现了人在世界中的生活,由编剧来想象,由导演来统摄,由演员来实现,由摄影来记录,由剪辑等后续工作来完成。电影和小说一样实现了客观的立场,其时空变换的灵活性则超越了小说,成为比小说更加全面的"他们的艺术"(这不意味着电影能代替小说。小说的语言艺术是电影永远无法代替的)。电影是最综合的艺术,是许多想象力集体合作形成艺术品的范例。演员实际上不需要完全清楚每个镜头在影片中的意义,只要根据自己对角色的体会,充分发挥本能来完成每个镜头,而导演则必须理解所有镜头的意义,才能将影片统一为整体。电影作为艺术品主要是由编剧和导演构成整体的。电影的艺术性首先就体现在编剧和导演的想象力之运作。电影艺术家首先是编剧,其次是导演,最后是演员(今天的景观社会②把这个顺序刚好颠倒了过来)。演员再现角色的同时也再现了自己作为活生生的人(男人或女人)的某些特性,而且其表演是在摄影机前的片段表演,因此电影表演是特别难以把握的艺术技巧。演员既需要寻求和角色的共鸣,同时又需要在实际拍摄每个镜头时自发地表演,实现本色表演与本能表

---

① 参见《太极之音》,第283页。
② 景观社会更注重世界"看起来"是怎样的,而不是它实际是怎样的。参见《太极之音》,第113页。

演的融合。电影表演因此很好地诠释了每个人在历史戏剧中应该如何行动——每个人既要不断领悟自己的历史天命，同时又要在实际境况中充分发挥本能，自然而然地行动。

电影的综合性只是从技术角度而言。电影和摄影一样是感官的艺术，是眼睛和耳朵的艺术，而不是看和听的艺术（电影美术和电影配乐在某种程度上超越了感官艺术的范围，但这其实是电影和美术、音乐的综合，并没有改变电影作为感官艺术的本质）。我们并不仅仅用耳朵听。听和看一样有无限丰富的内涵。电影只能再现眼睛和耳朵观察到的世界，而人物的心理只能由观众看到和听到的人物活动去体会，在这方面比不上小说更有表现力，但可以通过演员的出色表演来弥补。电影的宽屏幕和超级音响给视觉和听觉带来巨大冲击，而其时间限制也迫使它在短时间内取得强烈效果，因此电影对生活的再现常常是夸张的，为电影附加了娱乐的属性，很容易偏向感官刺激，过分强化观众的主观感受，用强烈的视听印象来渲染没有多大意义的故事，削弱了电影从客观立场再现生活的作用（当这种事情发生时，我们从电影院走出来，会觉得感官得到了满足，心灵却依然空虚，表面的热闹制造了生活的幻象，和电影院外冰冷的现实生活形成了鲜明的对比）。① 娱乐是生活的一部分，其目的是放松身心，而不是通过再现生活来展示事物的意义。在今天娱乐至死的时代，一切艺术都在走向娱乐化，以致人们常常不是沉醉在艺术中，而是沉醉在其附加的娱乐功能中。艺术家纷纷变成了娱乐明星。人们需要娱乐来放松身心，需要娱乐者为人们带来快乐，但艺术家应该更多地作为艺术家生活，将自己奉献到艺术的创造中，而不是在娱乐圈中不断丧失作为艺术家的初心。相比之下，电视连续剧比电影更能避免过分娱乐化的倾向，其窄小的屏幕不那么刺激观众的感官，上演的时间也非常宽裕，不需要当下的表面效果，可以像小说那样充分地展开历史活动的发展过程。电视连续剧因此往往比电影更忠实于生活，具有更强的思想性和感动人心的力

---

① 目前流行的三维立体电影，还有人们正在设想的有嗅觉和味觉的电影，都是在追求感官刺激，有利于娱乐而不利于艺术。

量。好的电视连续剧可以展开对生活的深刻观察，充分展现历史活动的发展过程及其复杂性。电视连续剧就是最充分地再现历史活动的"他们的艺术"。

总的来说，艺术的用心方式和哲学一样是从本已到派生，从直接到间接，只是它用想象代替思考，用美感代替真理，用再现代替实践，其用心是时空化的，多人称视角的。艺术不需要像哲学那样形成体系，只需要将太极用多种多样、相互独立的方式展示出来。没有哪件艺术品能够全面展示太极，但每件真正的艺术品都是太极的一次自我展示，都是独一无二和无法替代的。想象力的自由发挥是艺术创作的根本方式。但想象力的自由发挥必须追求高度的神似，在小说、摄影、电影、电视剧之类的客观艺术中更要追求生活的真实性，即使虚构的故事情节也仍然要按照人们在世界中生活的真实方式展开。然而，任何事物都不是完全赤裸地出现在人的世界中，而总是在人的默默解释中出现的。人们对事物的解释又常常是有遮蔽的，甚至可能是扭曲和不真实的。生活本身就包含了对事物意义的遮蔽和误解。因此，艺术不能仅仅反映生活的实际情形，更不应该仅仅暴露生活的黑暗面，而应该从生活中发现更真实的理解生活的方式（梵高的画就常常能做到这点），提炼某些对生活有更真实理解的人物（这些人物往往不是现实生活的典型代表，如《红楼梦》中的宝玉和黛玉）。总之，艺术不能仅仅用普通人的目光反映生活，而应该用高于生活的目光观察生活，揭示当下生活的问题和新的更好生活的希望，这不是为了某种外在的目的，而是为了真实地展示太极生生不息的、不断自我完善的发展方式。历史是太极在人中不断达到更高的自我认识、更高的自我实现的过程，而不是偶然事件的堆积。作为太极的自我展示，艺术可以和哲学一样指向未来，展示历史的新的可能性。

4. 巫术

巫术是太极在生命气界的活动，是太极在人中实现的自我陶醉。这里说的巫术不是指治病驱鬼之类的魔法，而是体会事物本源的精神活动，尽管其发展过程常和治病驱鬼之类的现实目的混在一起。原始人类的巫术是和本源融为一体的精神狂欢。在理物气三界中气界是偏向阳性的，充满了混沌无形的力量。所以，巫术的目的不是思考太极，也不是展示太极，而是在神秘的气氛中体会太极生生不息的创造力。气氛比思想和感性形象都更为阳性，阴性的成象性无法发挥出来，因此无法像思想那样反指太极，也很难像感性形象那样反映太极，而只能在混沌无形中直接通达太极。在巫术中太极和人混为一体，仿佛本源直接降临人间，在众人中体会自己贯通一切，无所不在的特性。和本源相通的感觉是令人狂喜的。这种狂喜的心情是本己的、直接的用心，其外化出来的欲望就是从自我意识中解脱出来，放弃远离太极的反思和保持距离的审美，在神秘的气氛中直接和本源融为一体。对于过度突出自我意识而变成孤立原子，过度追求知识而丧失本能的现代人来说，巫术是一个很好的平衡。

哲学、艺术、巫术是太极通过人实现自我认识的三种方式。其中，哲学和巫术的特性相反，艺术则居中。因此，巫术比较接近的是艺术。巫术追求的混沌无形的神秘气氛可以消除自我意识和知识对艺术本能的束缚，强化艺术的感染力。真正伟大的艺术总是让人陶醉甚至陷入狂喜的，这就是艺术和巫术的相通之处。中国的儒家传统走出了原始人类的巫术，把原始歌舞转化为礼乐，发展出了高雅、温和、理性、克制的生活方式。道家传统则推崇自然无为和淡泊飘逸的生活。儒道文化超越了和易经的精神有内在一致性的巫文化，变得特别温文尔雅、诗情画意，但同时也一定程度上掩盖了巫文化混沌神秘的原始性，这种原始性其实是儒道的共同根源。在人性的根底中隐藏着某些原始、混沌、充满本能力量的东西，如果能够释放出来，就可以冲破现成事物的束缚，从根源上更新传统文化，使之可以生生不息地发展下去。和汉族相比，中国少数民族受儒道文化的影响比较少，所以更多地保留了巫文化的因素。在许多少数民族的原生态文化中，我们仍然可以体会到人类最原始、混沌、充满本能力量的东西，如同未经雕琢的粗犷玉石，具有成为各种美玉的可能。所以，中国文化复兴的一个重要的追根溯源的工作，就是充分挖掘少数民族的原生态文化，将其原始混沌的精神吸收到中国文化的主流中，激发中国文化生生不息的创造力。①

5. 爱情

爱情是太极用心的极致。人作为太极的代表分为男女，象征太极的阴阳。男女相爱的感情实现了乾坤阴阳合一的本性；性爱和生育则实现了天地阴阳合一、生生不息的本性（天地生人）。从爱情到性爱，从性爱到孩子，太极将自己从第一太极到第二太极的发展过程完整地实现在了世界中。② 在爱情中，太极不像在文明活动中那样实现自己和人的现实关联，也不像在其他文化活动中那样实现自己某个方面的理想性，而是原原本本、如其所是地将自己的发展过程投射到世界中，通过男女的活动实现自己的完整形象。太极在爱情中的用心因此是最纯粹、最理想的，因而也是最困难的。

爱情是最纯粹的情感。爱情不知道别的东西，只知道自己。爱情是自满自足的，不依赖其他事物来产生幸福和快乐，因为爱的情感本身就是幸福和快乐。爱情除了自己之外没有别的目的，所以爱情的意义无法用任何其他事物来衡量。爱情是自我肯定的，没有条件，毫无保留，任何称赞都无法使之增加分量，任何贬低都无法使之减少分量。这些话听起来似乎很空洞，然而如果你觉得空洞，说明你没有体会过真正的爱情。真正的爱情不像小说和电影中描写的那样复杂。爱情其实是最简单的情感，就是全心全意地想着所爱之人，在其身上体会到自己全部的存在，从而感到最大的幸福和快乐。

这样简单的情感却并不常见。不是因为它很难产生，而是因为人们很少单纯地理解爱情，而总是不知不觉地把其他因素混入其中。所以这个世界上的爱情通常都是掺了假的。爱情是美酒，但没有兑过水的酒很少见。不过和那些故意掺假来获利的人不同，人们通常不是故意要给爱情掺假，而是因为从所爱之人可以得到某些好处，于是不知不觉地把对这些好处的喜欢和爱的情感混在一起。要

---

① 杨丽萍编导的歌舞剧《云南映象》、萨顶顶的《万物生》《天地合》《恍如来者》专辑和朱哲琴的《月出》专辑都是这方面工作的杰出范例。

② 参见《太极之音》第十五讲《论爱情》。

发现你的爱是否掺了假其实并不难，只要你把自己可以从所爱之人得到的好处列举出来，然后问问自己的心：如果发生某种变故，以致这些好处忽然全部消失，你还会爱这个人吗？但你可能会反驳说：爱不是空洞的，爱这个人而不是其他人，肯定是有理由的。你这样说就把爱简单地等同于喜欢了。喜欢一个人，例如一个女孩，是因为她有各种各样的让我喜欢的特性，因此喜欢总是有理由的。但爱一个人不需要理由。从喜欢到爱是一个质的飞跃。最初我是因为各种理由喜欢她，但一旦真正爱上了，我发现我就是爱她，不管她的各方面如何变化，反正我就是爱她。为什么？不知道！但是这种单纯的感情很难持久，稍不留神就会退化为普通的喜欢，等到所喜欢的特性不再新鲜时，就退化为固定的习惯，最后也许就逐渐淡化乃至消退了。

所以爱情是需要坚守的。感情是一种被动的意志，是被激发的，不是我主动产生的。但我可以主动地坚守感情。我要下决心守住心中的感情，不让它被任何事物动摇，不让它掺入任何其他的因素。这就是爱的决心。女人往往更容易感受到爱的情感，但不一定更有毅力坚持到底，需要不断磨炼自己，让自己在爱中变得更坚强。男人往往更能够坚持，但所坚持的也许只是一种责任和形式，需要不断注意自己的内心，发现心中的温柔火种，细心地加以爱护，不断给它添加柴火。在爱的决心中，更难做到的是不让爱掺入其他的因素。尤其是当男女走向婚姻时，有许多要考虑的现实问题，婚后的生活会有更多这样的问题，以至于爱的情感很容易掺入各种现实考虑，使爱情从相互吸引和相互感动转化为相互需要和相互利用，最终只能靠相互迁就来维持下去。男女确实需要从现实角度考虑婚后的生活，否则婚后可能会面临许多不曾预料的问题。但你不能从这些考虑出发去爱一个人。人不能自欺。你是否真心地爱对方？你是否真的出于爱的情感要与对方结合，还是掺入了其他动机？只要你敢于反观内心，就一定能清楚地发现答案。既然你们能走到一起，就多少还是有感情基础的，尽管其中可能已经掺了假。找到你的感情中最真实的那个核心，细心地剔除其他各种因素，下定决心永远守住这个核心，不让其他因素掺杂进来，从这个核心出发去对待你的爱人。唯有通过这种明察秋毫的自我反观，爱的决心才不是盲目的，你所坚持的才是真正的爱。不过你要小心，不要把爱的决心随便说出来。"说出来就不灵了。"爱的决心是默默的自我把握，不是表演给别人看的东西。

爱的决心就是爱情最基本的用心方式。这种用心方式是从直接到间接，从爱的情感到默默的行动（下决心）。在爱的决心基础上，爱的情感还可以外化出许多具体的行动。如果你真的爱一个人，你自然会愿意为所爱之人做很多事，再苦再累也心甘情愿。但仅仅有行动是不够的，你还必须根据行动的结果不断改进行动的方式，使你的行动能够真正达到爱护和帮助对方的目的。不要以为你的情感是真实的，你做出的事情就一定对所爱之人有好处，这需要生活经验的积累，生活智慧的提升。在婚姻生活中，你的行动不再仅仅影响你自己，而是影响整个家庭，所以不能再像单身时那样随便和粗心。婚姻生活是必须用心学习才能过得好的。当男女通过不断调整，达到了比较和谐的行动方式时，爱情也就外化成了稳定的可以不断重复的行动。这种外化使婚姻可以稳定地持续，但同时也隐藏着一种危险，因为男女可能会过于注重这种外化，把固定下来的行动方式看成就是爱情的内容，遗忘了最初做这些事情的初心。只要两人还在正常地做着夫妻该做的事，似乎爱情也就不断延续着。但爱情首先是非常单纯的自满自足的情感，从这种情感产生出来的行动并不能代替这种情感。当夫妻都已经习惯于从行动来理解爱情的时候，爱情就开始丧失行动源泉的本质，两人目光都只盯着对方的行动，不再从爱的情感宽容对方，为行动的摩擦而争吵，为行动的失败而相互责备和抱怨，导致情感上的相互伤害，以致爱的情感不断淡化。这种从行动理解爱情的做法实际上是从间接到直接的用心方式，仿佛爱情首先是要做某些事，由此才带来幸福和快乐。这种用心方式和最初热恋的时候是相反的，那时爱的情感本身就是幸福和快乐，两人都全心全意在对方身上感受自己的存在，从爱的情感出发行动，即使行动没有达到良好的效果，也会宽容和鼓励，而不是责备和抱怨。太极在人中最初落脚之处是心情，由此才外化出行动的欲望。所以，爱情最自然的用心方式就是从情感到行动，而不是相反。爱的情感自有其超越的来源，不断滋润爱的行动，如同山泉不断滋润山下的农田，不需要丰收来维持自己的涌流。然而，当男女在婚后生活中把爱情寄托在种种具体的行动，最终转化为某些固定的行动方式时，爱的源泉就会逐渐枯竭，只能靠行动的成功来维持幸福和快乐的感觉，但这种感觉已经不是爱的幸福和快乐，因为它不是来自爱的源泉，而只是世俗欲望的满足。当爱的源泉逐渐枯竭，再大的成功也无法弥补两人在感情上的损失。所以，虽然男女在婚后应该为完善家庭生活不断努力，但不应该将爱情寄托在这些努力的成功上。相反，男女应该始终在爱的决心中坚守最初的单纯的情感，从爱的情感出发来做事，不论爱人在行动上有什么不足或过失，都始终要宽容和鼓励，而不是责备和抱怨。上天不会辜负不断努力的人。只要夫妻同心，不断努力，总能过上正常的家庭生活。不要总是和其他夫妻的生活水平相比较。这种攀比来自世俗的常人生活方式，而爱情来自一切事物的本源，远远超越了常人的视野。但如果男女缺乏爱的决心，就难以抵挡这种相互攀比的倾向。爱情是自我成立的，任何外在的衡量标准都和爱情无关。如果你觉得家庭生活一定要达到某种水平才幸福和快乐，说明你根本没有体会到爱情本身的幸福和快乐。

"你说的爱情太理想化了。"这话没有错。爱情就是一种理想，而且是所有理想中最纯洁最高贵的。一切人类活动实现的东西都不超过天地人的范围，唯独爱情要实现的是一切事物的本源，亦即乾坤本身。乾坤除了阴阳合一之外没有别的特性。乾坤其实是一切事物中最简单的。相应地，爱的理想也是最简单的。爱的理想就是男女永远合一，永不分离。爱情不仅仅是情感，也不仅仅是从情感而来的行动，而且是理想的实现。理想是永恒的，但理想的实现是不断变化的。当爱的情感暂时变淡的时候，当爱的行动暂时受挫的时候，男女仍然可以靠着爱的理想坚持下去，直至爱的天空雨过天晴，爱的花朵重新开放。如果我们把爱情仅仅看成情感或行动，而不是同时当成理想来坚持，当情感变淡或行动受挫的时候就容易动摇甚至放弃。爱的理想不是人的主观愿望，而是来自乾坤本身。爱的情感就是乾坤在男女中的自我感受。当我们在爱的情感中体会到了爱情自我成立，自满自足，超越世间一切事物的意义，就可以超越情感的变化，将爱的理想坚持到底。爱情的用心以理想化为其根本特性。

乾坤是最原始的、阴阳合一的我。所以，要实现爱的理想，男女必须相互认同，在对方身上体会最真实的"我自己"。这是非常奇特的事情——我既然和异性禀性相反，又如何能在对方身上体会最真实的"我自己"呢？其实，正因为禀性相反，才有可能在对方身上体会到最真实的"我自己"，否则对方就只不过是我的复制品，并没有在任何意义上比我自己更真实。但对方离开了我也就没有了这种最高的真实性，因为正是我在对方身上体会到最真实的"我自己"，把乾坤阴阳合一的意义落实到了对方身上。男女的这种相互认同就是乾坤在世界中自我实现的方式。当然，这里说的只是爱的理想。这种理想在人类历史中尚未真正得到实现。但历史上实现的男女之爱已经接近这种理想。许多热恋的男女在感情最浓烈时会觉得失去对方就无法再活下去。为什么会有这种感受？因为失去对方会使我觉得失去了我最珍贵的成分，以致"我"发生破损，难以为继，这说明热恋中的男女已经有了和平时不太一样的"我"，亦即把对方当成最珍贵成分的"我"。失恋的男女通常要度过痛彻心扉的自我破损阶段，才能慢慢地恢复到进入恋爱前的那个普通的"我"，恢复正常的生活状态。虽然热恋中的男女并没有明确地意识到对方是最真实的"我自己"，但在其难分难舍的情感中已经隐含了这种相互认同的因素。认同异性就是爱情最独特的用心方式。①

人们发现结婚很久的男女往往会越来越像对方，原因就在于他们在长期相濡以沫的生活中已经潜在地发生了相互认同，以至于他们会不知不觉地模仿对方，脸部的表情自然地越来越相互接近。这种潜在的相互认同并不会使男女向异性方向转化，因为男人要认同

---

① 相应地，性爱实现了男女对异性身体的认同，将自己的身体融入异性身体，构成阴阳合一的更完整的身体（太极之身体）。性爱是爱情的自然发展，正如天地是乾坤的自然发展。

的异性已经实现在妻子身上，女人要认同的异性已经实现在丈夫身上。但认同异性的倾向并不是在婚姻生活中才开始形成的，而是太极在男女中先天形成，随着身体的发育逐渐发展成熟的，其目的就是让男女通过认同异性来实现阴阳合一的最原始的我。正是这种潜在的认同异性的倾向使得男女相互吸引，企图在异性身上实现自己无法实现，但潜地想要实现的"异性的我"。然而，由于这种倾向是随着身体发育才逐渐发展成熟的，而且只是朦胧的、没有达到明确意识的倾向，它有可能在尚未找到异性对象之前就已经默默地实现出来，把本来应当实现在异性身上的"异性的我"实现在自己身上，再潜在地作为异性去感受同性，把男女之爱以变异的方式实现在同性身上，扭曲了太极阴阳合一的本质。社会必须形成良好的做男人和做女人的风俗，① 帮助男女发展和保持与性别一致的心理倾向和行为方式。其实这种风俗自古以来就已经在世界各民族中自然地形成，只是不断地被西方自由主义混淆政治和文化、从男女平等出发抹杀男女区别的倾向所破坏。男女平等是政治理念，而不是文化理念。政治追求的是权利，而文化追求的是意义。人人都有同样的权利，但并非人人的生命都有同样的意义。男女从阴阳两个不同方面展示太极的意义，通过互相补充和互相结合完整地实现太极的意义，这是太极在世界中自我实现的根本方式。男女的意义是阴阳互补、不可替代、同等重要的。所以，我们除了尊重男女在文明活动中的平等权利，还应该尊重男女在文化活动中同等重要的意义，把"男女平等"和"男女同等"作为相互补充的理念实现出来。② 只有这样太极才能顺利地实现其意义，文化才不会被文明异

---

① 参见《太极之音》，第 203—205 页。
② 中国古代的政治制度没有充分实现男女平等，但其文化理想是男女同等的。相比之下，西方文化不曾发展出男女阴阳互补、同等重要的文化理想，而是始终突出男人的优先性。《圣经》认为女人是从男人身体创造出来的辅助者，而历代西方思想家都有不少人把女人当成本质上比男人低劣。西方近现代发展的男女平等理念是人类文明的巨大进步，但仅仅从平等出发无法理解男女差异的意义。西方社会的许多理想其实是按照男人的倾向塑造的，以致激进女性主义努力追求在一切社会生活中都和男人一样，这种不知不觉的"男性崇拜"无形中贬低了女性自身的独特品质，受到了文化女性主义的批判。

化，成为文明的附属品，丧失自身的理想性。

虽然爱的理想很崇高，很美好，这种理想却很难实现出来。爱情不像其他历史活动那样以人的我为基础去实现某种东西，而是要转化男女的我，把男女的我提升到和乾坤一样阴阳合一的高度。这种理想不是来自人间，也不是来自天地，而是来自乾坤本身，也就是来自比天地更早的原始太极。爱的理想超越了天地人。爱情本质上就是"不食人间烟火"的。"不食人间烟火"的理想却只能通过"食人间烟火"的男女实现出来。人居于天地之间，和天地有现实的关联，但和乾坤这个最原始的我之间只有遥远的、理想的关联。爱的理想和爱的现实之间存在先天的断层，以致乾坤无法完全把握自己在世界中的实现，只能任由男女在爱情中冒险，这就是爱的悲剧。爱情只能在理想和现实的断层之间运作，所以爱的理想不可能顺利实现出来，只能随着人类历史的发展逐步地得到实现，最终克服爱的悲剧。

爱的实现有三种不同的境界：古代之爱、现代之爱、未来之爱。在古代之爱中，爱的理想从社会获得了充分肯定，纳入社会大我的世代生成，从世代生成的需要获得了现实性。男女结合的意义由社会赋予，注重的是家庭一代代的延续。婚姻一般由父母做主，通过自然形成的婚姻风俗来实现。父母对婚姻的安排为爱情提供了社会基础，使男女之爱在社会的保护下稳定地发展。男女通过生育延续家庭，为社会贡献了新生力量，而男女的感情则在婚后生活中逐渐地培养出来。总的来说，在古代之爱中，爱的理想是从外向内实现的。

在现代社会中，人的自我意识被特别地突出。男女开始从自我意识出发追求自由恋爱。在自由恋爱中，男女意识到了爱情自我成立的本质，努力冲破各种外在束缚来实现爱情。爱情于是围绕相爱的男女展开，构成二人世界。男女从自身出发实现爱情，再将其意义落实到社会，通常先征得父母的同意，再通过国家的法定程序进入婚姻。现代之爱是从内向外实现的。这意味着爱情只能自己支持自己，父母成为退居幕后的祝福者，国家对婚姻的保护只是从文明角度实现的，仅仅关乎权利和义务、财产和利益。不论父母还是国家都无法对爱情提供实质性的保护。在古代之爱中，爱的理想从社会向内渗透到婚姻生活中，不断滋润男女的日常生活，帮助男女在婚后发展和维持稳定的情感，使婚姻和社会保持了精神上的一致。在现代之爱中，爱的理想是从男女的自我意识出发建立的，其唯一的精神支柱就是男女相互吸引、相互爱慕的情感。这种注重情感的浪漫爱情缺乏外在的社会基础，因此容易动摇和变化。现代之爱摆脱了外在的束缚，但也因此变得孤立无援。男女之爱转化成了"私人领域"的事情，和其他社会活动拉开了距离，成为其他人无法真正了解，无法真正帮助，只能给予祝福的事情。现代之爱将爱情内化到男女的自我意识中，但还没有真正将后者上升为爱的自我意识，因此自我意识仍然处在爱的对立面，成为爱企图超越但实际上未能超越的屏障。自我中心的倾向一旦占了上风，爱情就会被撕裂在男女之间，眼看着两人互相伤害却无可奈何。现代社会以个人为本位的文化遮蔽了人的超越根源，以致爱的意义只能寄托在个人对幸福的追求，而不再是超越个人生命的永恒理想。当感情失去理想的维度，就很难始终如一地坚持到底。现代文明主宰现代文化的倾向使文化丧失了理想性，不断地被商业化和大众化，变得日益平庸和肤浅。在这种大趋势中，现代之爱变得越来越浮躁。爱情逐步沦为满足个人需要的情感游戏和性游戏；婚姻逐步沦为相互利用的契约。现代之爱和社会拉开的距离使婚姻获得了双面性：在他人面前的样子和关起门来的实际情形。很多表面完美的婚姻实际上是外强中干，甚至是同床异梦。现代之爱比古代之爱隐藏了更多的不为人知的痛苦，而这些痛苦只能由男女个人去承受。父母帮不上什么忙，有时还会火上浇油。国家只能默默置身事外，直到婚姻破裂时才来收拾残局。既然自由地选择了，就只能承受自由选择的后果。现代之爱是男女自愿挑起的重担，再苦再累也只能咬着牙走下去。

然而历史正在走出现代，走向大同。现代之爱虽然没有实现爱的自我意识，但已经为其实现奠定了基础。当男女从自我意识出发，自由地发展爱情的时候，其自我意识有可能被提升为爱的自我意识。但这种提升是有条件的，亦即人类已经完整地认识了太极，理解了爱情就是太极在世界中实现的自我形象。只有当世界哲学史进入其最终阶段，太极开始通过人完整地认识自己的时候，男女的自我意识才有可能被提升为爱的自我意识。反之，只有当男女的自我意识被提升为爱的自身意识时，哲学才可能真正实现将人的自我意识提升为太极自我意识的目标。所以，爱的理想和哲学的理想不可分割，必须同时实现出来。这不是说相爱的男女必须成为哲学家才能实现爱的理想，因为爱情不是思考，而是感受和实践。哲学对太极的思考虽然很深奥很复杂，但转化在爱情中时却是非常简单的，只用一句话就可以概括："在异性身上体会最真实的我自己。"如果男女能够这样相互认同，相互体会到对方就是最真实的我自己，男女的自我意识就被提升成了爱情的自我意识。但这种提升不是随便就可以发生的，因为爱情是乾坤在世界中实现的自我形象，只有从乾坤本身而来的拉力才能把男女的自我意识提升为爱情的自我意识，让爱情直接从其源头获得支持，这样爱情才能够真正自我成立，自我保护，在感情动摇时坚定感情，在感情变淡时激活感情，在相互疏远时重新聚拢男女，把爱的理想真正实现在世界中。爱的悲剧只有在这种未来之爱中才能得到克服。

在这种未来之爱中，太极将不仅仅是通过人用心，而且是"作为太极"用心。这是太极最高级的用心方式。爱的理想将不再是从外向内，也不再是从内向外实现，而是从开端向末端，从末端返回开端，构成太极的永恒轮回。乾坤从自身发展出天地人，最终又通过男女之爱回归自身。永恒轮回是一个封闭的圆圈，既可以看成是从乾坤开始，也可以看成是从男女之爱开始。男女之爱获得了自我开始的特性。爱中的男女像乾坤那样从自身出发行动，仿佛自己就是一切事物的开端，成为尼采所说的"原始的自转的轮"，亦即所谓的"超人"。[①] 超人不是功能超强的人，而是从乾坤超越了天地人的人。爱中的男女既然回到发展出天地人的乾坤，就会倾向于把天下人当成自己的儿女，像父母关爱孩子那样关爱人类，把人类的事情当成自己的事情，超越所谓的私人领域，消除爱情和社会

---

① 尼采以不完全的方式预见到了永恒轮回、永恒之爱和超人的内在关系。参见《太极之音》，第584—588、691页。

的距离，将爱扩展到全天下。爱情将不再依靠人类社会来支持自己，而是反过来支持人类社会。只有在这样的时代中，人类才能真正体会到太极是人类的共同父母，实现"普天之下皆是兄弟姐妹"的境界。这其实就是中国古人一直向往的天下一家的境界。天下一家将为天治地养提供精神基础，而天治地养则为天下一家提供现实保障。二者共同构成大同世界。只有在大同世界中，太极才能真正作为太极用心，从文化贯通文明，将人类的历史活动统一成太极在世界中的自我实现。

　　未来之爱就是大同之爱。这种爱直接来自太极本身，因此它不会因为人类的一厢情愿而发生。但如果人类不向往这样的事情并为之做好思想上的准备，它也不可能真正发生。今天这个时代是爱的本质被遮蔽，爱的实践被平庸化、肤浅化的时代，这不仅使爱的理想难以实现出来，而且也妨碍了人性的正常发展，因为爱的理想是回归本源的理想，从本源的失落导致人性的许多方面变得漂浮无根，甚至向黑暗的方面转化，以致现代社会在文明的外表下隐藏了许多嫉妒和怨恨。然而，今天也是人类开始走出现代，走向大同的时代。如果你真正理解了爱的本质，看清了当代人在爱情中陷入的困境，你也许会为人类在爱情中遭受的苦难叹息，为人类爱情的命运感到担忧，甚至产生向爱的源头回归的愿望。爱的源头不会放弃自己的儿女，并且已经开始默默地呼唤儿女向自己回归。爱的呼唤就是回响在这个时代的太极之音。从爱而生的男女们，你们可曾听见？

贝多芬的理想主义

贝多芬是火，是花岗岩，是闪电，是雷鸣，是荒漠的狮子，苍空的雄鹰，一个用音乐思考的哲人，音乐王国的黑格尔，一个真正的男人，命运的反抗者，天命的实践者，一个追求永恒爱情、向往大同世界的理想主义者。贝多芬的理想超越了他的时代，穿越了几百年的风云变幻，直指人类的未来。其崇高的理想主义曾经鼓舞了一代又一代的人。然而，在今天这个娱乐至死的时代，人们已经遗忘了贝多芬。流行的娱乐文化日复一日地鼓励人们放弃崇高的理想，放弃深刻的思考，追求表面的效果，追逐感情的游戏，遗忘男女的天性，遗忘人的历史天命……一切都是贝多芬的反面。既然如此，就让我们从乌烟瘴气的地面上升到万里无云的高空，直接从蓝天呼吸那依然纯洁的、让人精神振奋的新鲜空气，让我们——重新认识贝多芬。

一、贝多芬与黑格尔

贝多芬和黑格尔都出生于 1770 年。贝多芬的音乐就是黑格尔代表的时代精神在音乐中的体现。黑格尔以集大成的方式完成了德国古典哲学从小意志向大意志的回归，而贝多芬则把德国古典音乐推向了发展的顶峰。所谓小意志就是思考的意志（判断力），而大意志就是神的意志，在中国文化的背景中，就是上天的意志（简称"天志"）。德国古典哲学是以基督教为背景发展出来的。基督教通过基督的中介作用实现了神人合一。这种神人合一的精神在黑格尔中获得了哲学上的表达。推动黑格尔哲学的就是以大小意志的"二力同一"为本质的"精神意志"。[①] 天志统一世界，判断力统

[①] 参见《太极之音》，第 561 页。

一概念；二者共同构成的精神意志将世界统一在概念中。但精神意志在黑格尔哲学中只是以幕后推动者的方式发挥作用，仿佛概念仅仅是由自身的内在矛盾推动向前发展的，所以，黑格尔的概念辩证法是偏向阴性（偏向对象而非意志）的太极思维。① 然而音乐本质上就是意志的艺术（心的艺术）。② 黑格尔代表的时代精神一旦体现在音乐中，隐藏在幕后的精神意志就会凸显出来，通过乐音的运动引导人心，将自己扩展为天志、判断力和人心的"三力同一"，使贝多芬可以通过人心的感受展开对世界的无言之思。在黑格尔中，概念通过自我否定不断发展变化，而贝多芬音乐的主题同样通过否定和变奏来发展。在贝多芬的音乐中，如同在黑格尔的哲学中，精神意志事先预设了自身为一切发展变化的统一者，通过主题的不断变奏来展开其贯穿始终的作用，直至通过音乐的发展完整地展示自身。所以，正如阿多诺早已指出的，贝多芬的音乐和黑格尔的哲学相似，同样以整体性为根本特征，其音乐的局部只有在整体中才有意义，而其音乐发展的主要方式就是否定和展开的变奏。

贝多芬突出并发展了隐藏在**黑格尔**这个哲学位置中的精神意志，将**黑格尔**偏向阴性的太极思维转化成了偏向阳性的太极思维，从而和**尼采**发生了精神上的超前关联。③ 从世界哲学史的内在逻辑来说，**尼采**的强力意志就是以**黑格尔**的精神意志为背景（吸收人心后）发展出来的。所以，贝多芬和**尼采**发生了深度契合，超前地吸收了**尼采**的强力意志。不论从个人气质还是从其音乐来看，贝多芬都表现出了强力意志的品格。罗曼·罗兰早已向我们揭示了这点：

> 贝多芬赞美力量，他甚至倾向于过高评价力量：Kraft

---

① 参见《太极之音》，第570页。
② 参见《太极之音》第三讲《生命与音乐》。
③ 这里把哲学家的名字变成黑体，用来指称其所代表的哲学位置（参见前文《太极之用心》）。哲学位置来自世界哲学史的内在逻辑，具有从太极而来的先天性。**尼采**虽然后于**黑格尔**，但**黑格尔**的时代可以超前地和**尼采**发生精神上的关联。关于**黑格尔**，参见《太极之音》，第560—571页；关于**尼采**，参见第581—589页。

über alles！（德文：力量高于一切！）他身上有点尼采的超人味道，而且早在尼采之前。如果说他能做到十分慷慨，这也是因为他的天性如此，是因为他很乐于把他赢来的战利品大方地赐与"急需救济的朋友们"。但他同时也能很无情，欠缺细致周到的考虑。我指的不是他大发起脾气来谁都不放在眼里，甚至不是指他无视比他低下的人；而是指他时时声称自己具有更强者的美德——Faustrecht（德文：使用拳头的权利，指用暴力维护自身权益），并说："力量就是那些出类拔萃者的美德，即它是我的美德。"①

傅雷也曾经如此评论：

> 音乐家，光是做一个音乐家，就需要有对一个意念集中注意的力，需要西方人特有的那种控制与行动的铁腕；因为音乐是动的构造，所有的部分都得同时抓握。他的心灵必须在静止（immobilité）中作疾如闪电的动作。清明的目光，紧张的意志，全部的精神都该超临在整个梦境之上。那么，在这一点上，把思想抓握得如是紧密，如是恒久，如是超人式的，恐怕没有一个音乐家可和贝多芬相比。因为没有一个音乐家有他那样坚强的力。②

但这并不意味着意志越强大的人就越能创造伟大的音乐。音乐不仅需要意志对乐音的强有力的把握，还需要对乐音进行种种微妙深刻的发展变化的能力，而**黑格尔**的辩证思维在音乐中恰好就表现为这种能力。贝多芬的天性结合了强力意志和用音乐展开辩证思维的能力，仿佛将**尼采**和**黑格尔**结合在一起，以自我增强的意志不断推动乐音进行辩证的发展，成为历史上最伟大的"音乐思想家"。

---

① ［法］罗曼·罗兰：《罗曼·罗兰音乐散文集》，冷杉、代红译，中国文联出版公司 1999 年，第 249 页。

② ［法］罗曼·罗兰：《贝多芬传》，傅雷译，团结出版社 2020 年版，第 93 页。

然而**尼采**和**黑格尔**并不能融洽地结合在一起，因为**尼采**是通过批判基督教建立起强力意志的，而**黑格尔**却把基督教的精神实现在哲学中。作为**黑格尔**在音乐中的体现，贝多芬保留了基督教的精神，这种精神意味着人和神必须通过基督的中介才能实现合一，而**尼采**的强力意志却直接让人心和天志同一，否定了天人的距离，否定了上天在良心中对人的呼唤（**尼采**因而批判道德和基督教）。[①]贝多芬必须清除强力意志中的反基督因素，才能将**黑格尔**的时代精神实现在音乐中，这就是贝多芬的特殊天命。这种天命迫使贝多芬倾尽心力来聆听上天（神）在良心中的无声呼唤，彻底排除人的判断力对这种聆听的干扰，将强力意志中的反基督因素作为和"神言"对立的"人言"加以拒绝。强力意志首先内化在身体中，然后外化到心来发挥作用，所以尼采因为强力意志复杂的发展过程而承受了巨大的身体灾难。[②] 相似地，贝多芬对强力意志的改造也伴随着身体的灾难，而作为音乐家，这种灾难集中地表现为不停的耳鸣和听力的逐渐丧失。很多人认为失聪使贝多芬可以仅仅聆听自己的内在声音，不理会外界的嘈杂，其音乐感受变得更加纯粹。这是有道理的，但不够全面。贝多芬需要用尽心力聆听的首先是上天的无声呼唤，而任何人言都是对这种聆听的干扰。曾经有医学家指出过分专注的聆听导致贝多芬耳道充血，听力衰退而最终失聪。普通人过分专注的聆听不见得会导致这种后果，但承受了特殊天命的贝多芬却必然如此。贝多芬不仅是虔诚的基督徒，而且是最善于默默地聆听"神言"的人。他曾在给友人的信中说"你相信吗：当神明和我说话时，我是想着一架神圣的提琴，而写下它所告诉我的一切？"[③]来自上天的无声呼唤使贝多芬可以更好地通过音乐来展开对超越事物的无言之思，将**黑格尔**的时代精神以最强有力的方式展现出来。

---

① 参见《太极之音》，第 582—583 页。贝多芬的"三力同一"因而和**尼采**的"三力同一"有所不同（保留了天志和人心的距离）。
② 参见《太极之音》，第 588 页。
③ ［法］罗曼·罗兰：《贝多芬传》，第 81 页。

二、钢琴奏鸣曲——思想的火花

贝多芬的听力衰退在其音乐生涯的早期就已经开始了。根据贝多芬自己的描述,听力衰退的征兆大约是从1798年(28岁)开始显现的。由此引发的痛苦、思考和超越在他第二年创作的第8号钢琴奏鸣曲《悲怆》中有所表达。这部奏鸣曲分为三个乐章。第一乐章以格调沉重的引子开始,接着转化为轻快的主题,隐含着希望,再转化为热情的奋进和欢歌,虽然沉重的格调有时会再现,但很快又被勇往直前的欢乐奋进所代替。第二乐章缓慢地展开,反思人生的痛苦,但并不是很沉重,而是冷静地审视痛苦,将之转化为可以仔细品味的生命内容。这是哲学家式的态度,不是和痛苦搏斗,也不是逃避或悲叹,而是如同观看悲剧一般静静地品味,在品味中超越了痛苦,仿佛不再是自己的痛苦。第三乐章重新恢复了欢快乐观的情调,但经过对痛苦的反思,欢乐的奋进已经变成沉着有力的欢乐,痛苦合理化为欢乐的伙伴,融合成沉稳地前进的有力步伐。整首乐曲仿佛从少年的乐天到青年的反思和成年的成熟,在很短的时间内浓缩了人生的成长过程。痛苦使人成熟。音乐述说着人生。

所谓奏鸣曲就是用一到两件乐器,通过多乐章结构(一般是三个)和主题的不断变奏来展开音乐的意境。钢琴奏鸣曲就是钢琴的独奏。钢琴音域宽广,音量宏大,音色丰富,还可以弹奏和弦,其演奏效果如同一个乐队。更重要的是,钢琴和拉弦乐器的表现力有非常不同的品质。拉弦乐器的演奏者以身心合一的方式产生在时间中绵延的乐音,可以直接契合生命回旋运动的感性,最能展现人心的丰富内容。反之,钢琴产生的乐音是离散地跳跃的,可以直接契合逻各斯的理性时间,同时其乐音序列的流动性特别强,能够从超越生命的角度展示思想自身的运动。所以,钢琴奏鸣曲很适合于展示超越生命的无言之思,而贝多芬的钢琴奏鸣曲正是这种无言之思的记录。它们不是直接反映**黑格尔**的哲学体系,而是以**黑格尔**式的辩证思维观察和思考人生,是贝多芬的生命历程爆发出来的思想火花。

在创作《悲怆》之后两年(1801年),贝多芬阴暗的生活照进了一丝曙光。他在给朋友韦格勒的信中说："如今的变化，是一个亲爱的、可人的姑娘促成的；她爱我，我也爱她；这是两年来我重又遇到的幸福的日子；也是我第一次觉得婚姻可能给人幸福。"①这个姑娘就是贝多芬的钢琴学生朱丽埃塔·圭恰迪妮（Giulietta Guicciardi）。然而，听力的衰退导致贝多芬的演奏收入减少，以致他要苦等数年才能攒到足够的钱结婚。16 岁的朱丽埃塔却等不及了，两年后就嫁给了一个伯爵，一个业余水平的音乐家、奶油小生和纨绔子弟。贝多芬为这段痛苦的爱情留下了不朽的杰作——题献给朱丽埃塔的第 14 号钢琴奏鸣曲《月光》（《月光》的标题是后人加的。贝多芬只是说它"如同幻想曲"）。和一般奏鸣曲三个乐章的快、慢、快展开方式不同，这首奏鸣曲的第一乐章是深沉的慢板，极为深沉的孤独，仿佛灵魂在夜空中展开了幻想的翅膀（这或许是月光印象的来源），四处飘荡，上下探寻，一度飞升到夜空的最高处，但还是找不到归宿，又缓缓地落回地面。这是贝多芬用钢琴奏出的最独特最杰出的无言之思。虽然资料显示朱丽埃塔是虚荣幼稚的女孩，她却因为激发了这段不朽的音乐而名垂青史。第二乐章开始重新振作，逐渐恢复了方向和力量，缓慢地向前进，一步步走向新的生活，接着就进入第三乐章暴风骤雨似的充满热情的欢乐，流水一般向着未来奋进，将过去完全置之脑后。不管生活有多少痛苦和挫折，崇高的理想永不改变，追求理想的意志永不衰退，这就是贝多芬。结尾之处不断地上升，如同第一乐章那样向天空飞升，但仍然向下回落，将理想扎根在大地上，以坚定的理想主义结束全曲。

正是在给韦格勒的信中，贝多芬写下了流传千古的名言："我要扼住命运的咽喉。它决不能使我完全屈服。"然而，朱丽埃塔的离去和日益严重的耳病严重地摧残了贝多芬的心灵，使其精神近乎崩溃，于 1802 年 10 月写下了一份遗书，注明"等我死后开拆"。贝多芬在遗书中表达了对艺术和人类的热爱，解释了他努力掩饰耳聋的孤僻行为，请求人们的原谅，同时原谅了人们对自己的伤害。

---

① ［法］罗曼·罗兰：《贝多芬传》，第 67 页。

贝多芬说道："在我尚未把我感到的使命全部完成之前，我觉得不能离开这个世界。"但耳病痊愈的希望"好似秋天的树叶摇落枯萎一般，——这希望于我也枯萎死灭了。几乎和我来时一样。——我去了。——即是最大的勇气，——屡次在美妙的夏天支持过我的，它也消逝了"。绝望中的贝多芬向天呼喊："神明啊！你在天上渗透着我的心，你认识它，你知道它对人类抱着热爱，抱着行善的志愿！"这使我们联想起孔子的感慨："知我者其天乎！"（《论语·宪问》）。这是默默聆听上天的无声呼唤，努力实践天命的人才会有的表白。贝多芬还嘱咐其兄弟和弟媳对其遗产"公公平平地分配，和睦相爱，缓急相助"。又进一步嘱咐说："把'德性'教给你们的孩子：使人幸福的是德性而非金钱。这是我的经验之谈。在患难中支持我的是道德。使我不曾自杀的，除了艺术以外也是道德。——别了！相亲相爱吧！"[①] 然而，贝多芬最终没有把这份遗书交给亲人，也没有自杀，所以直到贝多芬去世，人们才在其私人文件中发现了它。显然，在最后关头贝多芬战胜了痛苦和绝望。这种胜利不仅来自他强大的意志，更来自其对艺术和人类无比深厚的热爱。

遗书中的这种情怀在贝多芬创作的两首钢琴奏鸣曲（第17和第23号）中得到了充分的表达。据说当贝多芬的密友申德勒问他这两首奏鸣曲的内容时，贝多芬答道："请你读读莎士比亚的《暴风雨》去吧！"贝多芬在精神危机中（1802年）创作的第17号奏鸣曲具有类似莎士比亚《暴风雨》的戏剧性，被人们称为《暴风雨奏鸣曲》（以下简称《暴风雨》）；战胜危机后（1805年）创作的第23号奏鸣曲则充满了更加乐观的一往无前的精神，被人们称为《热情奏鸣曲》（以下简称《热情》）。《暴风雨》是莎士比亚晚年创作的最后一部作品，讲述的是米兰公爵普洛斯彼罗被篡夺爵位后带着幼女米兰达逃到荒岛，多年后依靠魔法制造了一场暴风雨，掀翻了仇人的船只，但却宽恕了仇人，还促成了米兰达和仇人儿子的婚姻，最终恢复了爵位，返回家园。"人之将死，其言也善。"

---

① ［法］罗曼·罗兰：《贝多芬传》，第53—55页。

莎士比亚的最后作品表现了热爱生活、善良纯洁、化解仇恨、博爱世界的人文主义理想，被称为莎士比亚用诗写成的遗书，而贝多芬的遗书显然和它有精神上的共鸣。

《暴风雨》的第一乐章从温和的序奏直接转向暴风雨的景象，快速流畅华丽，有些地方心情变得沉重，几次陷入胶着和停顿，但每次都能突破障碍，恢复欢快和乐观。这种暴风雨并不可怕，因为其中不仅有坚强的意志，还隐含善良、纯洁、博爱和宽恕，不是复仇的烈火，而是暴风雨中的人性颂歌。第二乐章进入断断续续的散漫沉思，以温和宽大的心胸反思所有发生的事情，探索前进的方向，寻求和解的可能。第三乐章恢复了流畅、轻松和欢快，但不是孤立意志的自得其乐，而是几个意志相互共鸣而爆发出来的欢乐，障碍克服，问题解决，皆大欢喜；后半部分转向温柔的华丽，有点女性味道、爱情味道，和暴风雨的节奏相互交织，最终以弱音结束全曲，暗示爱的柔和力量获得了胜利。这首乐曲的三个乐章都是以弱音结束，和暴风雨的意象正好相反，暗示了化干戈为玉帛的意义。

三年之后，贝多芬不仅战胜了精神危机，而且还爱上了匈牙利贵族小姐特蕾丝·布伦斯威克（Therese Brunsvik）。特蕾丝从小就向贝多芬学习钢琴，早就偷偷爱上了他，但直到这个时期两人才真正相爱起来。这是贝多芬最接近成功的一次爱情。经特蕾丝的哥哥弗兰茨的同意，两人终于订了婚。平时粗暴如狮子的贝多芬也开始变得彬彬有礼，善于忍耐，讲究衣着。"猛狮在恋爱中：它的利爪藏起来了。"[1] 命运第一次对贝多芬露出了灿烂的笑容。这个时期创作的第四交响曲、第四钢琴协奏曲和小提琴协奏曲无不充满了柔和的情调。但钢琴奏鸣曲更适合于表现对生命的反思和超越。也许因为这个缘故，贝多芬在该时期创作的《热情》充满了不断向前开创的意志。爱是生命之源。爱情不仅是柔情蜜意，还蕴含生生不息的活力。从深刻的爱情产生的不是肤浅平庸、随波逐流的欲望，而是从事伟大事业、破旧立新、改天换地的热情。《热情》的第一乐章也是从温和的序奏开始，接着忽然转向勇往直前的热情，与温

---

[1] ［法］罗曼·罗兰：《贝多芬传》，第20页。

和的旋律交替出现，不断交织，仿佛恋人含情的目光激发出了自己的雄心壮志和行动力，其最后的激情则仿佛在向恋人许诺：放心吧！我必定会做出伟大的事业来！第二乐章的慢板则是热情告一段落后的休养生息，在柔和宽广的心胸中展望着美好的未来，这种未来不仅是事业上的，同时也是"我们"的未来。第三乐章恢复了热情的奋进，而且加倍高涨，如同休养生息后恢复了全部精力的野马，不顾一切地向前飞奔，理想已经不遥远，努力再努力，就一定能实现！飞奔最终变成了狂奔。这是贝多芬最乐观最自信乃至于忘乎所以的美丽瞬间。也许因为这部奏鸣曲更多地展现了从事伟业的雄心壮志，而不是隐藏在背后的爱情，贝多芬把它题献给了特蕾丝的哥哥弗兰茨。

在《暴风雨》和《热情》之间（1803年），贝多芬还创作了一部被人们称为《黎明》的第21号钢琴奏鸣曲，展现了大自然的生生不息。我们不妨认为正是这种生生不息在《热情》中转化成了意志永不止息的努力。其第一乐章以蠢蠢欲动的节奏开始，仿佛黎明正在到来，自然正在苏醒，万物开始欢欣鼓舞，很快汇合出一阵阵喜悦的浪潮，这是大自然的生生不息，是万类霜天竞自由的无边喜悦。第二乐章是安静的慢板，幽静深远，漫无目标的思考，从容自在，沉浸在自我中，但不是意志主体，而是融入无边的自然，同时隐含了精神萌芽的自我。自然中隐含的精神萌芽在第三乐章中破土而出，在清晨的阳光下开始了新的生活，灿烂的日出带来了积极活动的欲望，生命从自然绽出，有了自己的目的，而自然则相对地成为其活动的背景。[1] 后半部分如同行云流水，顺自然而行动，但意志时不时地彰显其主导作用，二者相互交织，最后忽然加快，意志更为主动，热情洋溢地在自然中活动。自然的生生不息最终被转化成了意志活动的热情。自然其实就是太极阴阳交合孕育出来的宇宙生命。[2] 在《热情》中，从自然而来的生生不息被特蕾丝的爱情催化，在贝多芬的精神意志中爆发成了不可遏止的热情奋进。这

---

[1] 参见《太极之音》第七讲《天地与万物》第三节"日月运行　天地开合"。
[2] 参见《太极之音》，第152、364页。

种热情奋进并不是单纯的不顾一切向前冲的欲望，而是有着从自然和太极而来的深刻基础。

三、小提琴奏鸣曲——阴阳的辩证法

小提琴奏鸣曲不是独奏，而是由钢琴来伴奏（其地位逐渐升高，直至变成和小提琴同等重要，互相衬托，互相协作）。小提琴非常适合表现细腻缠绵的情感，比较偏向阴性，如果缺乏阳刚力量的激发，就不容易对主题进行充分的发展和变化，而钢琴则富于超越生命的力量，恰好可以和小提琴形成阴阳对比。二者的配合可以很好地表达两种对立事物的沟通、交流、和谐、矛盾、冲突、和解等阴阳辩证关系。贝多芬创作的小提琴奏鸣曲中，最著名的是《春天奏鸣曲》（以下简称《春天》1800年）和《克鲁采奏鸣曲》（以下简称《克鲁采》，1802—1803年）。1800年听力衰退的征兆才刚刚出现。贝多芬仍然相信有痊愈的可能，对生活和爱情充满美好的向往。《春天》反映了这种美好的向往，因此小提琴和钢琴的关系非常和谐，自始至终保持了平衡。

《春天》的第一乐章以轻松的心情开始，钢琴和小提琴互相模仿，互相应答，仿佛初恋的少男少女，整个身心充满了春天的盎然生机。春天正是阴阳开始互相感应、互相吸引的时候，充满生生不息的情意，正所谓"春情萌发"是也。[①] 进入第二乐章，钢琴展开了轻柔浪漫的情调，小提琴则委婉地含情脉脉地述说，仿佛少女在娇羞地回应着情人的关怀。浪漫是钢琴的特长，因为浪漫意味着对生命的自由超越。钢琴以其浪漫情调陪伴多情的小提琴，共同沉浸在如胶似漆的缠绵中。最后，钢琴和小提琴在轻柔的相互应和中完全融为一体。第三乐章转向活泼欢快的游戏和追逐，但非常短暂，很快就过渡到第四乐章。钢琴和小提琴开始轮流歌唱，交替引领对方，不仅相互模仿，而且还相互衬托和转化对方，共同深化主题，结合为不可分割的整体，实现了阴阳有差异的同一，展示了太极思维的完整形式。

奏鸣曲通常用三个乐章来实现正反合（阳阴合）的太极发展

[①] 参见《太极之音》，第356页。

模式。但《春天》却打破常规地用了四个乐章。这种安排其实是合理的。第一乐章展现了钢琴和小提琴的相互吸引，第二乐章自然地将它们融为一体，已经实现了"阳阴合"的意义，所以贝多芬用短暂的游戏和追逐来转化前两个乐章，由此过渡到第四乐章更高意义上的"合"，实现了"起承转合"的原始意义节奏。① 其实只有第一乐章才真正有春天的气息。整首乐曲展现的是太极阴阳合一的意义，亦即爱的内涵。这个时候贝多芬还没有经历失恋的痛苦，因此这种展现纯朴天真、美丽可爱，难怪《春天》刚问世就大受欢迎，长演不衰。

完成《春天》之后，贝多芬就从朱丽埃塔·圭恰迪妮经受了爱的欢乐和痛苦。这个时期创作的《克鲁采》展现了小提琴和钢琴之间更加复杂深刻的关系（《克鲁采》之名来自小提琴家克鲁采。贝多芬最终把这部技巧登峰造极、一般提琴手难以把握的作品题献给他）。我们不妨从爱的欢乐和痛苦来理解这部复杂的作品。第一乐章以小提琴苦涩的倾述开始。钢琴则沉重地回应。两者艰难地沟通，既相互模仿又相互冲突。主题就在这种高度紧张的状态中起伏不定地发展，仿佛恋人之间纠缠不清的复杂关系。第二乐章发生了戏剧性的转变：钢琴冷静而内疚地道歉，小提琴也有些伤感和后悔，以柔情安慰钢琴；钢琴笑逐颜开，反过来开导小提琴；后者的心情随之变得开朗，甚至得意地撒起娇来，显得特别可爱（这里显然有朱丽埃塔这个"小妖精"的影子②）。后半部分进入喃喃的情话，朴实无华，但比热烈的山盟海誓更为可靠。进入第三乐章，钢琴和小提琴热烈欢快地携手前进，互相模仿，互相追逐，但小提琴更加调皮一些，钢琴则快乐地尾随，形影不离，既和谐又充满了生机。作为爱情的"过来人"，贝多芬在《克鲁采》中深化了阴阳的辩证法。但即使尝到了爱的痛苦，《克鲁采》仍然从痛苦中转化出了欢乐。爱的理想依然引导着贝多芬的人生道路。

---

① "起承转合"的意义节奏直接发源于生命回旋运动的四个环节，在诗歌和音乐中都有表现。参见《太极之音》第二讲《生命与诗歌》和第三讲《生命与音乐》。

② 罗曼·罗兰说，1801年底朱丽埃塔"这位可爱的女孩，这个小妖精"完全攫住了贝多芬的心。《罗曼·罗兰音乐散文集》，第265页。

四、小提琴协奏曲——爱的理想

和小提琴奏鸣曲不同,小提琴协奏曲不是用钢琴而是用整个管弦乐队来伴奏。前面曾经指出,弦乐能够直接契合生命回旋运动的感性,展现人心的丰富内容。但人的生命不是相互孤立,而是在世界中相互开放的。通过对有用之物的言谈,生命回旋运动相互开放,人们才建立起了行动的世界,并进一步通过良心的呼唤敞开敬拜的世界;良心呼唤人们返回共同的意志之根,开启了情感的交流,因此敬拜的世界同时也是情感的世界。[①] 弦乐合奏能够整合人们的生命回旋运动,在行动的世界基础上敞开情感的世界。管乐器通过按孔或按键产生的乐音序列有一定离散性,但同时又可以通过气息来绵延某个音符。所以,管乐既能像弦乐那样表现情感,又能超越缠绵的情感,通过响亮的富于穿透力的音色突出意志对生命的超越(这是为什么军乐队主要依靠管乐。气的威力就是天志的物化[②])。管乐和弦乐的合奏将情感的世界向敬拜的方向提升,让情感有根有基,富于社会性和历史性。管弦乐队中的打击乐(主要是鼓)则有增强气势,渲染气氛的作用。在弦乐器中,小提琴最能展现细腻缠绵的情感。小提琴协奏曲以管弦乐队敞开的情感的世界为基础,进一步凸显温柔、细腻、缠绵、思念、愉悦、忧郁、悲伤等非常精细入微的情感,因而特别适合于表现深刻的爱情(中国著名的小提琴协奏曲《梁祝》就是一个范例)。

贝多芬一生只写了一部小提琴协奏曲,作于 1806 年,亦即和特蕾丝·布伦斯威克热恋期间。特蕾丝是贝多芬最出色的学生,其精神气质和贝多芬相互共鸣。也许由于财产和地位等各种原因,贝多芬最终未能与特蕾丝结合,但两人始终深深地相爱。这部作品把特蕾丝激发的爱的理想永远留在了音乐中。第一乐章从定音鼓开始,有点类似第五交响曲中的命运敲门声,但很轻柔,是平行而非下行的音阶,象征美好的而非压迫人的命运。在鼓声和管乐的引导下,乐队敞开了情感的世界,奏出了表现爱的理想的主题,并加以

---

① 参见《太极之音》第十讲《语言与世界》,以及前文《太极之运作》。
② 参见《太极之音》,第 176 页。

深化之后,小提琴才开始缓缓地进入,细腻地展开了爱的柔情。小提琴的抒情特别优雅,柔和纯净,充满了理想主义的光辉。乐队营造的深厚的情感世界使小提琴旖旎婉转的柔情有根有基。小提琴和乐队互相增强,将爱的主题一次次地展开和深化,使爱的理想更加坚定不移。最后的华彩乐段留给小提琴演奏者自由发挥,从理想转化出更具体生动的情感内容。

进入第二乐章,乐队轻柔地展开了梦幻般的情感世界。在管乐的引导下,小提琴让超越生命的至深情感缓缓地流泻出来。第一乐章中的细腻柔情在这里被深化,将心扉彻底向爱人敞开,毫无保留地献出自己,在情感中完全与爱人合一。这种梦幻的情感其实很实在,因为爱情是自满自足的,不需要其他事物来证明其真实性。其中还隐隐地含有怜惜之情,仿佛在用宽大有力的臂膀将爱人轻轻抱在怀中,当成最珍贵的东西来爱护。这里没有任何外在之物,只有最内在最纯粹的情感,除了爱人之外别无他物,但爱人并不是他人,而是最真实的我自己……这种完全认同爱人的情感甚至已经无法用"我爱你"来表达。音乐超越了语言,说出了不可说之物。

进入第三乐章,小提琴奏出了轻快的旋律,心情愉悦,和乐队一起不断地将它展开,从梦幻般的深情重新回到和爱人愉快相处的日常生活。最后的华彩乐段对愉悦的心情展开变奏,展望未来的美好生活,在乐队强有力的支持下结束了全曲。这部宏大的协奏曲展现了没有戏剧性冲突的理想爱情,但并不让人感到厌倦,这是小说之类的客观艺术无法做到的,显示了音乐作为"心的艺术"的独特魅力。但也许因为其深刻的内涵超越了人们的日常情感,其初演并不成功,直至贝多芬逝世后这部作品才逐渐获得人们的认可,今天已经位列世界四大小提琴协奏曲之首,被称为"小提琴协奏曲之王"。

贝多芬展示的这种爱的理想令人吃惊,因为它超越了**黑格尔**的时代,直接指向**太极易**对爱情的认识——爱就是在异性身上体会最真实的我自己,这是阴阳合一的太极在**太极易**时代才达到的自我认识。① 当

---

① **太极易**是世界哲学史的最后位置,对应人类走向大同的时代。《太极之音》是发展**太极易**的初步尝试。参见《太极之音》,第608—617、688页,以及前文《太极之用心》。

然，贝多芬没有解释这部协奏曲的内容。以上的分析只是我从音乐本身体会到的（读者可以自己听，自己体会，自己判断）。但有证据表明这种体会和贝多芬的思想是契合的。

五、三封情书——永恒的爱人

贝多芬逝世之后，人们不但在其私人文件中发现了遗书，还发现了三封没有寄出的情书，没有收信者姓名，有日期但没有年份（日期分别是7月6日早晨，7月6日傍晚，7月7日早晨）。第一封情书以下面的句子开头：

> 我的天使，我的一切，我的我。

"我的我"是非常令人震惊的爱情表白，是我们在任何其他情书中都找不到的。从贝多芬对爱情的态度及其人品来看，这并非夸张的词句，而是贝多芬的真实感受。罗曼·罗兰如此描述贝多芬：

> 韦格勒说，他从没见过贝多芬不抱着一股剧烈的热情。这些爱情似乎永远是非常纯洁的。热情与欢娱之间毫无连带关系。现代的人们把这两者混为一谈，实在是他们全不知道何谓热情，也不知道热情之如何难得。贝多芬的心灵里多少有些清教徒气息；粗野的谈吐与思想，他是厌恶的；他对于爱情的神圣抱着毫无假借的观念。据说他不能原谅莫扎特，因为他不惜屈辱自己的天才去写《唐·璜》。[①] 他的密友申德勒确言"他一生保着童贞，从未有何缺德需要忏悔"。这样的一个人是生来受爱情的欺骗，做爱情的牺牲品的。他的确如此。他不断地钟情，如醉如狂般颠倒，他不断地梦想着幸福，然而立刻幻灭，随后是悲苦的煎熬。[②]

[①] 唐·璜是西方传说中专门诱骗女人的浪荡子，胆大而无耻，诱骗了许多女人后终于被鬼魂拉进地狱。莫扎特曾以之为题材创作了歌剧《唐·璜》。
[②] ［法］罗曼·罗兰：《贝多芬传》，第12页。

贝多芬始终坚持爱的理想，这是不容置疑的。这种理想绝非一般人想象的艺术家对女性的追逐，而是希望和某个女性完全合一的梦想。贝多芬的爱情之路之所以不顺利，除了财产和地位等外在因素，他难以找到有相似理想的女性，不轻易对女人做出承诺，也是一个重要原因。正如格里帕策在贝多芬的悼词中所说："他孑然一身，是因为他找不到另一个自己。"[1]

在第一封信中，贝多芬写道："爱理所当然地要求一切。"爱不是三心二意，不是若即若离，不是感情游戏，更不是相互利用，而是完全的相互归属，相互献身。贝多芬在信中安慰恋人不要哀愁，因为很快就能见面，最后写道："我心中有许多要告诉你的东西——啊！——有时我感到语言根本就无能为力——高兴起来吧——永远做我真正、唯一的珍宝，我的一切，正如我是你的一切。其他应有之物神必然会赐予我们。"爱要求一切，同时又要求非常之少；除了所爱之人，爱并不要求别的东西；其他东西都是恩赐，唯有爱自满自足。但这样解释还是有点抽象。在爱的理想面前，语言为自己的苍白而羞愧难当——还是让音乐说话吧！

在第二封信中，贝多芬写道："不论你多么爱我，我对你的爱更多——但不要在我的面前隐藏你自己——晚安——我已经洗过澡，要去睡了——唉，上帝啊！我们相隔这样近！又这样远！我们的爱不正如空中楼阁——如同天国的苍穹那样坚固吗？"贝多芬觉得自己坚持的爱的理想是恋人无法同样达到的——但愿她只是把爱深藏心间而没有完全表露出来！即使你爱我不够深，我的爱也不会因此而减少——这就是男人的品格。贝多芬是纯粹的男人，意志坚定，始终如一。当他的音乐让听众泪流满面时，他却大笑起来："这些傻瓜！……他们不是艺术家。艺术家是用火制成的，他们是不哭泣的。"贝多芬的感情极其深厚，有时甚至非常温柔，但从不软弱。他平生最厌恶女性化的男人。"男人必须在所有事情上都坚

---

[1] ［美］列维斯·洛克伍德：《贝多芬：音乐与人生》，刘小龙译，中央音乐学院出版社2011年版，第161页。

强和勇敢。"① 然而，猛狮虽然吸引女人，有时也会吓跑女人，除非她们有足够宽大的心胸和强大的精神。

在第三封信的开头，贝多芬把对方称为"我的永恒的爱人"。贝多芬写道："我时喜时悲，等待命运的消息，不知它是否会垂青我们。我要么和你生活在一起，要么根本无法生活下去。"爱是一种神秘的命运，因为爱涉及太极如何通过男女的缘分展开历史的进程，隐藏了深不可测的玄机。② 虽然如此，我们唯有相信爱，才能成就爱。不论结果如何，爱都要求永恒，这是爱从太极而来的本质决定的。在信的落款处，贝多芬在自己名字前面加上了这样的修饰语："永远是你的，永远是我的，永远是我们的。"这种非同寻常的表白像"我的我"一样令人震惊。这几乎就是从太极直接涌出的自我表白："永远是阴性，永远是阳性，永远是阴阳合一。"这种表白无法反驳，因为它不是推理，而是从内心最深处涌现的真理，唯有亲身感受者才能默默居住其中。如果没有机会亲身感受，那么就听一听小提琴协奏曲的第二乐章吧！

贝多芬所说的"永恒的爱人"到底是谁？至今仍是未解之谜。贝多芬一生爱过的女人不少，因此人选有好几个，众说纷纭，奇论迭出。但贝多芬必定会为"永恒的爱人"留下伟大的音乐作品，这是比一切间接的考证更强的证据。因此，我认为她最有可能是特蕾丝·布伦斯威克。正是特蕾丝激励贝多芬创作了他一生唯一的小提琴协奏曲，同时期创作的第四钢琴协奏曲和第四交响曲也都渗透了温馨的情感，而《热情》则充满了她激发的雄心壮志。和献给朱丽埃塔的极为深沉孤独的《月光奏鸣曲》不同，这些作品闪耀着爱的理想的纯洁光辉。1816 年贝多芬曾说："当我想到她时，我的心仍和第一天见到她时跳得一样的剧烈。"同年，贝多芬创作了包含六首歌的声乐套曲《致远方的爱人》。这是贝多芬唯一的声乐套曲，显然和小提琴协奏曲一样是受特蕾丝激励而作。贝多芬晚年

---

① ［法］罗曼·罗兰：《罗曼·罗兰音乐散文集》，第 258 页。另参见其《贝多芬传》，第 92 页。
② 参见《太极之音》，第 707 页。

时，还有朋友无意中撞见他抱着特蕾丝的肖像哭泣，高声地自言自语："你这样的美，这样的伟大，和天使一样！"① 特蕾丝则直至临终还深爱着贝多芬。虽然两人被迫放弃了婚约，精神上却始终相连。只有特蕾丝这种杰出的和贝多芬精神共鸣的女性才有可能被贝多芬称为"永恒的爱人"。

不论"永恒的爱人"到底是谁，她都代表了贝多芬一生不懈地追求的爱的理想。这种爱的理想超越了贝多芬的时代，直接指向**太极易**的时代。因此一个更大的谜是——为什么贝多芬能够超前地和**太极易**发生关联？在世界哲学史中，**黑格尔**、**尼采**和**太极易**虽然不相邻，但它们的太极思维刚好构成了"偏阴—偏阳—阴阳合一"的发展过程，形成了**黑格尔—尼采—太极易**的"三连贯运动"。这是世界哲学史隐含的特殊运动。前面已经指出，贝多芬实现了**黑格尔和尼采**的结合，这意味着其天性中隐含阴阳合一的太极思维，直接地指向了**太极易**的时代。今天，西方哲学史已经走向终结，世界哲学的精神正在向中国回转，中国文化复兴的趋势正在形成，我们正在迈向**太极易**的时代。因此，贝多芬坚持的爱的理想并没有过时。相反，正如贝多芬的小提琴协奏曲仍然在世界各地不断地上演，这种爱的理想仍将不断地引导我们，作为贝多芬超前地奏响的太极之音，永远回响在人类历史的长河中。

六、钢琴协奏曲——诗意的世界

小提琴协奏曲是情感的世界绽放的美丽花朵。然而，情感的世界（敬拜的世界）还不是最高层次的世界。在其基础上还可以进一步敞开诗意的世界。诗意的世界是大道通过可说之小道（逻各斯之道）在天地之间敞开的。② 要敞开诗意的世界就必须从大道和小道的角度对情感的世界有所超越。在这方面钢琴有其独到之处。钢琴产生的乐音是离散地跳跃的，可以直接契合逻各斯的运动，从而超越缠绵的情感世界，其宽广的音域和按键方式还使之可以在高音和低音之间自由流畅地升降，而

---

① [法]罗曼·罗兰：《贝多芬传》，第22—23页。
② 参见《太极之音》第十讲《语言与世界》，以及前文《太极之运作》。

高音和低音的对比犹如天空和大地的对比。钢琴可以用行云流水般的自由升降来展示大道和小道在天地之间的运动，从而敞开诗意的世界。如果说小提琴是最富于情感的西洋乐器，那么钢琴就是最富于诗意的西洋乐器。但要敞开诗意的世界，首先必须在行动的世界基础上敞开情感的世界。所以，钢琴要和管弦乐队合作才能将世界的多个层次以完整的方式敞开出来。这就是钢琴协奏曲的魅力所在。贝多芬总共创作了五首钢琴协奏曲，逐步深入地敞开多层次的世界。在前三首钢琴协奏曲中，诗意的世界还一定程度上和情感的世界融合在一起，尚未充分地敞开。因此让我们直接关注第四和第五首钢琴协奏曲。

第四钢琴协奏曲作于 1805—1806 年，亦即贝多芬和特蕾丝热恋时。作为从大道开启的世界，诗意的世界以自然流动和自由自在为主要特性，和浓郁深厚的情感世界有所不同（类似于道家境界和儒家境界的不同）。贝多芬这时正沉浸于浓浓的情感世界中，而开启诗意的世界需要对情感的世界有所超越，用力过猛时就会被后者拉回，以新的方式实现出诗意和情感的结合。这首协奏曲表现的就是这种结合的建立过程。

第一乐章以钢琴奏出的类似命运敲门声的主题开始，轻柔的平行音阶和小提琴协奏曲开头的定音鼓相似，象征美好的而非压迫人的命运。前三首钢琴协奏曲都是从乐队演奏的主题开始，第四协奏曲却突破了这个传统，因为贝多芬急于将钢琴的诗意凸显出来。象征美好命运的四音符平行音阶节奏贯穿整个第一乐章，暗示了诗意具有的爱情背景。乐队奏出了柔和的田园牧歌风味的第二主题，展示着大地上的情感生活。钢琴不断将美好的命运与柔和的情感转化为诗意，以流畅的自由运动飘向诗意的天空，而乐队则不断将它拉回大地上的情感世界。最后钢琴变得有点沉重，在情感的世界中左冲右突，寻找突破口，终于自由流畅地飘升到诗意的天空，然后再次返回情感的世界而结束。

第二乐章是钢琴协奏曲中最奇特的，因为弦乐和钢琴展开了神秘的对话。这个乐章以弦乐齐奏的严肃而沉重的断音开始，和第一乐章以钢琴开始形成对比，仿佛在警告钢琴不要太得意了，过于诗意会脱离情感的世界，生活没有你想象的那么逍遥自在；钢琴小心翼翼地回应；乐队于是变得更加严厉；钢琴尝试为自己辩护，但还没表达完就被弦乐打断；钢琴再次为自己辩护，刚开头就被弦乐打断；然而钢琴还是继续尝试，并且逐渐占了上风；弦乐的断音退化成了模糊的背景。① 钢琴于是开始了大胆的探索，轻飘飘地升上了诗意的天空，激情随着高度上升而加强，但在某个高度卡住，接着忽然出现几次危险的急剧下滑，仿佛即将坠落深渊……钢琴的诗意失去了情感世界的基础，变得很微弱，在乐章末尾几乎消失。贝多芬在乐章末尾标示"尽快进入第三乐章"—钢琴的诗意必须赶快返回情感的世界，否则会有消失的危险！第二乐章可以说是对第一乐章的批判，但批判中包含肯定——黑格尔式的"扬弃"。

第三乐章以乐队奏出的欢乐曲调开始。钢琴在乐队的支持下跳起欢乐的、自由流畅的舞蹈，把诗意和情感以新的更强有力的方式结合起来。在管弦乐的强力支持下，钢琴的舞蹈变得如痴如醉，和乐队一起在情感的世界中尽情狂欢；大道的混沌奔流和强力意志的激情节奏最终融为了一体。我们不要忘了，在尼采之前好多年，贝多芬就已经宣称："我是替人类酿制醇醪的酒神。是我给人以精神上至高的热狂。"②

第五钢琴协奏曲创作于1809年，亦即完成第四钢琴协奏区之后三年。在这三年中贝多芬完成了《命运交响曲》（以下简称《命运》）和《田园交响曲》（以下简称《田园》）的写作，思想和创作技巧都发展到了一个崭新的水平。第五钢琴协奏曲将其技巧发挥到了极致，以最彻底的方式敞开了世界的多层次结构。第一乐章以乐队雄壮的全奏引出了钢琴自由流畅的华丽主题，从敬拜的世界直接开启了诗意的世界。钢琴的诗意和乐队的意志形成对比，但二者

---

① 第二乐章去掉了管乐和定音鼓，用纯粹的弦乐和钢琴对话，这样情感的世界就变得更加内在，和钢琴的超越品格形成了最鲜明的对比。有人认为这段对话描写的是希腊悲剧中奥菲欧到地狱拯救爱妻时和地狱守卫的对话（弦乐沉重的语调代表守卫，钢琴弱小的声音代表奥菲欧）。这种解释被很多人接受，但它不是来自贝多芬，而是后人的附会。

② ［法］罗曼·罗兰：《贝多芬传》，第27页。

互相激发而非互相束缚。管弦乐在行动的世界基础上将敬拜的世界充分敞开后，钢琴再次进入，向诗意的天空飞升，虚无缥缈地在无何有之乡漫游，在天地之间自由升降，上天如大鹏展翅，落地如燕子戏水，展开了庄子式的逍遥游。在乐章的后半部分，钢琴不断地飘向太虚，而强大的乐队则不断将它唤回地上的家园，最后钢琴在乐队的支持下在诗意的天空舞蹈，仿佛芭蕾舞中女演员被男演员托举，在空中展示各种美妙舞姿，然后很自然地落地，与乐队相互唱和，相互交织，以融洽的方式共同敞开了天地之间的世界。

进入第二乐章，乐队缓慢地展开主题，仿佛在思念远方的情人，沉浸在深情柔美的情感世界，引发了钢琴轻柔灵动的下降序列，仿佛从诗意的天空缓缓下降到情感的世界，但思念之情仍然借助钢琴飞上了宽阔辽远的天空，超越了周围的环境，在乐队的支持下，向整个世界敞开了胸怀；这已经不是单纯的情感世界，而是在天地之间敞开的融合了情感和诗意的世界。最后，钢琴仿佛在梦幻中飞往天边，和情人逍遥游荡于远方的天空，将爱的理想和逍遥游的理想结合起来，但情人其实远在天边，这种理想始终只是梦想……钢琴于是渐渐回落到地上的家园，身在此处，心在远方，朦胧中仿佛依稀瞥见了远方的情人……忽然毫不间断地转入第三乐章。贝多芬在这里放弃了乐章终止符，把第二和第三乐章连贯起来演奏，暗示思念之情可以直接转化为坚定的信念。

第三乐章中，钢琴将第二乐章结尾的乐思直接转化为强大的欢乐主题，乐队立刻将其展开，在敬拜的世界中建立起坚定的信念——理想必定能实现！隔阂必定能消除！世界必定能彻底地敞开！在乐队的支持下，钢琴获得了深厚的力量，把诗意建立在情感的世界基础上。钢琴的诗意和乐队的情感开始互相渗透，你中有我，我中有你，而不再仅仅是对立统一。钢琴在乐队支持下向天空飘升，但其精神始终没有脱离大地上的家园；诗意的世界不再虚无缥缈，而是以人在大地上的行动和情感为基础；这是人在天地之间相互合作、情感互通、诗意盎然的生活。最后，在乐队支持下，钢琴在大地上自由盘旋，逐渐趋于静止，忽然急剧地飞向诗意的天空，和乐队一起将世界的三个层次完美地贯通为一体。

在完成第五钢琴协奏曲之后，贝多芬于同年创作了题献给特蕾丝的第 24 号钢琴奏鸣曲，其中没有了距离感，仿佛已经破除世界的隔阂，直接在爱人的心中弹奏神秘的、意义难解的音乐（恐怕只有特蕾丝能理解了！）。这首奏鸣曲可以说是第五钢琴协奏曲的余音。钢琴协奏曲其实不像小提琴协奏曲那样适合于表现爱情，而更适合于表现开启世界的意志和大道（中国著名的钢琴协奏曲《黄河》表现的就是中国人民在天地之间的美好生活和保卫自己家园的强大意志）。贝多芬在第二乐章中只是借思念之情将情感的世界提升到开阔辽远的诗意的天空。第五协奏曲将从第一协奏曲开始的敞开世界的努力推向了顶峰，在理想和现实、空灵和实在、远方和近邻、壮美和柔美之间随意穿梭，真可谓上天入地，自由自在，是贝多芬音乐中少有的隐含中国意境的作品（中国文化最突出的特点就是以大道开启的诗意的世界统一世界其他层次，实现世界最彻底的敞开[①]）。这是为什么贝多芬在第五协奏曲之后不再创作钢琴协奏曲——世界已然彻底地敞开。这部协奏曲本来没有标题，后人因其辉煌的气势而给它《皇帝协奏曲》的标题。很多人把它解释为英雄主义的战斗凯歌，甚至罗曼·罗兰也认为其中听得到军队行进的声音。精神意志的确和摧毁旧世界、建设新世界的力量相通，但仅仅从这方面理解第五协奏曲就会遮蔽了贝多芬达到的诗意的世界。照我看来，这部作品更恰当的名字是《天地人协奏曲》。

贝多芬音乐中的大道因素从何而来？来自西方哲学史的"存在"。所谓"存在"其实就是大道敞开世界的运动，只是因为古希腊哲学从小道出发看大道，把小道的思考和大道敞开世界的运动看成是同一的，因此才用小道进行言说的系词"是"来称呼大道（中国人译为"存在"，暗示大道敞开世界，让一切事物在世界中存在）。[②] "思考与存在同一"构成西方哲学史的真正开端。在**老子**中，大道通过小道诗意的言说解蔽自己，敞开了诗意的世界，而西方哲学从小道出发的立场则把诗意的言说转化成了理性的思考。在

[①] 参见前文《太极之用心》对艺术的讨论。
[②] 参见《太极之音》，第 280—281 页。

黑格尔中，小意志和大意志的同一构成"精神意志"，和"思考与存在同一"的立场相互呼应。① "思考与存在同一"在贝多芬中表现为通过音乐的无言之思敞开世界，但这种世界不是统一在概念思维中，而是统一在钢琴诗意的运动中。**老子**逆大道而行返回大道源头，突出守柔和无为，而**庄子**则顺大道而行，强化了大道对世界的一气贯通，因此第五钢琴协奏曲敞开诗意的世界之方式更接近庄子的逍遥游。这种敞开不仅借助了钢琴自由流畅的升降，还借助了主题的展开和变奏。音乐的主题通常是一个完整的乐句。乐句和语句一样都是逻各斯的运动投射出来的，只是前者投射到乐音，后者投射到词语。乐句一个接一个地涌现就是小道在音乐中运行的结果。乐曲开头的主题不是普通的乐句，而是从整体上揭示世界意义的乐句，相当于存在的初始显露。主题通过展开和变奏来发展，就是大道通过小道的运作不断地解蔽自己，直至完整地展现世界的意义。

如果**黑格尔中**的"思考与存在同一"可以在音乐中转化为诗意的运动，其在诗歌领域中岂不是能够直接转化为诗意的言说？的确如此。这种转化是由黑格尔的同时代人荷尔德林（和黑格尔、贝多芬一样出生于1770年）实现的。荷尔德林的使命就是通过诗意的言说解蔽存在，在天地之间敞开诗意的世界。然而，**黑格尔**中的"思考与存在同一"是和"小意志与大意志同一"密切相关、不可分割的。因此，荷尔德林必须将精神意志吸收到诗意的世界中，转化为后者的构成要素，才能纯粹地实现诗意的言说。荷尔德林于是让大意志（天志）在诗意的世界中出现为"诸神"，同时让小意志（判断力）出现为推动小道诗意地言说的意志，亦即诗人本身的意志。② 小意志和大意志的同一意味着诗人和诸神的默默契合，但诗人其实是栖居天地之间的人类之一，所以诗人同时属于诸神和人类，成为诸神和人类之间的特殊信使，以其勇敢的意志接受诸神的暗示，承受危险的天火、闪电和雷霆，将它们在诗意的世界

---

① 参见《太极之音》，第561页。
② 所谓"诸神"就是语言对原始意志（天志）最早的命名。敬拜的世界最初就是向"诸神"敞开的。参见《太极之音》，第297页。

中柔化，让人类诗意地栖居在诸神面前，天空之下，大地之上。荷尔德林以其独一无二的诗歌道出了诗歌的本质，① 以其诗意的言说解蔽了存在，开启了西方思想从小道向大道的回归，成为海德格尔的先驱。这是**黑格尔**在艺术中被转化而发生的又一奇迹。

但这个奇迹和贝多芬的奇迹一样是有代价的。诗歌不像音乐那样纯粹是意志的艺术，因此荷尔德林并没有直接吸收**尼采**的强力意志。但荷尔德林的小意志通过诗意的言说敞开世界，这种做法和**尼采**后期以判断力为中心统一世界的做法发生了超前的精神关联。正是通过这种超前的关联，荷尔德林中进行言说的小意志才被特别地凸显出来，才能以诗人的身份成为诸神和人类之间的特殊信使，通过诗意的言说去敞开地天神人四方游戏的世界。尼采在其后期思考中把强力意志的中心转移到判断力，借此来重估一切价值，最终实现世界的统一性，导致判断力负荷过重，自我意识崩溃而陷入精神错乱②，在母亲和妹妹的照顾下生活了十一年才逝世。荷尔德林进入诗意的言说之后，其言说的意志也变得越来越紧张，越来越不堪重负而最终崩溃，后来被一个好心的木匠收留，在精神错乱中生活了三十六年才逝世。③ 荷尔德林和尼采、贝多芬一样经历了人生的巨大痛苦。这种痛苦不是个人的悲剧，而是历史的悲剧。历史就是太极通过人类活动将自己实现在世界中的过程。但人类的思考是有限的，必须经过许多阶段的曲折发展，才能最终认识太极，将历史的终极目标实现出来。所以，人类历史的道路充满了荆棘，而那些为我们披荆斩棘，在历史的道路上留下斑斑血迹的开路者，是永远值得我们敬仰、怀念和学习的。

七、交响曲——精神的体系

总的来说，贝多芬的钢琴奏鸣曲、小提琴奏鸣曲、小提琴协奏

---

① ［德］海德格尔：《荷尔德林诗的阐释》，孙周兴译，商务印书馆2014年版。
② 参见《太极之音》，第587页。
③ 荷尔德林精神错乱之后还写了一些诗歌（汇编为《塔楼之诗》）。虽然言说的意志崩溃了，诗人还是可以通过小道的运作从事诗意的言说。然而，这种崩溃使荷尔德林丧失了和大意志的特殊关联。所以《塔楼之诗》不再谈论诸神，而只谈论天地人，其风格变得非常平和、纯朴、宁静。

曲和钢琴协奏曲都是以主题的展开和变奏为主要发展模式，反映了**黑格尔**式的辩证思维，具有很丰富的思想性。但它们并没有在音乐中展开**黑格尔**的哲学体系。**黑格尔**的哲学体系是由隐藏幕后的精神意志推动的，其发展以精神意志敞开的世界为基础，因此最适合它的音乐体裁是管弦乐队演奏的大型音乐套曲，亦即交响曲。交响曲不像协奏曲那样突出某个主奏乐器，而是突出管弦乐队的整体表现能力。当某个主奏乐器被突出时，就会与管弦乐队形成阴阳对立关系，音乐的发展过程会自然地倾向于三乐章的"阳阴合"发展模式。反之，当管弦乐队作为整体承载音乐的发展时，被突出的就是音乐初始意境的不断展开和深化。这种展开和深化具有"起承转合"的原始意义节奏。所以，交响曲自然地倾向于四乐章结构，通常以快速的第一乐章开启全曲的意境，以慢速的第二乐章承接意境，表现深刻的感受，接着以带有舞蹈性的第三乐章转化意境，最后以快速的第四乐章回归到第一乐章去综合全曲。当然，有些特别的意境需要打破这种常规才能更好地实现。

  黑格尔的否定思维使贝多芬的交响曲出现了阳，阴，阳，阴，阳，阴……的阴阳交替发展模式：单号交响曲偏向阳性的意志，因而也偏向意志把握对象形成的总体性，而双号交响曲则偏向对象本身的阴柔和多样性。[①] 这与中国易经哲学的奇数为阳、偶数为阴的太极思维刚好吻合。但阴阳交替只是贝多芬交响曲的总体发展模式。每部交响曲到底要表现什么，是由**黑格尔**哲学体系的发展过程决定的。其体系整体上从"精神现象学"发展到"哲学大全体系"，后者又分为逻辑学、自然哲学和精神哲学三个部分。[②] 因此初看起来，**黑格尔**的哲学体系可以用四部交响曲来逐步展开。但精

---

  ① 贝多芬交响曲的阴阳交替发展模式早已被人们注意到。洛克伍德进一步指出贝多芬的双号交响曲避免用赋格，而单号则相反，因为赋格是单一素材的展开，而双号交响曲包含一个又一个乐思的不断涌现（参见［美］列维斯·洛克伍德：《贝多芬：音乐与人生》，第173页）。赋格其实就是通过意志的推动不断地展开和深化同一个主题，发挥了阳性对阴性的同一作用，而阴性则代表差异性和多样性，所以可以理解为什么贝多芬在单号交响曲用赋格，而双号则不用。太极同于阳而异于阴（参见《太极之音》，第312页）。

  ② 参见《太极之音》，第560—565页。

神哲学思考了人类和历史的发展，包括主观精神、客观精神和绝对精神三个部分，内容最为丰富，适合于用三部交响曲来表现。所以，贝多芬要用六部交响曲才能全面地在音乐中展开黑格尔的哲学体系。这六部交响曲也就是其最有代表性，被人们演奏得最多的第三、第五、第六、第七、第八、第九交响曲，分别对应黑格尔的精神现象学、逻辑学、自然哲学、主观精神、客观精神、绝对精神。

贝多芬的第一和第二交响曲的风格还没有真正超越海顿和莫扎特，虽然已经有深沉的历史感，但思想的表达还不是很明确和系统。从第三交响曲开始，贝多芬才真正发展了属于自己的风格。第三交响曲创作于1803年，也就是贝多芬战胜精神危机之后的那年。这种胜利意味着贝多芬已经接受了自己的天命——将黑格尔的时代精神实现在音乐中。从此，贝多芬开始将精神意志推动的哲学发展过程通过交响曲实现出来。精神意志在黑格尔中只是隐藏幕后的推动者，在贝多芬中却直接站到了世界中心，因此第三交响曲不像精神现象学那样以编织蜘蛛网的方式自我缠绕，而是让精神意志以高昂的姿态站出来，成为征服世界、统一世界的英雄。贝多芬将这部交响曲献给他心目中的英雄拿破仑（后来听说拿破仑称帝的事才将标题改为《英雄交响曲——为纪念一位伟人而作》）。有趣的是，三年之后，黑格尔完成了《精神现象学》的初稿，接着拿破仑就攻占了黑格尔所在的耶拿城；看见拿破仑巡城的黑格尔兴奋地称拿破仑为"马背上的世界精神"。

精神现象学分为"意识""自我意识""理性"三部分，在《英雄》中分别对应第一乐章、第二乐章、第三和第四乐章。[①] 第一乐章展现了英雄征服世界的过程。在精神现象学中，意识必须克服自然的中介性才能把对象意识内化为自我意识，但贝多芬让精神意志站到世界中心，直接凸显其统一世界的作用，因此英雄需要克服的只是客观世界的外在性。第一乐章以坚定的齐奏引出了自信豪迈的主题，仿佛是精神意志的自我宣言，其副部主题则显得轻松自如。精神意志开始作为征服世界的英雄登上了历史舞台，通过波浪

[①] 关于精神现象学三部分的内容，参见《太极之音》，第562—564页。

式的推进不断地增强自己的力量（实现强力意志的自我生成）。英雄的步伐在最后部分稍微碰到了一点阻碍，但英雄却越战越勇。英雄征服世界的过程非常自如，因为世界从一开始就被精神意志预设为属于自己的，只需要不断将其纳入自己的力量范围。在精神现象学中，意识需要反复在主客之间迂回运动才能最终达到自我意识，而《英雄》中的精神意志从一开始就达到了自我意识，征服世界只是其英雄气质势如破竹的释放。第一乐章具有和精神现象学中"意识"部分很不同的精神气质，因为贝多芬已经将**黑格尔**偏向阴性的太极思维转化成了偏向阳性的太极思维。

第二乐章是葬礼进行曲，表现英雄之死和人们的怀念之情。在精神现象学中，自我意识以外化到自然的方式向绝对自我意识上升。但是在第一乐章，精神意志要克服的自然中介性已经被客观世界的外在性代替。因此，第二乐章只需要表现精神意志向客观世界的转化，这种转化相当于精神意志被其阴性对象同化，丧失了主体性，如同英雄的死亡，但是在人们的哀悼和怀念中，英雄的精神被客观化成了人类的精神。这个乐章从沉重的步履开始，如罗曼·罗兰所说，仿佛全人类抬着英雄的棺椁，心情非常沉重。在管乐的引导下，弦乐队回忆起英雄的业绩，哀悼之情变得悲恸欲绝，但接着管乐奏出的明亮音调则仿佛在安慰人类，英雄的伟大事业并没有丧失。管弦乐队一步步地将哀悼和敬仰之情推向高潮，然后进入了凝重的思考，但忽然下定决心化悲痛为力量。管乐将这种力量不断提升和扩展，使精神意志不再仅仅属于英雄，而是属于全人类。但弦乐还是深沉有力地展示了人类的困境，悲伤的情绪在延续，最后结束在人们断断续续的低泣中。

第三乐章轻松乐观地前进。在精神现象学中，理性确信自己就是一切实在，并开始追求自身的真理。理性在这里对应的是精神意志统一的人类社会。管弦乐奏出强有力的快乐兴奋的音调，仿佛人类社会将自己当成了唯一的现实。自我陶醉的快乐音调表明，社会没有凶恶的外在敌人，也没有意志的自我增强，只有积极乐观的自我确认。最后，精神意志在轻松的节奏中自我凝聚，越来越强大，开始和世界有所对立。精神意志统一的人类社会总的来说还是偏向了主观性。这个矛盾留待第四乐章来解决。

第四乐章的内容复杂多变，和人们期待的英雄式凯旋有所不同，因为它在音乐中展开了理性从精神、宗教到绝对认知的发展过程。这个乐章从雄壮急促的序奏开始，将精神意志引入世界中，但接着慢慢地一点点地前进，不断地扩展，不断汇聚民众的情感，最终演变成万千民众团结起来，共同向前的豪迈之情，从精神意志角度展示了历史地、自然地形成的客观精神（伦理世界）。乐章的后半部分转向优美宁静的柔情，展现道德意识和道德精神，接着变得缓慢深沉，带有一点同情和悲悯的意味，展现了宗教意识的发展，最后重新变得高昂雄壮，从容不迫地向天空上升，仿佛最终实现了天人合一，进入绝对自我意识阶段，然后开始了缓慢的回忆式思考，将之前的一切发展一个音符一个音符地综合起来，忽然间爆发了激昂的战斗旋律，万众一心奋勇向前，但这种战斗很快就结束，因为精神意志已经完全统一了世界，相当于在精神现象学中实现了绝对认知。

第四乐章脱胎于贝多芬 1802 年创作的《普罗米修斯钢琴变奏曲》（以下简称《普罗米修斯》），这是贝多芬在战胜精神危机的过程中创作的。有人因此认为《英雄》的创作开始于第四乐章，甚至将《普罗米修斯》称为《英雄变奏曲》。普罗米修斯是为人类盗来天火的英雄。贝多芬战胜精神危机的方式就是彻底接受耳病无法痊愈的事实，为实现艺术的天命完全献身，将来自上天的默默的"神言"带给人类。贝多芬以这种特殊的方式实现了"神人合一"。这种英雄气质将精神意志直接凸显在世界中心，使之从一开始就达到了自我意识，甚至达到了"神人合一"的绝对自我意识。因此不难理解为什么《普罗米修斯》会成为《英雄》第四乐章的创作基础。

《英雄》的规模史无前例地庞大，只有贝多芬最后的巅峰之作第九交响曲可以与之相比，因为它系统地展现了精神现象学。**黑格尔哲学发源于精神现象学，其最终的完成则是哲学大全体系。**1804 年，贝多芬刚刚完成《英雄》，就已经在草稿本的末页设计了一部交响曲的初步草案，并最终在 1808 年初完成了它，这就是人们非常熟悉的《命运》。1803年朱丽埃塔离开贝多芬嫁给了一个伯爵，同时贝多芬的耳聋也明显地没有了治愈的希望。命运对贝多芬露出了狰狞的面目，而精神意志所能做的就是奋起反抗。然而1806年贝多芬陷入了和特蕾丝的热恋，甚至订了婚，处于他一生最幸福的时光，因此他中断了刚刚开始创作的《命运》，一口气创作了第四钢琴协奏曲、小提琴协奏曲和一部充满浪漫情调的交响曲，后来编号为第四；构思更早但完成较晚的《命运》则编号为第五。命运的巧合让贝多芬保持了单号交响曲阳刚，双号交响曲阴柔的规律。贝多芬完成《英雄》后立即构思的《命运》显然对应哲学大全体系的第一部分，因此第四交响曲看上去像是一个偶然的插曲，但其实它和第五交响曲有着互相对应的结构，某种意义上构成了《命运》的"阴性版本"。让我们先听听这两部交响曲，看看它们到底有什么异同。

第四交响曲的第一乐章从很轻柔的管乐开始，散发着迷雾般的神秘感，非常不同于贝多芬的其他交响曲。精神意志轻轻地一点点地出现，逐渐地展开，慢慢地生长，仿佛在春天中发芽，又仿佛刚刚从睡梦中醒来，面临神秘莫测但在此刻是幸福的命运。这里贝多芬没有像第四钢琴协奏曲和小提琴协奏曲那样使用平行音阶代表美好的命运，而是用迷雾般的柔情展示命运，显得更有神秘的内涵。忽然间乐声大作，意志变得强大而欢快，仿佛终于凭着自己的力量得到了美好的爱情，陷入意气风发的自我陶醉中。有些地方意志变得有点散漫，但接着又重新凝聚，然后又被柔化，再重新凝聚……意志的舒缓和凝聚交替发生，这是贝多芬在恋人身边的感觉，英雄在美女身边的感觉。

第二乐章缓慢地抒情，意志和柔情变得更加密切了，不再是交替出现，而是开始相互融合。意志已经含有柔情，因而不再刻意地凝聚，有时还变得非常轻柔，如梦如幻，仿佛不敢相信这一切是真的。吸收了柔情的意志不再那么僵硬，而是充满了丰富的感情，虽然还是不断地重新凝聚，但没有变得很强大，而是再次倒回柔情甚至小情趣中，就这样反反复复地运动，最后以富于感情的强力结束。这个乐章表现了强力和柔情的融合，在贝多芬的交响曲中显得非常独特。

第三乐章变得欢快有力，但仍然富于感情，强力中隐含内在的放松，这是强力和柔情不再此起彼伏地发展，而是既融为一体又相对有区别的状态。这种相对的区别最终外化成了管乐和弦乐的反复对话，仿佛是贝多芬不断地追问"你真的爱我吗？"，而特蕾丝则不厌其烦地回答"当然！"。最后还是回到富于感情的强力而结束。

第四乐章变得更加欢快，既有力量又逍遥自在；前进的路上难免有阻碍，但爱人的柔情安慰使这些算不了什么。意志克服世界阻力、统一世界的过程始终有柔情相伴，因此显得轻松自在甚至兴高采烈。后半部分的阻碍开始变大，甚至忽然有了比较大的挫折，但意志仍然坚定自信地前进，再次体会柔情后就干脆有力地结束。

第四交响曲独特的浪漫情调使之被称为《浪漫交响曲》（以下简称《浪漫》）。其面临的神秘而幸福的命运逐渐展开为强力和柔情的结合。第五交响曲面临的却是凶恶的命运，是精神意志必须通过艰苦的努力来战胜和转化的，因此命运的动机贯穿了整部交响曲。精神意志是天志和人的意志的合一，它决定了人的天命。命运外在于精神意志，而天命则内在于精神意志。当命运和天命一致的时候，我们只要顺其自然地跟随命运的脚步，但如果命运和我们在内心最深处感受到的天命不一致，我们就要努力反抗命运，这样才能真正实现天命。贝多芬在战胜精神危机之后已经接受了自己可怕的天命，因此其对命运的反抗不是单纯的自我保护，而是实践其伟大天命的方式。这种实践并不局限于个人，而是可以扩展到民族甚至人类的历史天命。贝多芬之所以在《命运》中吸收了法国大革命时期的音乐风格，就是基于对人类历史天命的默默体会。

《命运》的第一乐章从强大而不吉祥的命运敲门声开始，用四个音符构成的三度下行音阶（3331）代表。这个凶恶的命运动机经过几次变奏，其冲击力不断显露，使本来安详的意志受到了震撼，但是意志对命运的不服气也开始显露。最初还只是普通的交锋，但命运再次敲门，不服气也开始上涨，不过其力量还是比不上命运，直至命运的敲门声发生变调，这时意志真正的搏斗开始了，不能屈服，不能放弃，即使再困难也要坚持住；命运也随之变得更加可怕；意志只能且战且退，然后一次次地反击，慢慢地出现了凯旋的旋律，于是战斗白热化，反击越来越庞大，越来越坚定，越来越有天命的意味；战斗在乐章末尾陷入胶着，命运和意志同样强大，但意志坚定不移，脚步很稳，最后坚定地结束。

第二乐章宽广而缓慢，仿佛是意志在战斗之后的休息和反思。反思逐渐演变为雄壮的音调，但不是和命运搏斗，而只是对天命的充分肯定。意志开始缓慢地转化，仿佛在命运中穿行，逐渐融入命运之中，然后又重新体会自己，再次变得雄壮。命运仿佛已经妥协，允许意志在其中来回穿梭，形成流动的结构。意志通过这种流动的结构逐步把握了命运，将它转化为自己的恰当对象，使自己的力量变得无所不及。意志不再面对凶恶的敌人，而是在休养生息中逐渐地壮大。这个乐章有两个相似的主题：其一宽广安详，代表融入命运的意志；其二则带有英雄性，代表意志本身。乐章通过两个主题的交替变奏来展开，最终将它们密切结合为一体，揭示了意志和命运的融合，亦即天命和命运融合的过程。

第三乐章以两个阴暗的，仿佛一问一答的主题开始，引出了从命运动机变形而来的强有力的新主题。命运主题和两个阴暗的主题交替出现了三次，仿佛命运的力量不断促使这两个阴暗的主题发生变化，直至它们变得清晰起来。接着，低音提琴引导乐队展开了激动人心的快速行进步伐，仿佛在凯旋中前进，但这种行进逐渐变弱后，出现了一长串神秘的音符，用极轻的音量和极为浓缩的方式重复了乐章前面命运主题和两个阴暗主题的交替出现，接着弦乐和定音鼓的晦暗节奏（命运动机）在寂静中从暗到明地不断增强，到达最强顶点时直接进入第四乐章的大爆发。和贝多芬在热恋期间创作的协奏曲相似，命运主题在此乐章中已经变形为象征美好命运的平行音阶（3333），而不再是象征凶恶命运的下行音阶（3331）。这个乐章并不像人们想象的那样是和命运的再次搏斗，而是精神意志通过已经被把握的强大命运去推动事物的发展。

第四乐章从一开始就爆发了精神意志的凯歌，仿佛万千民众正在走向最终的胜利；通过人民的不懈努力，世界获得了新的统一性，实现了人类的历史天命；接着出现了命运的轻柔节奏（平行音阶），很快就转化为人民庆祝胜利的欢呼。这里已经没有可怕的搏斗，因为命运已经被精神意志把握和转化，实现了与天命的合一。最后精神意志从舞蹈性的步伐转化出了坚定、干脆、有力的节奏，宣告自己已经完全统一了世界，结束了战胜和转化命运的全过程。

《浪漫》和《命运》的结构是相互对应的：第一乐章展现阴阳的差异（前者表现为意志的舒缓和凝聚，后者表现为意志和命运的对立）；第二乐章展现阴阳的合一（前者表现为强力和柔情的融合，后者表现为意志和命运的融合）；第三乐章展现阴阳的既分又合、相互应答；第四乐章展现阳吸收阴之后实现的最终统一性。这种对应不是偶然的，而是因为两部交响曲从不同角度反映了同样的太极结构。为了更清楚地看到这点，让我们把这个太极结构说清楚。①

所谓太极就是阴阳合一、生生不息的本源。最初的太极就是乾坤。乾坤阴阳交合，从坤生出了阳象和阴象，接着生成合象，形成了太极全象；太极全象模仿太极，通过阴阳的交错组合，在阴象内生成了八卦；八卦再重复自己的生成，从自身生成了六十四子卦，达到了"象与原象相同"的最高境界，于是太极全象停止生长，从六十四子卦返回八母卦，再从阴象返回太极全象，将太极全象的所有内容统一成整体，构成太极圆象。这就是乾坤生成其混沌无形之自我形象的全过程。这个过程是被太极阳刚之力（乾志）推动的。乾坤接着从自身转生出无形的天地，通过天地的阴阳交合，在地母中孕育出宇宙生命，再让宇宙生命在世界中有限化为个体生命。世界是大道从地敞开的无形大象，其中有无数个体生命，而把握世界的太极阳刚之力就是天志；天志通过人心把握生命，统一世界，最终通过人类的历史活动将太极实现在世界中。天地就是第二

---

① 关于太极的结构，参见《太极之音》第十一讲《论太极》，特别是第364页的二阶太极图，以及前文《太极之运作》。

太极，而乾坤则相对地称为第一太极。

第一太极产生的无形大象虽然很多，但总体上构成太极圆象。第二太极则仅仅产生了世界这样一个容纳一切生命的无形大象。所以，太极圆象和世界相互对应。这说明太极圆象的生成过程和生命在世界中的活动相互对应，前者决定后者的方式就是命运（这种决定受到世界中各种因素的影响）。古人用复杂的筮法来模仿太极圆象的生成过程，最终得到六十四卦中的某一卦，以此来确定人类某次活动的吉凶，就是为了把握人的命运。[①] 推动太极圆象发展的是乾志，推动世界中人类活动的是天志，所以推动命运发展的就是太极的阳刚之力。当命运符合天命时，人只要顺其自然地跟随命运的脚步，但如果命运妨碍了天命，人就应该反抗和转化命运，使之和天命一致，这样才能让太极的意志得到彻底的贯彻，将个人、民族乃至人类的历史天命实现出来。

《浪漫》展现了美好的、不需要反抗的命运。贝多芬正处在热恋之中，因此自然地用第一乐章表现意志的舒缓和凝聚，亦即英雄在美女身边的感觉，对应阳象和阴象的最初生成。第二乐章表现了强力和柔情的融合，对应合象的生成。第三乐章表现贝多芬和特蕾丝既分又合、相互应答，对应阴阳交错组合生成八卦的过程（贝多芬和特蕾丝没有生孩子，否则还可以进一步表现八卦生六十四子卦的过程）。第四乐章表现强力在柔情伴随下实现世界统一性的方式。四个乐章的运动反映了从太极圆象到世界的发展，也就是命运的发展过程（太极圆象的发展是多步骤的，需要三个乐章；世界是单一的，只需要一个乐章）。但这里没有突出太极阳刚之力的推动作用，仿佛命运是自己发展的，因为第四交响曲的太极思维偏向阴性，正好符合贝多芬热恋的心情。

《命运》展现了凶恶的、需要反抗的命运，突出了精神意志把握和转化命运的作用。精神意志隐含了太极的阳刚之力。由于精神意志以命运为阴性对象，二者的关系被自然地用来表现阴阳关系。

[①] 参见《太极之音》，第458—459页。为了讨论音乐，本文对命运做了简化的解释。

第一乐章表现意志和命运的对立，对应阳象和阴象的最初生成。第二乐章表现意志和命运的融合，对应合象的生成。第三乐章以特殊的方式对应阴阳交错组合生成八卦的过程，亦即从两个阴暗主题的一问一答引出命运主题。两个主题一阳一阴，其问答对应阴阳的交错组合，而其阴暗则对应八卦在阴象内部生成的特性。命运主题不断促使这两个主题变得清晰，对应太极全象不断推动八卦成形。接着出现的凯旋步伐对应太极阳刚之力穿透阴象，直接把握阴象内部的八卦，这是精神意志的胜利（因为要穿透阴象进入其阴暗的内部，这种凯旋步伐用低音提琴来引导）。但太极阳刚之力能够直接把握的只是八母卦，通过八母卦才能间接把握它们生成的六十四子卦。① 所以，生成六十四子卦的过程只能用极轻的音量来表现（这是贝多芬用过的最轻的音量!）。六十四子卦的生成过程重复了八卦的生成过程，因此贝多芬用极轻的音量和极为浓缩的方式重复了乐章前面命运主题和两个阴暗主题的交替出现。六十四子卦生成之后，太极全象已经向内发展到顶点，必须从内向外，从底层向高层不断返回自身，将自身的所有内容统一成太极圆象。这个返回过程在贝多芬的无言之思中实现为弦乐和定音鼓的晦暗节奏（命运动机）从暗到明的不断增强，其最强的顶点对应太极圆象的完成——乾志从整体上把握了太极圆象！所以这个最强顶点立刻过渡到第四乐章开头的大爆发——天志从整体上把握了世界！

贝多芬在《命运》中的精神意志已经超越《英雄》，从天志扩展到了乾志，所以可以表现命运的先天发展。但贝多芬是从人类战胜命运的角度描述命运的，所以虽然《命运》的前三章涉及太极在天地人之前的发展（生成混沌无形的自我形象），它们仍然给人以描述人类活动的感觉。《命运》的风格很粗犷，但还不够混沌。西洋乐器在展现混沌无形的事物方面比不上中国乐器（很多古琴曲和古筝曲更能表现混沌无形的境界）。但这不是全部理由。在《浪漫》的开头，贝多芬就用很轻柔的管乐营造了迷雾般的神秘气氛，展现了命运的神秘莫测。《命运》之所以在混沌无形的神秘性

---

① 参见《太极之音》，第 319 页。

方面有所欠缺，主要是因为它从人类战胜命运的角度描述命运。但从结构上来说，贝多芬在创作《浪漫》和《命运》时，其无言之思都受到了命运先天发展过程的引导。特别是《命运》第三乐章以精细入微的方式展现太极生成八卦六十四卦的过程，和中国古人用占卜模仿此过程①有异曲同工之妙。易经时期的古人通过占卜把握命运，而从孔子开始的儒家则更强调天命，所以《浪漫》其实更接近"阴阳和谐，吉无不利"的易经思想，而《命运》则更接近儒家的"敬畏天命"和"知其不可而为之"。

贝多芬的《浪漫》和《命运》之所以能对命运的先天发展有所思考，是因为**黑格尔**在哲学大全体系中将思考范围从第二太极扩展到第一太极，将精神意志从天志扩展到乾志。但**黑格尔**将太极的发展过程转化成了逻辑理念的发展过程，形成了哲学大全体系的第一部分"逻辑学"②。逻辑学把无形大象的运动和逻辑范畴的运动混为一谈。为什么会这样？因为**黑格尔**的精神意志不但吸收了乾志，还吸收了宇宙逻各斯进行思考的意志，即宇宙判断力（宇宙逻各斯是太极发展出来的自我思考，是组织宇宙万物，赋予万物理性秩序的宇宙智慧）。③ 哲学大全体系是**黑格尔**对太极发展过程的完整思考，其第一部分本来应该思考第一太极的发展过程，但**黑格尔**却把它扭曲成了逻辑理念的发展过程。这样做的好处是极大地磨炼和丰富了哲学的逻辑思考，但却混淆了混沌无形的太极发展过程和精细入微的宇宙智慧发展过程。这种毛病在贝多芬这里被克服了。为什么？因为音乐是人心的艺术。贝多芬的精神意志首先吸收了人心，然后从天人合一出发直接扩展到乾志，没有吸收宇宙判断力，所以不会将太极和宇宙智慧混为一谈。**尼采**的强力意志以相似的方式从天志扩展到乾志。所以，贝多芬和**尼采**的强力意志都保持了太极阳刚之力的混沌，其表现就是"酒神精神"。从微观来说，

---

① 参见《太极之音》，第458页。
② 关于**黑格尔**的逻辑学如何思考太极发展过程，参见《太极之音》，第565—567页。
③ 参见《太极之音》，第324、564页。宇宙逻各斯也称为无限逻各斯，宇宙判断力也称为无限判断力。

贝多芬没有展示逻辑范畴复杂精细的发展过程，但从宏观来说，贝多芬展示的太极发展过程比**黑格尔**更恰当，更接近太极的本来真面目。《浪漫》偏向阴性的太极思维，比偏向阳性的《命运》更接近**黑格尔**的风格，但《命运》进一步发展了《英雄》中精神意志统一世界的作用。所以，从精神现象学到逻辑学的发展对应从《英雄》到《命运》的发展，而《浪漫》则可以看成是贝多芬和特蕾丝赐给我们的特殊礼物——来自神秘命运的独一无二的爱情交响曲。

哲学大全体系的第二部分是"自然哲学"。太极阴阳交合孕育出的宇宙生命既有理界（宇宙逻各斯）也有物界（自然）。太极在宇宙逻各斯中实现了自我思考，然后才把自己物化为自然（所以自然具有从宇宙智慧而来的理性秩序）。但**黑格尔**混淆了太极的发展过程和宇宙逻各斯的思考过程，以至于将"太极物化为自然"的过程理解为"逻辑理念外化为自然"的过程。[①] 这是**黑格尔**从逻辑学过渡到自然哲学的方式。然而，贝多芬的精神意志已经清除了宇宙判断力，因此《命运》仅仅展现精神意志如何把握和转化命运，跳过了宇宙逻各斯的思考。所以，下一部交响曲不是把逻辑理念外化为自然，而是把推动命运发展的精神意志外化到自然。英雄在战斗胜利后将其阴性对象从命运转移到自然，在自然中重新发现自己，这是英雄对自然最深切的爱。第六交响曲于是成为贝多芬的田园牧歌；贝多芬称之为《田园交响曲》，并亲自为每个乐章添加标题来突出自然丰富多彩的变化。贝多芬在完成《命运》的同时创作了《田园》，而且将两部交响曲一块儿公演（这是从未有过的举动）。这不是偶然的，因为《田园》就是《命运》的外化，从结构到精神都是相互对应的。

《田园》第一乐章的标题为"初到乡村时的愉快感受"。轻松愉快的主题渐渐地加强。英雄在乡村发现了新天地，空气清新，原野碧绿，与喧闹的城市和硝烟弥漫的战场多么不同！贝多芬在这里

[①] 关于太极物化为自然的过程，参见《太极之音》第十一讲《论太极》第四节"太极生成宇宙"；关于**黑格尔**的自然哲学，参见第567—568页。

放弃了高超的技巧，不厌其烦地重复淳朴的主题，结尾处仿佛隐隐听见了远处溪畔的鸟鸣，为下一乐章埋下了伏笔。和《命运》第一乐章相似，这个乐章展现了意志和阴性对象的差异，但差异不是表现为斗争，而是仿佛初次发现异性之美时的欣喜。①

第二乐章标题为"溪畔景色"。音乐缓缓地流动，仿佛心情放松地在溪边散步，对自然不再仅仅停留在最初的印象，而是深深沉浸其中，和溪流结伴而行，心随流水而走，在岸边的树丛、花草、岩石中轻轻穿行，优哉游哉，仿佛在沉思，但其实又无思无虑。精神意志在自然中找到了可以安居的家园，把自己外化到了自然中。和《命运》第二乐章相似，这个乐章展现了意志和阴性对象的融合。但乐章的最后部分模仿了溪畔的鸟鸣声，长笛柔美地轻声呼叫，木管则明亮地高声回应。"关关雎鸠，在河之洲。"鸟鸣是阴阳的相互应答。这里其实已经超越《命运》第二乐章，如同其第三乐章一样展示阴阳的交错组合。此乐章颇有王维"行至水穷处"的韵味，但王维的精神背景是退隐，而贝多芬的精神背景是战斗——精神意志外化到自然后还是要回归自身的。

第三乐章标题为"乡民欢乐的聚会"。《命运》的第四乐章爆发了精神意志的胜利凯歌，展现人民通过努力统一了世界，实现了历史天命。但《田园》的世界是以自然为背景的，所以民众的胜利欢呼变成了乡民的欢乐舞蹈，气氛越来越热烈，精神越来越高涨，世界越来越成为欢乐的整体，但就在精神上升到最高点时，音乐忽然转静，弦乐由弱至强地营造出乌云聚集的紧张感，开始进入第四乐章"暴风雨"。雷电交加，雨一阵阵地逼近，终于变成瓢泼大雨漫天而下，短笛吹出了疾风的呼啸……但一阵阵的雨逐渐地减弱，雷声渐息，管乐吹出了雨过天晴的空旷音调，开始进入第五乐章"牧歌，暴风雨后欢乐和感恩的心情。"弦乐奏出了优美深情的感恩旋律，感恩的心情越来越强烈，不断向天空上升。精神意志既

---

① 洛克伍德发现，《田园》和《命运》的第一乐章都是后面所有乐章的重要基础，而且二者在长度和形式的均衡比例上有着惊人的相似性（［美］列维斯·洛克伍德：《贝多芬：音乐与人生》，第183页）。两部交响曲都是以第一乐章为基础发展的，因为阳象和阴象是太极初生之象，是太极后来一切发展的基础。

然外化到了自然，其中隐含的天志就表现为雷电风雨的威力，但在欢乐和感恩的心情中，外化到自然的精神意志开始向自身回归，预示了向精神哲学的转化。贝多芬将第三、第四和第五乐章连贯演奏，因为它们都是表现世界的统一性（对应《命运》第四乐章），只是因为世界以自然为背景，才根据自然的变化分为三个乐章。

《田园》不是从自然本身描写自然，而是从人的角度描写自然，因而更接近中国儒家而非道家的境界。贝多芬在乐谱扉页加了说明："情感的体验多于音画。"这一方面是为了避免音乐外在地描绘自然的误解，同时也显露了精神意志的立场。贝多芬的精神意志中不但没有宇宙判断力，也没有宇宙推动力，这两者都属于宇宙生命，而精神意志则直接属于太极本身。所以，贝多芬不像斯宾诺莎等泛神论者那样，将自然看成自我成立的无所不包的实体，而是从热爱自然的角度体会自然，这其实也是我们大多数人体会自然的方式，因为除了某些有泛神论或道家气质的人，很少有人会深入宇宙生命内部去体会其隐幽的内容。然而，宇宙生命是太极孕育出来的；宇宙推动力其实是天志的下属意志；正是天志通过宇宙推动力来推动宇宙万物。这是为什么儒家在心中体会到了宇宙万物是被上天默默推动的，如孔子所说"四时行焉，百物生焉。天何言哉！"（《论语·阳货》）。[①] 贝多芬对神的敬畏和儒家的敬天精神是相似的，所以才会用感恩的心情结束精神意志外化到自然的过程。[②]《田园》因此和**黑格尔**的自然哲学有很大差别。后者详细展开了自然本身的发展过程，但这种展示和逻辑学一样混淆了太极和宇宙智慧，没有恰当地把握太极的物化。相比之下，《田园》展示的自然更接近于太极的物化。当然，贝多芬是从情感的角度展示的。反之，在中国山水画中，自然本身的隐幽之境是最基本的底蕴，甚至中国古典音乐也常常以神秘的方式透露出自然的隐幽之境。中国道家最能体会自然的隐幽，以

---

① 参见《太极之音》，第 163 页。
② 贝多芬对自然的感受含有强烈的宗教因素。他非常爱读且加了注解的一本书是《关于上帝造物在自然与天意的王国中的反映》。参见 [美] 列维斯·洛克伍德：《贝多芬：音乐与人生》，第 181 页。

至中国艺术在这方面的造诣远远超越了西方艺术。虽然如此，《田园》仍然是从情感角度展现自然的最高典范（值得一提的是，贝多芬在完成《田园》的第二年就创作了第五钢琴协奏曲，在天地之间敞开了诗意的世界，从大道角度超越了《田园》的情感世界）。《浪漫》、《命运》和《田园》都以音乐的形式反映了太极的发展过程，而且比**黑格尔**更为恰当地把握了这个过程，这不仅因为贝多芬从精神意志中清除了宇宙判断力，避免了太极和宇宙智慧的混淆，而且还因为他超前地吸收了**太极易**的太极思维。和小提琴协奏曲相似，这三部交响曲同样隐含了贝多芬超前地奏响的太极之音。

从《命运》到《田园》，贝多芬已经在音乐中实现了从逻辑学到自然哲学的发展。**黑格尔**的最后发展是精神哲学。精神哲学论述了外化到自然的逻辑理念如何在人类和历史的发展中回归自身，包括主观精神、客观精神和绝对精神三个部分，① 在贝多芬的音乐中分别对应第七、第八和第九交响曲。《命运》和《田园》都是在1808年创作的。三年之后，亦即1811年的最后几个月，贝多芬产生了新的灵感，先后起草了第七和第八交响曲，还为第九交响曲记录下了一些乐思。② 三部交响曲的灵感纷涌而至，这并非偶然，因为它们本来就是作为整体对应精神哲学的。不过，贝多芬在第二年就完成了第七和第八，而第九则花费了他很多心思，直到十二年之后才完成。也许由于时间的间隔，加上第九的庞大和创新风格，人们通常把第七和第八连在一起，当成孪生兄弟，而把第九当成完全独立的交响曲，但三部交响曲在贝多芬的最初构思中其实是一个整体。③

在《田园》中，外化到自然的精神意志已经开始在欢乐和感恩的心情中向自身回归。因此，第七交响曲直接展示已经成长壮大的主观精神，而不像**黑格尔**那样展开主观精神从自然灵魂到自由精

---

① 关于**黑格尔**的精神哲学，参见《太极之音》，第568—569页。
② 参见百度词条"A大调第七交响曲"。
③ 洛克伍德注意到了三部交响曲在最初构思上的整体性，认为它们形成了"三部曲"。参见［美］列维斯·洛克伍德，《贝多芬：音乐与人生》，第340页。

神（从自然生命到主体）的发展过程。然而，为了让精神意志更好地从热爱自然的情感回归自身，贝多芬违反了常规，把第一乐章的主要地位给予明亮的管乐而非感情丰富的弦乐，还为这个乐章写了很长的引子，长度竟然几乎达到乐章的三分之一！这个引子既展示了力量又展示了柔情，隐隐有《田园》的余音，最后才依依不舍甚至有点偷偷摸摸地（别了啊！田园，原谅我不辞而别……）通过一段从弱到强的过渡转向精神意志本身，进入乐章的主题。接着精神意志热情、平稳、自信地前进，既不沉浸在外界事物中，也没有什么要克服的障碍，只是在丰满的精神状态中自我满足，所以意志坚定但并不僵硬，有张有弛，自由自在。

第二乐章缓慢地展开。弦乐奏出了悲天悯人意味的主题，这是对人类痛苦的同情，但不是从历史的客观角度，也不是从同情他人的角度，而是人类意志的自我同情（因此不像《英雄》的葬礼进行曲那样变化多端）。中段为悲悯之情添加了温暖的色调，仿佛是意志的自我安慰：精神经历痛苦是必需的，痛苦中隐藏着希望。这种人类自我同情和安慰的音乐受到了人们极大的喜爱，以至第七交响曲首演时，第二乐章竟然被听众要求再演一遍，后来更是成为贝多芬交响曲中被单独演奏最多的一个乐章。

第三乐章格调明快，精神意志意气风发地前进，有时沉浸在深情的回顾中，仿佛是第二乐章的回光返照，但接着便转化为深沉有力的决心，完全有信心战胜痛苦，走向更美好的状态；精神意志于是重新变得意气风发。第三乐章的作用就是从深情转向决断，为最后的战斗做好准备。

第四乐章是精神意志的战斗凯歌。乐章从一开始就引入四音符的平行音阶 5555，代表美好的命运，和《命运》中凶恶动机的三度下行音阶（3331）形成对比，而且这种强有力的四音型节奏在乐章中还以五度上行（从 1111 到 5555）的方式重复出现，逆转了凶恶动机的三度下行，说明主观精神已经完全把握了命运，使之成为自己的利器（命运对应**黑格尔**逻辑学中的理念，外化到自然后又在精神中回归自身）。所以这里的战斗是主观的，没有实际对象，只是在体会自己如何战斗——强力意志为自身力量的充沛感到无比快乐,这是战斗者的自我陶醉。四音型节奏不断重复,干脆利落,仿佛豪气冲天的大男孩在幻想的战斗中拼命地挥舞手中的竹剑。最后的战斗变得有点疯狂,四音型节奏变得更加干脆利落,如同快刀斩乱麻,实在是爽快至极。

第七交响曲直接显露了充分发展、自由自在、自我陶醉的主观精神,是精神意志赤裸裸的天真无邪的自我颂歌。到了最后乐章,引子中的自然因素早已消失得无影无踪,第五交响曲中的命运已经被完全吸收进精神意志中,成为后者的战斗节奏,实现了彻底的阴转阳,达到了最纯粹的主观精神。但这种精神是片面的,因为它还缺乏客观内容。所以,第八交响曲就反过来转向客观精神。在**黑格尔**的精神哲学中,客观精神是自由意志在世界中发展出来的客观内容,包括财产、道德行为、家庭、市民社会和国家等多种形式。音乐在这里遇到了很大困难,因为音乐是意志的艺术,而非客观艺术,只能从意志受到外在限制的方式间接地表达其客观内容。所以第八交响曲是贝多芬交响曲中最短小的,其表现的内容十分隐晦,但同时也非常精致。由于不能从意志本身表现意志,无法传达深刻的感受,所以这部交响曲一反常态,四个乐章全部都是快板,没有抒情的慢板乐章。它弱化了贝多芬一贯突出的英雄气息和个性风格,反而有不少古典韵味和精致的情趣,以致很多人认为这是贝多芬的倒退。然而贝多芬却特别喜爱第八交响曲,甚至宣称它比第七交响曲"好得多",令人感到迷惑。但只要我们明白它要通过音乐表现客观精神,就不难理解其与众不同的特点了。

第一乐章从欢快有力的主题开始,仿佛是第七交响曲的余音,接着就出现优美的第二主题,进一步从第七的强力中释放出来,然而意志的欢快和优美很快就遇到了阻碍;意志前进的步伐并没有那么顺利和爽快,而是在限制中不断推进,仿佛努力通过占有外物来实现自己的客观内容。意志始终保持着自信和乐观,但没有了英雄的所向披靡,而是艰难地推进,同时不断地扩展(占有外物须获得社会认可)。在乐章后半部分,意志一次又一次地推进和扩展,仿佛推动沉重之物那样越来越用力,直至开始感到轻松,有了凯歌的意味,最后忽然回到乐章的初始动机而结束(有人认为这是贝多芬的幽默感,其实是暗示意志已经在限制中重获自由,实现了自己的客观内容)。美国指挥家伯恩斯坦曾注意到该乐章力量的不断增强程度是其他交响曲所没有的。这种不断增强正是意志把自己强加于外物时需要的艰难努力。

第二乐章不是通常的慢板而是诙谐的小快板。意志的脚步小巧轻快,甚至夹杂着个人情趣,这不是社会化的意志,而是个人的行动意志,其自由行动好像受到了自愿的束缚,步伐短小轻快而又小心翼翼,仿佛一边行动一边反观自己,完全没有了英雄气质,如同人们自我约束的道德行为。这种道德行为是和强力意志最为相反的客观精神。因此不难理解贝多芬为什么把这个乐章写成其交响曲最短小的乐章,而且完全放弃了激动意志的小号和鼓。木管发出的节奏精准的固定音型被认为是故意模仿新发明的节拍器,其实是为了展现道德行为的自律性。这个古怪的乐章被许多人认为是贝多芬在开自己的玩笑,也有人认为是贝多芬故意突破自己,标新立异,这实在是以小人之心度君子之腹,低估了贝多芬音乐的思想性。

进入第三乐章,意志变得宽广舒缓,不再是个人的行动意志,而是在世界中相互开放和相互限制的意志,相互交织在社会活动中,但贝多芬并不正面地描写这些社会活动,而只是描写意志在活动中的广度和深度(后半部分用管乐进一步拓展了这种广度和深度)。意志在这里走出了主观性,相互依存,相互满足,共同在世界中生活,如同人们在家庭和市民社会中的生活。第三乐章也突破了常规,没有用小步舞曲的轻快节奏,而是用舒缓庄重的宫廷舞步展现家庭的传统纽带,但又将其改写得比较通俗化,甚至出现"走板"段落,变得有点大众化和市井化,暗示了从家庭向市民社会的过渡。有人认为贝多芬是故意开小步舞曲的玩笑,同样是无知之谈。

进入第四乐章,意志重新变得自信而乐观,有力而欢快,轻巧而稳重,有坚定的客观基础,同时又有广度和深度,这是从世界中的共同生活进一步向普遍性上升的意志,亦即通过宪法形成国家的意志。这个乐章综合并提升了前面几个乐章,其后半部分更是将意志在不同维度和层次上的表现以越来越精巧的方式汇总起来，最终在稳定的步伐中前进，如同完全实现了客观内容的精神。整部交响曲最终以一长串主调和声结束，曾被柴科夫斯基认为是贝多芬所有交响乐作品中最杰出的设计。这种精巧的设计以音乐的形式反映了法律的意志在建构国家中的微妙作用。

第八交响曲的精巧不仅是音乐形式上的，而且是思想上的，但这点并没有被人们认识。由于它表现的是客观精神，最缺少贝多芬的性格因素，因而被称为"最不浪漫的交响曲"，成为其交响曲中最不被人们理解的作品——人们不知道它究竟要表达什么，仿佛贝多芬只是在故意创新和开玩笑。比起自我陶醉的第七交响曲，充满弦外之音的第八交响曲确实不那么容易欣赏。音乐中的客观精神无法直接从心中流泻出来，而是需要非常精巧的音乐语言。难怪贝多芬很看重这部不被人理解的作品。当其友人指出这部作品不如其他作品受人欢迎时，贝多芬咆哮地回答："那是因为它比其他作品好得多！"

然而，客观精神和主观精神一样是片面的，所以它们必须过渡到主客体绝对同一的、自我认识、自我显示的绝对精神。在**黑格尔**看来，绝对精神经历了艺术、宗教、哲学三个阶段的发展：在艺术中，神只是以感性的方式显示自己；在宗教中，神通过表象思维（圣父、圣子、圣灵）启示自己；在哲学中，神通过概念思维认识自己，达到了纯粹的自我认识。**黑格尔**因此将哲学置于艺术和宗教之上，当成绝对精神的最高形式。为了在第九交响曲中实现绝对精神，贝多芬必须用三个乐章来分别实现艺术、宗教、哲学，并突出最后乐章至高无上的地位。这种做法实际上保留了艺术的尊严，因为绝对精神的三个发展阶段都在音乐中实现成了艺术，仿佛艺术才是绝对精神的唯一恰当形式。这里出现了一个奇特的现象，就是第一乐章把艺术实现在艺术中，激发了"艺术自我实现"的意义。所以，贝多芬必须在第一乐章之后插入一个乐章来实现这个附加的意义。换句话说，第二乐章应该是第一乐章的自我强化，构成其"加强版"，适合于采用快速的舞曲风格，而通常出现在第二乐章的慢板则被推到了第三乐章的位置上，仿佛第二和第三乐章的位置发生了对调。总之，第九交响曲的四个乐章和绝对精神的对应是：艺术，艺术的自我实现，宗教，哲学。事实上，在宏伟的第一乐章之后出现精神更加高昂的第二乐章并不符合人们的审美习惯，但这是将绝对精神实现在音乐中必须有的安排，否则第一乐章隐含的特殊意义就无法发挥出来了。

然而，如何才能把第四乐章至高无上的地位凸显出来呢？当艺术、宗教、哲学都被实现在音乐中时，它们的地位就变得平等了。不论贝多芬把第四乐章写得如何气势磅礴，规模庞大，它仍然和前三个乐章一样属于音乐这种艺术形式。从**黑格尔**的角度来说，哲学对艺术和宗教的超越在于它摆脱了感性和表象的局限性，发展了概念思维。为了反映哲学的这种超越性，第四乐章不能仅仅展开音乐的无言之思，而必须吸收语言艺术（诗歌），从纯粹的器乐上升到歌唱。贝多芬于是在第四乐章引入大合唱，打破了交响曲作为纯粹器乐曲的传统。这样做不是为了标新立异，而是出于内容的需要。第四乐章和哲学一样直接用语言述说，但仍然是艺术而不是哲学，既维护了艺术的尊严，又在无形中反映了哲学在**黑格尔**中至高无上的地位。①

但第九交响曲到底要表现什么样的思想呢？从**黑格尔**的角度，艺术、宗教和哲学都是神或绝对的自我显示、自我认识。所谓绝对，并不是我们所说的太极，而是太极的延伸及其发展过程（**黑格尔**没有看到太极本身，只看到其发展过程）。② **黑格尔**在逻辑学中把太极的发展过程和宇宙智慧的发展过程混为一谈，但贝多芬避免了这种混淆，在第五交响曲中把它表现为命运的发展过程，亦即人类反抗和转化命运，使命运符合天命的过程。所以对贝多芬来说，要展示绝对精神，就是要展示人类从天命角度对命运的认识。这种认识把命运的悲剧性凸显了出来——太极的发展同时也是从源头的失落，越发展就离源头越远，就越需要从源头获得支持甚至挽

---

① 第九交响曲暗示歌唱的地位比器乐更高，但这并不是贝多芬一贯的立场，而是**黑格尔**的立场在贝多芬最后一部交响曲中的反映。贝多芬之后的德国音乐家瓦格纳进一步发展了第九交响曲的这种暗示，用规模宏大的歌剧将它推向了发展的顶峰。

② 参见《太极之音》，第 564、569 页。

救，才能更好地发展下去。虽然人类的命运本质上是悲剧性的，但其天命就是要在痛苦中超越，最终克服悲剧。人类有两大悲剧：死的悲剧和爱的悲剧。死的悲剧意味着天父地母无法把握人的生命，只能任其从世界脱落；爱的悲剧意味着乾父坤母无法把握其在世界中实现的自我形象（爱情），只能任由男女去冒险。死的悲剧起源于天人之间的先天断裂，而爱的悲剧起源于理想和现实的先天断层（爱的理想来自乾坤的阴阳合一，但只能依靠在天地之间生活的男女来实现）。① 因此，死的悲剧属于第二太极，而爱的悲剧则横跨了第一太极和第二太极。当贝多芬在第九交响曲中展现人对命运悲剧的认识时，其所思的太极发展过程横跨了第一太极和第二太极，因此爱的悲剧被凸显了出来。这种悲剧不仅仅是男女爱情的悲剧，而且是人类大家庭的悲剧，因为太极就是人类的共同父母，但人类不能从男女之爱的本质认识到这点，以致世界各民族难以达到天下一家的境界。爱的理想就是要从男女之爱的完善出发达到天下一家的终极目标，进入普天之下皆是兄弟姐妹的大同世界。② 贝多芬不但把绝对精神实现在音乐中，而且超前地吸收了**太极易**的大同精神，因此第九交响曲成为人类在爱中实现天下一家的欢乐颂歌——这种欢乐并不是肤浅的快乐，而是人类克服爱的悲剧，达到天下一家时的境界。当然，贝多芬不是从哲学而是从音乐角度吸收**太极易**，因此爱的悲剧和克服只是用音乐的无言之思来表达，再从中转化出歌颂欢乐的大合唱。

这种无言之思的基础是第五交响曲中三度下行的命运动机3331，展现的就是命运从第一太极到第二太极的失落。③ **黑格尔**在逻辑学中混淆了第一太极和第二太极，因此《命运》中的失落仿佛仅仅在一个太极内发生。但其精神哲学把逻辑理念发展成人的精

---

① 参见《太极之音》，第511—512、703—704页，以及前文《太极之用心》。

② 参见《太极之音》，第690—694页，以及前文《太极之运作》和《太极之用心》。

③ 第一太极产生了"阳阴合"三个无形大象，而第二太极只产生了"世界"这个无形大象。所以失落的命运最自然的表现方式就是从三个音符的平行音阶下行到一个音符，而美好的命运则用四个音符的平行音阶代表。这种做法贯穿了第四钢琴协奏曲、小提琴协奏曲，直至第五和第七交响曲。

神，将两个太极的区分凸显了出来。所以，当贝多芬从第七交响曲开始展现精神哲学时，失落的距离从三度扩展到了五度。这是为什么第七交响曲的最后乐章以 5555 的平行音阶开始，然后就转化为两个平行音阶的五度跳跃（从 1111 到 5555），暗示主观精神已经克服了失落，把握了命运。五度空间在这里获得了"第一太极和第二太极之断层"的意义。但主观精神缺乏对太极发展过程的认识，因此其乐观其实是盲目的自我陶醉。到了第九交响曲，贝多芬就必须在五度空间中展现太极发展过程的失落和克服。五度空间的高音（4 和 5）自然就代表了第一太极，低音（1 和 2）代表第二太极，而中间音（3）则被二者共享，代表其连接点。第一太极和第二太极的断层（发展过程的失落）就用五度下行和四度下行来代表。整部第九交响曲就是通过五度和四度下行的动机来代表爱的悲剧，通过五度空间中的乐音运动展开悲剧的内涵及其克服，直至《欢乐颂》的主旋律将五度空间完美地统一起来。

  现在就让我们听一听第九交响曲。第一乐章的引子用轻柔的空五度持续音和颤音营造了神秘的气氛，把我们带回混沌无形，惚兮恍兮的第一太极，以此为背景引出了五度和四度下行的动机，其高音极为短促，产生让人心灵颤抖的"发展和失落"感觉，奠定了整部交响曲"悲剧与克服"的基调。这个神秘的开端如同黑云不断凝聚，直至雷鸣般地爆发成富于英雄气质的第一主题，暗示对悲剧的克服开始了。接着，单簧管、双簧管和长笛连续吹出了第二主题，隐隐有《欢乐颂》的气息。乐队不断地发展这种隐隐的欢乐气息，和英雄气质的强力节奏交织进行，直至出现凯歌的音调，但接着被神秘的下行动机打断，暗示人类要获得真正的欢乐就必须克服发展带来的失落。乐队接着重新进入英雄气质和欢乐气息的交织，气氛越来越热烈，欢乐中开始渗入柔情和深情。但这种深度的交织不知不觉地又被拖入沉重甚至达到恐怖程度的下行动机。英雄气质勇敢地反抗这种可怕的失落，在持续不断的鼓声支持下继续前进。欢乐的气氛再次形成，凯歌再次奏响，大提琴的拨弦将英雄气质和欢乐气氛的交织进一步深化，万众欢腾的场面呼之欲出。英雄气质吸收了柔情和深情，成为有深厚感情的力量，但还是逐渐陷入艰难前行的步伐，最终以悲壮的音调结束。第一乐章以极具艺术感染力的方式展现了命运的悲剧和克服，但这种克服不彻底，因为艺术还没有达到自我意识。

第二乐章不是常见的慢板，而是快速的舞曲风格。其开端直接展示了三个由八度下降构成的动机，三个动机之间则构成四度和五度的下行，其总效果就是"失落中隐含回归"（四度和五度下行感觉像失落，八度下降则感觉是回到原来的音）。贝多芬还在其间插入定音鼓的相似动机，暗示了精神意志在克服悲剧中的作用。这种独特的开端展示了第一乐章的"悲剧与克服"达到的自我意识，奠定了"第一乐章加强版"的基调。接着乐队就以兴奋的轻快舞步展开欢乐的气氛，仿佛将第一乐章的步伐自我叠加，把音乐织体从单线变成双线，使之被密集化，让艺术陶醉在其创造欢乐的力量中。鼓声不断地为密集的欢乐步伐助威；欢乐成了英雄气质的展现；失落感似乎已经完全消失。在乐章中段，双簧管和单簧管吹出了类似《欢乐颂》主旋律的主题，其骨干音阶是12345432，暗示从人间出发回归爱的源头，再从源头回到人间，就可以克服断层，实现欢乐（这是艺术的自我意识产生的无言之思）。不同的乐器组合将这个类似《欢乐颂》的轻快主题反复地自由变奏了十六次，万众狂欢的气氛隐隐地准备好要爆发，但乐章开头的三个动机忽然再次出现，提醒了失落的现实。欢乐的气氛于是重新强化自己，乐队再次形成了有感情的力量，但其努力时不时陷入停顿。管乐引导的轻快舞步（艺术创造欢乐的力量）再次发挥作用，不断地加速，终于再次出现欢乐的主题，但还没有来得及展开就忽然以下行五度的音阶结束，暗示向源头的回归还是没能阻挡失落，预示了下一乐章的悲剧情调。虽然艺术达到的自我意识强化了它的认识能力，但它对悲剧的认识还是不够深刻的，其自我陶醉的舞步未免高兴得有点太早了。

第三乐章缓缓地开始了柔美的第一主题，但隐隐有凄凉和悲悯之意，仿佛在体会人类在爱情中的苦难，奠定了整个乐章的悲剧情调。这个主题经过几次变奏展开，接着弦乐奏出了更为凄美和稍微激动的第二主题，仿佛在问上天：为什么相爱的人却无法结合？为什么爱的理想常常被爱的现实摧毁？第二主题的骨干音阶（234243，345354）在五度空间中从低音区到高音区不断升降，但上升是连续的，下降却是不连续的，给人感觉是努力回归爱的源头却无法顺利地从源头返回，而是从源头不断地失落。乐章就在两个主题的交织中不断地发展着爱的悲剧意识。当第二主题以管乐的形式再现时，其思考变得更加宽广，悲剧意识被扩展到了人类的友爱，仿佛在问上天：为什么人类不能相亲相爱，如同大家庭一样生活？在管乐主导下，这种思考的高度和广度不断地拓展，沉浸在天下逐渐融为一体的想象，但这种宽广的沉思最终却引发了铜管吹出的可怕号音，其骨干音阶（114，441，115，555）突出了低音区和高音区的四度和五度距离，强化了断层造成的悲剧感。错愕之余，音乐转回柔美的风格，再次从爱情的悲剧去体会悲剧的起源；这种体会很快就引发铜管再次吹出了可怕的号音；弦乐队忽然间被悲哀彻底浸透，奏出了极为悲悯的沉痛音调。即使再坚强的人，如果真的感受到了这种极度的悲悯也会被深深地打动。这是贝多芬的音乐最催人泪下的地方。也许贝多芬会笑我们是傻瓜，但是说好不哭的他，为什么在晚年抱着特蕾丝的肖像独自哭泣而被朋友撞见？男儿有泪不轻弹，只是未到伤心处，真到伤心处，暴烈的火焰也会被潜然的泪水熄灭，坚硬的花岗岩也会被温柔的山泉浸透。但贝多芬不是为自己伤心，而是为人类爱的悲剧感到痛苦。音乐在清醒的悲剧意识中继续思考，反而开始有了明亮的色彩，仿佛隐隐看到了克服悲剧的希望，最后在轻柔的叹息中结束。相比之下，第七交响曲的慢板只是人类的自我同情和安慰，缺乏发展和失落的悲剧意识，但充满世俗的亲切感，所以深得人们喜爱，经常被单独演奏。第九交响曲的慢板虽然被许多人认为是贝多芬最深刻的抒情，但从未听说它被单独演奏，因为它充满从太极而来的悲剧意识，如果不以前面的乐章甚至之前的交响曲为基础是无法真正理解的。这个乐章在**黑格尔**中对应基督教的表象思维，但贝多芬超前地吸收了**太极易**的时代精神，用爱的悲剧代替死的悲剧，转化了宗教的悲剧意识，其思考虽然只是音乐的无言之思，但已经在内涵上超越了**黑格尔**乃至整个西方哲学史，直接指向人类的未来。

第四乐章以管乐队非常急促、浑浊而强大的合奏开始，仿佛平原上忽然出现了排山倒海地冲过来的巨大洪流，淹没了前三个乐章的一切音调，引出了低音提琴和大提琴齐奏的朗诵般的宣叙调，和管乐的巨大洪流相互呼应，凸显了哲学如同老国王般审视一切的威严（哲学已经化身为提琴的宣叙调，以艺术的形式出现）。这个宣叙调以上行五度开始，然后下降再上升，暗示它可以直接回归源头，从源头出发思考悲剧及其克服，因此和洪流相呼应后就开始出现《欢乐颂》主旋律的影子。这个序奏如同种子浓缩了整个第四乐章的内涵。接着种子开始破土而出：乐队首先回顾了第一乐章的开头（五度和四度下行的动机），但立刻被提琴的宣叙调粗暴地打断。这个宣叙调以七度上行开始，极度否定了失落感（贝多芬在草稿中写道："啊，不，不要这个，要别的，要更愉快的"）。乐队接着奏出第二乐章的欢快音调，但还是被提琴的宣叙调婉言拒绝了（"也不要这个，这个只是戏谑，要更好的，更高尚的"）。这个宣叙调以四度下行开始，不是粗暴的否定，而是温和的提醒。乐队接着奏出第三乐章深沉的悲剧性音调。提琴的宣叙调轻轻地延续这个音调，但接着就高声表示这还不够好（"这还是老样子，太伤感，一定要找出强有力的东西，还是让我自己唱给你听吧，但是要你应和着我"）。管乐于是奏出了《欢乐颂》主旋律的开头。提琴的宣叙调立刻加以肯定（"啊，就是这个，终于找到了"），接着便完整地展示了千呼万唤始出来的《欢乐颂》主题：

| 3 3 4 5 | 5 4 3 2 | 1 1 2 3 | 3 · 2 2 - | 3 3 4 5 | 5 4 3 2 | 1 1 2 3 | 2 · 1 1 - |

| 2 2 3 1 | 2 34 3 1 | 2 34 3 2 | 1 2 5 3 | 3 3 4 5 | 5 4 3 2 | 1 1 2 3 | 2 · 1 1 - |

这个主题从高音区的连续上行和下行开始，引出低音区的连续上行和下行，暗示从爱的源头出发就可以克服断层。第二乐章曾出现类

似的主题，但其骨干音阶是 12345432，暗示从人间出发回归爱的源头即可克服断层，这其实是不够成熟的思想，因为只有依靠从爱的源头而来的力量才能克服断层，将爱的理想实现在世界中。[①] 第三乐章的第二主题追问上天时，其骨干音阶（234243，345354）也是从低音区上升到高音区，虽然上升是连续的，下降却是不连续的，说明不从爱的源头出发就无法克服断层，只能导致发展过程的失落，这是对爱的悲剧更深刻的认识。《欢乐颂》的主题则找到了完全正确的运动，从高音区出发将五度空间完美地统一了起来，展示了爱的悲剧最终被克服，欢乐终于到来的美好意境。

这个美好的永恒主题接着被不断地扩展到其他乐器，从低音提琴、大提琴、中提琴到小提琴，占领完弦乐组之后又继续占领管乐组，接着管乐引导弦乐达成了共识。《欢乐颂》主题逐渐占领整个乐队的过程是富于深意的：弦乐组从低沉到悠扬相当于从大意志出发占有小意志，而管乐组的高亢则超越了弦乐组的感性，将意志从生命带回其超越根基，暗示太极的阳刚之力把握了人的意志，从失落在人间的状态向自身回归，将太极的发展过程统一了起来——这个过程就是克服悲剧，走向欢乐的过程，从**黑格尔**的角度来说，就是绝对精神最终在哲学中完成自身发展的过程。所以，当《欢乐颂》的主题占领了整个乐队，管乐和弦乐达到了共识，音乐的情绪达到最高点时，哲学在音乐中的实现也就完成了。但贝多芬却用一段轻柔的音调作为过渡，忽然间返回乐章开头处的巨大洪流（全乐队合奏），接着立刻引入男中音的宣叙调：

啊！朋友，何必老调重弹！
还是让我们的歌声
汇合成欢乐的合唱吧！

贝多芬在这里不得不引入人声来重新开始乐章，因为虽然前面的提琴宣叙调类似说话，甚至还否定了前面三个乐章，引出了《欢乐

---

① 参见《太极之音》，第 616—617 页。

《颂》歌唱性的主题，但毕竟还是纯粹的器乐，在这点上和前三个乐章没有区别。为了在音乐中凸显哲学对艺术和宗教的超越，必须让音乐真正开口说话，用人声代替提琴的宣叙调，由此引出了《欢乐颂》的大合唱：

> 欢乐女神圣洁美丽，
> 天女仙光照大地！①
> 我们心中充满热情
> 来到你的圣殿里！
> 你的力量能使人们
> 消除一切分歧，
> 在你温柔羽翼下面
> 四海之内皆成兄弟。②
>
> 谁能作个忠实朋友，
> 献出高贵友谊，
> 谁能得到幸福爱情，
> 就和大家来欢聚。
> 真心诚意相亲相爱
> 才能找到知己！
> 假如没有这种心意
> 只好让他去哭泣。
>
> 在这美丽大地上
> 普世众生共欢乐；

---

① 这里引用的是《欢乐颂》的流行中译，但根据原文做了一些改动。译文第一句本来是"欢乐女神圣洁美丽，灿烂光芒照大地"，但原文第一句还包含对女神的描述"极乐仙境的女儿"或"天国的女儿"，在译文中没有体现出来。因此我将第一句改成"欢乐女神圣洁美丽，天女仙光照大地"。

② 这句的流行中译是"在你光辉照耀下面，四海之内皆成兄弟"，这里改成原文直译。

一切人们不论善恶
都蒙自然赐恩泽。
它给我们爱情美酒,
同生共死好朋友;
它让众生共享欢乐
天使也高声同唱歌。

欢乐,好像太阳运行
在那壮丽的天空。
朋友,勇敢地前进,
欢乐,好像英雄上战场。

(重复第一段)

亿万人民团结起来!
大家相亲又相爱!
朋友们,在那天空上,
仁爱的天父看顾我们。①
亿万人民虔诚礼拜,
拜慈爱的天父。
啊,越过星空寻找他,
天父就在那天空上。

(重复第一段)

亿万人民团结起来!
大家相亲又相爱!

---

① 这句的流行中译是"仁爱的上帝看顾我们",而原文直译是"仁爱的天父看顾我们"。改为"天父"不但符合原文意思,而且还契合了中国人对"天父地母"的理解。译文中的"上帝"一律都改成了"天父"。

朋友们，在那天空上，
仁爱的天父看顾我们。
亿万人民团结起来！
大家相亲又相爱！
欢乐女神圣洁美丽，
天女仙光照大地！
欢乐女神圣洁美丽
圣洁美丽！

虽然贝多芬在前面已经用音乐展开了无言之思，但他毕竟不是哲学家也不是诗人，所以当他最终让音乐开口说话时，他没有自创歌词，而是采用了德国诗人席勒的诗歌《致欢乐》的部分章节。贝多芬对《致欢乐》的改造反映了他自己的思想。首先他将标题从《致欢乐》（*An die Freude*）改为《欢乐颂》（*Ode an die Freude*），突出了颂赞欢乐女神之意。在席勒的八节诗歌中，贝多芬只选取了前四节的部分内容，歌颂了欢乐女神、爱情和友谊、天下一家、自然的恩赐、英雄的勇气、仁爱的天父。前四节删去的内容包括自然恩赐的其他描述，以及欢乐在自然中的作用。被整个删去的后四节内容则包括欢乐指引人们追求真理、道德、信仰和天国回报，以及安于贫穷、宽恕仇敌、帮助弱者、信守诺言、等待神的审判等源于《圣经》的教导。贝多芬放弃了这些来自基督教的内容，不是因为他的信仰衰落了[①]，而是为了突出爱的悲剧与克服；这种克服不是通过基督的拯救，而是通过欢乐女神的力量；这种力量终究来自天父的旨意，正是慈爱的天父要通过欢乐女神克服爱的悲剧，将人类团结为大家庭。在这里欢乐女神实际上已经作为圣女代替圣子，获得了在天父和人之间的中介地位。换句话说，欢乐女神就是承受天命的爱的使者，将人类聚拢到其温柔的羽翼下面。《欢乐颂》的主旋律在合唱中反复出现了多次，每次都是歌颂欢乐

---

① 贝多芬晚年创作了大型交响声乐作品《庄严弥撒》，接着立刻创作了第九交响曲。第九交响曲无法表现的基督教内容实际上已经表现在《庄严弥撒》中。

女神（及爱情和友谊）的。乐章前面的无言之思在合唱部分集中落实到了欢乐女神身上。当然，贝多芬没有忘记男人的作用，因此保留了歌颂英雄勇气的章节，接着用一段激动人心的进行曲继续渲染英雄的气质，然后用如醉如狂的激情重复了第一段对欢乐女神的歌颂，接着才转向天父，将敬拜的世界凸显出来，将诗意的世界纳入敬拜的世界，达到了和中国儒家相似的礼乐，但天父不是仅仅由天子来敬拜，而是由亿万人民来敬拜，潜在地实现了礼乐的中西会通，达到了礼乐的最高峰。① 贝多芬还在歌颂天父的过程中插入欢乐女神的颂歌，和"亿万人民团结起来！大家相亲又相爱！"不断穿插演唱，突出了欢乐女神团结亿万人民的作用，最后以再次歌颂欢乐女神而结束。经过贝多芬对席勒诗歌的删改和音乐的安排，《欢乐颂》才真正成了欢乐女神的颂歌，爱的悲剧和克服才被凸显了出来。

《欢乐颂》的合唱结束之后，贝多芬从三度下行过渡到二度下行再过渡到连续上行，最后以 17123455551 的音阶结束整部交响曲，暗示克服失落后，可以从人间出发回归爱的源头，再从源头直接回到人间。前面已经否定了从人间出发的运动，为什么到最后又重新从人间出发？因为《欢乐颂》的乐思已经从爱的源头出发把爱实现在人间，其结果就是人间和源头一样成为爱的开端，构成爱的永恒轮回。② 这个意思潜在地实现在了结尾的音阶中。**黑格尔**在西方哲学史中第一个思考了永恒轮回，但只是表现为理念通过发展回归自身；**尼采**开始将永恒轮回与永恒之爱关联起来③；贝多芬则通过音乐的无言之思把爱的永恒轮回展开在第一太极和第二太极之间，这是贝多芬超前地吸收**尼采**和**太极易**创造出来的奇迹。

虽然贝多芬在《欢乐颂》中删除了《致欢乐》的许多内容，但前者毕竟来自后者。所以我们不能不钦佩席勒在 26 岁时就创作

---

① 关于中西礼乐的共性和差异，参见《太极之音》，第 215—218 页。
② 参见《太极之音》，第 691 页，以及前文《太极之用心》对爱情的论述。
③ 参见《太极之音》，第 587—588 页，以及本书下篇的"尼采的《七印记》（试译）"。在尼采的《查拉图斯特拉如是说》中，《七印记》是从"一切快乐都要求永恒"的思想爆发出来的。《七印记》其实就是尼采版本的《欢乐颂》。

了《致欢乐》这种有崇高意境的诗篇。席勒其实是将**黑格尔**实现在诗歌领域的德国诗人之一。根据《太极之音》，诗意有三种不同来源，从近到远分别是：（1）被自然的涌现推动的生命回旋运动，直接转化为诗境回旋运动①；（2）天志通过人心推动生命回旋，形成诗意的吟唱，开启敬拜的世界②；（3）大道通过小道内化，形成诗意的言说，在天地之间开启诗意的世界。③ 所以，**黑格尔**在诗歌领域中有三条不同的实现途径，分别通过三个德国诗人（歌德、席勒、荷尔德林）实现出来。前面我们已经讨论了与黑格尔和贝多芬同年出生的荷尔德林。席勒比他们年长11岁。歌德则比席勒年长10岁。从歌德、席勒到荷尔德林，诗意从其源泉由近及远地展开，将**黑格尔**实现在诗歌和其他富于诗性的文学作品（如戏剧）中。歌德从理界转向物界，用宇宙推动力代替宇宙判断力，从"太初有言"转向"太初有为"，从自然和人类活动的生生不息出发，将**黑格尔**强调发展和运动的辩证思想展现在诗剧《浮士德》等作品中。人们早已注意到《浮士德》和黑格尔哲学的内在关联，而黑格尔则把歌德当成精神上的先驱和导师，不是偶然。歌德同样超前地吸收了**太极易**的时代精神。④ 其注重自然和人性的倾向使之对中国文化感到很亲切，其诗歌最接近中国诗歌的韵味，⑤ 其世界主义则渗透了天下一家的思想，而《浮士德》结尾的名句"永恒的女性，领我们飞升"表达的就是通过女性之爱克服爱的悲剧。荷尔德林也曾经在其早期代表作《许佩里翁或希腊的隐士》中塑造了狄奥提玛的形象来象征存在（大道），而主人公许佩里翁则企图通过和狄奥提玛的爱实现人与万有的合一，这同样反映了荷尔德

---

① 参见《太极之音》，第32、152—153页。
② 参见《太极之音》，第297页。
③ 参见《太极之音》，第298—301页。
④ 将**黑格尔**实现在艺术中意味着从理界转向物界，与尼采对**黑格尔**的改造相似（参见《太极之音》，第581页）。因此，这种实现可以通过**黑格尔**—尼采—**太极易**的三连贯运动指向**太极易**。贝多芬结合了**黑格尔**和尼采，因此其精神更为纯粹地指向了**太极易**的太极思维。
⑤ 歌德晚年所写的组诗《中德四季晨昏杂咏》直接模仿了中国诗歌的韵味，融入到德国的风格中，特别是其中第八首最接近唐诗的意境。

林超前地吸收到的**太极易**因素。

席勒本质上是吟唱诗人,因此精神现象学统一起来的世界被转化为敬拜的世界,统一在互爱和敬天的情感(敬拜的世界是情感的世界)。席勒也超前地吸收了**太极易**。早在其博士论文中,席勒已经形成了"爱的哲学",认为爱是结合一切的力量,上帝只有在人间的爱中才能体验自身。[①] 这种爱的哲学成为其早期创作的思想基础,首先在1784年的戏剧《阴谋与爱情》中通过斐迪南的言行展示了爱的理想主义及其悲剧性,第二年又在《致欢乐》中进一步升华为人类在爱中达到天下一家的境界。《致欢乐》实现天下一家的方式和中国的礼乐文化相似(欢乐和礼乐的乐相通)。礼乐的目的就是实现人人合一,天人合一,乃至天下一家。[②] 天下一家隐含天父地母和男女之爱的因素,在西方文化的背景中体现为天父通过欢乐女神团结人类,让人类在美好爱情和天下一家的境界中实现欢乐。然而,诗意的吟唱以良心的呼唤为基础,隐含判断力的自我超越,因此席勒的思想以自由为核心。[③] 当他开始在诗歌领域实现哲学大全体系时,其判断力被**黑格尔**的思辨倾向刺激而转向美学研究,[④] 将哲学大全体系通过美学论文、诗歌和戏剧逐步展开,从美的王国走向自由王国,而没有继续发挥爱的哲学和天下一家的思想。事实上,席勒晚年在写给友人的信中表达了对《致欢乐》的不满意,认为它不是一首好诗,仅仅代表其成长过程中一个已经消逝的阶段。虽然如此,当贝多芬在其最后交响曲中引用《致欢乐》时,席勒早期的崇高境界获得了新的生命。

贝多芬和歌德、席勒、荷尔德林的艺术都是**黑格尔**在艺术中

[①] 参见〔德〕吕迪格尔·萨弗兰斯基:《席勒传》,卫茂平译,人民文学出版社2009年版,第74页。

[②] 参见《太极之音》第八讲《天地与人》第三节"天降礼乐"和第四节"礼俗社会"。

[③] 关于良心的呼唤、判断力和自由三者的关系,参见《太极之音》,第292—296页。

[④] **黑格尔**的思辨倾向将判断力的自我超越凸显了出来,但把**黑格尔**实现在艺术中同时意味着从判断力转向想象力。席勒被拉扯在判断力和想象力(理界和物界)之间,因此自然地通过吸收和改造康德的《判断力批判》来实现其美学研究。

的实现。但实现的方式与**黑格尔**的艺术思想有所不同，因为哲学的立场已经在艺术中被改造，从理界为中心转向物界为中心，获得了不同于**黑格尔**的视角，且不同艺术领域的改造各有特色。① 这些无形的改造纠正了**黑格尔**以理界为中心的偏颇，加上超前地吸收的**太极易**因素，走出了以逻各斯为中心的立场，超越了欧洲中心主义，产生了天下一家的思想，超前地指向了人类文化的未来。特别地，在四位伟大的艺术家中，贝多芬发展了最纯粹、最接近**太极易**立场的理想主义。② 另一方面，在黑格尔之后，马克思在哲学领域中颠倒了黑格尔的唯心主义，突出了物质的社会性和历史作用，超前地预见了人类在文明（经济）方面实现天下大同的终极境界。由此可见，**黑格尔**这个位置隐藏着非常丰富的可能性。**黑格尔**是西方哲学史中视野最宽广、内容最丰富的哲学位置，但被其从理界出发的视角扭曲，所以一旦把出发点从理界转向物界，就能走出这种扭曲，甚至超前地吸收**太极易**的时代精神，直接通向天下大同的境界。

黑格尔之后的哲学放弃了宏大的视野，转向生命的具体现象，从许多不同角度解构了以**黑格尔**为发展顶峰的西方现代哲学，形成了以非理性、生命体验、身体感知、语言游戏、主观性、偶然性、个别性、无目的性、荒诞性甚至虚无主义等为主要标志的"后现代"。后现代是特别多姿多彩的时代，同时也是理想失落的时代。贝多芬的理想主义在**黑格尔**时代就已经超前地跨越了后现代的深谷，直接指向人类的未来，构成从黑格尔到**太极易**的一座空中桥梁。因此，当人类告别后现代，向天下大同的时代前进时，贝多芬的理想主义有着非常重要的意义。要实现中国

---

① 黑格尔在其《美学》中讨论音乐时只字不提贝多芬，而贝多芬唯一提到的哲学家是康德。这并不意味着两人缺乏精神上的关联。这种精神关联不是表面的相似，也不是外在的相互影响，而是同一种精神结构在不同领域中的不同实现，只有从哲学位置出发才能真正把握。

② 四人之中歌德最善于观察和把握客观现实，其理想主义被现实主义所平衡。贝多芬在创作表现客观精神的第八交响曲时遇见了歌德，这实在是机缘成熟、水到渠成的伟大事件。但两个伟人的性情以及在理想和现实之间所持的立场发生了多次碰撞，以致最终不欢而散，未能像歌德和席勒那样成为终身挚友，留下了千古遗憾。

文化复兴，我们必须以中国古代文化为基础吸收西方文化，发展具有世界性的中国文化。但我们应该吸收的不是肤浅平庸的当代西方流行文化，而是西方几千年的历史发展产生的有深刻思想背景的优秀文化，特别是18、19世纪德国古典艺术中以贝多芬为主要代表的理想主义。当我们进入中国文化复兴的时代，从太极出发获得了全面视野的时候，我们难道不可以期待中国音乐家创造出更全面地反映太极发展过程的音乐吗？当代中国乐坛已经吸收了后现代多姿多彩的表现手法，如果再以民族音乐为基础吸收西方古典音乐的表现手法，难道不可以创造出思想更加宏大，全面融合了中西传统的崭新音乐吗？真正的太极之音必然会有一天在中国大地上奏响。当然，我们离这个境界还很远。为了达到它，我们首先要深入挖掘中国民族音乐的传统，同时充分消化和吸收西方古典音乐特别是贝多芬的遗产，否则一切美好想象都只能是空想。

八、尾声

当第九交响曲在维也纳首演时，台上的贝多芬已经完全耳聋，以致结束时完全不知道身后观众的反应，直至身边的女低音歌唱家把贝多芬转向观众，他才看到了万众欢呼的疯狂场面，过后他在后台激动得一度昏厥过去，被抬到朋友家，朦朦胧胧地睡到了第二天早上。然而，第九交响曲只给他带来了50英镑的收入，是英国爱乐协会付给他的酬金。终生被疾病和贫穷困扰的乐圣，到了晚年依然贫病交加。这时候对他最好的事情莫过于身边有一个真心爱他，温柔体贴，能够帮助他和世界沟通的女人，然而早年爱过的女人都已经离去。多少鲜花曾经落入山泉，随着泉水流过巍峨的花岗岩身边，被花岗岩吸引而附着在其周围，但最终还是被流水一一冲走，最后只剩下花岗岩依然屹立水中。贝多芬虽然超前地领悟了爱的悲剧与克服，同时代的女人并没有人达到了同样的爱的理想，因此即使对其"永恒的爱人"贝多芬也直言不讳："不论你多么爱我，我对你的爱更多。"孤独是贝多芬最终的命运。在完成第八交响曲之后三年，贝多芬的弟弟卡尔逝世，弟媳又品行不端，从此贝多芬陷入长达几年的和弟媳争夺侄子监护权的战争，直至筋疲力尽才达到目的。贝多芬深爱这个养子，希望他接受高等教育，成为有品德有前途的人，然而浪荡成性的侄子却极度叛逆，还出入赌场，负债累累，使贝多芬深感痛苦。绝望中贝多芬向天呼喊："噢，神哪！救救我吧！你瞧，我被全人类遗弃，因为我不愿和不义妥协！"① 然而，正是这个贫病交加，完全耳聋，没有妻子儿女，"被全人类遗弃"的孤独音乐家，在第九交响曲中耗尽了最后的热情，极力为人类歌颂欢乐女神，歌颂美好爱情和天下一家……在第九交响曲首演之后三年，贝多芬就在一场大风雪中病逝，终年56岁。侄子不在场。替他合上双眼的是一只陌生的手。

贝多芬属于全人类。没有听过贝多芬的音乐就离开人世的人，可以说是白白生在了贝多芬之后。如果你仅仅希望音乐成为闲暇生活的点缀，那么贝多芬的音乐就不是为你准备的。但如果你心中还燃烧着理想的火苗，如果你仍然在探索生命的真正意义，如果你仍然向往真正的爱情，仍然关心人类历史的过去和未来，那么贝多芬的音乐就一定不会让你失望，因为这位伟大的音乐先知早已骄傲地向人类宣称：

"音乐是比一切智慧一切哲学更高的启示。"

"谁能悟透我音乐的意义，便能超脱常人无以振拔的苦难。"

---

① [法]罗曼·罗兰：《贝多芬传》，第35页。

告别后现代

我们今天所处的时代在大众和哲学家眼中有两副不同的面孔。在大多数人看来，我们毫无疑问生活在"现代社会"。然而，在许多哲学家眼中，我们早已进入"后现代社会"，其主要特征就是对从启蒙运动开始，以追求理性、真理、客观性和普遍性为主要标志的"现代"的反叛。后现代文化以推崇非理性、生命体验、身体感知、语言游戏、主观性、偶然性、个别性、无目的性、荒诞性甚至虚无主义为主要标志。这些特点并非哲学家们的虚构，而是深深地渗透在当代西方文化中，并且用很短的时间就同样渗透了当代中国文化。一方面，现代文明将社会越来越牢固地束缚在从科学技术派生的"科学的世界观"和"技术崇拜"中。另一方面，后现代文化却以离经叛道的方式将大众从理性、真理、客观性和普遍性的家园中驱逐出来，通过感觉化、身体化、碎片化、符号化、景观化、虚拟化、娱乐化等方式制造一种不同于传统"现代"的精神氛围。然而，后现代文化对现代的精神反叛并没有改变"科学的世界观"和"技术崇拜"对人们现实生活的统治，反而与这些现代派生物和谐共存，甚至相互促进、相互强化，构成了今天这个时代奇怪的双面性。

要理解这种奇怪的双面性，首先要明白"科学的世界观"和"技术崇拜"如何改造了古代世界。古代世界统一于人们共同敬拜的神圣者（如西方的神、中国的天），其中出现的自然万物充满神圣的光辉和美好的诗意，在神圣者的默默推动下生生不息，将人们引向敬畏神圣者、合乎自然目的性的生活。古代的世界是神圣而诗意的。然而，现代科学抛开自然万物在人类世界中的意义，把万物简化为客观存在的，按其自身规律运动的宇宙物质。这里我们必须严格区分宇宙和世界：宇宙是客观存在的、自我封闭的物质体系，而世界则是人在其中生活的、有自身统一性的敞开域，所以宇宙和世界完全是两回事。万物一方面作为物质属于宇宙，另一方面又作为有意义的自然现象出现在世界中。古代突出的是后者，而现代则反过来突出前者。现代科学只理解宇宙而不理解人生活的世界，因此把世界混同于宇宙，形成所谓的"科学的世界观"。世界的意义来自神圣者的观照和自然万物隐含的诗意。但在科学的目光中，世界也是物质体系，是客观宇宙的极小一部分。科学抛开意义来研究自然万物，把它们简化成可以通过计算、推理和实验来把握的宇宙物质，并且认为人在世界中的一切活动都可以像研究自然科学那样去研究。从科学角度理解的世界因此从根本上是一个无意义的世界。"科学的世界观"剥夺了世界的意义，无形中为虚无主义提供了生长的温床。这里的问题并不在于科学本身。现代科学揭示了人和宇宙的客观的、现实的关联，为人类理解宇宙的起源和发展做出了巨大的贡献，但"科学的世界观"从宇宙的客观角度出发解释世界，遮蔽了世界的意义，这是许多科学家所始料不及的。

和现代科学密不可分的是现代技术。现代技术将宇宙推动力释放出来，使之成为推动世界运转的巨大力量。所谓宇宙推动力就是统一和推动物质宇宙的无形力量，其在物质中的表现就是能量。[①]现代技术看上去和古代技术一样是为了完善人的生活发展出来的，但它通过计算和控制将宇宙推动力系统地、无止境地释放出来，而不像古代技术那样通过人力顺其自然地利用自然力。当世界被看成宇宙的一部分时，技术释放的宇宙推动力自然而然地成为推动和统一世界的无形力量。世界不再是围绕神圣者的意志建立起来，而是围绕技术统治世界的力量建立起来。人类在世界中的生活不再是为了实现历史天命，而是为了实现技术对世界的终极统治。在技术的强大威力面前，人类丧失了天人合一的骄傲，不再默默地聆听上天在人心中的无声呼唤，而是聆听技术向人发出的无声命令。当生活因为技术的进步变得越来越方便的时候，生活本身却变得越来越被

[①] 参见《太极之音》，第109、330页。

动。为了生活在技术统治的世界中，人们被迫将自己塑造成符合技术统治的具有种种"功能"的"人力资源"，和其他人的相似"功能"展开无休止的竞争，随时面临被世界淘汰的危险。现代人的"功能"实际上是物质功能的延伸，本质上是可以量化的。现代人的人性于是被各种量化指标所规定，丧失了人性的完整和尊严（现代教育的目的不是培养人性最丰富最优秀的人，而是功能最强的人）。被技术统治的世界是非人性化的世界。这里的问题同样不在于技术本身。现代技术帮助人类更好地从大地获得有用之物，在摆脱贫穷、战胜疾病、减轻劳动负担等许多方面做出了巨大贡献，但技术释放的宇宙推动力无形中成为统治世界的力量，导致世界的非人性化，这是许多从事技术的人不曾预料甚至不曾思考过的问题。

　　现代人的"功能"既然是物质功能的延伸，它就不仅是可以量化的，而且原则上可以被物质的功能取代。人工智能使技术获得了智性的功能，大大强化和扩展了技术对人类生活的帮助，但与此同时，人工智能逐步朝向全面代替人类的方向发展，甚至出现了所谓的"机器人"，使人类面临被机器人淘汰的危险。"机器人"其实根本不是人，而是具有和人相似的某些功能的智能工作机器。然而，当人被狭隘地从"功能"理解时，人和机器的界限开始变得模糊。机器不再仅仅为人工作，而是开始和人争夺天下。现在已经有了"机器人棋手""机器人服务员""机器人歌手"，甚至开始出现"机器人妻子"。当"机器人"在文化活动中出现时，这种根本没有心的机器将使文化活动丧失人心和超越根源的关系，成为纯粹外在的模仿，完全丧失文化从超越根源揭示生命和世界意义的作用。人机混同的世界将是人的超越根源被完全遮蔽的无意义世界，尽管"机器人"对人的模仿和功能上的超越会制造出文化繁荣的虚假印象。更有甚者，将来"机器人"在各方面的功能都超过人类时，人类必然要被"机器人"淘汰，不但在工作岗位上，而且在友谊、爱情和家庭中都有可能被淘汰。总有一天，我们会宁愿要机器人朋友或伴侣，因为其"功能"更好，更可靠，还可以随着技术的进步不断升级，甚至有一天我们将无法从外表分辨出和我们打交道的是人还是机器。具有讽刺意味的是,"我们"本身将在人机混同的时代被逐步淘汰,因为人的"功能"并不像机器那样可靠而且可以无限改进。

现代人陷入的这种困境来自一个根本的错误,就是把人仅仅当成完成某种功能的东西。人的确可以在环境中做事,完成某种功能,但这不过是人性的一个方面,而且不是最主要的方面。不管多么高级的机器都不过是机器,是根本没有生活处境,没有感受,没有心灵,没有思想的,只是"看上去"好像有而已。[1] 由于我们只能从他人在环境中所做的种种事情"看出"其感受、心灵和思想,因此,能够做类似事情的机器就有可能被当成也是"人"。然而人的来源何等高贵!人设计和制造出来的机器完全无法与人相提并论。人是从父母生出的,从更根本的意义上说,是从阴阳合一的太极(乾父坤母,天父地母)生出的。[2] 只有从男女结合生出的才是人,才能感受和实践生命的意义,才能在世界中思考和行动,才能产生深刻优美的文化,才能通过爱情将太极实现在世界中,通过性爱产生后代,通过一代又一代人的努力,在天地之间演出伟大的、最终通向永恒轮回的历史戏剧,开创真正属于人甚至属于超人的时代(超人不是功能更强的人,而是精神更强大、更自由,超然世间,在永恒轮回中从太极本身出发行动的人)。[3] 但今天的人类却不断制造各种机器来模仿人的外表和行为,甚至赋予这些机器只有人才配享有的尊严和权利。问题不在于机器的功能是否可以全面地取代人的功能,问题在于人的本性不在于完成某种功能。历史是太极通过人将自身实现在世界中的过程。如果我们理解这点,我们就会仅仅用机器(包括人工智能)为完善人的生活和实现历史的终极目标服务,而不会盲目地用机器来模仿人的外表和行为(任何机器都不配拥有人的高贵的外表),更不会赋予其根本不配拥有的

---

[1] 关于处境和环境的区别,参见《太极之音》第一讲《论生命》。
[2] 参见《太极之音》第六讲《天地与我》和第十一讲《论太极》的第五节"太极生人"。
[3] 参见《太极之音》第十五讲《论爱情》第二节"爱的理想",以及前文《太极之用心》。

尊严和权利。

后现代文化试图将人类从理性、真理、客观性和普遍性等现代权威下解放出来，这同时意味着从"科学的世界观"和"技术崇拜"等现代派生物中解放出来。然而具有讽刺意味的是，"科学的世界观"和"技术崇拜"对人类生活的统治反而在后现代愈演愈烈。今天，"科学的世界观"对世界意义的消解已经和后现代的虚无主义汇合在一起；以信息技术为核心的高技术正在以最强有力的方式帮助后现代文化实现生活世界的感觉化、身体化、碎片化、符号化、景观化、虚拟化、娱乐化。人们在种种主观体验和瞬间感觉中暂时遗忘了"科学的世界观"塑造的冰冷僵硬的世界图景和"技术崇拜"造成的非人性化世界。但这种精神反叛并没有帮助人类摆脱"科学的世界观"和"技术崇拜"对世界的主宰，反而进一步强化了这种主宰。不管人们如何在后现代的超级娱乐精神中醉生梦死，世界始终有理性和客观的一面，而后现代文化只能以鸵鸟的态度对世界的这一面视而不见，通过片面地突出非理性、主观性、偶然性、荒诞性、无目的性甚至虚无主义来遮蔽它。既然后现代文化无法理解世界理性和客观的一面，世界的这一面就只能由科学来解释，由技术来实现。所以，后现代文化越是激烈地反叛现代，它就越彻底地为"科学的世界观"和"技术崇拜"腾出生长的地盘。毕竟，世界理性和客观的一面是人类无法消解的，只能尝试给予恰当的解释，然而后现代文化却无能于这种解释，因为后现代哲学从根本上就放弃了现代哲学为人类揭示的、能够独立于人而客观存在的宇宙。

世界之所以有理性和客观的一面，是因为世界虽然不同于宇宙，但必须依靠宇宙来维持自身的内容，而宇宙则是有理性和客观性的大生命。[①] 世界中出现的自然万物虽然是人们直接观察到的、被领悟组织的有意义的现象，这些现象却不是来自人的观察和领悟，而是来自客观存在于宇宙中，被宇宙理性组织的万物自身。宇

---

① 宇宙是有理、物、气三界的无限生命，是有限生命的源泉。参见《太极之音》，第 324—327、363—364 页。

宙万物是世界现象的基础，是世界内容的主要来源，而宇宙理性则是人类理性的源泉。然而，正是在人生活的世界中自然万物才显露出它们的意义，因为世界的意义是人类理解一切意义的基础——世界中出现的一切事物的意义都是世界意义的某种具体化。所以，古人首先把万物当成是有意义的，从万物的意义出发把握万物。古人并不去深究万物究竟是如何独立于人客观存在的，因为宇宙万物都被归结为神圣者的创造或生长能力。世界本来就是向神圣者的意志敞开，在神圣者的观照中获得意义的。世界理性的一面于是被归结为神圣者的理性，客观的一面则被归结为神圣者的独立自存。人只要敬畏神圣者，世界的理性和客观的一面就有了保证。[①] 自然万物的意义因此得以在世界中持续地闪耀，其客观存在的特性则隐含在从神圣者而来的意义中，为其意义不断地提供现实基础。

然而，现代哲学从一开始就把人狭隘地理解为纯粹的思考者，将"我思"突出为理解一切事物的出发点，将万物不同于思考者的特性，亦即占有空间（广延）突出为万物最主要的特性，将万物独立于人的客观性单独凸显了出来。现代哲学推崇理性、真理、客观性和普遍性并非偶然，因为宇宙万物是被宇宙理性组织的；人的生命是宇宙生命的有限化，所以人的思考从宇宙理性获得了理性和普遍性，具有天生的追求真理的倾向。人的思考是逻各斯的作为，而宇宙理性就是作为逻各斯源泉的宇宙逻各斯。现代哲学其实就是将宇宙逻各斯"道成肉身"到人的身上，转化为"我思"的结果。[②] 所以，现代哲学追求的真理以符合理性的清晰、明确，以及符合客观现实为根本标志。现代科学以这种真理观为基础对宇宙物质进行研究，获得了巨大的成功，将物质的许多客观特性以理性、实证的方式系统地揭示出来，使现代技术可以通过计算来控制物质的运动，系统地释放宇宙物质的能量。现代科学将组织宇宙的宇宙逻各斯释放到人对世界的理解中，派生出了"科学的世界

---

① 在中国文化的背景中，世界的理性和客观性还从大道获得了保证。大道从天向地，从地向人（世界）运动，和可说之小道互为表里，与儒家敬拜的天一样为世界提供了理性和客观性。

② 参见《太极之音》，第519—520页。

观";现代技术则将宇宙推动力释放到世界的运作中,派生出了"技术崇拜"。科学和技术的合作将"宇宙逻各斯组织宇宙"在世界中实现为"科学的世界观"组织"技术统治的世界"。另外,现代政治还将宇宙逻各斯释放到社会活动中,形成了以普遍理性为基础的法治社会;现代经济则在现代技术的基础上发展出了以机器化大生产为基础的资本主义。总之,现代社会是从宇宙生命的理性和客观性角度组织起来的。世界理性和客观的一面被突出为其主要的、起主导作用的方面,导致世界被片面地理性化和客观化。以现代科学技术和政治经济为主要内容的现代文明于是成为现代文化的主宰,导致现代文化被不断地体制化、工业化、商业化、平民化,逐步丧失了文化独立于文明,直接从人的超越根源获得意义的品格。①

但现代世界并没有从一开始就丧失意义。"科学的世界观"和"技术崇拜"虽然从宇宙的理性和客观性角度改造了古代世界,但世界并没有完全丧失其神圣而有意义的一面,因为现代哲学仍然保留了宇宙逻各斯(从神而来)的神圣性。早期现代哲学的唯理论和经验论以各自的方式保留了宇宙逻各斯的神圣性,从康德到黑格尔的德国古典哲学则进一步实现了从人的意志(通过宇宙逻各斯)向神的意志的回归。② 因此,现代哲学为世界提供了具有理性和客观性的目的和意义。从太极的角度看,宇宙逻各斯并不是独立自存的,而是太极产生出来的自我思考,是宇宙万物最初的意义来源。现代科学抛开万物的目的和意义来研究其客观特性,因此只是以实证的方式发现了宇宙逻各斯组织物质的方式,而不明白物质为什么会有这些特性。③ 但现代哲学却深入宇宙逻各斯的内容,追问宇宙万物乃至人生、社会和历史的为什么。虽然"科学的世界观"和"技术崇拜"随着科学技术的发展不断强化其在人类生活中的统治地位,现代哲学仍然从宇宙逻

---

① 参见《太极之音》,第6页。
② 参见《太极之音》第十三讲《从太极看世界哲学史》。
③ 参见《太极之音》第七讲《天地与万物》第四节"宇宙智慧 科学真理",以及第392页。

各斯出发为一切事物提供了有意义的解释("科学的世界观"和"技术崇拜"并非现代哲学本身的内容,而是从现代科学技术派生出来,被人们心照不宣地拥有的流行观念和信仰)。在现代哲学的集大成者黑格尔包罗万象的体系中,这种解释达到了登峰造极的发展,成就了理想主义的时代精神。"现代"因此是两种因素的平行发展:一方面,"科学的世界观"和"技术崇拜"不断地剥夺世界的意义,将人们的生活纳入技术统治的轨道;另一方面,现代哲学作为时代精神不断地揭示出世界从宇宙逻各斯而来的意义。前者以不断积累和强化的方式发展;后者则在发展到顶峰后迅速地衰落,因为黑格尔之后兴起的"后现代哲学"全面地反叛了现代哲学对理性、真理、客观性和普遍性的推崇。

后现代哲学反叛现代哲学的根本方式就是从客观存在的宇宙转向人的生命在其中相互开放的世界。人通过身体活在世界中,生命在世界中通过言谈相互开放,这本来是人类自然地拥有的默默的自我理解。但只有当世界被从宇宙的角度理性化和客观化到顶点,哲学被迫放弃对宇宙的思考,回归到人在其中生活的世界,从生活现象出发理解世界的时候,也就是当后现代哲学从现象学发源的时候,这种默默的自我理解才第一次在哲学思考中凸显了出来。后现代哲学从生活现象出发重新把握世界,将世界看成是自足的意义领域,揭示了世界如何通过语言自我解释,通过身体自我感知,否定了现代哲学从理性角度提供的具有客观性的世界意义,把意义看成是世界通过语言形成的,可以不断重新解释的,否定了现代哲学以符合理性和客观现实为标准的真理观,从个体生命在世界中的相互开放(交互主体性)出发理解真理,把真理看成人们通过相互沟通达到的同意和共识,否定了现代哲学追求的从宇宙逻各斯而来的普遍性和目的性,反过来推崇个别性和无目的性,把现代哲学对"为什么"的追问转化成了对"如何"的描述和解释,把对"本质"的追问转化成了对"存在"的追问(所谓"本质"就是事物在宇宙逻各斯中的先天定义;所谓"存在"就是世界的敞开,[1] 其

---

[1] 存在其实就是大道敞开世界的运动。参见《太极之音》,第280页。

具体化就是事物在世界中的存在方式）。后现代哲学不再像现代哲学那样从宇宙理解世界，而是反过来从世界理解宇宙，将普遍理性转化为沟通理性，将客观性转化为交互主体性的构造，从而消解了宇宙的理性和客观性。虽然后现代哲学有许多不同形态，但所有后现代哲学都无一例外地放弃了宇宙逻各斯，斩断了人的有限逻各斯和其无限源泉的关联，以致有限逻各斯无法再从宇宙逻各斯获得理性和客观性，而只能从它所组织的、相互开放的个体生命（归根结底是从人的生活世界）出发理解一切事物，将一切事物（包括宇宙万物）都当成世界现象来对待，付诸人们在交往和沟通中永远不断更新的解释活动。后现代哲学因此隐含了真理和意义的相对主义，其极端形式就是虚无主义。

后现代哲学突出了万物在世界中出现为现象的方式，却丧失了对万物客观性的正面把握。因此，后现代哲学只能把科学当成人类解释世界的一种方式，无法真正说明为什么科学能够从理性出发揭示（可通过实验证实的）物质运动的客观规律。后现代哲学只能解释科学作为人类活动的"如何"，无法解释科学成果的"为什么"。它否定了现代哲学对宇宙客观性的理解，却没有建立新的更合理的理解，而是从世界角度转化和消解了宇宙的客观性。后现代哲学对技术问题的追问也是从世界（存在）出发，揭示技术对世界的统治如何遮蔽了世界（存在）的意义，扭曲了人在世界中的生活，破坏了人与自然的和谐，却无法说明为什么现代技术能够以如此高效的方式释放宇宙的能量，控制物质的运动。和科学的情形相似，后现代哲学只能解释技术作为人类活动的"如何"，无法解释技术之有效性的"为什么"，因为它根本就没有把握客观存在的宇宙，对宇宙逻各斯和宇宙物质的关系一无所知。

后现代哲学放弃了形而上学对"为什么"的追问，但这种追问是人类无法放弃的。太极在宇宙逻各斯中对自身的发展预先做了思考，然后才将自己物化成宇宙万物，为万物乃至人类、社会和历史提供了目的性。人的逻各斯就是宇宙逻各斯的有限化，所以人类永远都会追问一切事物的"为什么"。这种追问在西方哲学史中意味着从"存在"（世界的敞开）转向"宇宙逻各斯"。这种转向最初在古希腊实现为从苏格拉底到亚里士多德的发展（宇宙逻各斯被把握为理性神），在现代哲学中则以主客对立的方式重新开始，经过莱布尼茨的"充足理由律"（没有任何事物是无理由的），最终在黑格尔中发展出了（从宇宙逻各斯的理念出发）全面解释一切事物之"为什么"的哲学大全体系。从"存在"向"宇宙逻各斯"的转向丧失了前苏格拉底哲学对"存在"的原始视野，引起了后现代哲学对形而上学的彻底批判。后现代哲学从"宇宙"到"世界"（存在），从"为什么"到"如何"的反运动逆转了形而上学的历史发展。这种反运动将人的生活世界从宇宙的理性和客观性中解放出来，突出了世界意义的自足性，恢复了前苏格拉底哲学对存在的原始视野，但同时也丧失了形而上学从宇宙理性出发为世界提供的具有客观性的目的和意义。

后现代哲学放弃了"为什么"的问题，为人类思考留下了一个它永远无法填补的空白，成为其致命伤。另一方面，现代科学从正面研究了万物的客观性，揭示了宇宙逻各斯组织宇宙物质的方式（最集中地体现在物理学揭示的物质运动规律中）。科学其实并没有揭示宇宙万物的"为什么"，因为科学抛开了万物的意义和目的性，仅仅以实证的方式把握万物的运动。但科学从时空角度揭示了万物相互作用的方式，为万物现象的"为什么"提供了一种平面化的解释，使得科学可以将一种物理现象（根据物质运动的规律）归因于之前的某些物理现象。这种平面化的解释并没有从超越物质的层次把握万物的"为什么"，但它可以局部地满足人的理性，并且通过科学实验和现代技术不断展现其客观有效性。虽然它只是在同一个平面上不断地转移问题，但其解释的范围却不断地扩展。对普通民众来说，科学的解释就是可以信赖的权威解释，而科学的发展又是无止境的。所以，在现代哲学对"为什么"的解释已经被后现代哲学否定，而后者又无法提供新解释的情况下，科学就当仁不让地代替哲学扮演了回答"为什么"的角色，为宇宙乃至世界提供了一种虽然平面化但在具体内容上越来越全面的解释。"科学的世界观"于是在后现代取代现代哲学，成为人类理解世界理性和客观一面的主要方式。后现代哲学越是激烈地否定现代哲学对

"为什么"的解释，留下的空白就越需要"科学的世界观"来填补。这就是为什么在后现代，"科学的世界观"不但没有被消解，反而不断地被强化的原因。反之，"科学的世界观"越是流行，就越是激发后现代文化来与之对抗，使后现代文化在非理性和主观性方面越走越远，这样世界的理性和客观的一面就越加需要科学来解释，"科学的世界观"也就因此变得更加强有力。

后现代哲学对现代哲学的反叛同样强化了"技术崇拜"的统治地位。现代哲学从诞生之初就与基督教有密切的关系，从人的思考出发不断将基督教的神哲学化，成为理性可以把握的概念，最终在德国古典哲学中实现了从人的小意志向神的大意志的回归。相对于基督教而言，神的理性化实际上是一种贬低，但对于哲学而言，神的理性化使哲学和基督教保持了密切的关系。然而，后现代哲学将世界的统一性片面地归结到敞开世界的"存在"，更具体地说就是归结到人在世界中的共在，遮蔽了神圣者的意志统一世界的作用。当神圣者的意志被遮蔽，技术释放的宇宙推动力就填补了这个空白，通过"技术崇拜"取代神圣者的意志，将世界统一在技术的力量中。如果说现代社会中"敬拜的世界"已经被神的理性化贬低，在后现代社会中"敬拜的世界"则被转化成了"技术崇拜的世界"，再也没有任何意志能够和技术的力量抗衡。[①] 后现代哲学越是从"存在"和人的共在出发遮蔽神圣者的意志统一世界的作用，留下的"意志的空白"就越需要技术释放的宇宙推动力来弥补，"技术崇拜"就越加牢不可破。反之，"技术崇拜"越是强大，就越是激发后现代文化以超级娱乐精神来反抗越来越物质化和机械化的世界，使得神圣者的意志在完全缺乏敬畏之心的超级娱乐精神中进一步退到幕后，为技术统一世界的力量扫清了障碍，而超级娱乐精神则反过来利用高科技制造的虚幻的感官刺激来赢获大

---

① 宇宙推动力是天志在宇宙物界的下属意志，但现代技术对天志一无所知。被释放到世界中的宇宙推动力不可能被消解，但有可能被驯服。要走向天下大同，人类必须通过敬天精神驯服宇宙推动力，同时将法治提升为天治，让技术的力量服从人类联邦治理天下的能力，让技术为完善人的生活和实现历史的终极目标服务。参见《太极之音》，第386—387、395页。

众，不知不觉地起到了为"技术崇拜"鸣锣开道，做义务宣传的作用。

后现代哲学的反叛并非没有正面的意义。它将世界从片面的理性化和客观化中解放出来，突出了人类在其中生活的原始敞开域，发现了世界通过语言自我解释，通过身体自我感知的方式，在其最后的代表人物海德格尔中更是达到了将世界敞开在天地之间，将人安放到"地天神人"四方游戏中的高度。海德格尔后期对存在的思考使之转向中国哲学中的大道，实现了从西方哲学史向中国哲学的回归。中国哲学突出了人居于天地之间，生活在世界之中，具有很强的境域性和实践性，同时还突出了和身体、生命、语言、艺术等相关的丰富多彩的感性，在这些方面和后现代哲学是直接相通的。世界虽然有理性和客观的一面，但这一面实际上来自宇宙生命。世界本身作为原始敞开域超越了理性和非理性、主观和客观的区别。现代哲学从宇宙角度理解人类生活的世界，遮蔽了原始敞开域完全不同于宇宙的特性。人类只有恰当地理解世界不同于宇宙的特性，才能将世界重新敞开在天地之间，真正实现人居于天地之间的本质，最终实现出天下大同。从这个角度来说，后现代哲学相对于现代哲学是一个巨大的进步，是人类走向大同的必经之路。

然而，后现代哲学丧失了现代哲学对宇宙理性和客观性的把握，因而无法恰当地理解科学技术、政治经济等现代文明的本质。这不但使得"科学的世界观"和"技术崇拜"在后现代越来越强有力地统治人们的现实生活，而且还导致现代社会的"理性的自由主义"逐步演变成了后现代社会的"任性的自由主义"。现代哲学发展出来的，以洛克为代表的古典自由主义仍然将自由、平等、民主、法治等现代政治的理念扎根在从神而来的自然法（宇宙逻各斯）中，因此其立场不仅是个人主义的，同时也是理性和客观的。后现代哲学则完全丧失了宇宙逻各斯的视野，只能从个人的主观角度出发理解政治经济，导致"理性的自由主义"逐步演变成"任性的自由主义"。在 21 世纪初的金融危机中，"任性的自由主义"已经暴露了它片面突出个人自由在经济活动中的作用，使经济活动逐步走向失控的缺陷。在 2020 年开始的全球性疫情中，"任性的自由主义"进一步暴露了它丧失世界理性和客观的一面,将世界交付从个人角度出发对疫情所做的种种主观"解释"和无休止的争论,无法恰当地应对全球性灾难的缺陷。这次疫情迫使人类团结起来应对全球性灾难,成为人类走向大同的阵痛和前奏,但人类要真正走向大同,就必须告别后现代。

告别后现代并不是放弃后现代的成就,而是在后现代为人类赢获的世界视野基础上,重新深入宇宙的理性和客观性,恰当地理解世界理性和客观的一面,从世界和宇宙的统一性出发重新构建被后现代解构的理性、真理、客观性和普遍性,这样才能对科学技术、政治经济等现代文明做出恰当的解释,在此基础上实现天下大同的现实目标(天治地养),同时将事物在世界中出现的意义和它们从宇宙而来的本性统一起来,对爱情、哲学、艺术等文化活动做出恰当的解释,在此基础上实现天下大同的理想目标(天下一家)[1]。然而,世界和宇宙是两个完全不同的领域,无法简单地统一起来。要统一世界和宇宙,必须将二者带回它们共同归属的(无形的)天地。世界是大道从无形地母开启出来、被天的意志直接把握的原始敞开域,而宇宙生命则是天地阴阳交合,在无形地母内部孕育的"宇宙胎儿"。这就是为什么宇宙生命能够随着大道的运动涌现到世界中,通过身体有限化为无数有限生命。[2] 有限生命在世界中相互开放,发展语言,实现世界的自我解释,组成了人类社会。人类可以在敬拜的世界和诗意的世界基础上发展文化活动,也可以从宇宙生命获得理性和客观性,在行动的世界基础上发展文明活动。只有在以太极为基础的完整的天地人格局中,文化活动和文明活动才能以相对独立、互补和谐的方式统一起来,构成太极在世界中的自我实现。所以,人类要走向大同就必须超越现代哲学和后现代哲学,将西方哲学史完整地吸收到中国哲学的宏大格局中,将中西哲

---

[1] 后现代突出了身体和性爱的重要性,但由于它解构了男女的本性,无法将性和爱追溯回太极的阴阳合一,使人类对爱与性的理解在后现代陷入了混乱(参见《太极之音》,第698页)。人类要理解太极是人类的共同父母,实现出天下一家,就必须从这种混乱中走出来。

[2] 参见《太极之音》,第363—364页,以及前文《太极之运作》。

学史统一成世界哲学史，实现融合中西的世界哲学，以此为思想基础来走向天下一家、天治地养的大同世界。

虽然后现代哲学解构了现代哲学的理性、真理、客观性和普遍性，但是它并没有真正超越现代哲学的主体性，反而比现代哲学更加突出了主体性，尽管它从生活世界出发将"主客对立"的主体性转化成了客观性被消解的"交互主体性"①。所谓的"现代"其实有两种不同的理解方式。如果我们从客体出发，把从宇宙而来的理性、真理、客观性和普遍性作为"现代"的根本特点，那么后现代哲学就是对现代哲学的彻底反叛。但如果我们从主体出发，把主体性作为"现代"的根本特点，那么后现代哲学仍然属于"现代"，其所对应的时代就是《太极之音》所说的"晚期现代"②。如上所述，一方面，后现代哲学对现代哲学的反叛实际上反过来强化了"科学的世界观"和"技术崇拜"的统治地位，使人类文化无法走出被现代文明主宰而丧失理想性的命运；另一方面，它放弃了现代哲学从宇宙逻各斯出发揭示的历史理性和目的性，因而无法恰当地理解世界历史的内在逻辑，缺乏走向大同的动力，更无法帮助人类实现以宇宙的理性和客观性为基础的天治地养。

后现代哲学放弃了宇宙逻各斯，因此天真地认为成体系的哲学不再可能。许多后现代哲学家醉心于种种支离破碎的哲学分析，只看到许多不同形状的树叶，甚至只看到某片树叶的某些脉络，就独断地宣称不存在所谓的大树。在这种后现代氛围中，《太极之音》的出现犹如一声尚未被听见的惊雷。《太极之音》不但超越了现代主体性，从中国哲学的立场出发改造了后现代的现象学，发展出了

---

① 海德格尔从人对"存在"和"地天神人"的归属消解了"主体"，但和其他后现代哲学家一样，海德格尔放弃了宇宙逻各斯，因而无法对宇宙的理性和客观性做出正面的解释，将宇宙恰当地纳入"地"中。海德格尔哲学未能真正吸收的宇宙仍在以其客观性挑战人类，迫使人类采取主客对立的立场看待它，因此海德格尔哲学仍未能将人类带出现代主体性。

② 参见《太极之音》，第100页。"晚期现代"从19世纪末开始延续到20世纪。学界常用"后现代"指称从20世纪60年代开始的有意背叛现代性的时代。然而对现代性的背离实际上从19世纪末就已经开始了。所以，本文在广义上使用"后现代"一词，和"晚期现代"覆盖相同的历史阶段。

生命现象学和天地人现象学,而且还将现代哲学对宇宙逻各斯的探究吸收到中国哲学的宏大格局中,发展出了太极本体论,完整地解释了太极产生宇宙生命,实现自我思考和自我物化,通过动物进化出人类,最终通过历史活动将自己实现在世界中的过程,揭示了文化活动和文明活动的不同本质,推导了世界哲学史的内在逻辑,将中西哲学史融会贯通成了同一个世界哲学史,系统地解释了宇宙、人生、社会和历史的"为什么",为人类通过"回归真我,回归天地,回归太极"走向天下大同提供了思想基础。《太极之音》明确指出当代的使命是"走出现代,走向大同",而以上的分析则进一步指出完成这个使命的关键就是"告别后现代"[1]。

告别后现代并不意味着抛弃后现代的世界视野,而是将这种视野带入从太极出发的,包括宇宙生命在内的全面视野。后现代的世界具有广阔的境域性,容纳了感性、身体性、流动性、随意性、创生性等丰富多彩的生命特征。在后现代的"景观社会"[2]中隐含着世界的境域性和审美意识,只是这种境域性被漂浮无根的个人主义所主宰,以致其审美意识只能服务于大众化的流行文化,变得日益肤浅和平庸。当后现代的世界视野被纳入从太极出发的全面视野时,即使是流行文化都有可能摇身一变,成为太极在世界中自我实现的历史性舞台。古希腊和唐朝之所以发展出了灿烂辉煌的文化,就是因为其世界境域没有妨碍地从大道敞开出来,在敬拜的世界和诗意的世界基础上,让美的事物在世界中自然地闪耀。这些文化实际上也是当时的流行文化,但却不肤浅和平庸,因为其世界是神圣和诗意的,其人性是有根有源的。当我们告别后现代,从太极出发获得全面视野的时候,后现代的虚无主义就不会继续剥夺世界的神圣性和意义,世界将获得史无前例的、敞开最彻底的、结构最完整的世界性,一种类似古希腊和唐朝,甚至比之更加辉煌的世界就有可能出现在走向大同的新时代中。谁敢说科学技术不会在新时代中被人类驯服,以谦卑的、甘居幕后、隐藏自身的方式为人类实现历

---

[1] "告别出现代"指的是走出现代主体性。参见《太极之音》,第7、118页。
[2] 景观社会是主观的、注重"看"的社会。参见《太极之音》,第113页。

史天命服务？谁敢说今天的"明星"中有使命感的人不会在新时代的精神感召下转化为新文化的先驱？谁敢说今天的"景观社会"不会在新时代中告别表面的热闹，转化为从人的根源出发深刻地展现自然、人生、社会和历史之美的"诗意的世界"？

南湖沉思录

我有一个习惯，就是喜欢在大自然中思考。刚刚过去的夏天，我在附近的观澜湖边留下了不少足迹。许多美妙的思绪来自岸边大小参差、形状各异的石头，波光粼粼的湖面，湖中一大片绿莹莹的荷叶和亭亭玉立、红白相间的荷花，还有芦苇丛中密集的蛙声，时隐时现的水鸟……。现在已经进入深秋，观澜湖一片萧条冷落。虽然枯干的荷叶和残败的枝蔓别有一番意境，但毕竟人气不足，令人过早地体会到了冬天的寂寞。于是我来到了位于长春市中心的南湖公园。夏天的南湖公园非常热闹，人山人海，而如今寒意初临，行人不多不少，正是我思考的好去处。

秋日的阳光明朗地照在南湖的岸边。路上行人三三两两，有带着小孩的夫妇，也有牵着手的情侣，有玩滑板的少年，有跑步的年轻人，还有围在一起下棋的白发老人。到处都是一片放松、悠闲、舒坦的气氛。当那些眼睛兴奋得发亮的孩子缠着父母要玩这玩那时，或者当莽撞的少年玩着滑板唰的一声擦身而过时，周围的大人们都会露出会心的微笑，仿佛他们就是这些孩子的父母似的。在秋日艳阳开启的这片明朗空间里，众人享受着一种共同的欢乐，各得其所地从事着自己喜欢的活动。陌生人虽然不互相交谈，却比集市上喧闹的交谈有着更多的相互理解，仿佛有一种无言的默契弥漫在众人之中。头顶上，秋高气爽，天空湛蓝如洗，没有一片云彩。望着在高远的蓝天下悠然自得，各从所好，相互默契的人们，我忽然感受到一种来自天上的肃穆，一种默默地爱护、保护和支持世界的力量，正是这种力量把世界敞开在天地之间，使世界成为人类可以安居乐业的家园。

在这种肃穆的力量笼罩下，我继续沿着岸边漫步，在一群拿着小网兜捞鱼的孩童，一群放风筝的老人，还有桦树林中一群拿着花扇摆起姿势照相的女孩中，默默地体会着天地之间的这种家园气氛。穿过桦树林，就进入了一片榆树林。榆树林中的人相对稀少，只有几个中年男人散坐林中，专心致志地画着树林的样貌。桦树长得苗条纤细，表面洁白细腻，覆盖着一层薄薄的容易脱落的皮。榆树则长得非常粗大，高耸入云，坚硬的银色表皮上散布着黑色的疙瘩。两片树林一阴一阳，相互邻近地生长，真是非常有趣。穿过榆树林，就进入一片密集的丛林。我在丛林中的小路上穿行着，看着身边不断出现的槐树、杨树、柳树和一些不知名的草木，我忽然明白了为什么人们这么喜欢树木繁盛的地方。树木从大地涌现出来，向天空不停地生长，吸收着大地的养料和天空的阳光雨露，像人一样站立在天地之间，默默展示着生命的根源，让我们直接感受到了天父地母的恩泽。中国古人总是和树木为伴，居所周围布满了树木，房屋以木头为支撑，家具直接用木头做成，诗歌和绘画中也到处都是树木的形象。官场失意或者看透官场的文人则更是喜欢"退隐山林"，实际上就是从行动的世界和敬拜的世界进入诗意的世界，在诗意的世界中消解行动的冲突，弥补情感的失落。陶渊明"抚孤松而盘桓"，王维"空知返旧林"，看似消极，其实隐藏着另一种积极，就是融入大道从地母敞开的诗意的世界，让生命从地母获得最充分的滋养。老子是最懂得从地母滋养自己生命的，所以得意地宣称"我独异于人，而贵食母"。地母虽然无形，却在树木中默默地显露其生生不息的母性。因此树木繁盛之处，诗意的世界已经悄然敞开，只要我们善于体会，就能体会得到。

在高远的蓝天下，繁盛的树林中，我默默地体会着天地之间的世界，深深地感受到了在家的感觉。什么是家？家就是父母所在的地方。每年过春节，不知有多少中国人要挤破头回家一趟。每当我们回到母亲的身边，在母亲慈祥而又关切的目光里，在她东一句西一句的唠叨中，在她为我们做的百吃不厌的家常菜中，我们在外面终日拼搏而变得疲惫冷漠的心开始渐渐地复苏。而在父亲肃穆的身影和充满智慧的教导中，我们重又体会到自小就熟悉的一种爱护、保护和支持的力量。父母在一个小小的套间里，一个已经开始显得陈旧，不再跟得上时髦的客厅里，敞开了一个容纳和接受我们人生一切挫折、失败、烦恼和不幸的无限空间。不管我们遇到了什么样的困难，不管我们已经多久没有问候他们，不管我们是否还记得他们为我们付出的一切，甚至不管我们如何让他们失望，让他们生气，当我们重又回到他们身边，父母总是毫无保留地接纳我们。我们的家就在这里。我们的根源就在这里。父母一天天地老去，白发一天天地增加，脸上的皱纹一天天地蔓延，而他们爱我们的心，思念我们的情也同样与日俱增。只要父母还在世，只要父母仍然相亲相爱，我们就还拥有一个永远不变的温暖的家，永远呼唤着，等待着我们回去。不幸的是那些父母早逝的人，不幸的是那些因为"工作忙"无法回家的人，不幸的是那些父母经常争吵的人，不幸的是那些父母已经离婚的人……。

家就是父母所在的地方。然而一个人如果永远在父母的怀抱中，永远只按父母的安排来生活，这个人就很难在世界中展开自己的人生，成为一个独立完整的人。真正的好父母是懂得这种道理的。他们不但用深深的爱把子女培养成人，为子女进入世界做好种种准备，同时还会注意培养子女独立自主的品格，让他们到世界的大风大浪中经受锻炼，成长为能够承受人生重担的人，这样他们才能放心地离开这个世界。作为一个人，我总要长大，总要离开父母的怀抱，开创自己的人生。但即使我远离父母，独自在世界中闯荡，这也不意味着我的生命已经完全失去从根源而来的支持。我不但拥有父母遥远的关怀和祝福，而且还和整个人类一起生活在天父地母的怀抱中。生生不息的地母就是我们生命的源泉，高远肃穆的天父就是我们意志的根基。当我们真正体会到了天父地母，我们的生命就变得有根有源，不会轻易地被世界潮流冲击，在名利场中过着随波逐流的生活。当你在蓝天之下，树林之中穿行时，体会一下你的意志之根和生命之源吧！这种体会能让你放下心中种种彷徨和忧虑，在天地之间堂堂正正地做人，用宽容博大的心胸看这个世界，勇敢地面对生活中发生的一切事情。只要你在天父地母的怀抱中，守住良心来生活，顺着大道而行动，天父必会坚定你的意志，地母必会滋养你的生命，世间的毁誉得失又何必挂在心上！

我一边漫步一边思考这些问题，不知不觉走进了观雨廊，于是便坐下来休息。南湖近年来的样子有了较大的变化，出现了很多古代风格的建筑，观雨廊就是其中之一。这些建筑大部分是为人们避雨、休息和观赏用的，也有一些是为游乐活动提供服务的，例如湖边租船的地方。其实这些设施早就存在了，但以前都是普通的现代平顶建筑，现在则全部改建成了古代风格，其斜面屋顶层层铺着灰瓦，飞檐翘角默默支撑着苍天，青灰色的砖墙古朴沉着，暗红色的柱子庄重大气。每个建筑上都挂有匾额，题着"观雨廊"之类的雅名，两侧的柱子则写着对联，如观雨廊的"小径情迷岚浮柳色常飘绿，幽廊风润雨带花香偶落襟"，就连南湖游船售票处两边的柱子上也写着"云霞日月飞光影，锦绣河山入画图"的对联。我不禁为南湖近年来的变化深为赞叹。斜面屋顶承载了天上落下的雨水，让它顺势流到地上，翘起的屋檐把房屋作为大地的延伸指向天空，把天地连为一体，而圆木形状的柱子则扎根地基，撑起屋顶，如同居于天地之间的人。古代建筑的风格展示的就是人居于天地之间的本质，而现代建筑平顶的、集装箱式的风格展示的只是人们对便利和功能的追求。[①] 当我们整日生活在现代建筑中，周围也没有什么树木，我们的生命就是闭塞的，体会不到天父地母对生命的支持；世界如同一个巨大的市场，我们只是想着如何能在其中占有更多的东西。现代世界不是敞开在天地之间，而是敞开在欲望和物质之间。我们聆听着欲望无穷无尽的呼唤，日思夜想占有越来越多的物质，但结果只是改善了身体的生存条件，而我们的生命依旧贫困，甚至呼吸困难，营养不良，因为我们呼吸不到天空父亲的意志，饮食不到大地母亲的生命。[②] 精神上的"呼吸困难，营养不良"是现代城市生活的严重问题，尽管这种无形问题不容易体会得到。

人应该在天地之间生活，而现代人已经失去了天地之间这个家

---

① 参见《太极之音》第九讲《服装和建筑》。
② 在太极的物化中，天物化成了气，地物化成了土，天志物化成了火（气的能量），大道物化成了水，因此呼吸和饮食物化了天地对生命的支持。参见《太极之音》第七讲《天地与万物》。

园。作为弥补，出现了人人都可以进去自由活动的公园。公园的本质就是现代人的"公共家园"。这就是为什么公园需要汇聚树木花草和古代风格建筑的原因。公园就是现代城市保留下来的最后一小片"天地之间"。公园不是供欲望猎奇的场所，这样理解公园的人只会去一次，之后就会觉得"已经去过了"，"已经看过了"，不想再去第二次，除非是到另一个不曾去过的公园。真正在公园中体会到了天地之间这个家园的人，是不会觉得厌倦的。谁会对自己的家感到厌倦呢？家是你待的越久就越不想离开的地方。然而，公园毕竟只是一种补偿。人们大部分时间仍然是居住在拥挤的平顶楼房中。要让人们真正在天地之间居住，就必须改变城市的建筑风格，将平顶楼房改建成吸收了古代风格的当代新建筑，在周围栽上足够多的树木花草。这样做意味着必须重新规划城市的发展，帮助人们走出过分拥挤的大城市，从大城市向中城市，从中城市向小城市，从小城市向乡村疏散，让更多人才走向中小城市和乡村，帮助中小城市发展，帮助乡村振兴，同时加强城乡关联，互通有无（城市有利于社会发展，乡村则更接近自然，亲近大地，二者不能互相代替，但可以互相补充）。随着物流和通信技术的发展，原来许多必须聚在一起才能实现的事情有可能在松散的连接中完成。虽然现代技术的发展导致城市越来越庞大和集中，但更先进的技术也可能会反过来帮助人们从过分拥挤的城市向外疏散。即使做不到充分的疏散，现代城市的建筑仍然可以因为观念的改变而发生风格上的巨大变化。在南湖公园中，不但大型建筑，就连自动售货亭的屋顶也都全部改建成了古代风格的斜面瓦屋顶，乍看上去不像售货亭，倒像个小小的寺庙或民居，无形中安抚了商品世界引发的欲望躁动。这种类型的改造不是资金的问题，而是观念的问题。说到底，只要我们真正领悟了人居于天地之间的本质，我们的居住方式就必然会发生巨大的变化，而这正是中国文化复兴最重要的步骤之一。

　　自动售货亭的例子是富于启发性的。商业建筑的外观不见得必须反映经济活动的现实性。文明活动可以在行动的世界中充分地展开，而文化活动只有在敬拜的世界和诗意的世界中才能充分地展开。建筑是帮助世界敞开的最重要的人造物。我们如何设计建筑，世界就如何敞开。如果我们在世界中看到的都是仅仅追求便利和功能的平顶楼房，或者故意凸显豪华气派的摩天大厦，这样的世界就只是为人的普遍欲望敞开的行动的世界。相反，如果生活中充满了展示天地人的古代风格建筑，敬拜的世界就会悄然地敞开；如果我们再在建筑周围种上繁盛的树木花草，诗意的世界就会悄然地敞开。这样做并不会掩盖行动的世界，因为行动的世界可以靠建筑的实际功能维持其敞开，而建筑的外观既可能帮助敞开敬拜的世界和诗意的世界，也可能反过来压抑甚至破坏这样的世界。缺乏文化内涵的现代建筑不但压抑了敬拜的世界和诗意的世界，借助它们而出现在公共空间的商业广告更是直接对世界的这两个层次造成了破坏。这里的问题并不在于广告本身，而在于它们出现的地方。企业尽可以在网络、报纸、杂志等传播媒介刊登各种广告。需要某类产品的人自然会留意和发现它们，不需要的人则可以忽略它们。然而建筑外表上出现的广告是人们无法忽略的，潜移默化地对人们的精神造成了巨大影响。建筑像人一样站立在天地之间的世界中，凝聚了"人之为人"的意义，成为人们共享的无形的精神源泉。当建筑外表挂满五花八门的广告，甚至整个一面都被巨幅广告占领时，我们潜移默化地把"人之为人"理解成了"欲望追逐者"和"利益追逐者"，而不是"顶天立地者"。当一只巨型手表或一瓶巨型饮料从高空俯视人间时，我们已经离开人的本质多么遥远！我们究竟在敬拜什么？世界究竟还有没有意义？所有安排和设计这种广告的人都应该扪心自问。

现代技术和现代经济的迅猛发展对自然环境造成了很大破坏，但经过人类几十年来的反思和宣传，环境保护已经深入人心。然而，人类还不曾意识到要保护我们的处境。世界可以从两个不同方面去看：环境是世界为人类活动敞开的那一面，处境则是世界直接影响人的心情，展示其意义的那一面。[①] 由于行动的世界是人间世界最基本的层次，作为环境的世界首先被凸显，而作为处境的世界

---

① 参见《太极之音》第一讲《论生命》和第八讲《天地与人》的第一节"共同在世"。

则只有在敬拜的世界和诗意的世界中才能恰当凸显出来。当世界充满了缺乏文化内涵的现代建筑，甚至在其上挂满了各种商业广告的时候，世界的意义就无法凸显出来，唯一被凸显的意义是物质对欲望的有用性，而这种意义其实是"无意义的意义"[1]，当其被凸显为世界意义时就会直接造成世界处境的污染。这种"处境污染"比环境污染更加隐蔽，通常不会被人们注意，因为生活在这种世界中的我们已经被无意义的世界处境塑造，已经习惯于将"无意义的意义"当成就是世界的意义。除非我们主动地反思，否则就只会在这种被污染的处境中越陷越深。处境污染并不局限于建筑的外表。一切在公共场合凸显出来的事物都有可能成为污染源。公共汽车内不停地用喇叭播出的商业广告就是一个例子。这种广告比视觉广告更有强迫性，因为人们完全无法避免听到它们，而我们的心灵也就在这种连篇累牍的灌输中丧失了对世界意义的感受，变得麻木迟钝，除了满足欲望的各种最新产品，再也没有什么能激起我们对世界的兴趣。如果我们需要什么产品，可以到网络、报纸或杂志上寻找，或者直接到市场去寻找，何必把它们的信息塞满我们的公共空间，迫使我们关注它们？处境污染远比我们想象的要严重得多。"处境保护"比环境保护更加迫切，因为处境污染甚至还没有真正被人类意识到，更不用说采取措施来治理了。

　　远处传来的一阵歌声打断了我的思绪。一个洪亮辽远的女声，正在从远处一堆人聚集的地方飘过来。我走到人群中，看到一位老大姐在拿着话筒唱歌，旁边的老头（显然是老伴）在拉着二胡替她伴奏。老大姐的歌声舒缓而深情，颇有邓丽君的风韵，但多了一份浑厚和苍劲。巧的是我听到的第一句歌词是"天长地久"，接下来的歌是《爱在天上人间》。她圆润的歌喉不时引来众人的掌声。南湖公园每天都有这种自发的歌唱和乐器表演，还常常伴随人们随意进行的集体舞蹈。这里能感受到人们心中压抑已久的在天地之间载歌载舞的冲动。歌舞是原始人类生活中必不可少的成分，和狂热的娱神活动结合在一起，构成了远古社会丰富多彩的巫文化，后来

---

[1]　参见《太极之音》，第110页。

从中逐渐发展出了儒家的礼乐。孔子所教的"六艺"中就有"乐"（包括音乐和舞蹈）。"乐"不是纯艺术性的歌舞表演，而是凝聚人心，将众人聚集在天地之间，实现天人合一、人人合一的精神活动。[1] 礼乐文化塑造了几千年来中华民族的气质。到了现代社会，在西方文明冲击下，儒家积极入世的精神演变成了完全世俗化的倾向。这种倾向与当代西方的大众文化不谋而合。礼乐文化很快就被大众文化取代，转而追求商业化的娱乐。然而，当汉族继承的儒家文化在现代文明冲击下走向衰落时，许多少数民族仍然保留了从原始巫文化而来的歌舞精神。在少数民族聚居的山林乡村等地还能看到人们在天地之间自发地载歌载舞的场面。可喜的是，近年来随着中国文化复兴的趋势，在汉民族为主体的城市中也出现了遍地开花的广场舞。当人们在遮天蔽日的高楼大厦和拥挤的平顶楼房中生活，越来越远离天地，越来越感受不到共同根源的时候，广场舞又重新把人们聚集在天地之间，体会到了共居天地之间的欢乐。虽然目前的广场舞基本上还是一种娱乐和健身活动，但礼乐文化的精神已经在其中重新萌芽，隐藏着很大的发展潜力和空间，而少数民族的歌舞天性则隐藏着更为深远的精神根源，有待我们去挖掘和发扬光大。

在南湖我有时还会看见一些身着传统襦裙的女孩。通过服装的变化，中国女性正在悄悄地走上中国文化复兴之路，尽管这种变化趋势还没有真正普及开来。从长春来看，这种领风气之先的女孩还是极少数（南方城市多一些）。女性自然而然地会成为中国文化复兴的急先锋，因为女性最能展现华夏礼乐文化之美（广场舞的参与者也大部分是女性）。但有一种潜在的障碍使许多中国女性无法发挥其先锋作用。这种障碍就是从当代西方传来的仅仅从普遍性理解人的倾向。这种倾向把政治经济的"普遍性"原则推广到文化领域，掩盖了男女的不同天性在文化中的意义，换句话说，就是用男女平等的文明法则掩盖男女同等重要的文化法则。[2] 一切意义归

---

[1] 参见《太极之音》，第219页。
[2] 参见前文《太极之用心》对爱情的论述。

根结底来自阴阳合一、生生不息的太极。阴阳差异是一切意义得以展开的前提,而这种差异在人类社会中就集中地体现为男女差异。当男女差异被掩盖,人类就脱离了一切意义的源泉,只能形成片面追求普遍性的大众文化。让我们打个比方。人作为"一个人"的普遍性如同物质的质量,而男女的不同天性则如同正负电荷。宇宙万物之所以如此丰富多彩,就是因为宇宙间不仅有质量造成的万有引力,还有"异性相吸,同性相斥"的电磁力,正是后者造成了物质之间变化无穷的组合。这两种自然力性质不同,但互不干扰,而是相互独立地发挥作用。类似地,人作为"一个人"的特性,和作为"男人"或"女人"的特性是人性的两个不同维度,可以相互独立地发挥作用。[①] 前者契合文明的普遍法则,后者契合文化追求的意义。仅仅从普遍性理解人就如同仅仅从质量理解宇宙万物,质量越大产生的引力就越大,一切物质就只能拼命追求增加质量,吸引到最大数量的其他物质,这样产生的就只能是片面追求普遍性和量化指标的大众文化。反之,如果男女的不同意义被凸显出来,文化活动就不会片面追求普遍性和量化指标,而是以揭示不同事物的独特意义为目标,这样无法普遍化和量化的各种意义才能真正显露出来,一切事物才能各自成就其美好的天性,诗意的世界才能得到真正的发展。突出男女的不同意义并不妨碍我们尊重男女的平等权利,正如用电磁力解释不同物质的特别运动并不妨碍我们用万有引力解释其一般运动。这个比喻虽然不完美,但希望能起到引导作用,引导我们去思考文明和文化的不同特性,以及男女差异在文化中的重要意义。

如果中国女性在生活中穿起彰显女性气质和优美体貌的民族服装,这一点也不妨碍她们在社会活动中受人尊重,也不妨碍她们发挥聪明才智和个人魅力,甚至可以让她们在社会中得到更多的尊重和发挥天性的机会。美是值得被尊重甚至被敬仰的。审美者并不比美的事物更优越,相反,审美就是发现自己所缺乏的美好,所以真正的审美必然伴随敬仰之心,何况女性本身就很善于自我欣赏。太

---

① 参见《太极之音》,第 203—205 页。

极将其美好集中到阴性来发展，让阳性起到欣赏和推动发展的作用，[①] 这是奇妙的作为，是文化发展的重要动力，也是社会走向和谐的重要途径。为什么中国古人永不厌倦地歌颂月亮？就是因为月亮以最集中的方式展示了阴性美融天下为一体，让一切事物进入和谐共存的作用。女性美不是所谓的"颜值"，不是可以数量化的属性，而是有文化意义的精神形式。真正美好的女性是自己的艺术家，其美好的外表就是其内在精神的卓越展示。人体美是太极将自己浓缩到人中的结果，是太极的自性在人中的闪耀。[②] 服装美则是人性美的直接展示。只有在社会中才有真正美的人。事实上，在动物中雌性往往并不比雄性更美，这点我们只要对比雄狮和雌狮、公鸡和母鸡就可以看出。美就是太极在感性形象中的自我显现。[③] 但动物还没有在社会中达到自我意识，无法在感性形象中体会自性。在弱肉强食的动物世界，力量的发挥是最重要的，最需要在外表上显露出来，所以雄性动物往往有更充分发展的外表。只有在人类社会中，人们才能超越弱肉强食的动物法则，将阴性美充分发展出来，以此促进文化发展与社会和谐。所以，女性美本质上就是社会性的，是太极通过人类社会将其美好凝聚在女性身上，实现自我欣赏的结果，而女性服饰正是这种自我欣赏的结晶，是一个民族审美文化最集中的体现。这点我们只要看看许多少数民族美轮美轮的女性服饰就可以体会得到。相比之下，当代汉族女性的服饰基本上只是西方流行服饰的大杂烩。新的时代正在呼唤中国汉族女性勇敢地挑战缺乏文化底蕴的大众文化，创造性地改造中国古代女装，形成富于中国文化韵味的当代中国女装，向世界展示中国礼乐文化的美好，从阴云汇聚的天空为中国文化复兴放射出第一道闪电。[④]

看到太阳已经偏西，我依依不舍地告别了南湖，踏上了回家之路。从海外回国到吉林大学任教，不知不觉已经过去了九年。九年来，我的足迹踏遍了南湖的每个角落，思想在漫步中自然涌流出

---

① 参见《太极之音》，第 313、690—692 页。
② 参见《太极之音》，第 369—373 页。
③ 参见《太极之音》，第 690 页。
④ 参见《太极之音》第九讲《服装和建筑》。

来，逐渐发展成熟，其最终的结晶就是《太极之音》，其中到处回响着南湖的自然韵律。人怎么能离开自然生活呢？哲学家更不应该离开自然思考，否则如何感受天地人，感受自然万物中的诗意，感受生生不息的大道流动？课堂教学，发表论文和出版书籍，这些都代替不了融入自然的哲人生活。如果能与同道好友在松林中漫步，在桦树林和榆树林中穿行，在柳荫下歇息，在习习春风之中席地而坐，弄弄古筝或古琴，就着美好的佳酿，即兴吟诵诗句，随意地探讨天地万物和人间世界的奥秘，岂不快哉！不过，北方冰天雪地的日子实在太长了，一年之中只有不到一半时间可以在大自然中逍遥地漫步。我于是想象着退休之后的生活，也许能在南方找到某个依山傍水的去处，住在有瓦屋的小院落里，和爱妻（如果有的话）相濡以沫地生活。倘若有人想找我探讨哲学，就请移步山水之间，找到隐藏树林中的小院。你们也许不会看到我，只看到在花圃中忙碌的妻子。请将你们带来的酒或茶叶之类交给她。妻子会收下它们，然后指着周围的山路说："你们往后山走一走吧，走到尽头就会看到山谷中的湖，找到湖边有三棵大树和一块大石头的地方，就会看到他在那里钓鱼。"看到宾客脸上露出迟疑的神色，妻子又笑着说，"要不然你们就先进屋吧！我给你们泡茶，先听听音乐。这个点他也差不多该回来了。我正等着他的鱼来下锅呢！"

鹿回头的传说

海南岛有一个美丽的黎族传说。相传远古时候一个黎族青年猎手从五指山出发追逐一只坡鹿，翻越了九十九座山，涉过了九十九条河，最终来到了南海之滨（即三亚鹿回头半岛最南端的山头）。坡鹿看到前方是茫茫大海，已经无路可逃，于是回过头来，用清澈美丽、凄艳动情的目光望着青年猎手。青年猎手被这种目光深深地打动了，放下了正准备张弓搭箭的手。忽见火光一闪，烟雾腾空，坡鹿忽然变成了一个美丽的黎族少女。两人于是相爱并结成了恩爱夫妻。

这个美丽的传说隐含了非常深刻的意义。让我们尝试从太极的角度来理解。太极就是阴阳合一的本源，因为其同于阳而异于阴，便通过阴的生生不息的变化来发展自己，越发展其阴性就越强，离开源头也就越远（阳比阴原始，阴比阳发展）。但如果太极最终在男女之爱中实现了自己阴阳合一的本质，就可以从发展的终端返回开端（相当于从阴返回阳），实现出自身的永恒轮回。青年猎手代表太极之阳，五指山代表太极阳刚之力，九十九座山和九十九条河代表太极的发展经历了所有阴阳合一、生生不息的过程，而被猎手紧紧追逐的鹿则代表在太极之阳的推动下不断发展的太极之阴，虽然被阳的同一性不断地追求，却始终以阴的自异性向前发展，只有当阴发展到顶点，无法继续向前时，才能返回阳而实现真正的阴阳合一。青年猎手的追逐是为了把鹿占为己有，这是阳刚的意志企图把握阴性对象的冲动，还不是将太极的阴阳合一实现出来的爱情。太极在发展出男女爱情之前，以其阳刚之力不断地推动宇宙和世界的发展，其实是太极不断追求自身却因此不断远离自身的过程。然而，当鹿走到尽头而回望猎手时，猎手的心被她深深的目光打动了，发现他真正缺少的并不是可以用强力占为己有的对象，而是本来就与他阴阳合一的，最真实的（阴性的）自己，这种醒悟使得鹿当下就从被追逐的猎物转化成了美丽的少女。猎手的追逐于是在那个瞬间转化成了真正的爱情，而鹿也就同时转化成了他的永恒爱人。海南黎族的鹿回头传说以极为朴实但又极为美丽、极为深刻的方式展现了永恒轮回的意义，在世界各民族的爱情传说中可谓是独一无二。

读林觉民《与妻书》

林觉民的《与妻书》真可谓惊天地泣鬼神，少年时读过，但印象不是很深，近日随便翻阅一本散文集时，忽然又遇到，顿时直入心扉，亲切万分。林觉民是辛亥革命时期的黄花岗七十二烈士之一，就义时仅二十四岁，然而其在《与妻书》中展现的崇高理想，却是中国几千年文化的结晶。孟子曰："老吾老，以及人之老；幼吾幼，以及人之幼。"林觉民则将自己对妻子的爱扩展到天下："吾至爱汝，即此爱汝一念，使吾勇就死也。吾自遇汝以来，常愿天下有情人都成眷属；然遍地腥云，满街狼犬，称心快意，几家能彀？……吾充吾爱汝之心，助天下人爱其所爱，所以敢先汝而死，不顾汝也。汝体吾此心，于啼泣之余，亦以天下人为念，当亦乐牺牲吾身与汝身之福利，为天下人谋永福也。汝其勿悲。"儒家自古以来的传统就是从我到家，从家到国，从国到天下，将爱逐步扩展至天下一家的境界。虽然自宋开始儒家传统逐步僵化，至于清则更为甚，以致近代寻求救国之道的先行者们不得不以激烈手段破除旧体制，接受新文明，然而推动许多先行者冒死前行的，正是儒家以仁爱之心为天下谋幸福的崇高理想。这与今天许多盲目吸收西方当代文化，追求个人至上，成功至上，一味叛逆，只破不立的人不可同日而语。

易经始于乾坤。儒家则把夫妇之道当成一切事情的开端。即使追求隐逸逍遥的道家，也深谙阴阳之道，只是更偏重以"玄牝"（雌性生殖器官）养育天下的地母，补充了儒家的阳刚而已。这种对阴阳合一、生生不息的体会是中国文化最独特也是最伟大的地方。孔子编辑而且"皆弦歌之"的《诗经》以《周南》、《召南》开始，其内容很多都是描绘男女之情，十分清新可爱，其第一篇就是凝聚了"君子淑女"理想的《关雎》。孔子还对其儿子说，人如果不学习《周南》和《召南》，就好像面对墙壁站立一样（看不到人间世界的意义，无法真正进入其中）。原始儒家充满了活泼的生命气息和浓浓的人间真情。儒家把人伦和政治结合在一起确实是有弊端的。正是这种弊端使得近代中国人不得不破坏与传统文化密切结合的政治体制来接受西方现代文明。但从历史的长远发展来说，建设良好政治现实的最终目的是为了更好地实现崇高的文化理想。林觉民从小被过继给叔父。其嗣父是通晓诗文、饱读经书的儒生，常以四书五经教导林觉民，而其嗣母则是善良仁爱的贤妻良母，无形中给了他爱的熏陶。为了让天下有情人皆成眷属，让人人都能在安定良好的社会中爱其所爱，林觉民在起义前忍痛写下遗书来告别深爱的妻子。这种觉悟和情操在当时是卓尔不群的，在今天也是凤毛麟角的，其根源则是历经几千年仍然生生不息的中国文化。

　　读罢《与妻书》，掩卷而叹息。林君比我幸运。其妻陈意映是"幼年受庭训，耽诗书好吟咏"的红颜知己。初闻林君牺牲，读到其遗书，意映意欲轻生，在林君父母跪求下才忍痛苟活，最终因悲伤过度而病逝，芳龄仅二十二。生命虽然短暂，真情可存永久。我献身哲学凡三十年，艰苦探索了二十五年，终于明白阴阳合一、生生不息的太极就是最古老的爱；这种最古老的爱自我生成，孕育出宇宙，生长出人类，通过人类历史把自己实现在世界中，最终通过男女之爱实现自身的永恒轮回。爱情冲破一切束缚来实现自身的努力就是太极最强大的力量。然而，被太极差遣的我却在爱情的道路上颠沛流离，孤身一人踽踽于无人踏足的荒漠，攀登在无人上达的山峰，只能将爱之梦寄托在美好的想象和感受中。我的哲学著作《太极之音》虽以《论爱情》为高潮，却以"爱的悲剧"告终。满天的繁星，默默地俯视着孤独前行的我。在众多的繁星中，哪一颗才真正象征着永恒？

附：林觉民《与妻书》原文

意映卿卿如晤：

吾今以此书与汝永别矣。吾作此书时，尚是世中一人；汝看此书时，吾已成为阴间一鬼。吾作此书，泪珠和笔墨齐下，不能竟书而欲搁笔，又恐汝不察吾衷，谓吾忍舍汝而死，谓吾不知汝之不欲吾死也，故遂忍悲为汝言之。

吾至爱汝，即此爱汝一念，使吾勇就死也。吾自遇汝以来，常愿天下有情人都成眷属；然遍地腥云，满街狼犬，称心快意，几家能彀？司马青衫，吾不能学太上之忘情也。语云：仁者"老吾老，以及人之老；幼吾幼，以及人之幼"。吾充吾爱汝之心，助天下人爱其所爱，所以敢先汝而死，不顾汝也。汝体吾此心，于啼泣之余，亦以天下人为念，当亦乐牺牲吾身与汝身之福利，为天下人谋永福也。汝其勿悲。

汝忆否？四五年前某夕，吾尝语曰："与使吾先死也，无宁汝先而死。"汝初闻言而怒，后经吾婉解，虽不谓吾言为是，而亦无词相答。吾之意盖谓以汝之弱，必不能禁失吾之悲，吾先死留苦与汝，吾心不忍，故宁请汝先死，吾担悲也。嗟夫。谁知吾卒先汝而死乎？吾真真不能忘汝也。回忆后街之屋，入门穿廊，过前后厅，又三四折，有小厅，厅旁一室，为吾与汝双栖之所。初婚三四个月，适冬之望日前后，窗外疏梅筛月影，依稀掩映；吾与（汝）并肩携手，低低切切，何事不语？何情不诉？及今思之，空余泪痕。又回忆六七年前，吾之逃家复归也，汝泣告我："望今后有远行，必以告妾，妾愿随君行。"吾亦既许汝矣。前十余日回家，即欲乘便以此行之事语汝，及与汝相对，又不能启口，且以汝之有身也，更恐不胜悲，故惟日日呼酒买醉。嗟夫。当时余心之悲，盖不能以寸管形容之。

吾诚愿与汝相守以死，第以今日事势观之，天灾可以死，盗贼可以死，瓜分之日可以死，奸官污吏虐民可以死，吾辈处今日之中国，国中无地无时不可以死，到那时使吾眼睁睁看汝死，或使汝眼睁睁看我死，吾能之乎？抑汝能之乎？即可不死，而离散不相见，徒使两地眼成穿而骨化石，试问古来几曾见破镜能重圆？则较死为苦也，将奈之何？今日吾与汝幸双健。天下人不当死而死与不愿离而离者，不可数计，钟情如我辈者，能忍之乎？此吾所以敢率性就死不顾汝也。吾今死无余憾，国事成不成自有同志者在。依新已五岁，转眼成人，汝其善抚之，使之肖我。汝腹中之物，吾疑其女也，女必像汝，吾心甚慰。或又是男，则亦教其以父志为志，则我死后尚有二意洞在也。甚幸，甚幸。吾家后日当甚贫，贫无所苦，清静过日而已。

吾今与汝无言矣。吾居九泉之下遥闻汝哭声，当哭相和也。吾平日不信有鬼，今则又望其真有。今人又言心电感应有道，吾亦望其言是实，则吾之死，吾灵尚依依旁汝也，汝不必以无侣悲。

吾平生未尝以吾所志语汝，是吾不是处；然语之，又恐汝日日为吾担忧。吾牺牲百死而不辞，而使汝担忧，的的非吾所忍。吾爱汝至，所以为汝谋者惟恐未尽。汝幸而偶我，又何不幸而生今日中国。吾幸而得汝，又何不幸而生今日之中国。卒不忍独善其身。嗟夫。巾短情长，所未尽者，尚有万千，汝可以模拟得之。吾今不能见汝矣。汝不能舍吾，其时时于梦中得我乎。一恸。辛未三月廿六夜四鼓，意洞手书。

家中诸母皆通文，有不解处，望请其指教，当尽吾意为幸。

忽　然[①]

人生的种种妙事，都在"忽然"二字。

城市之夜，四处熙熙攘攘，川流不息，热闹非凡，忽然抬头看见了千古不变的月亮，城市瞬间停止了流动，变得寂静无声，心灵被提升到广袤无垠的夜空，忘记了烦恼，忘记了忧愁，忘记了纷争，忘记了怨恨。如水的月光刹那间洗净了世间的一切浮尘。

走在大街上，忽然听到路边的音响播出熟悉的旋律，不知怎的，竟比我以前听惯的更加动人。音乐忽然贯通了我变得迟钝的耳朵，击中了我毫无防备的心灵。我还来不及想起音乐的标题，唤醒曾经有过的理解，就已经被它赤裸裸的原始力量击垮了。

白天黑夜，不管做什么，心中总是浮现出她的可爱形象，忽然心头一热，终于明白我已经爱上她了！心中的一道闸门忽然被打开，汇聚已久的洪水奔涌而出，冲垮了我日夜守护的碉堡，把我冲向一个全新的世界，那里天高地阔，月朗风清，鸟语花香，四季如春。

下班回家，忽然看到门口站着远方的亲人，微笑地等待着。"怎么不先通知一声就来了？"亲人并不作答，只是继续微笑着，而我也不在乎答案，只是激动得有点手足失措，心中忽然涌现出几十件想做的事情，不知从哪开始，生活的节奏被彻底扰乱了。但我是多么喜欢这种扰乱！

如果没有忽然，人生就只是按部就班地过日子。然而真正美好

[①] 陈荣灼教授研究了李白诗歌中"忽然"一词的时间意义。本文曾受其启发。参见陈荣灼《李白道詩思想之研究——從海德格現象學視野出發》，《清華學報》新52卷第2期，第345—390頁。

的东西，往往是忽然从天而降的。美好的事物处在比日常生活更高的层次，来自比我们自己更深远的根源，所以其到来总是如此忽然，如此令人惊喜。

忽然超越了日常的时间性，把我们提升到接近永恒的层次。永恒并不是在时间中永久地持续，而是处在超越时间的层次，一旦在时间中显露，就扰乱了时间的正常流动。所以永恒的显露总是忽然的，令人惊喜的，让人忘乎所以的，让人不知如何是好的。

我们无法计划忽然，或者主动地让忽然发生。忽然既然从更高的地方而来，就不是我们的主动计划和作为，而是我们从自己的根源承受的恩赐。但恩赐也需要恰当的承受者。只有渴望超越生命，时时将生命向根源开放的人，才能真正承受忽然，欣赏忽然，欢迎忽然，而不是仅仅当成对日常生活节奏的打扰。

但是，也许有人会说，忽然也有不好的，比如各种突发的灾难。灾难诚然是不好的。但如果我们看清了人生必死，而且随时面临死亡的真相，就不会觉得灾难是忽然到来、完全超出预料的。中国古人说要"夕惕若厉"，就是每天都要时时警醒，如同在危险中。对于看清了人生的真相，时时警醒的人，灾难的发生其实是人生的常态。

然而，谁也不知道人生会发生什么样的令人惊喜的事情。没有什么美好的事物是必然会发生的。期待总有可能落空，梦想总有可能破灭。当美好的事物忽然从天而降时，我们除了感恩还能怎样呢？

忽然在永恒和时间的断层之间运作，将美好的事物从高空抛下来。这种断层造就了惊喜，但也使得美好的事物难以持续，常常是昙花一现，如同流星划过夜空，在闪耀出最亮的光华后就消失得无影无踪。

人是否能够超越永恒和时间的断层，让美好的事物永恒地、不断地涌现？这种超越并不意味着取消断层，因为这种断层是不可能被取消的。人不可能向后倒回自己的根源，取消根源和人之间的先天断层。但人可以向前进入新的境界，将根源实现在世界中，成就根源的永恒轮回，从而超越了断层。这种超越并不取消忽然，而是将忽然变成时间的常态,把时间提升到永恒的层次。只有在永恒轮回中,人才能主动地让忽然发生。那是怎样一种情形?我们无法想象,但其妙处正在于无法想象。如果要勉强形容,或许就如同人学会了飞翔。人上升到高空时是害怕的,因为高空和地面的断层意味着失落和死亡。然而,已经学会飞翔的人可以像春天的燕子那样随意地下滑、上升、盘旋,把断层转化为快乐嬉戏的空间。

让我们聆听尼采的不朽诗篇《七印记》的最后一段:①

> 如果我曾在头顶展开静谧的天空,且以我的翅膀飞入自己的天空中;如果我嬉游在深深的光明之远方,而我的自由之如鸟的智慧降临——但如鸟的智慧如是说:"看哪,没有上,没有下!把你抛向四周,抛出去,抛回来,你这轻盈者!歌唱吧!别再说了!——难道一切言词不是为沉重者而造的吗?难道一切言词不是欺骗轻盈者的吗?歌唱吧!别再说了!"哦,我怎能不热望永恒,不热望婚礼的指环——那诸环之环,轮回之环?
>
> 我还不曾找到我想从她得到孩子的女人,除非是这个女人,我所爱的:因为我爱你,噢永恒。
>
> 因为我爱你,噢永恒!
> ......

---

① 《七印记》是《查拉图斯特拉如是说》的高潮,是通往永恒之路的顶点。参见《太极之音》,第 588 页,及本书下篇的"尼采的《七印记》(试译)"。

下 篇

诗意的人生

古诗新韵

中华颂

巍巍中华,父母之邦。
地美人文,物阜民康。
大道长流,兼济四方。
共臻大同,天命永昌。

大唐吟

巍巍高山出世间,奇幻彩云长流连。
茫茫大地沐春雨,江河湖海泛酒仙。
望月无须灯如昼,怀友只在笔墨间。
空山寂寂有灵气,斜阳淡淡照炊烟。
日出而作日落息,忙有忙时闲亦闲。
路不拾遗念君子,夜不闭户忘小人。
天朝浩浩容四海,万方风物入我怀。
克己纳谏有明君,仗义执言多辩才。
盔甲英雄入荒漠,佩剑文人离案台。
飘然游荡天地间,不负天生我英才。
豪气纵横非欲霸,金鼓声中有管弦。
建功立业思进退,秋水之畔有美人。
轻歌曼舞传妙义,素手琵琶摄迷魂。
更有佳人公孙氏,剑影荡漾写乾坤。
争奇斗艳岂无故?生逢盛世弃俗成。

天子爱才广招募，家家户户诵读声。
婢鬟僮仆爱章句，贩夫走卒敬斯文。
文人相携不为己，风流才赋足堪怜。
死囚赴刑停宫乐，悲天悯人更无前。
纵观天下三百国，唯我大唐烁红尘。
希腊诸神遁形迹，巍巍上帝默无声。
大唐虽灭神不死，一夜春风吹又生。
见龙在田露端倪，或跃在渊初有人。
熙熙攘攘终必悟，莫为俗物耗一生。
人生在世终有尽，何不潇洒赴九泉？
漫漫人生寂寞路，悠悠待我青草坟。
仰天大笑游神州，天涯可有同路人？
闻我此言天肃穆，感我此怀地复苏。
落泪成雨为滔滔，酒泉汹涌逐浪高。
把酒祭天求天神，还我一个大唐朝！

历史遗产

茫茫草原夜，荧荧众星繁。
寂寞唐朝女，遗落在荒滩。
舞罢霓裳曲，又歌相见欢。
忽忆昭君事，坐取琵琶弹。

题净月女神像

　　长春有一净月潭，与台湾日月潭遥相呼应，被誉为"姐妹潭"。净月女神像立于2012年8月7日，系雕塑家叶毓山之杰作。女神双目微闭，右手前探，似在寻梦。见此情景，感而记之。

明月照千古，仙姿仍芳芬。
出云云不破，入水水无痕。

李白酒中意,东坡意中人。
梦醒还复梦,净月水泽深。

国庆余兴

七十华诞遇重阳,深秋时节沐春光。
东北地阔天低树,不见太行和吕梁。
七年寒暑磨一剑,日精月华凝锋芒。
若有神女巫山现,即随仙驾定八方。

锡林寄怀

传说锡林九曲湾是成吉思汗和夫人双双纵马驰骋时,夫人丝巾飘落草地化成,而锡林的十几座顶平如削的山丘,则是成吉思汗挥刀劈向群山所致。

曲河九十九道弯,平顶一十八座台。
丝巾飘落情不断,宝刀挥出江山裁。
河畔默默伴流水,草原茫茫独徘徊。
明月无语照孤旅,山水依稀入梦来。

四季组诗

冬

茫茫大野中,雪花落千重。
众木垂枝蔓,群英敛芳容。
北国十万里,寂寥此心同。
但愿春来早,相约在花丛。

春

皑皑冰湖雪初漏，冰下鱼儿解魔咒。
寂寞花神来何迟？春风绿岸红英瘦。

夏

红莲出水青叶轮，北国盛夏美如春。
待到冬雪飘飘日，遥向南天祭花魂。

秋

秋风舞落叶，飘飘向何方？
花落青溪里，相思日渐长。
花叶本有意，秋风何事忙？
愿随流水去，万里伴花香。

咏　薇

其一

茫茫大野中，雪花落千重。
来年雪融处，化作满堂红。①

其二

清泉流浊世，田野生紫薇。
春风苏冻土，人间满芳菲。

其三

紫薇生旷野，红丽又多姿。
愿君多留步，此花最相思。

---

① 紫薇花盛开时，漫山皆红，遍野芳菲，故紫薇花又名满堂红。

咏荷

其一

生性本清纯，污泥奈我何？
夏雨洗尘垢，重将春来歌。

其二

长夜息万物，悠然入梦乡。
唯怜月下荷，静夜独芬芳。

咏木兰

深谷白木兰，高洁又芬芳。
温柔胜玫瑰，坚韧赛扶桑。
素色送落日，清辉迎朝阳。
花国之明月，千古木兰香。

美人二首

美人晨曲

早起梳青丝，春光意正浓。
飞燕眉上舞，云霞镜中容。

美人夜曲

明月照玉容，不解相思苦。
晚风弄青丝，不知情人妒。

爱的命运

浮生春去春来，梦里花落花开。

山水默默相伴，雨中双燕徘徊。

北国夏燕

北国盛夏沐春风，燕子旋旋舞花丛。
似曾相识春梦里，梦醒犹如在梦中。

遥寄梦中人

昨夜风雨声，今朝犹未停。
风雨蔽日月，两心满光明。
红尘无净土，人间有真情。
你我相遇日，天下息甲兵。

人世间

一阴一阳之谓道，一起一落之谓潮。
一年一度花烂漫，一生一世花不凋。

木兰行

乱世云蔽日，春风不可期。
男儿多战死，边塞募兵急。
木兰发奇想，替父披征衣。
待我退敌寇，再把春光织。

静夜思

日暮不上灯，长坐思佳人。
细品从前事，不觉已清晨。

南湖秋夜

南湖秋夜秋虫鸣，山水如梦似旧情。
圆月无语湖心照，独倚栏杆到天明。

山　花

花开本无心，花落却有意。
寂寞拾花人，把她藏怀里。

山中缘

绝壁有奇花，千岁开不败。
空度寂寞年，花盛无人采。
忽逢打柴人，频频生怜爱。
相约花落时，一同去看海。

花　缘

奇花开心中，陋室满芬芳。
愿作长流水，日日润花香。

山　泉

山上有奇泉，千古流不涸。
林木蒙滋润，花草承芳泽。
深谷积湖水，软泥出莲荷。
世界多美丽，我为汝高歌。

梦游黄山

其一

百年不散云，千岁不老松。
行遍万里路，仍在大道中。

其二

经中觅大道，终究一场空。
悟道需奇境，境奇万物通。
丽湖生迷雾，雨后映霓虹。
愿化浮云去，长伴不老松。

春湖花月夜

其一

湖月照荷萍，千古美仙姿。
但愿人长久，静夜永相思。

其二

千古流浪者，今夜还家门。
天上云逐月，月下影随人。
湖月同风雨，荷萍共芳芬。
从此忘纷扰，春宵入梦深。

北国之春南国梦

春节将至春意浓，独向湖边觅芳踪。
蹊径踏遍无丽影，雪花飘忽似玉容。
哲学思成心志满，天书写就楼阁空。
还羡浮云有归处，日日长伴不老松。

山中隐士

荒野出丽湖，松云入天穹。
林密养玄鸟，水深藏蛟龙。
世事多烦扰，成败转头空。
但愿天地久，世界成大同。

怀海南旧居

我本山中闲散人，星星为伴月为灯。
何日更当返故里，听取檐下滴雨声？

春游海南梦留别

久别故乡云遮月，今日云开故乡行。
黄昏漫步椰林暗，庭中静坐皎月明。
村野和风清又凉，卧床叙旧渐入眠。
沉沉雷声天上鼓，点点雨滴梦中琴。
青衣仙童奏犬乐，霓裳仙女舞鸡鸣。
拂晓起身推门望，遍寻不见众仙伶。
追影逐声入后院，鸡群咯咯狗笑迎。
吾辈也幸生人世，飞禽走兽亦有情。
他日修成入仙界，定返人间授天音。

雨中吟

平生最爱落雨天，窗外茫茫窗内黑。
暖被窝里温旧梦，寂寞雨滴入心扉。

音乐世界

蓝天白云长相伴，高山流水乐融融。
莫道人间无知己，知己自在管弦中。
人心本来有天籁，相逢何必语言通。
七音五音交汇处，琴瑟和鸣奏大同。

赋生日宴

　　生日宴会，哲学院好友欢聚一堂，感怀论道之余，人人唱了起来，尽抒赤子之心，畅咏时代精神，歌至最美处，甚至引起了隔壁包房之唱和……

歌声自然起，余音数绕梁。
美韵入心醉，丽声透壁香。
同道思想汇，友人情意长。
漫步哲学路，吾辈当自强！

南方有佳人

纪念邓丽君逝世十五周年

南方有佳人，天音绕星辰。
淡淡红颜笑，浓浓情意深。
芳踪虽已逝，妙音犹慰人。
遥想仙居处，歌起云纷纷。

何日君再来

纪念邓丽君逝世十九周年

多年隔海遥识君，君音君容入梦萦。

君容不知何处去，君音依旧诉衷情。

高山清茶赋

今天朋友送来一包从台湾带来的高山茶。恰逢邓丽君仙逝二十周年，感而记之。

清茶本有家，高山云雾中。
芳心吐嫩蕊，余香入绿丛。
巧手出山岭，随缘济世穷。
请君细细品，淡淡情意浓。

北国之春

残阳白如月，余光化冷清。
日暮归心起，路人多急行。
千街寒灯暗，万户窗火明。
我亦归家去，再把旧曲听。

春游南湖

荷花池边赏融雪，凌碧桥上望浮冰。
欲知南国春来早，观雨廊前用心听。

北国之秋

其一

秋色谁与共？天涯同路人。
赏荷花不语，观澜水无痕。
黄昏伴落日，黑夜梦花神。
醒来香如故，朝霞满芳芬。

其二

阴云遮天日,秋气渐转凉。
天涯梦中侣,可曾添衣裳?
长夜虽漫漫,终难敌天光。
灿烂晨曦里,龙凤共呈祥。

海韵

海上生明月,天涯共此时。
情人隔万里,日夜苦相思。
身与身相错,心与心相知。
愿化海鸟去,当面诉情痴。

故乡行

独归故里赴春宴,亲朋满座浑不分。
山珍海味流水过,忙里偷闲思佳人。
万水千山何所有,两心相合了无痕。
来年新雨润故土,春燕双飞再临门。

旧词新唱

虞美人·海外归来

西乡飘雪白如玉,怎比东乡雨。归来落户喜临湖,山水入眸正好展宏图。

当年壮志孤帆路,夜海繁星宿。而今山雨洗心尘,红叶满山恰似梦中人。

浪淘沙·中国梦

华夏厌征伐,反受欺压。西风过后百花杀。寂寂花神遗大漠,幽怨琵琶。

仙女舞云崖,花落谁家?神州处处染红霞。丽日蓝天临世界,天耀中华。

清平乐·归乡

家家户户,黑瓦连青树。小径新修三迷路,幸有椰林如故。

最喜兄嫂家肴,更兼美酒滔滔。却道外头不易,笑曰岂敢牢骚。

满江红·游学

煮酒青梅，忆年少，行空天马。十八载，西风长啸，飞云如画。① 极目忽觉天地小，回头方悟乾坤大。借东风，携阵阵飞云，归华夏。

游天府，情不假。寻长安，泪空洒。再挥毫，古往今来融洽。儒道佛西归大易，黑白相间生诸法。聚浓情，化美露甘霖，平天下。

永遇乐·鸿雁

雪后长春，晴空万里，冬日春意。鸿雁南飞，青山绿水，南北同一气。峰峦如指，浮云若海，雨后彩虹垂地。赞华夏，红英落尽，依旧这般瑰丽。

西游枫叶，访师寻道，故土常浮梦里。② 锦绣河山，似真似幻，梦醒犹追忆。天涯海角，高原雪域，此刻尽收眼底。念华夏，归来浪子，不离不弃。

如梦令·听雨斋

山中听雨草斋，而今长满青苔。昔日笑谈处，冷然数朵花开。归来，归来，怎忍各自徘徊。

如梦令·仙境

昨夜梦中美景，月下花前人影。春意正浓时，秋雨秋风惊醒。天命，天命，你我相约仙境。

---

① 为了学习西方哲学，我自费留学加拿大，辗转十八年才回国。
② 加拿大又称枫叶之国。

忆江南·木兰归

家乡美,一路沐春光。铁马金戈军士梦,木梳铜镜女儿妆,窗外木兰香。

江城子·爱之梦

开天辟地造人忙,塑泥黄,象阴阳。你我两分,梦里枉思量。过尽千人皆不是,心中你,在何方?

两心相感动娲娘,借天光,破参商。春去春来,孤燕必成双。若悟花开花落意,同生死,共芬芳。

荒野玫瑰

夜　歌

今天晚上，
月亮害羞地告诉我一个秘密
——其实她很寂寞。

"多少年来，
我悄无声息地照射着
夜空下的群山，江河，人们……
我的目光是那样温柔，
被我照亮的一切都融进了我的怀抱。
我的目光又是那样单纯，
以致我无法理解人们称之为恶的东西。
我不理解什么叫矛盾、斗争和伤害。
人们脸上流下的泪水，
晶莹透亮，闪闪发光，
在我看来是那样美。
我看不到泪珠后面人们称之为'伤心'的东西。
据说伤心是不好的，
那为什么还要伤心呢？
人们回答说：
'伤心不是我们想要的，
而是生活给我们的。'
但在我看来生活就像我的清辉，

静静地环绕在人们的周围,
仿佛是一首温柔纯洁的音乐。
既然这样,伤心到底是从哪里来的呢?"

"啊!月亮!
您确实是太纯洁了,
不知道人生充满了矛盾、斗争和伤害。
这都是那个让万物生机勃勃的太阳造成的。
他不断地鼓动万物去扩展自己,
从而把大地弄得到处硝烟弥漫,
一个生机成为另一个生机的食物,
一个智慧把另一个智慧当作仇敌。
太阳让我们的生活充满了精彩和刺激,
但我们也因此付出了伤痛的代价。
当我们在人生的战场上冲锋陷阵,
把自己弄到疲惫不堪甚至饱受伤害时,
泪水就像泉水一样从心中涌到眼里,
模糊了我们的视线。
这时我们向您仰望,
仿佛看到您也在为我们默默地流泪。
但现在我们知道
其实您并不理解我们称之为'伤心'的东西,
这样我们的伤心就变得更深了。"

"我所爱的人们!
我很抱歉无法体会到你们的痛苦。
但至少在我的怀抱里没有让你们伤心的东西。
让我轻轻地拥抱你们吧,
希望我的温柔和纯洁能带给你们一点安慰。
你们都知道我和太阳是相反的。
虽然我不清楚太阳怎样让你们陷入矛盾、斗争和伤害,我的温柔纯洁或许可以缓和他那过于刚烈浑浊的性格。"

"圣洁的女神！
您温柔的话语确实让我们紧张的心灵得到了缓和。
是啊！不论什么时候，
当我们仰望着您，
总是感受到一种无言的关怀，
默默地从您的目光流入我们的心里，
轻轻地爱抚我们心中每一个动荡不安的角落。
或许，我们应当像您一样纯洁，
这样就会少掉许多痛苦。
然而
壮志凌云的梦想，
汹涌澎湃的激情，
叱咤风云的行动，
这一切对我们太有吸引力了。
没有它们，
生命就会显得太平静，太单调，太缺少刺激……
啊！圣洁的女神！
请原谅我跟您谈这些您不能理解的东西，
对您的性格来说这些东西或许会显得太粗鲁了。"

"真可惜我不能完全理解你们。
我如果能见到太阳，
也许可以对你们有多一点的理解。
但太阳确实太霸道了，
他出现的时候我就只有隐藏起来，
免得被他过于灼热的光辉所伤害。"

"太阳虽然很霸道，
但他也有休息的时候。

过于刚烈的性格，
使他容易感到疲倦。
您看，
现在太阳就已经休息了。
当然，他的休息只是暂时的，
明天早上他又会再来唤醒我们
去斗争，去创造，去忍受伤痛……"

"其实我很想接近太阳，
去感受一下他无比的威力，
这样我就可以更好地理解你们了。
但他从来不让我靠近他，
因此我常常感到很寂寞。"

"圣洁的女神！
但愿太阳能理解
您的温柔不是软弱，
您的宁静不是寂灭，
您的纯洁不是愚昧。
照我看太阳还要修炼一百万年才能真正明白您……
不好！太阳快要出来了。
让我们停止交谈吧，
免得惹动了他的怒气。"

这时，一轮红日喷薄而出，
东边的天空被染红了一大半。
从遥远天际传来太阳雷鸣般的声音。

"软弱无力的人类！
我白白地向你们照耀了这么多年。
多少次我鼓起了你们斗争的勇气，

你们却像一个吹胀的气球一样慢慢地漏气，
最后只剩下软绵绵的一副皮囊！
振作起来！
别在温柔的梦幻中寻找安慰。
一点小小的困难就让你们退缩了吗？
一点小小的挫折就让你们灰心丧气了吗？
你们以为伟大的事业能够不经历伤痛就实现出来吗？
看看我吧！
我是怎样经受着内部极度高温的熬炼！
否则我怎能一发光就让万物生机勃勃？
收起你们渺小的唉声叹气，
停止所有无聊的多愁善感！
最美丽的事物，
要靠最坚强的意志才能创造出来！"

"啊！太阳！
一切事物中最强有力者！
听到您震撼宇宙的声音，
我们心中又充满了源源不断的动力！
是的，永不屈服！永不放弃！
勇敢地去创造，
去实现伟大的理想，
甚至粉身碎骨也在所不惜！
生命算什么？
值得我们这样小心翼翼地爱护？
让所有的痛苦一起到来吧！
我们浑身充满了您的阳刚之力，
我们又准备好了去迎接任何挑战！"

这时太阳已经升上了头顶。
高空中传来他爽朗的笑声。

"你们果然没让我失望。
不要以为我不知道
你们如何在晚上和月亮说悄悄话。
你们不是喜欢月亮的温柔和纯洁吗？
我告诉你们，
那就是我的温柔和纯洁！
我太原始太单一了，
我无法同时又刚烈又温柔，又浑浊又纯洁。
所以才让月亮承担了温柔纯洁的特性，
这样我才能保持我原始的刚烈和浑浊。
其实我很需要月亮的温柔和纯洁，
如果不是她默默地和我遥遥相对这么多年，
我就感受不到自己的力量，
找不到我可以休息的地方。
月亮有我缺少的东西，
但我无法接近她，
她太温柔太纯洁了，
我一接近她，
她就会被融化了。"

太阳说完这些，
就开始向西边下沉。
他留下的红霞渐渐变得昏暗，
最后完全消失在黑夜中。
我期待着月亮的出现，
好把太阳的话告诉她。
然而月亮却始终没有露面，
取而代之的是满天的繁星。
繁星们好像商量好了似的，
一起开口唱了起来。

"人类！听着！
不论太阳还是月亮都不完美。
正因为这样才需要你们人类。
你们要居于天地之间，
将太阳的刚烈和浑浊，
月亮的温柔和纯洁
都一起实现出来。
你们的男人要更像男人，
你们的女人要更像女人。
但男人也要懂得温柔，
女人也要明白精神。
只有相互理解，
才能相互和谐。
没有感情的男人，
正如没有精神的女人，
都同样地不完整。
敞开你们的心胸，
让它博大到充塞天地之间。
深化你们的爱情，
让它如同日月在空中同辉。
你们从爱而生，
必须向爱回归。
有耳的，
就应当听！"

星星停止了歌唱，
宇宙中万籁俱静。
不知过了多久，
也许几个小时，
也许几个世纪，

这种寂静终于被荒野中的虫鸣声打破了。
我忽然明白,
最寂静的夜也掩盖不了宇宙的生机,
极度的黑暗其实孕育着极度的光明。
既然
日月成双成对,
天地永不分离,
就让我们放弃自我中心,
在永恒的爱中超越自己。
黑夜如同死亡,
黎明如同新生。
旧爱即将过去,
新爱即将来临。
就让满天的繁星,
为我们的爱情作证!

山中夜

黑云西渡,
奔向落日,
化作片片红霞,
消融在夕阳里;
西边橙红色的天空,
衬映着黑色的树梢。
爱人哪!
我愿在这样的暮色里,
和你走在宁静的山路上,
悄悄地,
悄悄地,
只听到脚步声。
让我们走到那块岩石上坐下,

依偎在一起，
目送夕阳的消沉。
当黑暗把我们完全吞没，
山林降下阵阵凉气，
我们相互拥抱得更紧。
思想停止了，
只有感情在对流。
时间停止了，
只有心儿在跳动。
是谁在偷窥我们的幸福？
原来是满天的繁星。

山中雨

屋里很黑，
没有上灯。
一个人静静地躺着，
望着窗外白茫茫的雨。
山风吹打着椰子树的树梢，
发出一阵阵尖锐的呼啸声；
从屋檐落到前庭的水珠，
好像替它伴奏似的滴答不停。

"今天她会来吗？"

虚掩的门突然"呀"的一声开了。
一个熟悉的身影闪了进来。
她点亮了灯，
卸下了斗笠和蓑衣，
把它们轻轻挂到墙上，
顺手拿起一条干毛巾，

斜着头开始擦起长发的发梢来。

"今天好点了吗?"

我点点头。
她燃起了炭火炉,
把它移近我的床边,
从她带的小竹篮里拿出几片年糕,
用竹扦叉着放在火盆边上烤,
屋里顿时充满了年糕的香味。
她一边看着我吃一边快乐地唠叨起来,
在不同话题之间随意地转换着。
我静静地听着这熟悉的音乐,
思绪随着它东游西转。
当她同时谈起两个话题的时候,
我终于迷失了方向。
不过我没有打断她,
觉得好像在听一首技巧高深的复调曲子。
但是音乐突然停了。

"好了。过几天再来看你吧。"

她走了,
但又没有走。
屋里充满了她的温暖,
还有年糕的香味。

我拿起了枕边的书,
但没有真正看进去,
翻了几翻又放下了。

山风吹打着椰子树的树梢,
发出一阵阵尖锐的呼啸声;
从屋檐落到前庭的水珠,
好像替它伴奏似的滴答不停。

至深的夜

至深的夜,
连山里的小虫都睡了。
小屋顶的天窗里,
悄悄地泻下银白色的月光,
轻柔得如同没有音符的乐曲,
无声无息地在小屋里回响。

月亮有多遥远,
心就有多遥远。
月光有多近,
心就有多近。

天地之间最短的距离,
名字叫永恒。

致梦中人

雪花
一片一片
悄无声息地落下

化作思念
一点一点
在我的心里融化

我多想

凝视你的凝视
呼吸你的呼吸
亲吻你的亲吻
感受你的感受

因为你的存在
就是我的幸福

爱的神秘

你夺走了我的心
放在你的心里

我如果不做你
就不知道如何
做我自己

好想做你
但又做不成你

这种感觉
是多么痛苦
多么甜蜜

湖　边

有一种病叫作爱情，
而我病得很重，

医生说已经无药可医。

从诊所出来,
我没有直接回家,
漫无目的地走着,
最后来到一个美丽的湖边。

湖水清澈如镜,
一尘不染,
就像她纯洁的心。
然而我在湖中
看不到自己的倒影。

我在湖边坐了一天,
直到夜幕开始降临。

回去吧!回去吧!
从此不要再来湖边。
否则有一天我可能会跃入湖中,
永远融入那清澈的透明,
让湖水从此不再干净。

春日私语

我在梦中看见
你绯红的面颊,
含羞带笑,
欲言又止。
醒来却发现
原来只是天边的
一抹彩霞,

在黄昏的暮色中，
悄悄地融化。

我在梦中看见
你晶莹的泪珠，
沿着白玉雕成的脸庞
潸潸地滚下。
醒来却发现
原来只是寂寞的雨滴，
从苍茫无际的天空
默默地飘洒。

到森林去吧！
那里有我熟悉的小溪。
坐在巨石上，
望着欢快的水流，
心中充满了宁静。
这里的一切都这样真实，
阳光明媚，树影婆娑，
胜过美丽的童话。

然而流水依然在歌唱，
漩涡依然在舞动，
心儿依然在跳。

心儿啊！
我知道你会一直这样跳着，
直到你回到她的怀里，
永远地安息。

爱在深秋

秋天来了，
细雨绵绵。
我的爱人说——
瞧这场秋雨，
凄凉无声，
好像少女
幽幽的泪痕。

不！爱人。
秋雨缠绵，
是甘甜的养分，
一点一滴，
滋润爱情的心田。

秋天来了，
落叶纷纷。
我的爱人说——
瞧这些落叶，
枯萎发黄，
好像少女
失落的梦魂。

不！爱人。
秋叶金黄，
是收获的象征，
一叶一叶，
撒落爱情的心田。

冬火

一个人走在
白雪皑皑的湖边，
抱着心中的火取暖。
晶莹透亮的冰块
仿佛泪水凝结而成，
如同可以燃烧的水晶灯，
让心中的火苗
变得更加旺盛。
火势越来越凶猛，
眼看就要烧掉这个世界。
赶来救火的人，
就是纵火的人。
这样的火灾如何了结？
唯有葬身火海，
化作凤凰重生。

如是我愿

如果你是晚霞
我愿是山背后的夕阳
在看不见的地方
默默地发光

如果你是闪电
我愿是连续不断的惊雷
告诉世界
你还会再来

如果你是白昼

我愿是晴朗的蓝天
让我们在欢乐中
融成一片

如果你是黑夜
我愿是黑夜中的寂静
让我们一起
等待黎明

雪　夜

北方的夜，
流云浮动，
银光闪烁。
娇媚的冬天女神
从月宫翩翩降临，
化作片片雪花，
无声无息地问候着
巅峰上高冷的青松，
旷野里突兀的小屋，
还有那
在壁炉的火光中
不断晃动的窗户，
在充满希望的心灵中
融化成了春天的溪流，
潺潺地歌唱着，
无止无休。

清晨的记忆

阴凉的清晨，

细碎的鸟鸣,
唤醒了尘封的记忆,
平息了街道的噪声。
岁月悠悠,
缓缓流过。

美好的时刻
悄无声息地降临。

还是那天,
还是那场雨,
还是那首歌,
还是那个人。

只要我们愿意

当你如同天边的云彩
　　缓缓地飘入我的梦
当你如同荒野的玫瑰
　　静静地绽放我心中
宇宙中的森罗万象
　　仿佛融成了一体
红尘中的一切道路
　　似乎都相互通达
来吧！朋友！
　　世上最远的是人心
　　世上最近的也是人心
只要我们愿意
　　天空将不再愁云密布
只要我们愿意
　　大地将不再默默叹息

爱一个人
　　　　永远只爱一个人
这种天真烂漫的理想
　　　　并非那样遥不可及

只要我们愿意

小贝壳项链

我被风吹走了，
离开了这个城市。
当我忽然间飘落时，
发现自己躺在一个
防风林搭起的小木屋里。

几个黝黑的男人，
光着头，赤着上身，
在望着我傻笑。

听不懂他们在说什么，
只知道是在好奇和商量。
好像猜到我渴了，
有人端起椰子瓢给我喝水。

进来几个姑娘，
蓝色的上衣，
五颜六色的裙子，
头发都卷在脑后，
脖子上戴着一圈
精致的小贝壳项链。

我不得不说，
她们没有城里的姑娘漂亮。
但那海水一样蓝的上衣，
和那野花一样多姿多彩的裙子，
充满了夏日海滩的气息。
荡漾在蓝色海水中的小贝壳，
颗颗晶润发亮，
图案美丽。

领头的姑娘
把一只煮熟的大螃蟹
端到了我眼前，
用清澈的目光
和灿烂的笑容
告诉我这是可以吃的。
看我笨拙地拆开螃蟹的样子，
姑娘们都笑开了怀。
我期待着她们端来蘸酱，
她们却不知道我要什么。
我吃起了清煮的螃蟹，
发现味道极其鲜美，
正想再要一个，
忽然间一阵大风刮来，
小木屋不翼而飞。

一个人
在热闹的街市上走着，
周围的一切既熟悉又陌生。
在一个琳琅满目的货架前，
我蓦然停住了脚步。
一串精致的小贝壳项链，

不起眼地夹杂在皮带、手套和墨镜中间。
我毫不犹豫地买下了它，
但不知道要把它送给谁。

等着吧，
会有那样一天。

美丽的桑科我的家

　　甘南之游，记忆犹新。梦中醒来，欣然命笔。展想象之翅膀，抒边域之风情。非为记事，只求舒心。

唱起了彩云，
唱起了月亮，
献上了洁白的哈达，
捧出了飘香的青稞，
藏家的女儿！
你黑里透红的脸庞如同彩云，
你美丽的眼睛就像破云而出的月亮；
洁白的哈达代表你的心，
飘香的青稞酒是你的情。

蓝蓝的高天下，
青色的草原铺开了你儿时的梦。
在草原上放羊玩耍，
你最爱那千姿百态的格桑花。
一群群在草丛中缓缓蠕动的绵羊，
就像是天上的白云落到了山坡上。
远远山脚下，
白色镶蓝的藏包里，
有你亲爱的阿帕阿妈，

在等着你傍晚回家。

你喜欢坐在半山腰上，
静静地望着山脚下的家，
默默地想着一个奇怪的梦。
梦中你到了一个遥远的地方，
那里没有草原，
但是有大海；
那里没有青稞，
但是有稻谷；
那里没有格桑，
但是有玫瑰。

啊！
充满梦想的藏家女儿！
你多想翻过那青青的山峦，
去看看山的那一边。

"彩云快来呀，
把我扶起来；
神鹰快来呀，
把我驮起来，
把我带到山那边。
我要看看大海，
我要尝尝大米，
我要亲亲玫瑰。"

彩云来了，
神鹰来了。
藏家的女儿飞呀飞呀，
飞到了山的那一边。

清清的银湖变成了大海,
片片的青稞变成了稻谷,
艳艳的格桑变成了玫瑰。
……
"绵羊啊!
天色已晚,
我们回家吧。
阿帕阿妈一定着急了。"

你回到了藏包,
看到了远远走来的我们。
"啊!
原来梦也是真的。
这些就是来自遥远海边的人。"

唱起了彩云,
唱起了月亮,
献上了洁白的哈达,
捧出了飘香的青稞,
藏家的女儿!
你黑里透红的脸庞如同彩云,
你美丽的眼睛就像破云而出的月亮;
洁白的哈达代表你的心,
飘香的青稞酒是你的情。

夜色渐渐暗沉,
熊熊的篝火烧了起来。
藏家的女儿在火堆旁飞舞转身,
好像是格桑花在摇曳,
又好像是冬雪在飘零;
嘹亮的歌声响彻茫茫夜空,

仿佛来自那亲吻星星的黑色山顶，
又仿佛来自那月光下的银色湖心。
飞舞吧！
桑科草原的神鹰。
歌唱吧！
桑科草原的百灵。
今晚在你的梦里，
大海一定会化作清泉流入你的心。
等你早上醒来，
一束红艳艳的玫瑰
会轻轻吻着你的脸；
桌子上还会有烤好的年糕，
屋子里充满了大米的香甜。

再见了！
藏家的女儿。
再高的山也会有山顶，
再远的路也会有终点。
总有一天你会来到美丽的海边。
让我为你献上洁白的海螺，
让我为你捧出清润的绿茶，
让我为你唱上一首《山那边是我的家》，
看你晶莹的泪珠滚滚而下。
让我们一起到天涯海角，
去看看阳光，椰树，沙滩，
让海浪一次又一次地亲吻双脚，
忘记了时间，
忘记了烦恼。
啊！藏家的女儿！
那时你的舞姿随波浪翻转，
那时你的歌声与涛声对答。

没有神鹰从山巅飞过，
只有海鸥在浪花中穿梭。
没有冬雪飘飘落入你的毡帽，
只有海风轻轻吹起你多辫的长发。
"你儿时玩耍的桑科草原，
你是否还记得它？"
藏家的女儿笑而不答，
向着大海唱起了《美丽的草原我的家》。
歌声又把我们带回那难忘的一天。

唱起了彩云，
唱起了月亮，
献上了洁白的哈达，
捧出了飘香的青稞，
藏家的女儿！
你黑里透红的脸庞如同彩云，
你美丽的眼睛就像破云而出的月亮；
洁白的哈达代表你的心，
飘香的青稞酒是你的情。

让我们一起回桑科草原吧！
那青色的山，
那银色的湖，
是我们永远的家。

新牧歌

离开吧！
离开喧闹的大城市，
到古老的小镇去，
去拥抱周遭大自然的美丽，

让你的呼吸如春风拂过，
让你的胸怀充满了生机。
你会见证人与人的亲切，
每个笑容都发自心底。
慢慢地走吧，
沿着青翠的小路，
慢慢地回忆你爱过的一切，
让思念顺着小路蔓延。
多少年了，
你的心如同久旱的田，
龟裂成一片片。
多少次你下班回家，
找不到曾经喜爱的自己。
为了什么，
要看着手表焦急地赶路？
为了什么，
要挤进已经不能再挤的公车？
为了什么，
要在老板的呵斥中忍气吞声？
为了什么，
要在顾客的刁难中强作欢颜？
啊！
没有了，
都没有了。
这一切仿佛都不曾发生。
看！
路边小溪中有几条小鱼，
自由自在地游得多欢畅！
我正要伸手去摸它们，
走过来一个放鹅的小女孩，
脏脏的脸，

大大的眼睛好奇地看着我。
一只鹅低头向我进攻的时候,
她咯咯地笑了:
"不要怕,它是吓唬你的。"
小女孩唱起儿歌,
赶着鹅群走了,
她要去青草更多的山脚下。
我望着她小小的背影,
听着远远传来的儿歌,
不知为什么,
心里竟流下了热泪。

漫游者之歌

沉默的大地
以她宽阔的胸怀
承受着来往车轮的碾压,
支撑着划破苍穹的高架桥
和那高耸入云的大厦。
在荒野的垃圾堆里,
在污水汇流的湖泊中,
她默默地吸纳着,消解着
儿女们任性地留下的痕迹。
母亲!
我们是何等幸运!
即使我们背叛了一千次,
您还是毫无怨言地把我们收留。
湛蓝的天空
把我们从您的怀抱中唤醒,
怀着热望追逐我们的梦想,
直到耗尽我们的力量,

才回到您的怀中，
永远地安息。
就在这东三省的腹地，
高楼林立的城市中，
您还为我们留下了
一小块处女地。
走入南湖茂密的树林，
脚下是黝黑肥沃的土地。
树林里凉风习习，鸟鸣声声。
鸟儿啊！
大地上最自由、最欢快的生灵！
你们是母亲怀中永不疲倦的歌者。
金色的小松鼠
不停地在草丛中跳跃。
这些勤劳的小动物
总爱兴致勃勃地
搜索母亲藏在草中的礼物。
大树旁边的练功者
面无表情地模仿着
大树的姿势。
黑色的树干
像久远的年代那样沉默。
弯弯曲曲的枝桠
无言地伸展着
大地的蓬勃。
状如冠盖的树梢，
遮蔽了光明的源头，
却在稀稀落落的空隙中，
隐隐地泄露着天机。
在这里，
一切都现出原形，

就连那躺在地上的枯枝,
也透露着大地的安详和宁静。
这空旷寂静的树林
是生命的原始家园,
永远不会辜负
漫游者的虔诚。
那棵松树难道不是
默默地望着我,
就像我默默地望着它?
那朵野花
不正通过我的眼睛
欣赏着她自己的美丽?
难道我不是这一切显露?
难道我不是这一切澄明?
难道我敢说
我还是别的什么东西?
是的,
没有比这一切更真实的我,
除了燃烧在心中的一团烈火,
除了在树林的每个角落
都隐隐地显露出来的
一个晃动的倩影。

森林小诗

其一　树

树,
古老地,默默地矗立。

多少年了,

多少人从你的身边路过，
却不曾有人向你致意。

从清朝开始
你就一直站在这里，
用你硕长的主干
向人们指示着苍天，
用你茂密的枝叶
为人们遮挡着骄阳。

总有一天，
你也会老到死去。
但愿那天，
众人环环肃立。
在庄严的音乐声中，
你被渐渐地放倒，
回到生你养你的大地，
永远地安息。

  其二　路

当金色的阳光
穿过斑驳的树叶，
在草地上编织着
孩童心中的梦想，
我对苍天说：
你所愿者，
也是我所愿者。

当乌云悄悄聚拢，
把白昼化作黑夜；

狂风吹起了风沙，
湖水也黯然失色，
我对苍天说：
给我的，
我必承受。

周围站立的
众多古老的大树
默默地认可了我的选择。

月夜归乡

夜色中的小山村
像梦一般地朦胧。
家家户户的灯光
微弱如同萤火虫。
故乡啊！
多少次我走近你，
在这样的夜色里，
没有路灯，
没有霓虹。
我呼吸着你熟悉的气息，
静静地走在你的黑暗里。
亲人啊！
在黑暗中你们显得更亲。
望见了，
望见了屋顶，
夜空中凸起的黑三角。
望见了，
望见了家门，
虚掩的门缝中透出昏暗的灯。

听见了，
听见大嫂呼唤侄儿洗澡的声音，
听见她用木桶打水的声音，
听见侄儿奔跑的声音，
听见鸡群的咯咯声，
听见家狗的低吟，
……
我在门口停住，
沉浸在这永恒的瞬间，
然后轻轻地
推开了虚掩的门。

乡　愁

乡愁
是父亲的白发黑瞳
时不时浮现在
书页的白山黑水中

乡愁
是母亲搓衣的声音
一会儿稀一会儿密
今日停止了
明日又响起

乡愁
是山中雨后的薄雾
不知道何时
已经悄悄打湿了衣服

乡愁

是天边橙红色的晚霞
在默默无语的微笑中
期待着游子回家

饮酒歌

湛蓝的天空
闪耀着金刚石一般的光芒。
巍峨的高山
在云海中奏出寂静的回响。
神圣的天光！
神秘的回响！
你们以不可思议的虚无
美化了世间的熙熙攘攘。
花草树木因你们而生机勃勃，
大河小溪因你们而高咏低唱。
你们闪耀在老人慈祥的微笑中，
你们飞翔在儿童幻想的世界里。
在清香的稻田，
甚至在喧闹的集市，
到处都有你们默默的身影。
然而你们的身影是那样飘忽，
你们的力量是那样轻柔，
以致聪明人忽略你们，
无知者嘲笑你们。
我却喜欢在静静的湖边
独饮你们赐下的美酒。
让我把第一杯献给金光闪耀的天穹，
让我把第二杯献给芬芳浓郁的大地。
如果你的心还能感受神圣，
如果你的心还能体会神秘，

就请一起来畅饮！
就让我们把这第三杯
献给美丽可爱的人间！

小鸟歌

天上的白云飘啊飘，
地上的树枝摇啊摇。
山也转来水也转呀，
我飞来飞去真逍遥。
清晨早起我觅小虫，
傍晚归来我骑牛头。
小河边上洗翅膀呀，
小树枝头我梦悠悠。
不是神仙不是佛呀，
我是快乐的小无忧。

梦

闪电
雷霆
狂风
暴雨

两道彩虹
悄悄地出现在
遥远天边

湿润的树身
含泪的花瓣
滴水的叶尖

一只雄鹰
穿云破雾
时隐时现

寂静森林中
有一只蝴蝶
在默默地飞

我是谁？

我是风，
我是雨，
我是翩翩起舞的落叶，
我是潸潸泪下的花蕊。
我是朝云，
我是晚霞，
我是清晨欢唱的百灵，
我是深夜狂吠的家犬，
我是冬日里回光返照的艳阳，
我是夏夜中悄然潜行的月亮。
我是青春，
我是寂寞，
我是男孩子脚下的球，
我是女孩子手中的镜。
我让高山巍然耸立，
我让大海汹涌翻腾，
我让孩子咯咯嬉笑，
我让老人踽踽独行。
我是痛苦，
我是安慰，

我是摔倒，
我是扶起。
我是野狼的凶狠，
我是绵羊的柔顺，
我是稻田的清香，
我是沼泽的腐臭。
我居无定所，
我行无定踪，
我在这里，
也在那里。
我拥有一切丰盛，
却因此一无所有。
我是谁？
我是我自己。
我是路旁的树，
我是街上的泥，
我是空中的鸟，
我是水里的鱼。
我是想不通思不透的虚无，
我是说不清道不尽的神秘。

冲浪者

生命
在巅峰和深谷中
激荡起伏
沿着一条壮丽的弧线
回旋在
死亡与辉煌之间

巨浪

涌向苍天
洒落无数雨点
装饰着这个
惊心动魄的瞬间

灵魂
不断穿越
迎面涌来的水墙
把一阵阵虚张声势的恐吓
化作身后的浪花孩童般的笑声

人啊!
天生的冲浪者
愿你的每个瞬间
都这样精彩

致屈原

当世界在潮流中沉浮
你屹立大河中央
对滚滚的浪花不屑一顾

当世人像一堆堆长草
任由呼啸而过的山风
把他们刮向东刮向西
你的树根深深扎在脚下的土地
叶子从高山之巅
吸取清纯的空气
花朵如同七彩霓虹
开放在云海里

让大河为你做证
它无力卷走的巨石
比它更紧贴大地
让山风为你做证
它无力撼动的大树
比它更接近苍穹
让每个中国人都记得
在漫漫长夜里
曾经有人
为了心中的一点光明
燃烧了自己
九死而不屈

小夜曲

当世界黯然无光，
生命又怎能独自闪亮？
点燃心中的火烛，
照亮的只是我的小屋。

然而
月亮仍然在云中穿行，
那时而闪现的皎洁面庞，
预示着清晨灿烂的太阳。

五音协奏曲

古琴
在冷冷的山谷中
穿过肃穆的松林
绕过怪石和山藤

沿着崎岖的山路
艰涩地
攀登

古筝
在悬崖的边上
俯瞰着流动的白云
和波光漾漾的湖面
怡然自得地
等待着
古琴

琵琶
在高山之巅
呼吸着
清净如洗的山风
闪耀着
蓝天的钻石光泽
在不绝如缕的
思绪中
穿过破碎的
时光
回忆着
古琴
思念着
古筝
但

从云端飘下
钢琴梦幻一般的音符
仿佛紫色的玫瑰花瓣

一片片
洒落山顶
缓缓飘向半山腰
渐渐消失在山谷中

在最深的谷底
湖面上一圈圈的涟漪
化作小提琴悠扬的旋律
慢慢地
向着山顶攀升
玫瑰花瓣跟着翩翩起舞
山中处处落英缤纷
芳香满径

山风
陶醉了
吹落满山枯萎的松针
和玫瑰花瓣一起飞舞
松针的瘦影
追逐着玫瑰的仙姿
纷纷坠入流动的白云
交织到粼粼湖波之中

夕阳
在湖面上
泛起了金色的涟漪
渔船的黑影
在朦胧的暮色中穿梭
一群群湖鸥
在晚霞中嬉戏
欢叫声此起彼伏

黄昏
聚集了
回忆和思念
孕育着梦幻和柔情
在这万物归家的时刻
默默地等待着
浩瀚如海的
繁星

赶路的人

阳光下，
语言在万物中
默默地燃烧，
仿佛要把世界烧成
火的海洋。
赶路的人啊！
你可曾看见
万物喷出的浓浓烈焰？
你可曾闻到
迎面而来的阵阵青烟？

岁　月

雪地上，
一串串地，
留下了人的足迹。
松树上沉甸甸的雪块，
好像强忍了几千年，
突然坠落。

从哪天开始，
寂静的宇宙中，
突然睁开了第一只眼？
从哪天开始，
寒冷的冬天里，
突然暖暖地有了一颗心？

北风呼啸，
一只野兔，
蹦蹦跳跳。
松林里忽然飞来一支箭。

帐篷里，
熊熊的烈火
散发出烤肉的香味。

然而猎狗叫了起来，
声音里颤抖着极度的愤怒。
刀！
剑！
砍！
刺！
热腾腾的血
点点洒在雪地上，
像几百朵红菊。

锣鼓声声，
轿子颠颠，
新娘子羞答答地，
等着盖头被掀。

溪流淙淙，
鸟鸣声声，
一片金黄的稻田里，
散发着熟涩的香气。

蓝天下，
白色的十字架
在屋顶闪耀着神圣的光辉。
夜幕中，
远处传来一阵阵禅寺钟声；
弯弯的月，
高高的墙，
深深的院。

清晨，
乳白色的薄雾
缓和了街道和高楼的轮廓。
暮色中，
西边橙红色的天空
让黝黑寂静的森林充满了诱惑。

山谷里，
溪流的中央，
静静地坐着一块岩石。
岁月哗啦啦地从身旁流过，
却带不走它对大地的承诺。
温柔的漩涡在它身后聚集，
欢快地舞动着岁月流下的美丽，
轻轻地歌唱着世界永恒的神奇。

我在世界之中，
世界在我怀里。
逝者如斯，
来者如斯。

云南三部曲

一、丽江

清晨。
昨夜的雨
留下了阴沉的天空和
微湿的地面。
一丝怡人的凉意
环绕着白墙上的
黑色屋檐，
仿佛圣洁的仙女
从眉梢透露的余韵。
丽江！
仙女拜访过的地方。
我踏着你们的足迹，
仿佛漫步在故乡的椰林小道，
呼吸着山中雨后清新的空气。
古城
屋舍成群，
错落有致，
每条街道自成一体，
每个拐角都通向新天地。
在这里，
人不分南北，
物不分东西，

都可以自由地展现魅力。
在这里，
生命如同玫瑰，
世界如同花海，
每天都是节日。
然而，
震耳欲聋的粤语流行曲
淹没了街角少女低沉的鼓韵；
玻璃窗中的劲歌劲舞
演绎着窗上的红色大字：
"我们只为——贩卖快乐"。
丽江！
年轻人醉生梦死的地方。
殉情崖的清冷高峻
是否已化作一夜的癫狂？
玉龙第三国的永恒甘泉①
是否花上几百元
就可以随意地品尝？

灯红酒绿的夜，
一个孤独的灵魂
无家可归。

二、香格里拉

山路弯弯，
如旋如飞。

---

① 丽江纳西族崇尚自由恋爱。被世俗束缚无法实现爱情的男女常常会在玉龙雪山附近的殉情崖上跳下去。纳西族的传说认为殉情的男女会进入永远的玉龙第三国中，那里有吃不完的鲜果珍品，喝不完的美酒甜奶，是没有衰老和死亡的天堂。

沉睡的心灵
随着海拔的上升
逐渐苏醒。
香格里拉！
神灵居住的地方。
普达措的千年古树
庄严肃穆，
直指苍天，
任凭人间的风云变幻，
方向始终如一。
银色的碧塔海
在四面青山的环绕中
安静得如同待嫁的处女，
以她圣洁的胸怀
滋润着天地之间的万千生灵。
在这里，
空气不足以呼吸，
但一尘不染，纯净如洗。
在这里，
生命离死亡最近，
烦恼离生命最远。
欢快豪放的藏族少年
解脱了我们心中的绳索；
独处时也在微笑的藏族少女
融化了我们心中的坚冰。
香格里拉！
虽然你并非人间天堂，
仍然胜过了尘世的熙熙攘攘。

在离天最近的高原，
一个孤独的灵魂

如梦初醒。

三、火把节①

唐初，云南洱海地区有六个小国，称为"六诏"。邆赕诏在六诏之西，蒙舍诏在六诏之南（亦称"南诏"）。

柏节夫人——邆赕诏王夫人
皮逻阁——南诏王

第一幕　柏节夫人府中

柏节夫人：我的心在乱跳，大王一定遇到了灾难。

侍女：大王只不过是去南诏祭祖，您为何如此担忧？

柏节夫人：南诏王皮逻阁得到大唐的支持，早就想吞并其他五诏。这次他邀请五诏王去南诏祭祖，必定是凶多吉少。

侍女：那您为什么不劝劝大王，让他不要去？

柏节夫人：我何尝没劝过大王。但他认为祭祖是大事，执意要去。我只能给他戴上一只驱邪避难的雪花银臂钏。

侍女：但愿臂钏能保佑大王平安无事。

柏节夫人：这不过是我们女人的自我安慰。

（管家上）

管家：夫人！夫人！

柏节夫人：看到你这样慌张，我的心已经死了一半。

管家：南诏祭祖的松明楼失火了！

柏节夫人：大王怎么样？

管家：除了皮逻阁，其他五个诏王都被困在火海中。

柏节夫人：我早就知道皮逻阁不安好心！立刻吩咐下去，我要

---

① 大理的导游罗金花向我们讲述了白族火把节的传说。我以该传说为梗概写成了这个小短剧。

马上赶往松明楼!

管家:不可以啊!夫人。您亲自去太冒险了。再说……等您赶到的时候,松明楼恐怕已经烧成灰烬了。

柏节夫人:就算是这样,我也要让大王回到家乡安葬!集合众人,马上出发!

管家:是!

第二幕　南诏王府中

皮逻阁:听说柏节夫人赶来救她的丈夫?

管家:的确如此。柏节夫人连夜赶到松明楼,用双手在滚烫的灰烬中拼命地挖,拼命地找,十个指甲都挖得鲜血淋漓,虽然没有救出她的丈夫,但找到了丈夫的尸骨。

皮逻阁:了不起的女人!把她带来,我要见见她。

管家:是!

(管家下)

(柏节夫人上,双手指甲皆红)

皮逻阁:你是我见过的最美丽、最勇敢的女人!

柏节夫人:你不配称赞被害者的妻子。

皮逻阁:这次祭祖失火是个意外。纸钱烧得太多了。

柏节夫人:对于其他五个诏王是个意外,对你却不是。

皮逻阁:不管怎么说,依附大唐是我们的天命。如果五诏王肯和我一起依附大唐,这样的天灾恐怕就不会发生。

柏节夫人:大唐像一颗光耀天下的明珠,而你却用阴谋使它蒙上灰尘。

皮逻阁:我不想和夫人讨论统治国家的事。听说你在灰烬中找到了你丈夫的遗骨?

柏节夫人:难道你要阻止我把丈夫运回家乡安葬?

皮逻阁:我没有这个意思。能够在家乡安息,就是不幸中的万幸。但你如何能肯定你找到的是你丈夫的遗骨呢?

柏节夫人:我早就知道你不安好心,所以我就给丈夫戴上了一只雪花银臂钏。臂钏虽然没能阻止灾难的发生,但它能帮助我辨认丈夫,让他安息在家乡。

皮逻阁:聪明的夫人!而且又这样美丽、忠贞!我真的很羡慕你的丈夫。

柏节夫人:但愿你和他现在一样。

皮逻阁:不!我要和他活着的时候一样。我要娶你为妃,让你在妃子中有最高的地位。你的丈夫在我这里不幸丧生,就让我代替他看顾你的一生。

柏节夫人:你休想玷污我们的爱情。

皮逻阁:如果你不肯服从,我就不允许你把丈夫的遗骨运回家乡。

柏节夫人:刽子手终于暴露出冷酷的心肠。

皮逻阁:男人为了天下,难免要你争我斗,甚至流血牺牲。但我对女人却不是这样。从我看到你的第一眼起,我就决定要好好地爱护你。既然你不肯让我爱护你,我就只好使用强力。

柏节夫人:这是强盗的歪理。

皮逻阁:出于真情实意。

柏节夫人:如果我的丈夫不能在家乡安息,我的心就永远不得安宁。你虽然粗暴残忍,但还算懂得女人的心。

皮逻阁:这么说你同意啦?

柏节夫人:为了我的丈夫,我还能有什么选择?再说,就算你放我回家乡,我也逃不出你的手掌心。既然这是天命,就让它实现吧!但我不可能让你马上遂心如意。请你让我把丈夫运回家乡,再举丧一百日。百日之后,你才能把我迎娶。

皮逻阁:好!一言为定!

第三幕　洱海上

皮逻阁:快!加速前进!我迫不及待地要看见我的新娘。

管家:大王,您带上这么多的族人和彩礼,船被压得沉甸甸的,只能慢慢地走。您看,太阳都快下山了,我们才开始接近目的地。

皮逻阁：我看见远方有船队，一定是我心爱的人在向我靠近。

管家：您娶过众多妃子，从没见过您像今天这样兴奋。

皮逻阁：我已经兴奋了一百天！这样美丽、聪明、忠贞的女人，世上难得再有。

管家：看！船队已经接近了，确实是他们！

皮逻阁：我看到柏节夫人就站在船头，衣裳美得像天上的云，船头还缀满了鲜花，真是太让人高兴了！

管家：我们可以在两船之间搭起板桥，让柏节夫人安安稳稳地走过来。

皮逻阁：快去！快去！

（两船相接，搭起了板桥。乐队奏起了迎亲曲。皮逻阁的手下把彩礼搬到了柏节夫人船上，交给其族人。乐曲结束后，柏节夫人仍然一动不动地站在船头。）

皮逻阁：尊贵的夫人！你是世上最美的新娘子！快过来吧！为什么还要迟疑？

柏节夫人：今天是告别的日子。我舍不得我的乡亲，舍不得这里的山水。

皮逻阁：以后你还可以常常回来看望他们。我保证。

柏节夫人：你如果真的有诚意，就走过来迎娶我，让我们在桥上相会。

皮逻阁：我早就想这样了。来，扶我上板桥！

（皮逻阁和柏节夫人踏上板桥，在桥中间相遇。）

皮逻阁（伸出双手）：美丽的夫人……

（柏节夫人突然从板桥跳下洱海）

柏节夫人：夫君～～～！我来了～～～！

皮逻阁：快！快！快救夫人！

（几个护卫跳入洱海中搜寻）

护卫们：大王，找不到夫人！

皮逻阁：一定要给我找到！

护卫们：天色已经变暗了，看不清楚水里！

皮逻阁：快！点起火把，越多越好！一定要给我找到！

护卫们：是！

（众多火把照亮了洱海。护卫们把柏节夫人捞上了船）。

护卫们：大王！柏节夫人已经停止了呼吸。

皮逻阁：让我看看！（把柏节夫人抱起）美丽的女人啊！你竟有这样一颗忠烈的心！你美得像天上的神仙，纯洁得像玉龙雪山的峰巅。在你面前，世人应当跪下来敬拜！你们所有人都听着！把柏节夫人带回她的家乡，和她的丈夫葬在一起。以后每年的今天，你们都要点起火把来纪念她，女人们还要把十个指甲都涂成鲜血一样的红色，以便纪念柏节夫人为爱所做的一切。是我的鲁莽冲动害了她，就让我成全她的美名！从今往后，我们白族人要团结起来，让我们的国家得到大唐的扶持，让我们的子孙后代都能分享大唐灿烂的文化。就让火把节成为我们的见证！

众人：谨遵王命！

（在众多火把照耀下，两艘船一起把柏节夫人送回家乡）

月光下的中国

2020年元宵节，疫情在横行，中国在呻吟。

被泪水湿润过的
　　眼睛会更加清澈

被暴雨洗礼过的
　　山河会更加壮丽

被痛苦煎熬过的
　　心灵会更加深沉

被命运打击过的
　　世界会更加团结

天说：不要害怕，中国在我眼里
地说：不要担忧，中国在我怀中

银色的月光
默默照耀着黄河长江
波光粼粼的水面
闪烁着未来的希望

勇敢地坚守吧！
伏羲和女娲的子孙

月光下的中国
必将迎来
破晓的黎明

月光下的思索

——为了离去的白衣战士

我们活着
因为有些人
不再活着

世界依然光华灿烂
因为他们再也看不见

我们抱怨无聊的生活
因为他们曾经无怨无悔

我们用玩笑打发时间

因为我们配不上
含笑九泉

月光下的中国
有多少高山在沉默
有多少河流在缓缓移步
有多少鲜花开放着黑白两色

我们是否已经醒觉？
我们如何面对灿烂的日出？
我们如何面对壮丽的山河？
在我们剩下的日子中
如何才能问心无愧地
过着繁花似锦的生活？

告诉我

节日随想

雨声
滴滴答答
落在屋顶，
听起来
竟然和小时候
一模一样。
每个美好的瞬间
都是同一个瞬间。
人生在世，
能有几何？
相遇就是缘。

打伞的人们
小心翼翼地
避开地上的积水。
人生的路
不论怎么走
都是同样的艰辛。
然而
我们又怎能不感激
给我们带来不便的
风风雨雨？
人总是要在
被风雨包围的时候
才突然想起来
有一个地方叫作
家。
街上的汽车
来往穿梭不停。
这样的日子，
为什么还要出门？
待在家里，
望着窗外白茫茫的雨，
胜过世上最美的风景。
可我又怎么知道
人们为了什么忙碌？
门口的守卫
冒着阵阵苍茫的雨
指挥着进进出出的车辆，
身上的黑色雨衣
在风中不停地飘荡。
这个世界
任何时候都需要

有人辛苦地工作。
但愿他家里有一个女人
正在忙着准备美妙的酒菜，
等待着他下班归来。
当他举起酒杯的时刻
心里充满了温暖。

尼采的《七印记》（试译）[①]

七印记（或：是与阿门之歌）

一

　　如果我是一个预言者，充满了预言的精神，漫游在两海之间的高山上，如同沉重的乌云漫游在过去和未来之间，仇视一切闷热的洼地和不生不死的倦怠者——在其黑暗的胸腹中准备好了闪电和救赎之光，孕育着说"是！"和笑"是！"的闪电，那说预言的闪电——如此这般孕育者倒是有福的！[②] 诚然，谁若有一天将点燃未来之光，就必如浓郁的黑云长久流连于高山之巅！哦，我怎能不热望永恒，不热望婚礼的指环——那诸环之环，轮回之环？[③]

　　我还不曾找到我想从她得到孩子的女人，除非是这个女人，我所爱的：因为我爱你，噢永恒。[④]

　　[①] 这首名为《七印记》的诗歌出现在尼采的《查拉图斯特拉如是说》第三部结尾处，构成此书的高潮。《圣经》的《启示录》（第五章）描述了用七印封严的、藏有最深奥秘的天书。尼采认为他关于"永恒轮回"的思想是一切思想中最深邃的，因此借用"七印记"的形式表达对永恒轮回的热爱。但他反对基督教对生命的贬抑，认为一切事物的永恒轮回是对生命的最大肯定，也就是对生命说"是！"和"阿门！"。本试译参考了孙周兴等人的汉译和 Walter Kaufmann 的英译。

　　[②] 尼采自认为是预言人类未来的先知，借查拉图斯特拉之口道出永恒轮回的奥秘。

　　[③] 这里尼采用婚礼的指环比喻永恒轮回，暗示永恒轮回与永恒之爱密切相关。

　　[④] 男人对女人的爱就是意志对生命的永恒之爱，从这种爱诞生出超人。

因为我爱你，噢永恒！

二

如果我的愤怒曾炸开坟墓，移掉界石，击碎旧碑，让它们滚入陡峭的深谷；如果我的嘲讽曾吹散陈腐的言词，而我如同一把扫帚挥向十字蜘蛛，如同一阵旋风横扫霉烂的墓室；如果我曾欢欣地坐在旧神被葬之处，在古老的世界诽谤者的纪念碑旁，祝福着世界，热爱着世界——因为我甚至会爱教堂和诸神的坟墓，只要高天的纯净目光透过它们的破屋顶向里窥视；像野草和红罂粟一样，我喜欢坐在破败的教堂上：哦，我怎能不热望永恒，不热望婚礼的指环——那诸环之环，轮回之环？

我还不曾找到我想从她得到孩子的女人，除非是这个女人，我所爱的：因为我爱你，噢永恒。

因为我爱你，噢永恒！

三

如果一丝气息曾降临我，来自那创造性的气息，来自那属天的，甚至能强迫偶然跳起星际圆舞的必然；如果我曾笑出创造性闪电之笑声，让行动的长雷轰隆而又顺服地尾随；如果我曾在大地的神桌上和诸神玩骰子，直到大地震动，破裂，喷出火流——因为大地是诸神的赌桌，由于创造性的新词和诸神的投骰而颤抖：哦，我怎能不热望永恒，不热望婚礼的指环——那诸环之环，轮回之环？

我还不曾找到我想从她得到孩子的女人，除非是这个女人，我所爱的：因为我爱你，噢永恒。

因为我爱你，噢永恒！

四

如果我曾从那很好地混合了万有的，起泡的调味拌壶中满满地吸饮；如果我的手曾将最远者倒入最近者，将火焰倒入精神，将快乐倒入痛苦，将至恶倒入至善；如果我自己是一粒救赎性的盐，将万有很好地在拌壶中拌在一起——因为有一种盐可以结合善与恶；

而即使是至恶也值得用于调味和最后的泡沫涌流：哦，我怎能不热望永恒，不热望婚礼的指环——那诸环之环，轮回之环？①

我还不曾找到我想从她得到孩子的女人，除非是这个女人，我所爱的：因为我爱你，噢永恒。

因为我爱你，噢永恒！

五

如果我喜欢海和一切同类者，且在它们愤怒地和我作对时最喜欢它们；如果向未知之物扬帆的探索之喜悦在我之中，如果一个航海者的喜悦在我的喜悦中；如果我的欢欣曾大声叫喊："海岸消失了——现在最后的锁链从我脱落了——无边无际的咆哮环绕着我，时空远远地在外面向我闪耀，好吧！振作起来！苍老的心！"哦，我怎能不热望永恒，不热望婚礼的指环——那诸环之环，轮回之环？

我还不曾找到我想从她得到孩子的女人，除非是这个女人，我所爱的：因为我爱你，噢永恒。

因为我爱你，噢永恒！

六

如果我的德行是舞者之德行，而且我常常双足跃入金石绿玉般的心醉神迷中；如果我的恶毒是欢笑的恶毒，安居在玫瑰山坡和百合花篱下——因为在欢笑中一切邪恶之物聚在一起，却由于其无忧无虑的快乐而被圣化和赦免；而如果我的初和终就是：一切沉重者变得轻松，一切身体成为舞者，一切精神化作飞鸟：而的确，这就是我的初和终！哦，我怎能不热望永恒，不热望婚礼的指环——那诸环之环，轮回之环？

我还不曾找到我想从她得到孩子的女人，除非是这个女人，我所爱的：因为我爱你，噢永恒。

因为我爱你，噢永恒！

---

① 尼采提倡超越善恶，追求高贵的生活。

七

如果我曾在头顶展开静谧的天空，且以我的翅膀飞入自己的天空中；如果我嬉游在深深的光明之远方，而我的自由之如鸟的智慧降临——但如鸟的智慧如是说："看哪，没有上，没有下！把你抛向四周，抛出去，抛回来，你这轻盈者！歌唱吧！别再说了！——难道一切言词不是为沉重者而造的吗？难道一切言词不是欺骗轻盈者的吗？歌唱吧！别再说了！"哦，我怎能不热望永恒，不热望婚礼的指环——那诸环之环，轮回之环？

我还不曾找到我想从她得到孩子的女人，除非是这个女人，我所爱的：因为我爱你，噢永恒。

因为我爱你，噢永恒！

. . . .

一颗星

夕阳
收敛了
最后一道余晖。
暮色
沉重地
降临大地。
来去匆匆的行人
犹如梦里飘游的幢影；
黑森森的树林
像死亡一样沉寂。

却有一颗星！
孤悬在暗蓝的夜空，
用她金色的眼睛，
向我低诉着"永恒"。
我凝神注望这命运的星辰，

幸福像闪电,
击中了我的心。

一切是缘　一切随缘

遥远天际,
一片云彩在悠悠飘荡,
随心所欲,
变幻无穷。
她在寻找什么?
她在等待什么?

高原上空,
一只雄鹰在独自飞翔,
目光如电,
俯视人间。
他在寻找什么?
他在等待什么?

天穹微微颤抖,
大地轻轻叹息。

或许有一天,
寻找者会被寻见。
或许有一天,
等待者将被等到。
那天,
雄鹰飞入云彩,
世界瞬间变化。
那天,
天穹不再颤抖,

大地不再叹息。
那天——
琴声绚烂如彩霞，
歌声婉转如云雀，
言语清脆如风铃，
思想宁静如明月。

无人知晓
那天何时到来。
无人知晓
来者如何相见。
只有在飘荡中静静地寻找，
只有在飞翔中默默地等待。

一切是缘，
一切随缘。

从远古而来

有一种声音
从远古而来
清纯如玉龙雪山的峰巅
深情如青藏高原的蓝湖
隔着万水千山
毫不费力地
穿透了我的灵魂
在我的心中
流淌出美妙的音律
无止无休

梦的变形

梦
就是人生旅途中
忽然一脚踏空
跌入心灵的最深处

梦
就是深埋记忆中的种子
忽然开成了遍地的红花

梦
就是冰冻三尺的冬夜
忽然春回大地
燕子归来

游子吟

我有一首歌，
要唱给谁听？

我有一段情，
要向谁表明？

我在森林歌唱，
森林默默无语。

我向湖泊倾诉，
湖泊泛起涟漪。

但愿森林是你的身，

朵朵树叶是你的耳。
但愿湖泊是你的心,
阵阵涟漪是你的情。

清晨的阳光
照耀着孤独的旅人,
指引着游子的步伐,
直到夕阳西下,
踏上回家的旅途,
依然看得见
天边的晚霞。

万物生之前

爱人!
你问我万物生之前,
到底有些什么?
望着你清澈如湖水的大眼睛,
我只好实话实说:
什么都没有,
只有你和我。

你羞红了脸,
责怪我胡说。

爱人!
但愿你明白,
我不是胡说。

如果没有你的无思无虑,
蓝天为什么会那样澄明?

如果没有你的嫣然一笑，
天边为什么铺满了彩霞？

如果没有我对你的思念，
乌云为什么会不断聚集？

如果没有我的热情拥抱，
为什么突然间电闪雷鸣？

你我本为一，
在万物之先。

雨下个不停，
就是永恒的见证。

致维纳斯

所谓爱
就是找到了
自己

所谓美
就是爱的
化身

世界上最美的
就是
你中的我
我中的你
永远合一

致爱神

你是一切云彩聚成的春雨,
你是一切河流汇成的丽湖。
你是一切爱情传说的原型,
你是一切爱情预言的归宿。

被你放弃的
　不再留下痕迹;
被你保留的
　永远美丽如初。

酒神和女神

当酒神被女神陶醉,
世界上最美的酒
便诞生了。

当酒神献出
最美的佳酿,
和女神同入醉乡,
你们说——
到底是谁为谁而醉?

醉　语

醉语一般是胡话,但也可能是最真诚的话。

有些事情
一旦发生,
才明白此生虚度。

有些瞬间
一旦到来,
才发现时间不流。

有一种酒
一旦喝过,
才醒悟其余是水。

有一个人
一旦找到,
才知道自己是谁。

春到人间满堂红

理想的光辉
唯有照亮现实的世界,
方能成就自身的善。

现实的世界
唯有接受理想的光辉,
方能成就自身的美。

谁能跨越
理想和现实的断层,
把永恒的美善带向人间?
唯有那
从不孤芳自赏的,
不开则已一开就
漫山遍野的
紫薇。

丽湖之歌

高山之巅，
明媚的阳光下，
纯净透明的丽湖
波光粼粼。
斑斓的鱼
在毫无杂质的水中
恣意游荡。
湖边草丛中，
许多欢快的水鸟
忽起忽落，
时隐时现。
藏在暗处的青蛙
相互应答，
此起彼伏，
演奏着从大地
涌出的自然协奏曲。
微风吹过，
送来丝丝凉意。
天边的乌云
开始悄悄地聚集，
很快就昏天黑地。
暴雨倾盆！
水鸟四伏，
蛙鸣被雨声淹没，
斑斓的鱼消失在
黑暗的湖面。
一道闪电！
照亮了万千雨点，

从天空飞驰直下；
显露出无数水草，
在湖边随风狂舞。
一只水鸟
忽然凌空飞起，
伴随着阵阵雷鸣，
在黑暗的湖面上
不停地划圈，
直到雨声渐息，
云开日出，
万千水鸟飞向天空，
在天地间自由地盘旋。
斑斓的鱼
成群结队地
在湖面上跳跃。
蛙鸣声
从四面八方响起，
层层叠叠，潮来潮往，
演奏着欢乐的交响曲。
雨后的天空，
描出了宁静的彩虹，
夕阳西下，
霞光万道，
红云片片，
直到夜空中
显露出繁星点点，
伴随着渐息的蛙声，
默默地望着
鸟儿和鱼儿入眠，
直至东方渐白的
明天。

思想回音

天德与地德

人生天地之间，故有天德，有地德。
天德自强不息，敬畏天命，独立思考，仁爱天下。
地德随遇而安，亲近自然，兼容并蓄，成就万物。
守天德与天合一。守地德安居于地。
敬天亲地，人之本。

吾道一以贯之

有一种东西，源源不断地进入你的生命，却又没带来什么；满满地散布你的四肢百骸，却又无影无形。

它从天而降，却毫无动静；意义深远，却纯而不杂。

当你体会到它，生命就如同抛了锚的船，任凭风吹浪打也不会漂移。

你会感到宽容，但不会屈服；你会变得勇敢，但不意气用事；你会坚如磐石，但不死板僵硬；你会生发性情，但不多愁善感。

在喧闹中它让你心如止水；在寂寞中它让你精神高扬。

这是怎样一种神奇的东西！生命有了它，就生根发芽；死亡有了它，就不再可怕。

明明在你心中，却看不见摸不着；即使无影无踪，也不曾真正丢失。

你无法寻找它，但可以让它出现；你无法创造它，但可以让它成长。

既内在又超越，既滋润又主宰。热爱生命而不受生命束缚，热爱众人而不随波逐流。浩浩然与世界同体，融融兮与众人同心。

这种东西，孔子把它叫作"仁"。

做人难

总是要走很多弯路
才知道哪条路合适

总是要做了过分的事
才知道把握恰当的度

总是要伤害了他人
才知道不应该如此

总是要受了侮辱
才知道尊重自己

人怎样才能学会生活？

只有不断地总结
不再犯同样的错

苦与甜

不尝过最苦的苦味，
如何懂得甜的珍贵？

西沉的
和东升的
是同一个太阳。

言与行

话不要说得太满
但事要努力做满

宁可让人失望
也不要给人虚假的希望

说而不做
不如做而不说

不言则已，言必由衷
不做则已，一做到底

听与行

向内倾听，向外实践
向上倾听，向下实践
向后倾听，向前实践

不是用耳
而是用心

怎样做自己

不说一句多余的话语
不做一个多余的动作
不想一个多余的念头
不做一件多余的事情

大事和小事

把大事当成小事来做
人生就轻松很多

把小事当成大事来做
人生就有趣很多

好事和坏事

小事情要多往好处想
不要自寻烦恼

大事情要多往坏处想
不要掉以轻心

自己的事情要多往好处想
永远保持乐观

他人的事情要多往坏处想
帮助他人留心

立体的世界

如果有人对你不好，说明有人对你很好。
如果有人对你很好，说明有人对你不好。

发生了一件有利的事，就会发生一件不利的事。
发生了一件不利的事，就会发生一件有利的事。

这次你成功了，下次就可能失败。

这次你失败了，下次就可能成功。

你的左眼和右眼要看到不同的事情。
你的左耳和右耳要听到不同的声音。

世界原本是立体的。

真理与时间

真理就是当下
当下就是真理

停止寻找
才能找到

真理与世界

言谈的声音
真的和风吹的声音
有所不同吗？

思想的运动
真的和落叶的飞舞
有所不同吗？

或许

言谈只是人间回荡的和风
思想只是心中飞舞的落叶

致当代艺术家

谁若回归乾坤
就能爆发混沌

谁若回归天地
就能展露神奇

谁若回归自然
就能使人心安

谁若迷信效果
终将一无所获

人为什么会低头

在古代
人低下高贵的头
是为了向神灵献祭

在中世纪
人低下高贵的头
是为了请求上帝的宽恕

在文艺复兴之后
人低下高贵的头
是为了沉思宇宙的奥秘

在今天
人低下高贵的头
是为了看手机

简与繁

美好的东西
都是简单的

真正的智慧
是化繁为简

上善若水

我是一只空竹篮
水流进来又流出去
什么也留不住

但我的形状很特别
流出的水有很美的花样

最短的对话

佛陀说:"人生就是苦。"
我说:"那又怎么样?"
佛陀沉默了。

山中对话

山外人:什么是佛?
山中人:心中无事便是佛。
山外人:心中无事,如何能行事?
山中人:心中无事,方能自然行事。

山外人：若心中总是有事，该如何是好？
山中人：没事。只管做事去。
山外人：如果无事可做呢？
山中人：无事可做就不做。
山外人：不做事就会想事。
山中人：可以无心地想。
山外人：人的事，怎能无心地想？
山中人：但把心放空，留人不留事。
山外人：放不空怎么办？
山中人：放不空就问自己"我是谁？"
山外人：我是谁？
山中人：谁也不是。
山外人：总该是点什么。
山中人：什么也不是。
山外人：什么也不是，怎么能活着？
山中人：什么也不是，才能活得潇洒。
山外人：善哉！什么都不是，自然就无事。
山中人：还有什么事吗？
山外人：没有了。
山中人：喝茶吧。茶都快凉了。

四不心法

毁誉不动心，得失不挂心。
交友不粗心，爱情不变心。

苦行者

即使风吹落我的帽子，
我还是要唱着歌，
继续跋涉。

即使跌到膝盖红肿，
我还是要裹上纱布，
继续上路。

即使在黑暗中迷失了方向，
我还是要点燃心中的烛火，
继续探索。

无怨无悔。

创造者

创造者的道路是斜坡，唯有自我超越者方能到达山顶。
创造者的品德是赠予，唯有胸怀大爱者方能坚持到底。

行动者

不要对残酷的世界
闭上眼睛

当你再次睁开眼的时候
会发现已经浪费了光阴

流浪者

心
只有在另一颗心里
才能得到安息

知足

人若知足，
幸福就在身边。

人若不知足，
幸福就在天边。

爱的幸福

男人说
幸福
就是拥有幸福

女人说
幸福
就是成为幸福

幸福说
阿门！

爱的协奏曲

男人对女人最大的爱
就是
把一切美好
都实现在女人身上

女人对男人最大的爱
就是给他一个
温暖的家

让他永远不想离开

原来

原来
女人是
广袤无垠的太空
唯有被男人的爱充满
才能找到永恒的幸福

原来
男人是
无家可归的精气
唯有融入所爱的女人
才能找到永恒的归宿

爱的觉醒

山不知道自己高，
海不知道自己深。
石头不知自己硬，
花儿不知自己美。

人忙忙碌碌一辈子，
不知自己到底是谁。

当人找到了自己——

山会威武地站立，
海会无限地包容；
石头会坚定不移，

花儿会看见美丽。

少年的梦

少女的梦和少女一样美
少男的梦和少男一样傻

婚姻的秘诀

世界上没有最好的锁头，
也没有最好的钥匙，
只有配得最好的锁头和钥匙。

男人的心里话

什么样的女人最让男人讨厌？
无理取闹的女人。

什么样的女人最让男人疼爱？
温柔撒娇的女人。

诗琴书画润玉貌，
世故烦恼老红颜。

纯洁是最好的清洁，
宽容是最好的美容。

寄语中国男人

你负担过重，
你心中纠结。

你讨好大众，
你害怕孤独。

其实你不需要复杂，
也不需要别人称赞。
你只需要简简单单，
痛痛快快地
做个男人。

敞开你的胸怀，
包容整个世界。
藏起你的手机，
走出你的游戏。
登上高山，
极目远望：
天地多么辽阔，
人间何等辉煌！
那才是你的世界，
那才是你的战场。
擦亮你的宝剑，
喂饱你的战马。
人生只有一次，
切莫等闲度过！

嘲笑流行的名声，
蔑视舞台的虚荣。
体会朴素的远古，
聆听神秘的天音。

多一些深沉，
少一些浮躁。

多一些理性，
少一些情绪。

多一些独立思考，
少一些盲目跟随。

要懂得欣赏传统，
也要大胆地创新。
要深深扎根中国，
也要把握住西方。

要懂得欣赏女人，
她是美好的象征。

热爱女人，
毫不犹豫。

爱护女人，
不要粗心。

包容女人，
像苍天覆盖大地。

尊重女人，
但只服从你自己。

中国男人！
你的灵魂应当放射闪电！
你的眼中应当喷出火来！

有女人的地方才有生活，
有高雅女人处才有文化。
但你要做个真正的男人，
才能配得上高雅的女人。

放心，
女人会原谅你的自大，
但她们绝不会饶恕你的懦弱。

世界之最

单纯的心灵最美好，
正直的品格最可贵；
和睦的家庭最幸福，
永恒的爱情最难得。

至深之水

比小溪更深的是河流，
比河流更深的是湖泊，
比湖泊更深的是海洋，
比海洋更深的
是人的情感。

高山丽湖

最刚强者
需要
最温柔者的
滋润。

最丰富者
需要
最单纯者的
净化。

高山之巅的丽湖
是美中之
至美。

寻找自己

谁要找到自己，就要离开自己。
历尽重重艰险，跋涉万水千山。
深入龙潭虎穴，攀上世界之巅。
化身茂密森林，环绕高山丽湖。
长成千岁奇花，随风摇曳湖畔。
变为空中飞鸟，飞过如镜湖面。
湖中美丽倒影，就是真正自己。
从此天地合一，今时直至永远。

至高者

至高者降临时，
不见得会电闪雷鸣，山崩海裂；
也许只是春暖花开，燕子归来。
清晨阳光就是灿烂天国，
雨后彩虹便是极乐世界。

历史的心情

古代

城头的风云,荒郊的野马。禅寺的钟声,深秋的落花。

现代

遍地的花瓣,嗡嗡的蜂群。陶醉的漩涡,湖中的倒影。

未来

深邃的蓝天,圣洁的雪山。灿烂的日出,橙红的霞晚。

历史的瞬间

谁说
人类历史
已经足够精彩?

我在你眼中
看到永恒的那个瞬间
超越了千秋万代。

镜像与谜团

有一面镜子

男人在其中看到女人
女人在其中看到男人

这是一面什么样的镜子呢?

时间与永恒

有一种过去叫作不能忘记
有一种未来叫作真心期待
有一种现在叫作无怨无悔
有一种时间叫作永恒轮回

种子
只有腐烂了
才能重新长出自己

黑夜之光

静静的黑夜
也能让人快乐
因为
黑夜让假象脱落
真相显露

千古之谜

宁静的夏夜
我梦见自己是燕子
在春天的树林中飞翔
一边飞翔一边梦见
宁静的夏夜

归宿

回到家中
才知道自己
曾经流浪

致青春

青春不是
人生的某个阶段，
而是永恒在人间的闪耀。
唯有向往永恒者
能有不朽的青春。

减字诗

女人是男人的永恒家园。
男人找不到温暖的家，
就永远是孤魂野鬼，
女人则独守空闺。
人的最大幸福，
就是有个家，
四季如春，
花开时，
芬芳，
美。

永恒轮回

男女从哪来？
从万物而来。

万物从哪来？
从天地而来。

天地从哪来？
从乾坤而来。

乾坤从哪来？
从自己而来。

乾坤要到哪去？
要到爱情中去。

爱情要到哪去？
要回乾坤中去。

爱的变形

佛说
世界有四个时期：
成、住、坏、空。

我说
太极有四种变形：
爱、性、恩、爱。

永恒轮回的
并非生生灭灭的幻影，
而是生生不息的爱情。

最古老又最新颖，

最单纯又最丰富。

是种子也是花朵,
是耕作也是收获。
是穿越死亡的福音,
是回归自身的欢乐。

是你,
也是我。

爱的自救

爱是
冬天里的春天,
唯有走出自身,
方能找到自身。

爱是自己的亏欠者,
也是自己的补偿者;
爱是自己的超越者,
也是自己的成就者。

她穿越死亡的幽谷,
复活在生命的彼岸;
她度过漫漫的长夜,
闪耀在生命的正午。

唯有爱能行
不可能之事。

爱的自成

恩赐虽好,非我所造。
启示虽妙,非我所思。

永恒轮回就是:
化恩赐为我造,
化启示为我思。

直至爱能说出:
一切从我而来,
一切向我回归。

阿门!

太极颂

乾坤万有之源兮,合阴阳而为一。
既自同又自异兮,故生生之不息。
阳既以阴为体兮,阴复以阳为本。
阴阳相亲相得兮,化大道以生生。
既生长则收藏兮,集众美于其阴。
阴至盛而返阳兮,乾坤转生天地。
天地阴阳交合兮,宇宙忽然成形。
宇宙茫茫有灵兮,聚乾坤为日月。
日月成而有人兮,集灵气而神明。
禀日月象天地兮,男女感而交合。
交合再生男女兮,爱情复生爱情。
爱情深不可测兮,悲欢离合成常。
世间万事可为兮,唯有真爱难成。
有情常遇无情兮,无情却惹风流。

纵是你情我愿兮，忽晴忽雨烦忧。
欢天喜地成双兮，恩爱渐渐成仇。
开门琴瑟和鸣兮，闭门恶语交流。
儿女呼父唤母兮，怎忍伤其心头？
虽貌合而神离兮，终郁郁而强留。
偶忆往日温情兮，恍惚如隔千秋。
呜呼太极父母兮！何儿女之难为？
既欲男欢女爱兮，何真情之难久？
然细思其缘由兮，非太极之可尤。
既已欢喜成双兮，何不善始善终？
两心若实坚定兮，何物能为摇动？
世上本无完人兮，何须事事苛求？
当惜情缘不易兮，两心共同坚守。
然孤掌之难鸣兮，乃情字之难写。
乾坤隐而不现兮，天地茫然失所。
呜呼我求太极兮！勿弃世人不顾。
既为吾等父母兮，何任儿女孤苦？
从根源处发力兮，补人力之不及。
沉银河以除障兮，搭鹊桥以通济。
照情人以明月兮，令其心可互见。
合两心为一心兮，成两情之相悦。
临婚礼之大典兮，赐新人以祥瑞。
察人心之隐秘兮，散乌云于未聚。
坚人心之素情兮，耀蓝天以丽日。
爱人类如花果兮，培其根以固本。
护人类如孩童兮，拨其乱而反正。
当肃穆以敬天兮，必祭之以大礼。
颂高天之神圣兮，领天命之密意。
纯我心以通天兮，舞我身以通地。
启复兴之序幕兮，鼓复兴以动力。
传吾祖之文采兮，扬吾祖之仁义。

归大爱于乾坤兮,同四海于天地。
世世代代无尽兮,成乾坤之永现。
此心耿耿可表兮,愿天地以明鉴!